KB238068

영원한 시작

영원한 시작

정현종과 상상의 힘

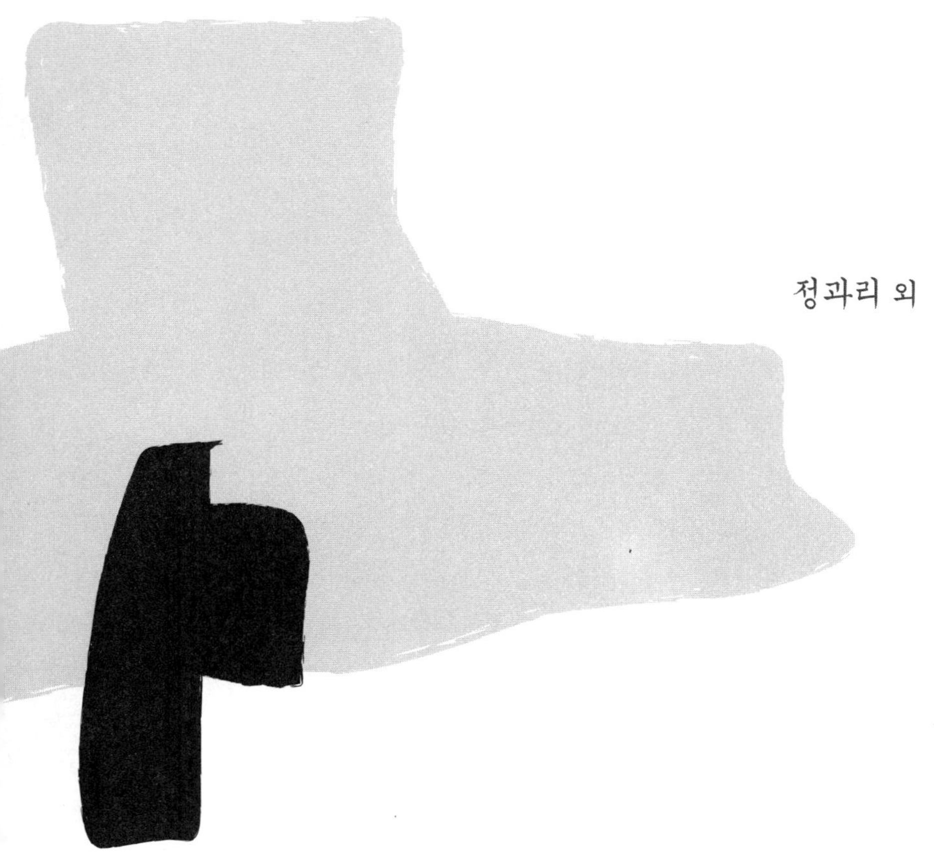

정과리 외

민음사

차 례

II 운동

III 교감

이 책은 정현종 선생님의 정년 퇴임을 기념하여 제자들이 함께 쓴 글들을 엮은 책이다. 일반 독자들에게는 '정현종 시인'이라는 호칭이 더 자연스럽겠지만 정현종 시인이 거의 30년 동안 교수의 직함으로 사람들과 더불어 지낸 곳들이 또한 있었다. 그중 팔 할에 해당하는 기간을 차지하는 복을 누린 장소가 있으니 그곳은 연세대학교이다. 이 책의 구성과 집필에 참여한 필자들은 모두 연세대학교에서 정현종 선생님으로부터 시를 배운, 그것도 선생님의 시심에 들려서 시 공부를 일생의 목표로 삼고야 만 사람들이다. "숨어도 가난한 옷자락 보이는" 게 시인이라고 정현종 시인은 언젠가 말한 바 있지만 시를 공부하는 사람의 장래도 유유상종하는 운명을 피하기가 어려울 터이니, 그런 삶을 살기로 작정하는 마음에 불을 지른 시인의 그 무엇이 자못 신비하고 궁금할 수밖에 없다.

시인과 교육자를 겸하는 게 한국의 일반적인 현상이어서 그것의 의미를 캐는 게 새퉁스러운 느낌을 줄 수도 있지만 정작 그 의미에 물음표가 던져진 일은 없었던 것 같다. 시인의 길과 교육자의 길은 수많은 교차점이 동시에 같은 수의 분기점이 되는, 인생이라는 한 줄의 두 개의 올과도 같다. 끊임없이 되풀이 변주되어 온 고전적인 정의에서 시인의 직무는 '즐겁게 하며 가르치는 것'이다. 사람들을 즐겁게 해줄 때 그는 '악사'에 가까이 가며 가르칠 때 그는 '목자'에 가까이 간다. 교차점 곧 분기점은 흔히 교사에게는 목자의 역할만이 주어진다는 점 때문에 생기는 것이고, 또한 그래서 시인-선생에게는 '피리 부는 목자'의 이미지가 부여되어 온 것이지만, 현대 사회에서 그 두 개의 길은 어울리기보다 자주 어긋나게 마련이다. 교육자의 역할은 어린 사람들이 사회에서 정상적인 삶을 살아갈 수 있도록 이끄는 것이다. 그런데 현대에 와서 시는 빈번히 사회와 마찰한다. 시의 눈으로 볼 때 사회는 자신의 취지에 반하는 쪽으로 나아가거나 혹은 잘못된 취지를 가지고 있다. 그래서 시는 거듭 사회와 결별하고 떠나는 것인데, 시인-선생은, 어쨌든 그런 자격으로 존재하는 한, 떠날 수가 없다. 모세가 되어 함께 데리고 떠나거나 유마(維摩)가 되어 "이렇게 노엽고 해로움이 많은 곳"에 머물 수밖에 없는데, 오늘의 시인-선생에게는 그래야 한다는 내면의 요구는 있는 데 반해 그에 따라야 할 권한은 통상 주어지지 않게 마련이다.

때문에 시인-선생이 나 홀로 시를 쓸 때와 더불어 시를 가르칠 때의 마음과 자세와 언어를 다루는 방법이 다를 수밖에 없는 것이다. 그 마음과 자세와 언어를 공인된 기구가 규정집으로 묶어줄 수 없다면, 시인-선생은 나 홀로, 더불어 사는 삶을 상상하며, 그것들을 자득(自得)할 수밖에 없었을 것이다. 정현종 선생님이 그런 시인-선생의 존재의 매뉴얼을 별도로 밝히신 적은 없으니 아마도 그걸 밝히지 말라는 규정이 그 매뉴얼 속에 포함되어 있기 때문일 것이다. 그러나 그건 굳이 말로 하기 이전에 몸으로 현신하는 것이라서 제자들은——여기서 제자들이란 이 책에 참여한 사람들

뿐 아니라 정현종 선생님의 수업을 들은 거의 모든 학생을 가리키는 것임을 언젠가 필자가 확인한 적이 있는데—선생님이 교문을 지나 백양로를 걸어오시는 모습을 보는 순간 앞 다투어 옆 사람에게 "그분이 왔다."고 속삭이곤 하였다. 아침 햇살을 받으며 휘적휘적 걸어 올라오시는 선생님의 모습은 뭐랄까, 자유의 육체라는 게 있으면 저런 것이지 싶게, 시 본래의 자유가 자유의 이름으로 불리기 직전의 무르익어 가는 상태로, 그래서 그걸 보는 사람들에게 어서 그것이 자유의 이름을 갖고 있기를 갈급히 갈망케 하는 한편으로, 자유가 자유의 이름을 가졌을 때 다시 말해 자유가 율법이 되었을 때 마침내 속으로 품게 되고야 마는 구속적 성질로부터도 자유로운 모습이었다.

아마도 제자들이 정현종 선생님에게 배운 것은 그런 것이었을 게다. 흔히 쓰이는 '염화시중' 혹은 '불립문자' 로서의 시라기보다는 언어로 표현되어 나오기 직전의 어떤 충만하면서도 동시에 열려 있는 시의 현존적 상태로서 시를 이해하는 것. 그 현존적 상태에서 분주히 또는 느긋이 움직이고 있는 것을 두고 '상상력' 이라는 막연한 용어로 지칭할 수 있겠지만 그것은 실상 그 지칭에 기대어 그 지칭을 넘어서 그 상상을 촉발한 사물들이 내뿜는 기운과 상상의 주권을 가진 존재의 의지적 활동, 그리고 그 상상에 응답하는 자의 육체적 반응과 그 화창(和唱)하는 존재들을 감싸고 있는 배경이 '얼싸절싸' 하면서 함께 거들어, 지금까지의 언어로는 명명할 수 없고, 미래의 필설로도 다 할 수 없는, 세상이 통째로 현재의 충만으로써 미래의 울타리 바깥으로 넘어가는 그런 정황을 연출해 내는 활동이라고 할 수 있다.

이 책은 그러니까 제자들이 말 이전의 육체로 배운 것을, 그 고유한 성질에 따라 자유의 운동이나 상상의 운동으로 발동시켜 크게 키워서 가르친 분에게 되돌려 드리는 작업이다. 무엇을 '준다' 는 것의 가장 근본적인 양태는 문자 그대로의 뜻으로서의 '헌신(獻身)'이다. 주는 행위가 단순히 물건을 주는 것이 아니라 정성을 주는 것이라면 그것은 주는 자의 몸의 죽음을 대가로 한다. 참된 의미의 주는 행위는 자기의 일부를 잡아 타자의 먹이로 내어놓는 것이다. 그러니 받은 자도 자기를 잡아서 준 사람에게 돌려주어야 하는 법인데, 포부는 받은 만큼 더욱 컸으니 그 이상으로 돌려드리려는 것이지만 실상은 준 사람의 크기를 따라가지 못해 받은 것에 턱없이 모자라는 보답이 될 수밖에 없을 것이다. 그러나 "용장 밑에 약졸 없다."라는 세간의 속설이 아주 엉터리는 아닐 것이라서, 여기에 실린 글들이 그런대로 읽을 만한 것이고 나아가 지금까지 쓰인 정현종론의 한계를 넘는 새로운 해석들을 보탤 수 있다면—우리는 사실 그 욕망 속에서 이 책을 만들어온 것인데—그나마 배은의 악덕을 피할 수는 있으리라.

여하튼 책 구성의 원칙은 이로부터 나왔다. 정현종 선생님께서 가르치신 게 언어 이전의 시의 육체라면 우리는 당신의 시를 체험적으로 되풀이해 보는 방법을 통해서만 정현종의 시학을 재현해 보일 수 있을 것이다. 그 시학의 요체를 방금 '상상력'이라고 했거니와, 상상은 질료와 운동과 교감으로 이루어진다는 게 우리의 생각이었다. 다만 그 세 가지 항목들은 '칼같이' 나뉠 수 있는 것이 아니라 '물처럼' 섞여 있는 것이어서, 질료는 이미 상상의 소산이고 운동은 질료의 변용이며 교감은 질료-운동의 관계를 때로는 미묘하게 때로는 풍요하게, 또는 간단하게도 복잡하게도 맺고 나누는 작업이다. 이 점을 헤아려 읽는 독자는 아마 약간의 신바람을 책 읽기에 보탤 수 있으리라.

시인-선생에서 '선생'의 표찰을 뗀다고 해서 선생님의 가르침이 멈추지는 않을 것이다. 앞에서 시인의 고전적인 직무를 언급한 바 있듯이 시인-선생은 사실 시인의 확장적 제유이다. 다만 제유와 원어 사이에 차이가 없을 리는 없다. 이제는 직접 뵌 자리에서 선생님의 살과 피를 타 먹을 수 없으니, 그 때문에 영원히 이목구비가 고플 것임은 명약관화하므로 참으로 비애스럽다는 이기적인 한탄을 금할 수 없는 것도 사실이다. 그러나 우리가 고픈 만큼 배부를 사람들이 있을 것이므로, 이 또한 축복할 일이 아니겠는가? 그러니 이 책은 독자들에게 띄우는 축전이기도 한 것이다. 이제 제자들도 독자로 변신해서 그 새로운 축제에 동참하게 되리라. 우리는 이제부터 선생님을 처음 뵙는 것이다. 이제 시작이니 앞으로 수많은 기릴 날들이 있지 않으랴?

2005년 2월 24일, 필자들을 대표하여
정과리

추기 헌정의 책에 필수적으로 따르게 마련인 시인의 연보를 이 책은 싣지 않고 있다. 1999년에 출간된 『정현종 깊이 읽기』(이광호 엮음, 문학과지성사)에 아주 자세한 연보가 실려 있어 굳이 되풀이할 까닭이 없었기 때문이다. 그 이후에 추가할 것은 다음과 같다. 시집 『견딜 수 없네』(시와시학사, 2003), 산문집 『날아라 버스야』(백년글사랑, 2003)를 출간했고, 네루다의 『100편의 사랑 소네트』(문학동네, 2002)를 번역했다. 미당문학상(2001), 공초문학상(2004)을 수상했고 칠레 정부에서 전 세계 100인에게 주는 '네루다 메달'을 받았다(2004). 그리고 2005년 2월 연세대학교에서 정년퇴직하였다.

I 질료

없는 '것'이 없는 세계

정현종의 초기 시에 나타나는 사물

정한아

온갖 것의 저항

사물은 편재한다. 우리 눈에 띄는 것 중에 사물 아닌 것이 없다. 우리 눈에 띄지 않는 것 중에도 사물 아닌 것이 없다. 그렇다면 "정신 혹은 영혼은?"이라고 반문하고 싶은 생각이 들지도 모르지만 시인의 마음의 눈으로 보매, 모든 것은 어떤 것이다.

> 나는 사물이라는 것을 영어의 'things' 할 때의 그것으로 생각했습니다. 그야말로 모든 것입니다. 물건에서부터 정서적인 것에 이르기까지 모든 것이 다 사물이라고 할 수 있습니다. 내적인 움직임까지도 사물이라고 생각했습니다. 다른 사람들은 사물을 물건, 그러니까 'object'에 속하는 것으로 보는 사람도 있겠지만 나는 더 넓은 의미로 썼습니다. 슬픔·기쁨 같은 정서적인 것도 사물이라고 보았습니다.[1]

그는 사물을 우리가 흔히 생각하듯 손에 잡히고 눈에 보이고 냄새 맡고 맛볼 수 있는 연장적 속성을 가진 것뿐 아니라 "슬픔·기쁨 같은 정서적인 것"까지 포함하는 것으로 생각한다. 그야말로 인간이 생각할 수 있는 세계 내 모든 것이다. 그렇다면 그는 왜 이것을 '세계'라고 하지 않고 '사물'이라 칭하는 것일까.

분류하기 좋아하는 현대인들이 '사물'을 이야기할 때는 사물과 사물을 대하고 있는 자기의 눈 사이에 보이지 않는 휘장을 드리운다. 그리고 물질적인 것과 인간적인 것을 갈라놓는다. 세계는 사물을 보는 눈과 눈에 보이는 사물들로 이루어진다. 그러나 물질의 세계는 아무리 과학적인 해석과 실험과 관찰을 통해 많이 알게 된다 하더라도 결코 완전히 '이해할' 수 있는 세계가 아니다. 인간이 아닌, 가령 박쥐와 같은 동물에 대해서도, 야행이고, 초음파를 통해 의사소통을 하고, 날개 달린 포유류이고 기타 등등 아무리 많은 것을 캐내어도 그의 생생한 날것의 느낌(raw-feeling)은 절대로 느낄 수 없다. 그래서 통상 인간과 대별되는 의미에 있어서의 사물에 대한 앎은 결코 완전한 앎이 아니다. 현대인들은 너무 많이 알고 있다. 이 '앎'의 상당한 부분은 체험이 휘발되어 있다. 너무나 많은 '것'들에 이름이 달라붙어 있다. 이 것들이 일반명사로 환유되기 전의 세계를 체험하고 거기에 참여하고 싶은 욕망이야말로 정현종의 시 쓰기를 낳는 최초의, 그리고 초기 시에서 반복된 원동력이라 할 수 있을 것이다. 그의 초기 시에 빙산의 일각처럼 간간이 고개를 들고 나타나는 사물에 대한 막막한 절망적 의식은 '스스로 그러한' 자연과 결코 합일될 수 없다는——우리가 박쥐의 '날 느낌'을 공유할 수 없는 것과 마찬가지로——바로 그 '모든 것에 동참하고픈 욕망'

---

1) 정현종·이광호 대담, 「시, 새로운 시작을 위하여」, 『정현종 깊이 읽기』(문학과지성사, 1999) 이광호 엮음.

에 대한 그 것들의 묵묵부답과 불가해성으로부터 비롯된 것은 아닐까. 그 모든 것과 눈 사이의 거리가 사라진 다음에야 세계는 사물과 동의어가 된다.

센티멘털리즘의 정감과 '사물의 정다움'

평자들이 즐겨 인용하는 그의 초기 시 「사물의 정다움」의 첫 구절, "의식의 맨 끝은 항상/죽음이었네"는 그렇게 시작된다.

> 의식의 맨 끝은 항상
> 죽음이었네.
> 구름나라와 은하수 사이의
> 우리의 어린이들을
> 꿈의 병신들을 잃어버리며
> 캄캄함의 혼란 또는
> 괴로움 사이로 인생은 새버리고,
> 헛되고 헛됨의 그 다음에서
> 우리는 화환과 알코올을
> 가을 바람을 나누며 헤어졌네
> 의식의 맨 끝은 항상
> 죽음이었고.
>
> 죽음이었지만
> 허나 구원은 또 항상
> 가장 가볍게
> 순간 가장 빠르게 왔으므로

그때 시간의 매 마디들은 번쩍이며
지나가는 게 보였네

보았네 대낮의 햇빛 속에서
웃고 있는 목장의 울타리
木幹의 타오르는 정다움을,
무의미하지 않은 달밤 달이 뜨는
우주의 참 부드러운 사건을.
어디로 갈까를
끊임없이 생각하며
길과 취기를 뒤섞고
두 사람의 괴로움과 서로 따로
헤어져 있을 때도
알겠네 헤어짐의 정다움을.

불붙는 신경의 집을 위해
때때로 내가 밤에 깨물며
의지하는 붉은 사과, 또는
아직도 심심치 않은
오비드의 헤매는 침대의 노래
뚫을 수 없는 여러 운명의
크고 작은 입맛들을.

—「사물의 정다움」[2]

---

2) 정현종, 『고통의 축제』(민음사, 1974).

　"초기에 정현종이 세계를 고통스럽고 혼란스러운 것으로 인식한 것은, 의식의 맨 끝은 죽음이며, 삶이란 그 죽음으로 가는 혼란스러운 길이라는 실존주의적 세계관 때문이다."라는 김현의 지적(「술 취한 거지의 시학」)대로 이 시에 대해서 실존주의적인 해석을 참고하는 것은 정당할 것이다. 이 '죽음'은 말 없는 세계, 체험할 수 없는 세계라는 인간의 가장 큰 '알 수 없는 것'의 비유이다. 그 이상 뚫고 들어갈 수 없는, 삶이라는 사건의 이후, '헛되고 헛됨'의 '그 다음', 유한성을 깨달은 인간 현존재에게 가능한 행위는 '화환과 알코올'과 '가을 바람', 즉 미와 도취와 자연에의 탐닉이다.

　지금은 익숙한 이 실존주의적 정황의 인식은 1950년대 모더니즘과 시대적 상황이 남긴 유산일지도 모른다. 그의 초기 시 중 하나인 「센티멘털 자아니」를 1950년대 모더니즘으로부터 받은 영향의 실마리로 여길 수 있을 듯하다. 박인환의 작품들 가운데 같은 제목의 시가 있는데, 운이 좋다면 우리는 이 두 작품이 은밀하게 주고받는, 정감에 대한 공통적 인식을 발견할 수도 있을 것이다.

　"오늘이 가고 또 하루가 온들/도시에 분수는 시들고/어제와 지금의 사람은/天上 有事를 모른다//술을 마시면 즐겁고/비가 내리면 서럽고/분별이여 구분이여//수목은 외롭다./혼자 길을 가는 여자와 같이/정다운 것은 죽고"[3]라 노래하고 있는 박인환의 「센티멘털 쟈니」에 대하여 정현종은 "원수 같은 그 정감은/한없이 어디서 오고 있을까/집도 흘러가고 빛도 흘러가게 하는/다 아는 정감은……"이라 쓰고 있다. 박인환의 "센티멘털 쟈니"의 "쟈니"는 얼핏 사람 이름으로 생각되기 쉽지만, 1945년 미국에서 크게 히트했던, 들으면 누구나 알 만한 레스 브라운(Les Brown)의 유명한 노래 「센티멘털 저니(Sentimental Journey)」를 가리키는 것으로 봄이 옳을 것이다. 박인환의

---

3) 박인환, 「센티멘털 쟈니」, 『박인환 시집』(범우사, 1987).

'쟈니'가 'Johnnie'가 아니라 'Journey'라는 것은 그의 시의 첫 번째 연 "주말 여행/엽서……낙엽/낡은 유행가의 설움에 맞추어/피폐한 소설을 읽던 소녀", 뒷부분의 "주말 여행/별말씀/거저 옛날로 가는 것이다"에서 "여행"과 "낡은 유행가"가 가리키는 바이다. 정현종은 이 노래 제목을 그가 자주 애용하는 유쾌한 '말놀이(pun)'를 이용해, 술 '조니 워커(Johnnie Walker)'를 즐기던 센티멘털한 시인 박인환을 가리키는 이름처럼 쓰고 있다.

이 시가 흥미롭게 읽히는 것은 이 시가 없었더라면 정현종의 독자들이 그의 시에서 '박인환'이라는 이름을 떠올리는 것이 그다지 자연스럽지 않았을 것이기 때문이다. 또한 김현이 그의 평론 「술 취한 거지의 시학」에서, "정현종의 시사적 자리는 서정주의 토속적 여성주의를 유치환·박두진·김수영의 한문 투의 남성주의와 서구적 구문법에 의지한 개인주의에 의해 극복한 곳에 있다."라고 한 것이 설득력 있게 들리기 때문에 더욱 그렇다.

분명 빈번한 한자어의 사용이 주는 강인한 인상과 자유에 대한 생래적 지향에 있어 김수영과 정현종이 같은 선상에 놓인다는 견해는 쉽게 수긍할 수 있다. 그러나 사물에 대한 태도에 있어 두 시인은 사뭇 다른 모습을 보여준다. 김수영이 애초에 '사물 바로 보기'를 결심한 것은 처음부터 그가 사물을 인식 대상으로 보았기 때문이다. 김수영에게 시선과 사물의 긴장은 적당한 거리에 의하여 유지되어야만 했으며, 후기에 가서나 상상적으로라도 그 자신의 자연화된 모습을 그리게 되었다. 그에게 사물과의 접촉은 꽤나 위험한 유혹이며 이 유혹은 공포를 야기한다. 김수영의 '꽃잎'이나 '풀잎' 등의 자연적인 사물들은 그 특성들 때문에 시의 자기 지시성을 설명하는 좋은 매개가 되어주기는 하지만 코로 향기 맡아지거나 손바닥을 간질이는 감각적인 대상들은 아니다.

그러나 정현종에게 사물은 종국에는 오히려 '의식의 맨 끝에 있는 죽음'의 구원으로 다가온다. (물론 그의 시에서도 사물이 의식과 대립적으로 파악되는 경우가 있다. 특히 초기 시에서는 그 갈등이 종종 드러난다.) 그리고 사물과의 긴장은 대립 대신 자아의 사물로의 용해를 통해, 앞에서도 언급한 바와 같이, 그가 그 안에 참여하고픈 세상의 모든 것들(things)로 자리 잡을 기미를 보인다. 그것은 체험─감각과 정서의 직접적 경험의 영역이다. 김수영의 자유가 사물을 바라보는 눈, 인식의 자유에 기초하고 있다면 정현종의 자유는 사물에 오감을 열어놓는 체험의 자유라 할 것이다. 이런 측면을 고려하면 그의 「센티멘털 자아니」에 보이는 (아마도 박인환이 보여준) "원수 같은 정감"에 대한 애증 어린 말은 "사물의 정다움"에 대한 애증과 모종의 관련이 있는 것처럼 보인다. (반면 사물에 대한 김수영의 태도를 생각할 때 즉각 떠오르는 것은 눈의 피로감이다. 그는 관찰할 뿐 쉽게 손을 내밀지 않는다.) "가장 즐거운 취중의/그분의 쓸쓸한 웃음"은 정감─이 말은 '센티멘털'의 통상적인 번역어인 '감상적인'의 '감상'보다는 훨씬 덜 감상적인데─에 취한 가운데서도 느낄 수밖에 없는, 혹은 취했을 때에 더욱 선명하게 떠오르는 '의식의 맨 끝에 있는 죽음'과 통하는 바가 있다.

하지만 그가 사물에 대해 느끼는 정다움은 '의식의 맨 끝에 있는 죽음'에서 오는 (종종 비관적 삶의 인식이라 일컬어지는) 애상에 머무르지 않는다. 「사물의 정다움」의 1연을 이루고 있는 상실과 '헛되고 헛됨'과 '그 다음'의 '화환과 알코올과 가을 바람', 그리고 (죽음의 다른 이름인) '헤어짐'에도 불구하고 2연에서는 '가볍게, 빠르게 오는 구원'을 발견한다. 시의 첫 구절이 주는 무게감은 상당하지만 2연 이후 시 전체를 지배하고 있는 것은 감각의 구원─사물이 주는 정다움을 스스로 승인하는 데서 찾아오는 따뜻하고 반짝이는 깨달음이다. 즉 같은 실존주의적 세계관에서 출발했다 하더라도 정현종에게 죽음은, 김수영에게처럼 비극적 운명에 매달려 구극의 무엇을 구하게 하거나 박인환에게 그러하듯이 정감의 탐미에서 쓸쓸한 웃음을 짓게 하는 대신, 사물 속으로 진입하게 하는 동기가 된다.

이렇게 보면 이후에 시인이 "사물이 세상 모든 것을 의미한다."라고 했을 때의 사물과 초기 시에서 드러나는 사물에는 아무래도 차이가 있다. '의식의 맨 끝은 항상 죽음'이지만, 이 '의식'까지 사물일 리는 없기 때문이다. 즉 초기 시에서의 사물에는 인간 의식의 유한성을 끊임없이 떠올리게 하는 대답 없는 의식 대상이라는 뜻과, 이에 대한 구원의 의미를 지니는 감각의 근원으로서의 사물의 뜻이 중첩되어 있었던 것은 아닐까? 혹은 의식과 사물의 '온몸'을 위해 우선 이들을 끈질기게 양분시켜야만 했던 김수영의 작업이 가까스로 성취를 이룬 그곳이 바로 정현종 초기 시의 고민의 출발점인 것은 아닌가? 어쩌면 사물은, 인간이 그 낱말을 고수하는 한, 의식을 완전히 배제할 수는 없을지도 모르지만. 그렇다면 그는 '의식적으로' 의식을 배제하려 하고 있는가? 그 고통이 역설적으로 말의 축제를 만들어내고 있었던 것일까?

첫 번째 시집에는 이후의 시집들에 비해 '죽음'이 자주 등장하는데, 시간이 갈수록 그는 이 '죽음'의 중량감을 줄이면서 매번 죽음에 가 닿는 '의식'에도 미련을 두지 않고 자기의 감각을 완성하기 위해 사물로 육박해 들어갈 것을 시도한다.

사물 속으로

(……)

심장은 없고 바람뿐이며

재산은 수상한 피와 광기뿐이며

본능에 생각을 싣고

감각에 정신을 싣고

(……)

죽음이 던지는 미끼에 매달려 쩔쩔매고

망측한 기쁨에 빠져서 부르짖고

사물을 캄캄한 죽음으로부터 건져내면서

거듭 죽고

즐거울 때까지 즐거워하고

슬플 때까지 슬퍼하고

무모하기도 하여라

모든 즐거움을 완성하려 하고

모든 슬픔을 완성하려 하고……

시대의 소리에 재갈을 물리는 강도를 쫓아 밤새도록 달리고 있다.

　　　　　　　　　　　　　　　　　　　　　　　　　　—「시인」 중에서[4]

　초기에 가졌던 자신의 시론을 묘사한 듯 보이는 이 시에서 죽음과 사물은 섞이어 있다. 시인은 '사물을 죽음에서 건져 거듭 죽는다.' 그러나 그러한 역할을 하는 것은 생각과 정신이 아니라 본능과 감각이다. 생각과 정신/본능과 감각은 인식론적 전통 속에 오랫동안 놓여 있던 주연과 조연의 역할을 바꾼다. 그는 여기에서 "즐거울 때까지 즐거워하고/슬플 때까지 슬퍼하"는, 갈 데까지 가보는 '무모한' 모험 본능이라고 할 만한 것이 시를 이끌어간다고 믿고 있다. 모든 것이 사물일 때, 생각과 정신은 이를 감당하지 못한다. 본능과 감각만이 즐거움과 슬픔을 완성하려 육박해 들어갈 수 있다. 감각은 육박해 들어가 부딪히지 않고 그대로 뒤섞여 버린다. 사물을 보는 인식론적인 고통에서 시작했지만 인식의 주체인 '나'의 유한성의 벽

---

4) 정현종, 앞의 책.

과 대면하고 그 고통 자체를 시로 만들고야 말겠다는 저돌적인 결심을 내비치고 있다. 죽음의 의식 앞에서 속수무책인 시인은 죽음과 싸우지 않고 죽음을 대변하는 사물과 스스로 뒤섞인다. 그저 들어갈 뿐 아니라 용해되어 같은 결을 이루기 시작한다.

> 부서진 내 살결과 바람결이 같아지고
> 결코 없어지지 않는 모든 것들의 살이 되리니
>
> 딴딴하게 굳어버린 바람의 불쾌한 소리를
> 살아 있는 피의 불로 불태운 뒤의
> 재를 열렬히 양식으로 삼기 바람.
>
> ——「죽음과 살의 和姦」 중에서[5]

'바라다'의 명사형 '바람'과 부는 '바람'의 이중적 의미를 통해 시인은 자신의 시의 심상과 개념 사이를 좁혀놓는다. '나'의 살결은 바람결과 구별이 없어진다. 바람은 '함께 사라지다'를 부른다. "같이 죽는다는 것은 정사(情死)를 의미한다. 아, 우리는 서로 지독하게 사랑하고 있는 것이다!"[6] 이 살결과 바람결의 '화간'은 사물과 '나'의 암묵적 동의 속에서 이루어지는 것으로 쌍방향이다. 이 시의 묘사가 죽음의 제의와 관련된다면 그것은 풍장(風葬)보다는 화장(火葬)에 가까울 것이다. 그러나 불타고 있는 것은 이미 주검——사물이 된 '나'가 아니라 아직 '살아 있는 피'이며 그것은 또한 그 자신을 태우는 불이기도 하다. 이 시에서 화자는 그 자신을 스스로

---

5) 정현종, 앞의 책.
6) 「절망할 수 없는 것조차 절망하지 말고……」 부분, 『나는 별아저씨』(문학과지성사, 1978).

태워 열렬히 죽어가고 있지만, 여기에 센티멘털한 것은 없다. 이 죽음은 불의 본성이 그렇듯이 태우기 위해 존재하고 있는 피의 의무 이행이며 완전 연소이다. 불은 '타다'와 '태우다', 자동사와 타동사의 주인이다. 죽고 죽이는 (불타고 불태우는) 피의 불에 있어서 죽음의 개념은 무거울 필요가 없고, 바람결과 뒤섞인 재가 양식이 되는 한 그의 에너지는 세계 속에서 영원히 동일한 양을 지닌다.

정현종의 초기 시에서 나타나는 이 같은 실존주의적 상황에 대한 인식—무에 대한 고민으로부터 시작된 사물에로의 뒤섞임 과정에 관하여 르 클레지오의 다음 글만큼 잘 설명하고 있는 것은 없을 듯하다. 공교롭게도 출생 시기도 비슷하고 등단 시기와 글쓰기 연혁도 비슷한 이들은 '사물들의 세계'라는 말에 대하여 놀랍도록 유사한 감각을 공유하고 있다.

어머니의 뱃속을 향하여, 망각을 향하여, 그토록 고요하고 그토록 순수한 바위를 향하여 열망했던 회귀. 그는 그의 조건을 알았다. 그러나 그 조건이 無로 반죽하여 만들어졌기 때문에, 그리고 그 조건에서 떨어져 나가고 있기 때문에 비로소 그것을 깨달은 것이다. 그는 그의 외부에 있는 것의 신비를, 항상 그의 밖에 있을 뿐 그 내부로 들어오게 할 수 없는 것의 신비를 느꼈다. 그는 세계가 그의 내부로 들어오게 되어 있는 것이 아니라 자기가 어느 날인가 세계에로 되돌아가게 되어 있다는 예감을 가졌었다. 그의 운명은 인간의 운명이 아니었고 그의 낙원은 인간의 낙원이 아니었다. 그가 그토록 염원했던 피안의 세계, 그것은 첫째날 이래 그가 이미 알고 있었듯이 '여기'였다. 그의 삶의 소산인 그의 언어와 그의 윤리와 그의 신앙과 그의 예술과 그의 과학과 그의 사랑, 그 모든 것은 땅의 영역으로 서서히, 여지없이 되돌아가고 있었다. 그 모든 것은 조금씩 조금씩 먼지 속에서, 녹 속에서, 불, 공기, 물 속에서, 그 형태를 이루어가고 있었고 구체적인 기호들로 새겨지고 있었다. 사상은 육신과 함께 흙 속에 묻히고 죽음의 밭에서 서서히 썩어가고 있었다. 인간은 그의 육체와 분리된 채 살아가지 못했고 살아본 적도 없었다. 모든 것이 물질에 속해 있었고 물질의 그 어느 것도 박탈될 수 없었다.

그것은 이러하였다. 인간의 단 한 가지 위대한 생각은 바로 사람이 되지 않을 수도 있다는 것을 깨닫는 것이었다.[7] (강조는 인용자)

위 인용문에서 강조해 놓은 피안의 부재, 아니 피안이 바로 '여기'라는 인식 역시 정현종의 시에 관하여 언급해야 할 중요한 주제이다. 시인의 그러한 인식이 감각과 본능으로 세계를 끊임없이 받아들이고 있는 동안에도 독자들은 그와 동시에 성스러운 종교적 제의를 보는 것과 같은 느낌을 받는다. 성(聖)과 속(俗)의 뒤섞임은 신과 사물의 뒤섞임과 함께 이루어진다. 그에게는 신이 없는 듯한데, 역설적이게도 세상의 사물들은 그에게서 신과 같은 대접을 받는다. 인간과 비슷하지만 훨씬 우월한 어떤 존재가 우리의 보편적인 '인간성'의 주인이라는 서구 기독교적인 신념의 밑바닥에는 인간의 생각에 뿌리박고 있는 인간 중심주의의 고집스러운 찌꺼기들이 깔려 있다. 우리가 사람이 되지 않을 수도 있다는 것을 깨닫는 순간, 인간 중심주의의 종교적 신념들은 그 기반을 잃고 사물들의 세계가 빛을 발하기 시작하는 것이다.

"얼마나 무거워야 가벼워지는지를"

애초부터 스스로 자기의 본성에 충실하게 존재하는 사물, 그 자체에는 저항이 없었는지도 모른다. 사물과의 동화(同化)를 방해하는 것은 언제나 의식이었을 테지만, 사물의 '날 느낌'을 모르는 의식은 감각을 소외시킨

---

7) 르 클레지오, 『침묵』(세계사, 1993(1969)), 김화영 옮김.

채 죽음에 매달렸었다. 첫 시집 『고통의 축제』의 해설을 쓴 김우창의 평처럼 분명 그의 시의 출발은 철학적이며 그 문제의식은 앞에서 살펴본 것처럼 죽음에서 발생했다. 그리고 죽음에 대한 의식은 사물에 대해 느끼는 정감—정다움으로부터 사물과의 화간으로 옮겨 갔다.

그가 사물 속으로 진입함으로써 그는 '자기 자신'을 잃어버렸는가? 아니, 그는 오히려 사물에 가까워지는 만큼 자기 자신과도 가까워진다. 다음 시구를 보자.

나는 내가 대상을 향해 걸어갈 때 그 대상 또한 나를 향해 오고 있음을 안다.
내가 내 바깥의 어떤 것을 향해서 갈 때 나는 언제나 나 자신을 향해서 가고 있는 것이다. 언제나. 대상 또한 나를 향해 가까이 오면 올수록 그 자신에 가까워진다. 따라서 내가 대상을 정말 만날 때, 즉 내가 대상에 몰입하고 대상이 나에 몰입할 때 우리는 각각 자기 자신을 정말 만날 수 있다.
　　　　　　　　—「절망할 수 없는 것조차 절망하지 말고……」 중에서[8]

이 다가감은 가능한 한 펼쳐진 감각이 전제되어야 하므로, 온몸의 감각들이 이 것 저 것과 접촉하면 할수록 접촉하는 대상의 풍부함과 함께 접촉하는 감각 주체도 팽창하며 더욱더 자기다워진다. 인식론적인 의미에서는 모순적인 양 방향의 발달이 발생한다. 사물과 합일되면 될수록, 그것을 체험하고 있는 자기의 감각이 열리면 열릴수록 그것을 알아채는 그의 의식 역시 뚜렷해진다는 것이다. 이 지점이 바로, 박인환의 '원수 같은 정감'을 발전적으로 극복하고 그것을 정다움으로 환치하면서, 김수영이 의식과 사물의 분리를 통해 성취한 '온몸'을 자기 식으로 수행하면서, 무거움을 통

---

8) 정현종, 『나는 별아저씨』.

한 가벼움으로의 이행을 이루어내는 지점이다.

> 제 몫으로 지고 있는 짐이 너무 무겁다고 느껴질 때 생각하라, 얼마나 무거
> 워야 가벼워지는지를. 내가 아직 자유로운 영혼, 들새처럼 나는 영혼의 힘으로
> 살지 못한다면, 그것은 내 짐이 아직 충분히 무겁지 못하기 때문이다.
>
> ──앞의 시 중에서

만일 그가 날개 달린 것이라면 그는 분명 나비라기보다는 새일 것이다. 중력을 이용하지 않고 나는 새는 없다. 나비는 나풀거릴 뿐 비상(飛翔)하지 않는다. 김훈이 그에게서 '탱크를 매달고 가는 헬리콥터'를 떠올리는 것도 역시 무거움을 끌고 가는 그의 추진력을 느낀 데서 비롯된 것일 터이다.

그리하여 우리는 다소 무겁더라도 이렇게 말할 수 있을 것이다. 그의 사물과의 합일에 대한 욕망은 세계와의 동일화에 대한 욕망이다. 첫 시집과 두 번째 시집의 제목이 '고통의 축제'와 '사물의 꿈'인 것은 그의 '본능과 감각'이 '생각과 정신'을 대신하게 되었다는 증거로 제시되어도 좋을 것이다. '사물의 꿈'은 사물에 관한 꿈일 뿐 아니라 사물이 된 시인의 꿈이기도 하다. 사물의 저항이라 생각했던 것은 그의 의식의 저항이었다. 의식을 의식적으로 배제하고 본능과 감각에 자리를 물려주자, 정다운 사물과 살을 섞고 그것이 된다. 사물과 동화되면 동화될수록, 시인 역시 자연 속의 모든 사물이 그러하듯 '스스로 그러하게' 있기 시작한다. 자연스러워진다. 의식의 맨 끝에서 죽음을 보았던 30년 전의 그는 더욱더 명랑해진 미래의 자기 자신에게 말한다. "오오 노시인들이란 늙기까지 시를 쓰는 사람들, 늙기까지 시를 쓰다니! 늙도록 시를 쓰다니! 대한민국 만세(!)"[9]

---

9) 「노시인들, 그리고 뮤즈인 어머니의 말씀──사랑 사설 둘」, 『고통의 축제』.

정현종의 시 혹은 춤

자유에 기반한 '얽힘'의 현현

이승은

1 시작하며

선뜻 이해가 가지 않을 수도 있겠지만, 시집 『고통의 축제』는 지하 속 같은 공간에서 유폐된 자가 추는 축제의 춤을 떠오르게 한다. 예컨대 에밀 쿠스트리차 감독의 영화 「언더그라운드」의 축제 장면은——영화에서 축제를 벌이는 사람이 혼자가 아니라 다수라는 점을 제외한다면[1]——그 한 예가 될 수 있다. 영화 속 인물들은 지하 공간에서 실컷 먹고 마시고 춤을 추면서 날아다닌다. 그 모습은 그야말로 흥겨운 축제의 한 장면이다. 이는 관객에게 음악과 춤에 취하는 흥겨움을 선사하지만, 결코 즐겁기만 한 축제라고는 볼 수 없다. 전쟁을 피해 지하로 지하로 내려간 사람들의 춤이기 때문이다. 지상으로 올라올 수 없는 자들의 춤, 그래서 역설적으로 더 그

---

1) 다수의 사람들이 광장의 열린 공간에서 벌이는 축제의 일반적 성격을, 시집 『고통의 축제』의 '축제'는 지니고 있지 않다. 그것은 오히려 닫힌 공간에서 여는 혼자만의 축제에 더 가깝다.

축제에 철저히 몰입하여 춤추는 그들을 만나게 된다.

정현종의 초기 시집인 『고통의 축제』에는 춤[2]을 소재로 한 「독무」, 「화음」 등의 시뿐만 아니라 "춤"이라는 시어 역시 빈번히 등장한다. 또한 그 이후의 시집에서도 춤의 본령이라 할 수 있는 도약의 상승적 이미지는 나무, 새 등의 소재 속에서 본격적으로, 그리고 지속적으로 다양하게 변주되어 나타난다. 그의 시의 특징 중 하나가 이 같은 상승적 이미지에 있기 때문에 그는 '가벼움'의 이미지를 노래하는 시인으로 일컬어지기도 한다. 왜 나는 이런 시인의 시에서 특별히 지하와 같은 어두운 공간의 춤이 떠오른 것일까. 『고통의 축제』[3]에 실린 시 한 편을 보자.

> 저 밖의 바람은
> 심장에서 더욱 커져
> 살들이 매어달려 어둡게 하는
> 뼈와 뼈 사이로 불고

---

2) 춤과 시는 가장 많이 닮아 있는 예술 장르라고 말하는 사람들이 있다. 발레리 역시 그중 하나인데 그는 「시와 추상적인 생각」이란 글에서 산문을 어떤 목적지를 향해 가는 보행에 비유한 반면, 시는 춤에 비유한다. 그는 춤은 목적지가 없거나 분명치 않은, 어쩌면 형언키 어려운 어떤 황홀감, 꽃의 미소 같은 것이라 표현한다. 이런 표현에 기대어 볼 때, 시인에게 시는 곧 춤과 같은 것이다. 춤의 움직임 자체가 나아가다 멈칫거리고 회전하며 맴돌고 도약하는, 즉 온갖 일직선적인 밋밋한 움직임을 거부하는 다양한 단위로 이루어져 있다는 것을 고려할 때, 이는 시와 춤의 본질을 감지하는 자들의 공통된 감각임을 알 수 있다.

3) 「독무」(밤 영창(映窓)의 해진 구멍으로 가져 가는/확신과 열애의 손의 운행을), 「화음」(내려오는 별빛의 서늘한 승전(勝戰) 속으로 달려간다), 「기억제 2」(나 밤새도록 지붕 위에) 등 『고통의 축제』에 실려 있는 시들의 시간은 대부분 밤이다. 즉 어둠의 시간이자 어둠의 공간에서의 노래이다. 게다가 이 어둠의 공간은 실제로는 열려 있는 공간일지라도, 화자의 심리적 실재에서는 고통의 춤 혹은 고통의 떨림이 있는 공간이기 때문에 열려 있는 공간으로 보기 어렵다.

그리 낱낱이 바람에 밟히는 몸은
혹은
손가락에 리듬의 금환을 끼며
머나먼 별에게 춤추어 보이기도 하네.

—「바람 병」(①:42)[4]

  화자는 어떤 닫힌 공간에서 춤추고 있다. 이 시에서의 "바람"은 화자가 서 있는 공간에서 부는 바람이 아니다. 화자와 단절된 곳에서 부는 "저 밖의 바람"일 뿐이다. 바람이 "심장에서 더욱 커져", "뼈와 뼈 사이로 불"게 된다는 것은 화자의 동경과 지향을 암시한다. 궁극적으로 별을 향해 춤추게 되는 계기는 다른 공간의 바람이 제공하는 것이기 때문이다. "나는 감금된 말로 편지를 쓰고 싶어 하는 사람이 아닙니다." 혹은 "나는 감금될 수 없는 말로 편지를 쓰고 싶습니다."[5]라는 고백에서도 알 수 있듯이 "편지"로, 게다가 "감금될 수 없는 말"을 써서 외부와 소통하고자 하는 것은 고통의 축제가 이루어지고 있는 공간이 화자의 심리적 실재에서는 열린 공간이 아니라 닫힌 공간이라는 것을 반증한다. 축제의 일반성을 고려할 때, 축제는 광장과 같은 열린 공간에서 이루어진다고 할 수 있다. 그런데 "고통의 축제"는 닫힌 공간에서의 축제이며 또한 닫혀 있다는 측면에서 개인의 내면이 상기되는 공간에서의 축제이다. 즉 닫힌 공간에서의 혼자만의 축

---

4) 인용하는 시들은 괄호 안에 다음의 시집 번호와 쪽수를 병기한다.

  ①『고통의 축제』(민음사, 1974) ②『나는 별아저씨』(문학과지성사, 1978) ③『떨어져도 튀는 공처럼』(문학과지성사, 1984) ④『사랑할 시간이 많지 않다』(세계사, 1989) ⑤『한 꽃송이』(문학과지성사, 1992) ⑥『세상의 나무들』(문학과지성사, 1995) ⑦『갈증이며 샘물인』(문학과지성사, 1999) ⑧『견딜 수 없네』(시와시학사, 2003)

5) 「고통의 축제」(민음사, 1974).

제인 것이다. 이는 축제의 일반성과는 그 성격을 달리한다는 점에서도 표
제의 역설을 한층 강화하는 부분이다. 이 같은 역설들이 그의 시가 가진 불
확정성의 공간을 넓혀주고 있는 것은 물론이다.

　정현종 시인의 초기 시에 대해서 기왕의 평문들은 춤을 통한 현실로부
터의 도피 혹은 현실의 초월을 언급한다.[6] 이는 충분히 납득할 만한 진술
이다. 시란 어차피 저 너머의 목소리이며, 그것을 꿈꾸는 것일 테니 말이
다. 그렇지만 시는 어떤 점에서는 세속적인 것이다.[7] 여기서 '세속적'이라
는 것은 인간의 삶, 그리고 인간과 더불어 존재하는 만물 전부를 받아들이
는 것을 뜻한다. 그렇기 때문에 시는 선(禪)이나 혹은 종교가 금하는 것까
지도 유유히 탈환할 수 있는 자유를 선사한다. 정현종의 시에서 춤은 그러
한 시의 자유를 표상하는 하나의 기표이다.

　서둘러 결론부터 말하면, 정현종 시인에게 춤은 초월을 꿈꾸는 그 '과
정이자 방법'이다. 그러므로 춤에 의해 현실로부터 도피하거나 현실을 초
월한다고 보기 어렵다. 물론 춤의 대표적 이미지의 하나인 상승, 몸으로의
도약은 초월을 향한 몸짓이다. 그러나 초월을 향해 있다는 것과 초월은 같
은 것이 아니다. 그의 시에서 춤은 초월을 지향하는 삶의 "방법적 사랑"
(「사랑 사설 하나」, ①:68)의 하나이다. 초월은 삶의 무게를 버리는 것이지
만, 춤은 결단코 삶의 무게를 버리지 못한다. 삶의 무게의 하나인 인간의
물리적 조건을 그대로 걸머지고 있는 인간의 육신을 보여주는 것이 춤이

---

6) 김우창 「사물의 꿈」, 남진우의 「정현종, 풀잎/보석의 상상 구조」 등의 글에는 정현종 시의
　춤이 도취, 초월의 기제로서 해설되고 있다.

7) 언젠가 수업 중의 일이다. 어떤 선적인 경향을 추구하는 젊은 시인의 시세계에 대한 한 학생
　의 발표가 있은 직후에, 정현종 시인은 지나가는 말처럼 "시와 선(禪)은 물론 닮은 데가 있지,
　그러나 시와 선은 다르지. 시는 세속적이기 때문에 시가 되는 거지……"라는 말을 흘리셨
　다. 나는 기억력에 심한 문제가 있는 편인데 이상하게도 이 말은 지금도 선명히 기억한다.

기 때문이다. 따라서 그의 시에서 춤은 결코 '초월'을 노래하는 것이 아니다. 그의 시에 표현되는 춤의 도약 혹은 춤에 의한 상승적 이미지는 공중에서 이루어질지라도 그 목적은 공중에 있지 않고, 공중에서의 얽힘에 있다. 그의 시에 나오는 춤은 땅과 공중이 만나면서 펼쳐지는 자유에 기반한 얽힘이다.

2 춤추기 전

앞에서 시인의 초기 시집에서는 지하 공간에서 춤추는 자가 떠오른다고 했다. 지하는 어둡고 습하고 그야말로 사람이 살기에 적합하지 않은, 숨쉬기 어려운 곳이다. 전쟁이라는 특수한 상황에 처하면, 폭격과 같은 어려운 상황을 피해 지하로 숨어드는 것은 경험적 사실이기도 하다. 하지만 그 같은 특별한 이유가 없다면 아무도 지하에 거하고자 하지 않을 것이다. 그럼에도 불구하고 그와 같은 공간으로 내려가게 만든 것은 시인을 둘러싸고 있는 삶이었다. 시인의 시작 노트 한 부분에서 볼 수 있듯이 "보이지 않는 공포와 가장 강력한 경멸의 뒤범벅을 우리는 오늘날 삶이라고 부른다. 게다가 그 공포와 경멸을 더 많이 차지하겠다고 사람들은 경쟁적으로 싸우고 있는 것이다."[8] 그 삶은 인간 자신과 상관없이 일어나는 것이 아니라, 인간 스스로 만든, 우리 자신의 모습이기도 하다. 그것은 시인으로 하여금 「심야통화2」(①:81)에서 "지금은 밤참이 가장 아름다운 시대…… 못 날으겠다, 못 날으겠다, 너 때문이다, 죽일 놈. 그러나 가장 안되기는 꿈이 안됐소. 찬란하게 꽃필 모든 아름다운 생들이 안됐소" 하고 말하게 한다. 삶을 고통스러워하는 시인은 그래서 이렇게 노래할 수밖에 없다.

---

8) 정현종, 『나는 별아저씨』, 69쪽.

하늘은 새들에게 내어주고
나는 아래로 아래로 날아오른다

—「고통의 축제 2」 중에서(②:17)

지상에서 거주할 곳을 찾지 못했다면, 갈 곳은 '아래' 밖에는 없다. 하지만 말이 "날아오른다"이지 아래로 나는 것이 어찌 '날기'의 본연의 임무겠는가. 그럼에도 그것을 "날아오른다"라고 표현하는 것은 그야말로 "고통의 축제"이다. "생의 기미"(「고통의 축제」, ①:94)를 알아버리고, 삶의 무게에 짓눌린 자가 "아래로" 날아감에도 불구하고 살아야 하는 것이 엄정한 현실이기 때문이다. 그 노래는 이렇게 이어진다.

무슨 힘이 우리를 살게 하나구요?
마음의 잡동사니의 힘!

어떤 상황에서라도 살아야 하기 때문에 "숨쉬는 법을 익히세요/마시는 공기의 양을 줄여가는 법을"(「우울과 영혼」, ②:23)이라 위로하면서 그는 이 공간의 고통을, 고통으로만 머물러 있게 하지 않는다. 「술잔을 들며」(②:46)의 일부를 보자.

고통이 내게 와서 말한다—
내 그대의 뿌리에 내려가
그대의 피가 되리니
내 별 아래 태어난 그대
내 피로 꽃 피우고 잎 피워
그 빛과 향기로 모든 것을 채우라.

시인이 내려간 곳은 고통에 찬 어둠의 지하 공간이다. 그런데 이 고통의 공간은 '삶[生]'의 가능성의 공간이 되어 다시 태어난다. 이곳이 부활의 공간이 되기 위해서는 이 공간의 고통을 철저히 체험해야 한다. 이 고통을 제대로 살아내지 못한다면 진정성이 결여된 노래만 흘러나올 것이며, 그곳에서 부활의 뿌리를 잉태하는 것은 요원한 일이 될 것이다. 따라서 이곳에서 중도적이고 평균적인 미덕이란 없어야 한다. 그의 초기 시집의 주된 정조인 고통과 절망의 무거운 분위기는 그가 "고통의 축제"를 어떻게 얼마나 철저히 체험하고 있는가를 암시한다. 그 결과 그곳에서의 고통은 우리를 살리는 "뿌리"가 되어 그 어둠의 공간을 피워내기 시작한다. 고통이 뿌리가 된다는 것은 어둠으로부터 양분을 빨아올린다는 것을 의미한다. 이는 양분을 고통에서 길어 올린다는 기이한 역설을 보여주는 것일 뿐만 아니라, 그러한 역설이 시를 만들어내는 원천임을 암시하는 것이기도 하다.

미셸 투르니에는 자신의 책에서 잘 지어진 집에는 반드시 지하실이 있다고 소개한 뒤, 지하실은 "한 집의 살아 있는 뿌리가 박혀 있는 곳"[9]이라고 표현한다. 뿌리란 신비한 나무요, 지하의 나무요, 뒤집힌 나무다.[10] 나무란 위로 자라나는 상승적 존재임을 상기할 때, 이는 지하의 공간이 상승적 벡터를 가진 가능성의 공간이라는 것을 말해 준다.[11]

---

9) 미셸 투르니에, 「지하실과 다락방」, 『소크라테스와 헤르만 헤세의 점심』(북라인, 2000), 김정란 옮김, 91쪽. 작가는 이 책이 바슐라르를 추모하며 쓴 것이라 밝히고 있다. 바슐라르는 『공간의 시학』에서 열정적인 거주자는 지하실을 더 파내려 가고 또 파내려 가서 그것의 깊이에 활성을 주고, 결과적으로 몽상이 시작되게 한다고 말한다. 바슐라르에게 지하실은 피난처, 은신처로서의 공간으로 몽상이 활성화되는 인간 무의식의 탐구와 관련되는 공간인 것이다. 그러므로 바슐라르의 지하 공간은 엄밀하게 말하면, 정현종의 지하 공간과 일치하지는 않는다. 하지만 고통 역시 인간의 심연에 깊이 자리 잡고 있는 것 중 하나라는 사실을 고려할 때, 연계점이 없는 것은 아니다.

10) 가스통 바슐라르, 「뿌리」, 『대지 그리고 휴식의 몽상』(문학동네, 2002), 정영란 옮김, 322쪽.

시인 역시 내려간 곳을 단순한 어둠의 공간으로 방치하지 않는다. 시인은 고통의 공간을 "비로소 출항이고 방 전체가 등불이고/마침내 방 전체가 파도"(「자기의 방」, ①:49)가 되는 새로운 공간으로 끌어올린다. 이제 그곳은 마치 자궁과 같은 새로운 탄생을 예비한 어둠의 공간이다. 그는 새로운 탄생과 부활을 위해 어둠의 지하 공간으로 내려갔다고 할 수 있다.

정현종의 시가 한국의 시사(詩史)에서 특별히 독창적인 시세계를 보여준다고 한다면, 그것은 이 어두운 고통의 공간을 빛과 부활의 공간으로 끌어올린 점에 있다. 물론 한국의 현대 시사에서 부정의 극한, 고통의 극한을 체험함으로써 어둠의 공간에 다다른 시인이 비단 정현종만은 아니었다. 현실에 대한 환멸과 치욕을 경험한 후, 어떤 부정의 공간으로서, 정현종이 도달했던 그 지하 공간과 유사한 공간에 이르렀던 시인들이 있다.[12] 하지만 그들이 그곳을 노래하며 아파하면서 멈추었던 것과 달리, 정현종은 그 고통의 공간에서 삶의 새로운 "뿌리"를 잉태한다. "광대한 어둔 지층에/보석의 날개와 창이 열려"(「창천 속으로」, ③:48) 있기에 그 자리에서 "춤추며/밀려"(「밀려오는 게 무엇이냐」, ⑥:91)오는 것은 그야말로 "우주적인 숨"(「빈방」, ④:50)통이다. 그런데 "꽃"과 "향기"를 피워내려면 '빛'이 필요하다. 이제 시인은 그곳에서 무엇을 하는가.

3 춤을 추다

3-1

    내 할일은 단 하나

---

11) 가스통 바슐라르, 「상상적 추락」, 『공기와 꿈』(민음사, 1993), 정영란 옮김, 191쪽 참조.
12) 대표적으로 이성복, 황지우, 기형도 등을 꼽을 수 있을 것이다.

내 가슴에 뛰어드는 저 푸른 풀잎을 껴안는 바람처럼

고요히고요히 춤추는 일

—「전쟁」중에서(②:30)

지하에 유폐된 자가 춤추기 시작한다. 그의 시에서 춤이 무엇인지 살펴
보자.

(……)

識者처럼 생긴 불덩어리 공중에 타오르고 있다.

시민처럼 생긴 눈물덩어리 공중에 타오르고 있다.

불덩어리 눈물에 젖고 눈물덩어리 불타

—「고통의 축제」중에서(①:94)

이스머스 제포텍(Isthmus Zapoter)의 원주민들은 '축제'와 '춤'을 구별
하지 않고 'saa'로 쓴다고 한다.[13] 그들에게 "고통의 축제"는 "고통의 춤"
이다. 굳이 이런 해석을 끌어오지 않더라도 "불덩어리"가 타올라 흔들리
는 모습 자체에서 춤은 쉽사리 연상된다. 한데 그것은 하나가 될 수 없는
것이 만나 어느 것도 사라지지 않고 결합을 이루어내는 춤이기에 기이하
다. 화합할 수 없는 사이지만 결합하여 축제를 벌인다. 화합할 수 없는 사
이가 축제를 벌인다는 점에서, 사실 무서운 사이다. 그래서 시인도 "모든
〈사이〉는 무섭다"고 했는지도 모르지만, 이 무서운 사이는 창조하는 것이
있는 역설적인 사이기도 하다. 술이 '불꽃으로 타는 물'[14]이 될 수 있는 것

---

13) 안야 피터슨 로이스, 「춤」, 『춤의 인류학』(미리내, 1993), 김매자 옮김, 18쪽.

14) 가스통 바슐라르, 「알코올—타는 물」, 『불의 정신분석/초의 불꽃 외』(삼성출판사, 1990),
   민희식 옮김, 106쪽.

은 알코올이라는 물질이 있기 때문에 가능한데, 이는 이 시의 '물과 불'의 결합을 상상할 수 있는 열쇠가 된다. 물과 불의 결합으로 창조되는 것은 "눈물덩어리 불타" 오르는 것이다. 그런데 여기의 눈물덩어리는 고통으로 부터 온 것이다. 술이 타는 물이 되기 위해서 알코올이 있었듯이, "눈물"이 "불타" 오르기 위해서 고통은 있는 것이다. 즉 물과 불의 결합 조건은 바로 '고통' 이다. 그래서 그 눈물이 고통의 춤을 추기 시작할 때, 그 눈물은 불을 뿜어내면서 타오를 수 있는 것이다. 다시 말해 눈물이 고통의 춤을 출 때 불이 창조된다. 불은 곧바로 빛 아닌가. 즉 춤은 빛을 만들어내는 에너 지이다.

그런데 이러한 춤은 아직은, 춤의 본령이라 할 수 있는 '가벼움' 을 담고 있다고 할 수는 없다. 원초적인 아픔을 담고 있는 고통의 춤이기에 무거움 에 가까운 춤이다. 그러나 그 고통은 "칼날에 뿌리내린 꽃"(「눈보라에 뿌리 내린 꽃」, ③:30)이 되어 새로운 공간을 창조하는 에너지로 화한다. "너무 맑은 바람은 갈증/너무 밝은 햇빛은 그리움"(「잔악한 숨결」, ③:23)일 수밖 에 없는 결핍의 공간은, 이 '춤' 을 통하여 어둠의 공간에서 빛의 공간으로 나아간다. 이럴 때 '춤' 의 공간은 "꽃" 을 피워내는 변혁의 공간이 된다. 춤 의 공간은 우리가 일상적으로 느끼는 실체적, 제한적인 공간이 아니다. 춤 을 통해 그려지는 공간은 구체성이라는 테두리가 없으며, 유동적인 신체 의 동작이 마치 광선, 물의 흐름, 호흡처럼 자기 완성에 몰두하며 겉으로 보기엔 끝없는 듯한 이미지로 바뀔 수 있는 공간이다.[15] 이런 변혁의 공간 으로서의 춤의 이미지는 "해방이나 열림의 순간을 체험케 한다."[16]는 점에 서 시적 이상과도 닮아 있다.

---

15) 마리 뷔그만, 「춤의 신비」, 『춤의 언어』(현대미학사, 1994), 윤계정 옮김, 26쪽.
16) 정현종, 「시란 무엇인가」, 『정현종 깊이 읽기』(문학과지성사, 1999), 이광호 엮음, 365쪽. (『거지와 광인』(나남, 1985)에는 「시의 자기 동일성」이란 제목으로 실려 있다.)

그의 육체는 뿌리와 같다. 영혼의 꽃피는 불을 위한 모든 것을 빨아 올리고 준비한다. 걸어다닐 때도 춤출 때도 땅 속에 뿌리박고 있다. 땅은 어둡다. 그러나 뿌리인 그의 육체는 밝고 밝다. 지상의 햇빛 속에 피워내는 것이 있기 때문이다. 육체여 왜 어둡겠는가. 그의 육체는 뿌리와 같다.

그의 목은 나무 줄기와 같다. 그 목은 길고 투명하다. 목은 높은 데로 올라가는 신성한 사다리와 같다. 목은 아, 얼굴을 향하여 한없이 올라가고 있다.

나는 피어난 고통의 꽃 그의 얼굴을 본다. 그 얼굴은 폭풍의 內部처럼 고요하고 그리고 아름답다. 그의 눈은 눈물의 내부에 비친 기쁨의 빛의 넘치는 그릇이다. 자연의 肺의 향기를 향해 깊이 열려 있는 그의 숨결. 운명의 모습처럼 반쯤 열려 있는 저 입의 深淵의 고요. 회오리바람기둥의 중심에 모인 힘으로 기쁨을 향해 열려 있는 얼굴. 오, 피어난 고통의 꽃 그대의 얼굴.
—「한 고통의 꽃의 초상—니진스키에게」(②:50)

인간 운명의 온갖 드라마는 우리에게 "가볍게 변화할 것인가 아니면 무겁게 남아 있을 것인가"[17] 하는 것을 선택적으로 제시하기도 한다. 가볍게 '변화한다' 는 말은 본래부터 가벼운 것이 인간 존재의 운명에는 존재하지 않았다는 것을 의미한다. "궁지에서 와서/궁지에서 살다가/궁지로 가"(「궁지」, ⑦:36)는 것이 우리의 운명일 것이기 때문이다. 어떤 선행 요소 없이 그 자체로 공기적인 존재가 될 수 없는 것이 인간의 조건이란 의미일 것이다. 따라서 춤추는 육체가 "영혼의 불" 길을 빨아 올리는 "뿌리"라는 것은 먼저 '추락이 있었다' 는 것을 뜻한다. 그러므로 그 추락의 고통을 딛고,

---

17)가스통 바슐라르, 앞의 글, 211쪽.

지하에서 대지의 표면을 뚫고 올라오기 때문에 춤추는 자의 얼굴은 "고통
의 꽃"으로 "피어" '날' 수 있는 것이다.

> 무용 「바야데르카」에서 뛰어오른
>
> 그 남자 무용수는 아,
>
> 너무 가벼워
>
> 몸이 아니라 바람 한 자락,
>
> 관객을 열광시킨 그 가벼움,
>
> 이 도시의 고통과 생존과 우리의
>
> 발걸음의 모든 무거움을 단숨에
>
> 氣化시키는 그 가벼움에 나는
>
> 손바닥이 아프도록 찬탄했느니,
>
> 거기에 이르기까지
>
> 공기에 이르기까지
>
> 무대 뒤의 고된 나날이여
>
> 아름답다 心身의 뒤안길이여.
>
> ──「그 가벼움─페테르부르크 시편 3」(⑦:68)

바슐라르는 『공기와 꿈』에서 추락을 상승에 대한 상상력이 앓는 하나
의 병으로, 고지에 대한 달랠 수 없는 향수[18]로 표현한다. 추락했던 자가 상
승에 대한 향수를 표현하는 춤을 출 때, 그때 인간의 몸은 대지적 존재에
멈추어 있지 않다. 고통에서 길어 올려진 뿌리인 육체는 "뛰어오르는" 춤
의 도약을 통해 대지적인 것(고된 나날)과 공기적인 것(무거움을 단숨에 기화

____

18) 가스통 바슐라르, 앞의 글, 192쪽.

시키는)의 얽힘 속에서 빛난다. 시인의 표현처럼 '육체의 공기화'[19]를 실현해 보여준다. 그럴 때 '몸'은 공기적인 것과 대지적인 것의 얽힘을 현현한다고 할 수 있다. 이는 초월과는 다른 차원의 드라마를 창조하는 것이다. 노발리스가 중력을 "하늘로의 도피를 막아주는" 끈[20]으로 표현했듯이 영원한 상승, 결정적인 떠오름이란 없다는 그 드라마를 일컫는다. 이는 인간에게 좌절을 안겨주는 것이라기보다는 추락의 현기증[21] 체험을 '낢' 속에 통합함으로써 인간 존재의 조건을 스스로 확인하고 또 거듭 '날' 수 있다는, 그 방법적 과정을 확인하는 드라마일 뿐이다. 이때 중요한 것은 비상하는 순간의 그 수직성이 우리 내부에 위(높은 것)와 아래(낮은 것)를 동시에 위치[22]시킨다는 사실이다. 대지적 존재의 공기와의 만남. 이는 방법적 과정의 '얽힘'이자 '얽힘'의 구체적 현현이다. 이것은 인간 존재의 극복 조건이 된다. 바슐라르의 "공기의 환희는 자유"라는 명제를 굳이 따르지 않더라도 춤의 도약을 통해 그것을 실감할 수 있다. 자유에 기반한 공중에서의 얽힘은 그의 시의 '낢'의 한 특징을 이룬다. 새의 비상은, 아무튼 날개 없는 존재에게는 하나의 경이로움이다. 그러나 날개를 부여받지 못한 존재의 비상은, 날개 없는 '몸'이 '몸' 전체가 하나하나 날개가 된다는 점에서 비할 데 없는 경이요, 더한 아름다움이다.

3-2

우리는 시를 통해서 춤을 만났다. 한데 엄밀하게 볼 때, 〈시의 공간〉과

---

19) 대담 「시, 새로운 시작을 위하여」, 『정현종 깊이 읽기』, 29쪽.

20) 가스통 바슐라르, 앞의 글, 217쪽에서 재인용.

21) 가스통 바슐라르는 『공기와 꿈』의 「상상적 추락」이란 글에서 추락의 경험에서 오는 체험을 현기증이라 표현한다.

22) 가스통 바슐라르, 「니체와 상승적 정신」, 『공기와 꿈』, 311쪽.

〈춤의 공간〉은 차이가 있다.

춤의 동작은 공간 속에서 육화된 이미지로 살[生]아 있다. 즉 몸과 공간과의 조화로써 그 공간의 생명력은 탄생한다. 춤이 주는 감동은 여러 가지가 있겠지만, 그중 가장 특징적으로 꼽을 수 있는 것이 '낢'이다. 이는 춤의 본령이 '가벼움'이라는 것을 별다른 이의 없이 받아들인다고 할 때, 더욱 그러하다. '낢'의 도약이라는 것이 한순간에 불과한 것일지라도, 그 순간을 위하여 무용수는 자신의 호흡조차 멈추는 것이리라. 그로 말미암아 그의 호흡이 멈추는 순간의 공간은 환상의 비합리적 공간[23]을 실재화하는 공간이 된다. 여기서 환상의 비합리적 공간은 단순하게 현실의 공간이 아니라는 것을 의미하지 않는다. 실재화된 공간이라는 의미에 있어서, 이는 시적 공간으로 탈바꿈한 공간이다. 이때의 공간은 한편 현실의 영역이면서 환상의 영역에도 속한다. 그 두 영역은 서로 맞서기도 하고 끌어당기기도 하면서 끊임없이 상호 침투하는 공간이다. 이는 바로 〈시의 공간〉과 〈춤의 공간〉이 일치하는 지점이다.

그러나 두 공간은 엄밀한 의미에 있어서는 같지 않다. 〈춤〉이 '몸'을 통해 구체화되는 것이라면, 〈시〉는 '시적 언어'를 통해 구체화된다. 구체화의 도구가 다르다는 점은 두 공간의 차이를 야기한다. 몸의 '시간'과 시적 언어의 '시간'이 다르기 때문이다.

춤으로 표현된 몸의 시간은 수학적이고 과학적인 시간의 지배에 종속될 수밖에 없다. 예컨대 무용수가 도약할 때, 그의 육체는 이미 공기 속에 있다. 하지만 그의 호흡이 순간 멈추었다가 재개될 때, 그의 육체는 땅으로 내려온다. 니체의 말처럼 다리는 날개가 아니기 때문이다.[24] 연속과 단절

---

23) 마리 뷔그만, 앞의 책, 25쪽.
24) 프리드리히 니체, 「취가」, 『짜라투스트라는 이렇게 말했다』(문예출판사, 1975), 황문수 옮김, 407쪽.

이란 측면에서 볼 때, 춤추는 '몸'은 도약의 순간이 연속되지 않는다. 즉 단절을 경험한다. 그런 점에서 춤의 공간은 '비연속성'의 공간에 있다고 할 수 있다.

반면에 시적 언어로써 표현된 몸은 몸의 시간을 따르는 것이 아니라, 시적 언어의 시간을 따른다. 시적 언어는 기억에서 창조되는 언어이다.[25] 이 때의 기억은 단순히 지나간 과거를 기억한다는 '기억'이 아니다. 지나간 과거를, 매번 현재의 방식으로 기억하는 '기억'이기 때문에 지나간 과거는 언제나 현재화된다. 유예된 미래 역시 그러하다. 즉 시적 언어에서의 기억은 지나간 과거와 유예된 미래를 언제나 현재화시킨다. 따라서 자신의 경험과 꿈이 시의 공간에서는 과거와 미래의 시간에 속하지 않는다. 이 공간은 '시간적 단절'을 체험하지 않고 현재로 불러내 탈환하는 공간인 것이다. 따라서 언어로 표현된 춤추는 몸은 연속성의 공간에 있기 때문에 도약의 순간에 단절을 경험하지 않는다.

그러므로 비상의 순간을 체험한 '몸'은 호흡이 멈춘, 비상의, 그 시간의 체험을 끊임없이 시의 공간 안에 집적시킨다. 이는 시의 공간이, 나이면서 동시에 나 아닌 것을 체험케 하는 충족의 공간[26]임을 말해 주는 것이기도 하다. 그러므로 결핍이나 고통을 노래할지라도 그것이 노래인 한, 슬픔을 충족시키며 기쁨의 아늑함[27]으로 둘러싸이게 된다. "노래 속에서는 모두/ 한 가락 꽃판 소용돌이"(「청춘은 아름다워라」, ③:71)가 된다.

집들은 왜 저렇게 반짝이지?

---

25) Emil Staiger, "Liric Style", *Basic Concepts of Poetics*(Pennsylvania State University, 1991), Janette C. Hudson & Luanne T. Frank trans. 참조.
26) 정현종, 앞의 글, 367~369쪽 참조.
27) 정현종, 앞의 글, 369쪽.

그야 우선 저 눈부신 햇빛 때문이겠지만,

그 옆에 나무가 서 있고

그 속에 사람들이 살고 있으니.

—「집들의 빛」에서(⑥:40)

빛과 더불어, 나무[28]와 더불어 수직으로 서 있는 인간 존재 자체는 한없는 빛과 함께 시의 공간에서 대지와 공기의 얽힘으로 빛난다. 나무가 없었으면, 빛이 없었으면 다만 대지에 머무를 수밖에 없는 사람들이 그의 시의 공간에서 집과 나무와 더불어 공기적 존재의 위치에 놓인다. 사람을 "풍경"(「사람이 풍경으로 피어나」, ②:51)으로 피어나게 하는 것이다. 가령 "밤하늘에 반짝이는 내 뼈여/밤하늘에 반짝이는 내 피여"(「밤하늘에 반짝이는 내 피여」, ⑥:59)라고 노래할 때는 인간을 하늘과 땅을 잇는 끈[29]으로서 변화시키며, 뼈와 피 즉 그 선(線)의 이미지는 뿌리의 이미지를 상상케 하며 그 뿌리를 하늘에 심어놓는다. 춤의 에너지에 힘입어 지상으로 올라온 그는 춤의 수직적·상승적 이미지를 대지적 존재에게 부여해 우리를 "전설"(「밤하늘에 반짝이는 내 피여」)적 존재로서 만들어준다.

그럼에도 시인은 자신의 시가 "욕망의 폐허"(「내 마음의 폐허」, ⑧:59)에서 자라난 것임을 알기에 "내 노래는 허공을 받치는 기둥들을 세워/한줌의 위엄이라도 감돌게 하였으면"(「내 마음의 폐허」)이라고 소망하기를 멈추지 않는다. 그는 자신의 시의 한계—이는 엄밀히 말해, 인간의 한계요 언

---

28) 춤의 공중으로의 도약, 즉 수직에의 열망은 나무를 상상하기에 부족함이 없다. 바슐라르의 말처럼 나무는 '비상을 가득 담은 저수조'이기 때문이다. 따라서 수직적 항수를 견지하는 나무에 관한 글이 이어지는 것은 자연스러운 논의가 될 것이다. 하지만 정현종의 시에서 '나무'는 독립된 주제의 글로 다루어져야 할 것이므로 여기서는 다루지 않는다.

29) 가스통 바슐라르, 앞의 글, 296쪽.

어의 한계일 것이다. ──를 다음처럼 노래한다. 그런 겸손함의 미덕은 우리에게 '시가 무엇인가'를 말해 준다.

> …… 내 안팎의 신호들과 힘들의 소용돌이가 피워낸 한 꽃이요 전혀 새로운 움직임의 시작이며 따라서 또 하나의 세계의 열림인 시조차도, 저 날것, 저 날 소용돌이와 힘들에 비하면 아직도 덜 싱싱하고 덜 생생한 것이니, 나는 시를 쓰려고 한다기보다는 시라는 것을 태어나게 하는 그 힘들과 신호들의 소용돌이 속에 항상 있고 싶을 따름이며, 만일 내 속에서 시가 움튼다면 그 發芽는 마땅히 예의 그 소용돌이의 고요한 중심으로부터 피어나는 것이기를……(강조는 인용자)
>
> ──「저 날 소용돌이」 중에서(⑥:41)

그러나 시적 공간은 무한 확장의 연속을 체험케 한다는 점에서 한계의 '넘어섬'을 환기시킨다. 우리는 나면서부터 상상적인 것과 완성될 수 없는 것 속에서 살도록 선고받았다.[30] 그것이 살아가기라면 그의 노래처럼 "우리를 건지는 건 예술"(「무얼 건졌지?」, ⑥:65)이 아니겠는가, 시가 아니겠는가.

4 춤 이후

지하로 내려갔던 그가 춤추며 올라왔으나, 지상은 여전히 슬픈 곳이다. 그래서 "우리를 건지는 건 예술과 사랑이라"고 노래하지만 그는 또 절망한다. 여전히 지상의 고통은 끝나지 않았고 갈수록 살기가, 숨 쉬기가 어렵기만 하다. 사람들은 점점 더 뿌리로부터 절연하고 헛것을 찾아 헤맨다.

---

30) 폴 발레리, 「자유로운 한 인간」, 『발레리 산문선』(인폴리오, 1996), 박은수 옮김, 111쪽.

그러기에 우리의 "숨"을 위해 그는 더욱더 노래해야 하는데(우리는 이 지점에서 잔인한, 이기적 동물이다.) 시인은 우리를 위해, 자신을 위해 어디에 기대는가.

이 세상에 발 딛고 사는 인간이라면, 완벽하게 자신의 무게를 덜어내고 어둠과 아픔을 벗어던진 춤을 출 수는 없을 것이다. 우리는 어둠과 절망과 노닐어야 하고 그 어둠 속에서 "칠흑 어둠이 만물의 모태"(「싹트는 빛에 싸여」, ⑧:67)임을 배워야 하는 것이리라. 그렇기에 인간의 춤은 빛과 어둠의 한바탕 멋들어진 소용돌이일 수밖에 없다. 우리의 일상적 삶은 시의 공간에서 이루어지지 않기 때문일 것이다. 그러므로 인간은 비상한 적이 있었을지라도, 혼돈과 무거움으로의 귀환을 거듭 반복한다. 즉 정상을 향한 보완적 도약을 끊임없이 반복하지 않으면 안 된다.[31] 이러한 조건이 비극적일지라도 그 자리에서 시가 태어난다는 점에서 시의 공간은 멈추어 있지 않고, 움직인다. 그리하여 우리는 "숨" 쉰다.

초월 자체를 노래하지 않을지라도 초월을 꿈꿀 수밖에 없는 것이 또한 시인의 운명이다. 정현종 시인은 초월과 유희를 즐기기도 한다. 「깨달음, 덧없는 깨달음」이란 시에서 "있다면 그저 깨달음 놀이지요"라고 그의 여전한 '말작란'[32]을 발휘한다. 그의 깨달음 놀이는 '시놀이'다. 시로 "놀"아나고, 시로 춤춘다.

문학사로부터 배울 수 있는 중요한 교훈의 하나는 위대한 작품의 창조에는 거대하고 복잡한 협동의 과정이 끊임없이 작용한다는 사실이다.…… 문학이나 예술에서 작가의 개인적인 재능에 배타적인 우위성을 부여하는 습관은 낭만주

---

31) 가스통 바슐라르, 앞의 글, 290~293쪽 참조.
32) 유종호는 시집 『한 꽃송이』의 해설에서 정현종의 시적 언어의 한 특징을 '낯설게 하기'의 요체가 되는 '말작란'이라 표현한다.

의적 유산의 일부로서 비교적 완강하게 뿌리박고 있는 듯하다. 그러나 우리가 분명하게 알아야 할 것은 위대한 문학, 예술이라는 것이 천재적인 작가가 있으면 아무 곳에서나 가능한 것이 아니라는 사실이다. 엄밀히 말하면 천재적인 작가가 따로 있는 것이 아니다. 천재는 창조적인 시대의 소산이다.[33] (강조는 인용자)

시인은 "깨달음 놀이"로써 이 시대를 창조적인 시대로 역전시켜 준다.

> "춤춰라 기뻐하라 행복한 육체여"라고 주술 거는 시인이여
> 그대로 말미암아 우리는
> '춤춰라 기뻐하라 행복한 시대'의 시와 노닐지어다(!)

---

33) 김종철, 「생존의 문화, 생명의 선양」, 『시적 인간과 생태적 인간』(삼인, 1999), 280쪽.

비와 술과 이슬

물의 이미지

장철환

시인이 사물과 몸을 섞어 그대로의 사물로 육화되었을 때, 시인의 살에는 사물의 온기와 탄력이 배어 있다. 시인은 말을 통해 사물의 삶을 되살고, 상상을 통해 사물의 꿈을 되꾼다. 따라서 한 편의 잘된 시를 읽는 일은 그들의 살과 몸 비비며 놀아나는 것이다. 몸 섞기를 통해 그들의 삶과 꿈에 동참함으로써 나는 나 아닌 것이 된다. 몸 섞기는, 분명 즐겁고 행복한 일이다. 그러나 거기에는 슬픔과 고통이 스며 있다. 경화된 살이 주는 딱딱함, 겨울 나뭇등걸이 주는 차가움. 그들의 살에 난 상처와 생채기는 그들의 삶과 꿈이 지닌 무거움의 흔적이기도 하다.

정현종 시인의 가장 큰 특징은 자유다. 시인은 대지적 삶에서 대기적인 삶으로의 상승과 비약을 꿈꾼다. 김현의 갈파처럼 '공기'와 '바람'이라는 대기적 세계가 그의 시적 이미지의 주조를 이룬다. '대공(大空)'이 만물의 숨이 넘나드는 공기적 삶의 충일일 때, 그의 영혼은 "바람의 핵심"(「독무(獨舞)」) 속에 살고 있다. 분명, 그는 대지적 세계에서 도약하는 '춤꾼'이다. 그러나 "영원한 건 슬픔뿐"(「슬픔」)이기도 하다.

'떨어져도 튀는 공'은 대기적 삶과 대지적 삶의 영원한 길항 관계를 형성한다. 그 길항 관계는 자체로 충분히 슬픈 것일까? 탄력성이 상승과 하강 운동을 가능하게 하는 내부적 에너지라면, 그 에너지의 근원은 안과 밖의 대립과 균형에서 온다. 그것은 "저 낱낱 찰나의 딴딴한 발정!"(「독무」)이다. 사물로 향한 욕망과 그 욕망을 둘러싼 외피는 팽팽한 균형을 이루고 있다. 그렇다, "사람들 사이에는 섬이 있다."(「섬」) 그리고 "모든 사이는 무섭다."(「모든 '사이'는 무섭다」)

상승을 말하기 위해서는 하강을 이야기해야 한다. 대기는 대지와 짝을 이루며, 원심력은 구심력과 동일한 힘을 이룬다. 상승과 하강이라는 이중의 힘은 상상력의 '가치 부여 작용'에 따라 우리 삶의 실존적 두 근원을 형성한다.

따라서 여러 세대의 연금술사들에 의해서 체험된 것과 같은 물질적 승화의 이미지는, 질료와 열정이 서로 긴밀하게 연관된 채 있으면서도 서로 반대 방향으로 작용하는 역동적 이중성을 설명해 낼 수 있다고 보여진다. 진화 행위가 도약하기 위하여 어떤 질료를 내려놓고, 또 앞서 있었던 열정으로 이미 물질화한 결과를 밀어내는 경우라면 그것은 이중적 화살표로 그려질 수 있는 행위이다. 그런 행위를 잘 상상하기 위해서는 이중적 참여가 필요하다. 오직 물질적 상상력만이, 형태 아래 갖춰져 있는 질료를 꿈꾸는 그런 상상력만이, 대지의 이미지들과 공기의 이미지들을 결합시키면서, 간직하려는 역동성과 변화하려는 역동성이라는 생의 저 두 대표적인 역동주의가 활발히 작용하는 상상적 질료들을 제공해 줄 수 있다.[1]

---

1) 가스통 바슐라르, 『공기와 꿈』(민음사, 1993), 정영란 옮김, 528~529쪽.

바슐라르는 상상력의 '역동적 이중성'을 이야기한다. 밖의 사물과 안의 욕망 사이의 긴장은 상승과 하강이라는 수직축 선상의 이중성으로 설명될 수 있다. 안과 밖의 소통과 단절은 위와 아래라는 이중적 화살표로 그려질 수 있다. 그리고 이 이중적 화살표가 보존과 변화라는 삶의 두 역동성을 대표한다. 사물과 몸 섞기를 꿈꾸는 자는 상승의 삶과 하강의 삶을 동시에 살고 있는 것이다. 정현종 시인의 '대공'은 위와 아래, 원심과 구심, 가벼움과 무거움의 이중적 참여로 이루어져 있다. 따라서 무거움·하강·앙금들의 이미지를 살펴보는 일은, 가벼움·상승·승화를 보다 잘 이해하는 하나의 방법이 된다.

물만큼 삶의 이원성을 잘 예시하는 물질도 드물다. 표면에서 물은 빛을 반사하고 동시에 투과한다. 그것은 낮의 세계를 반사하며, '대공'의 푸름을 되비춘다. 혹은 낮의 삶을 살고, 대기의 투명한 기쁨을 누린다. 그러나 물은 그 깊이에서 과거의 삶을 간직하고 있다. 그것은 어둠의 세계이며, 닫히고 잊혀진 자들의 공간이다. 또는 밤의 세계를 살고, 심연의 슬픔을 겪는다. 표면과 깊이에서 오는 이러한 이중성은 수직적인 축에서 위와 아래, 상승과 하강이라는 "이중의 화살표"로 그려질 수 있다. 상승의 방향에서 물은 공기의 삶을 추구한다. 하강의 방향에서 그것은 대지의 세계를 추구한다. 기화(氣化)하는 물은 자유롭고 기쁘며, 대지로 스미는 물은 고정되며 무섭다.

정현종 시인에게 물은 정지해 있지 않다. 물은 "흐르는 자"(「자〔尺〕」)이다. 물의 흐름은 두 방향의 운동을 포함한다. 대지로 떨어지는 물과 대지에 흐르는 물. 전자가 수직축 선상에서의 운동이라면, 후자는 수평축 선상에서의 운동이다. 대지와의 관계에서 본다면, 전자는 대지적 삶으로의 복귀를, 후자는 대지적 삶의 보호를 보여준다. 대지의 이미지가 지니는 함의

가 여러 가지일 테지만, 대지를 인간을 포함한 생명의 터전으로 이해한다면, 전자는 인간적 유한성을 확인하는 폐쇄적 공간이 되며, 후자는 인간적 유한성을 확장하는 개방적 공간이 된다.

우선 그에게 '비'와 '눈물'은 아래의 화살표로 방향 지어진 물질이다. 그것은 무거운 물이다.

하늘을 깨물었더니
비가 내리더라
비를 깨물었더니
내가 젖더라

——「하늘을 깨물었더니」[2]

비는 떨어지는 물이다. 자체의 무게로 떨어질 수밖에 없는 존재이다. 따라서 떨어지는 물은 무거운 존재의 운명, 인간 운명의 비극적 실존을 대리한다. 자신의 존재 조건에 대한 원망이 깨무는 행위를 통해 표출되고 있다. 따라서 비는 원망의 결과, 즉 피와 눈물의 이미지와 연결된다. 깨물린 하늘의 슬픔과 아픔이 비가 되어 내린다. 시인은 그 슬픔과 아픔을 다시 한번 깨물면서 인간 운명의 비극적 실존을 처절히 체험한다. 그것은 부정할 수는 있으나, 떨쳐버릴 수 없는 우리의 대지적 삶이다. 따라서 시인은 대지적 삶의 슬픔과 아픔에 몸이 "젖는다". 비는 "약점으로 내리"(「독무」)며, 그 "수없는 빗방울이 몸에 다 아프"(「빛나는 처녀들」)다. 시인은 비에 젖음으로써 대지적 삶과 대지적 존재들의 아픔에 동참한다.

하늘과 비를 깨무는 행위는 자신을 깨무는 것이기도 하다. 그러한 행위

---

2) 『정현종 시전집 1』(문학과지성사, 1999). 이하 시의 인용은 별도의 표기 없이 원제만 표기함.

는 '울음'을 통해 드러난다. "결코 아래로 아래로 떨어지는 눈물/(……)"
(「자기의 방」)에서 보듯, '눈물'은 아래의 화살표로 그려진다. 그것은 비처
럼 떨어지는 물이고, 대지적 삶의 비극적 실존을 표상한다. 따라서 그의 울
음은 낮의 세계보다는 밤의 세계에 가깝다. 그는 "저의 잠은 많이/울고 있
다"(「밝은 잠」)고 말한다. 혹은 "때때로 무의식으로 우는 이마/깨어서도 젖
는다"(「집」)고 고백한다. 대체로 밤과 결합한 떨어지는 물은 어두운 물이
기도 하다. 작은 방울이지만 비와 눈물은 그 안에 깊은 어둠을 가지고 있
다. 심해의 어둠, 대지 깊은 곳의 어둠과 닮아 있다. "지하수 같은 울음 소
리……"(「심야동화 3」).

'비'와 '눈물'이 떨어지는 물이라면, '무지개'는 떨어져야 할 물이다.

물방울들은 마침내/비껴오는 햇빛에 취해/공중에서 가장 좋은 색채를/빛
나게 입고 있는가./낮은 데로 떨어질 운명을 잊어버리기를/마치 우리가 마침
내/가장 낮은 어둔 땅으로/떨어질 일을 잊어버리며 있듯이/자기의 색채에 취
해 물방울들은/연애와 無謀에 취해/알코올에, 피의 속도에/어리석음과 시간
에 취해 물방울들은/떠 있는 것인가./악마의 정열 또는/천사의 정열 사이의/
걸려 있는 다채로운 물방울들은.

—「무지개 나라의 물방울」

"낮은 데로 떨어질 운명"으로서 물방울이 무지개가 되어 공중에 존재
한다. 무지개는 위와 아래, 상승과 하강 사이의 존재이다. "악마의 정열"과
"천사의 정열"이 하강과 상승의 대위법을 구성한다면, 무지개는 사이의
존재인 인간의 또 다른 이미지다. 그것은 떨어질 수밖에 없다. 떨어진다는
것에 대한 자각은 상승에의 꿈과 대조된다. 그것은 무거운 공기며, 동시에
가벼운 물이다.

대지의 삶은 유한자로서의 삶이다. 중력에 의해 강하게 끌어당겨져 있을 때 인간은 대지에 붙박여 고통과 회의의 삶을 살 수밖에 없다. 그러나 인간은 고통을 야기하는 인간 실존의 조건을 벗어나고자 하는 욕망 또한 갖고 있다. 상승을 희망하고 미래를 꿈꾸는 일은 그 자체로만 볼 때, 인간적인 것을 벗어나는 일이다. 이때 인간 실존과 의욕 사이에 긴장 관계가 성립한다. 실존과 의욕, 현실과 미래, 있음과 있어야 할 것 사이의 긴장 관계가 그것인데, 이러한 긴장 관계가 삶의 추진력으로서 건강함을 유지하기 위해서는 대립하는 두 항들 사이에 적절한 거리와 힘의 균형이 필요하다. 여기서 주체의 의식적 노력은 이중의 부담을 받는다. 무거움에서 벗어나려는 주체의 의지와 노력이 오히려 더욱 강화된 침잠으로 하강할 수 있기 때문이다. 따라서 대지적 질서에 사로잡힌 몸이 대기적 상승을 이루는 방식은 주체의 의식적 노력만으로는 불가능하다. 거기에는 사물들과의 만남이 필요하고, 시인은 그러한 만남을 통해 대기적 질서에 동참한다. 수직적인 이원성은 수평적인 이원성과 맞닿아 있다.[3]

중력장 안의 존재가 상승과 확장을 꿈꾸는 방식은 취함이다. 취함은 망각의 방법이기도 한데, 시인은 대지적 삶의 존재 조건을 "잊어버리며 있듯이", 물방울이 하강을 "잊어버리기"를 바라고 있다. 그 잊어버림의 방식은 나르시시즘적("자기의 색채에 취해")이거나, 에로스적("연애와 無謀에 취해")이거나, 광기적("알코올에, 피의 속도에")이거나, 방임적("어리석음과 시간에 취해")이다. 초기 시에 나타나는 '취함'은 주로 에로스적이거나 광기적인

---

3) 가스통 바슐라르, 『공기와 꿈』(민음사, 1993), 정영란 옮김, 533쪽 참조. "존재가 풍부한 역동성 속에서의 자기 자신을 발견하는 순간, 확장과 깊이—이 둘은 역동적으로 연결된다. 그들은 서로가 서로를 이끄는 것이다. 이미지의 진실성 속에서 체험되는 존재의 용출은 그 깊이를 드러낸다. 이와 상호적으로, 내적 존재의 깊이는 자기 스스로에 대한 확장이라고 해야 할 것이다."

방식이다. 여기서 에로스적이고 광기적 취함은 독특한 형태의 망각이다. 왜냐하면 그 속에는 자신의 존재를 태움으로써 상승하는 불의 이미지가 내재하기 때문이다. 여기서 우리는 불과 결합한 물을 만나게 된다.

　　나는 나의 성기를 흐르는 물에 박는다. 물은 뒤집혀 흐르는 배를 내보이며 자기의 물의 양을 증가시킨다. 바람을 일으키는 물결. 가장 활동적인 운동을 시작하는 바람은 기체의 옷을 벗고 액화한다. 검은 꿀과 같은 바람. 물안개에 싸인 달의 월궁 빛깔에 젖은 반투명의 나의 꿈 위에 떠오르는 나의 성기의 붙타는 혀의 눈이 확인한 성기의 불타는 혀. 불은 꺼지고 타오르는 재. 불을 흘러가게 하고 가장 뜨거운 재를 남겨주는 흐르는 물. 나의 성기를 향해 자기의 양을 증가시키는 물!

—「사물의 꿈 3—물의 꿈」

　　물과의 성교. 성교의 대상으로서 물은 여성적 이미지로 존재한다. 성교에 의해 자신의 배를 드러낸 물은 수동적인 것으로 잔류하지 않는다. 각성된, 깨어난 물은 자신의 '물-몸'을 증가시킨다. 자신의 '물-몸'을 증가시킨다는 점에서 존재의 확산이라고 볼 수 있다. 이러한 확산은 대기적인 것에까지 미친다. "바람을 일으키고", 바람을 액화시키는 것은 역으로 바람에 스미는 것과 같다. 따라서 '밤-바람'은 '검은 물'로 불고, 달빛은 나의 꿈에 젖어 흐른다. 물이 스며든 대기와 달빛처럼 에로틱한 것이 있을까? 정액과 모유의 반투명의 점액질이 주는 기막힌 부드러움! 그 부드러움은 갓 시작하는 생명의 부드러움이다. 존재의 확산이라는 '불-욕구'가 녹아 흐르는 '물', 소멸이 아니라 존재의 확산을 고스란히 간직한 "뜨거운 재"는 나의 욕망의 침전물이자, 물의 받아들임의 징표이다. 물은 나의 '불-욕망'을 수용하고, 그것을 간직한 채 흐르며, 수용의 징표로서 "가장 뜨거운 재"를 나에게 남겨준다. 물은 그 수용성(受容性)으로 나의 욕망을 받아들이고, 이를 통해 오히려 스스로를 확장한 것이다. 따라서 물은 에로스적 욕망의 이미지이며, 동시에 모성적 보호의 이미지이기도 하다. 즉 정액이면서 동시에 양수가 된다.

불과 보다 더 적극적으로 결합한 물은 '술'이다.

누가 마시다 남은 술/마시다 남은 물/마시다 남은 피/그런 건 다 나한테 오너라/내 속의 저 밑 빠진 거지/시간도 비빔밥도 없는 저 거지가/그걸 다/바닥난 슬픔처럼 말려/바람 불듯 취하리니

—「시간도 비빔밥도 없는 거지」

술('화주(火酒)')이 타는 물이라면, 그것은 바슐라르의 말대로 '불과 물의 결합'[4]이다. 모순된 두 원소의 화학 작용에 의해 몸은 연소한다. 그러나 그것은 내부적 연소이다. 몸속으로 들어간 알코올은 피를 끓이고, 기화시킨다. 술은 슬픔을 말려 바람이 되기를 소망한다. 따라서 술 취함은 연소에 대한 갈망이자 상승에의 의지이다. 이것은 상승과 하강의 이중적 화살표, 즉 대기와 대지 사이의 존재로서 인간의 존재 조건을 반증한다.

땅과 같아서/술과 같아서/물과 불이 더불어 있으니/물결에 취하고 불길에 취한다/(술 마신다는 건 물불을 안 가린다는 얘기다)/이 배는 그리하여/물길로도 가고 불길로도 간다/더러 빠지고 더러 데지만/그 淨化의 미덕!은 영원하다//만물이여 내 몸이여/허공이여 내 몸이여

—「몸뚱어리 하나」 부분

---

4) 가스통 바슐라르, 『물과 꿈』(문예출판사, 1980), 이가림 옮김, 141쪽.

"몸뚱어리"는 "땅"과 같고, "술"과 같다. 앞서 보았듯이 술이 물과 불의 결합으로 이해된다면, 인간과 대지 또한 물과 불의 결합으로 볼 수 있다. 사이의 존재는 기쁨과 슬픔, 상승과 하강, 있는 것과 있어야 할 것, 현재와 미래의 이항적 대립항들 사이의 긴장 관계를 형성한다. "쾌락은 육체를 묶고" 동시에 "고통은 영혼을 묶는"(「고통의 축제 2」) 것이다. "쾌락"과 "고통", "육체"와 "영혼"이 분리된 상태에서, 몸과 삶은 "고통의 축제"라는 역설로 이해된다. 그것들은 서로 구속된 상태이고, 다른 몸들과 단절된 상태이다. 따라서 시인은 하늘을 상실하고 "아래로 아래로 날아오른다"(「고통의 축제 2」, 1연), 혹은 시간의 구속에서 벗어나려 하나 "제가 뿌리 뽑히는 아름슬픈 우리들"(「고통의 축제 2」, 2연)이 된다. 이러한 이중성, 육체와 영혼이 서로 구속하고 고통을 주는 이러한 이중성에서 시인은 몸서리친다. 그것은 "사람의 몸놀림 속에 들어 있는 슬픔"(「몸놀림」)이다. 대립하는 두 힘이 형성하는 긴장 관계는 있는 것과 있어야 할 것이 병존하는 상태다.

이러한 긴장 관계는 바슐라르의 말처럼 물과 불의 공존, 즉 근원적 이원성이다. 그것은 인간 실존의 조건이며, 또한 그 구체적 모습이기도 하다. 그렇다면 부침(浮沈), 그것의 반복과 무한 회귀는 무엇을 '정화(淨化)' 하는가? 시인이 말하는 영원한 "정화의 미덕!"은 무엇을 말하는가? 그것은 천상적 세계로의 초월은 아니다. 왜냐하면 그에게 이러한 긴장 관계 자체가 무화되지 않기 때문이다. 그가 추구하는 바람과 대기의 삶은 대지적인 삶과 분리될 수 없다. 시인의 "날개와 바람"은 "이 세상의 깊음 속으로"(「이 세상의 깊음 속으로」) 다시 떠나기 위함이다.

그렇다면 그가 말하는 "정화의 미덕"은 사물과의 관계 속에서 성립한다. 왜냐하면, 그에게 '허공'은 다른 몸들과 소통하는 공간이기 때문이다. '허공'은 나와 세계와의 교류를 통해 생명을 보존하는 힘의 저장소다. 나와 대기가 교류하는 육체의 지점들(감각들) 가운데 '숨'은 가장 깊숙이 그

러한 교류를 성취한다. 우리가 상상력을 조금만 확장해 보면, 이 대기가 고
정되어 있는 것이 아니라 나 아닌 다른 어떤 것과 교류하고 있음을 알 수
있는데, 즉 대기는 다른 몸들의 '숨' 과 서로 소통한다. 따라서 상승에의 의
지는 '대기' 를 통한 다른 사물들과의 몸 섞기와 동일하다. 여기서 몸은 인
간의 "개별성을 나타내는 한계" 의 표지이면서 동시에 개별성을 넘어서는
소통의 표지이기도 하다. 왜냐하면 "몸 밖으로 나가는 것도 몸 외에 길이
없"[5]기 때문이다. 그리고 몸과 몸의 교류 가운데 가장 내밀한 방식으로 이
루어지는 것이 숨을 통한 교류일 때, '정화' 는 다른 사물들을 통해 스스로
의 몸을 씻는 일이다. 가장 내밀한 곳, 그곳에 숨통을 터주는 일이야말로
'정화의 미덕' 일 것이다. 시는 그곳에서 나온다.

시는 그것 자체가 그냥 숨이다. 시의 언어는 무엇에 대해서 이야기한다기보
다는 그 자체가 그냥 숨의 덩어리이다. 그것은 자유의 숨결이며 자연의 숨결이
다. 그래서 그것은, 기쁨이든 고통이든, 우리로 하여금 '시간의 순수한 結
晶' ——이슬과도 같은 시간을 체험하게 한다. 시에 관한 한 우리는 그걸 읽는
게 아니라 그걸 숨 쉰다고 할 수 있다. 그만큼 현실적이다.[6]

"그것 자체가 그냥 숨" 이 되는 시라 함은, 시인의 삶과 영혼이 숨의 결
을 통해 시가 된다는 뜻일 수 있다. 그리고 숨결이 공기를 통한 사물들과의
교류인 한, 시는 사물들의 숨결이 언어화한 것이라 할 수 있다. 그러한 시
는 공기적 삶을 지향하는 수직적 화살표이며 동시에 자연과의 소통을 지
향하는 수평적 화살표로 그려진다. '바람' 과 '대공' 을 노래하는 그의 시

---

5) 정현종, 「몸에 대해서」, 『정현종 깊이 읽기』(문학과지성사, 1999), 385쪽.
6) 정현종, 「책 머리에」, 『숨과 꿈』(문학과지성사, 1982).

는 "그만큼 현실적"이 된다.

> 멀리멀리 퍼지는 이 몸.
> 모든 살아 있는 것들에 물들어
> 자세히 붐비는 이 몸.
> 오 붐비는 숨결
> 이 바람결!
>
> ——「이 바람결」 중에서

　무수한 사물들의 숨결은 전체적으로 커다란 하나의 숨결로 통합할 수 있다. 생물들의 숨결뿐만 아니라, 지상의, 더 나아가 우주적인 숨결로서 존재하는 그것이 바로 "바람결"이다. "바람결"은 모든 것들의 숨결이며("이 바람 속에는/모든 게 다 들어 있다"(1연)), "허공의 살"이 된다. 대지도, 대기도, 지구 전체가 숨을 쉰다. 따라서 시인은 바람을 통해 "모든 존재하는 것들"의 몸과 숨을 느끼게 된다. 이때의 바람은 "자세히 붐비는 이 몸"들의 향연이다.

　우리의 삶은 있는 것과 있어야 하는 것 사이의 긴장입니다. 그러나 아이로니컬하게도 있어야 하는 것은 있는 것으로부터 나옵니다. 있는 것을 있는 그대로 볼 때 그것은 있어야 하는 것을 낳기 시작합니다.[7)]

　이제 있는 것과 있어야 하는 것의 긴장감은 그것 자체로 있어야 하는 것의 모태가 된다. 있어야 하는 것을 있는 것과 단절된 것으로 보는 것이 아니라, 있는 것을 통해 가능해진다는 통찰은, 있는 것을 투명하고 솔직하게

---

7) 정현종, 「詩의 자기 동일성」, 『거지와 광인』(나남, 1985), 14쪽.

보려는 시인의 결연한 태도이다. 이것은 욕구와 욕망의 대상으로서 사물을 보는 것이 아니다. 결핍에서 오는 부정과 회의는 덧없는 것이다. 그러한 덧없음이 여기에 이르면 "찬란한 덧없음"(「헤게모니」)으로 변하게 된다. 그의 시선은, 꿈을 욕구하는 주체의 운명에서 살아 있는 힘으로서의 사물들에게로 향한다. 그리고 그 안에서 사물의 꿈을 본다. 그것은 있는 것 안에서 있어야 하는 것은 보는 시선이다. 시인에게 꿈은 "있는 것과 있어야 하는 것 사이에 있는 어떤 공간"이고, 시는 양자를 매개하는 지점에 위치한 "접합의 장소"가 된다. 우리가 그러한 장소를 잘 만날 수 있는 곳이 바로 「이슬」의 공간이다. 한 방울의 작은 물속에 세상의 사물들이 존재한다. '진공(眞空)'이 '묘유(妙有)'로 넘어가는 찰나.

강물을 보세요 우리들의 피를/바람을 보세요 우리의 숨결을/흙을 보세요 우리들의 살을.//구름을 보세요 우리의 철학을/나무를 보세요 우리들의 시를/새들을 보세요 우리들의 꿈을.//아, 곤충들을 보세요 우리의 외로움을/지평선을 보세요 우리의 그리움을/꽃들의 三昧를 우리의 기쁨을.//어디로 가시나요 누구의 몸 속으로/가슴도 두근두근 누구의 숨 속으로/열리네 저 길, 저 길의 무한—//나무는 구름을 낳고 구름은/강물을 낳고 강물은 새들을 낳고/새들은 바람을 낳고 바람은/나무를 낳고……//열리네 서늘하고 푸른 그 길/취하네 어지럽네 그 길의 휘몰이/그 숨길 그 물길 한 줄기 혈관……//

그 길 크나큰 거미줄/거기 열매 열은 한 방울 이슬—/(眞空이 妙有로 가네)/태양을 삼킨 이슬 萬有의/바람이 굴려 만든 이슬 만유의/번개를 구워먹은 이슬 만유의/한 방울로 모인 만유의 즙—/천둥과 잠을 자 천둥을 밴/이슬, 해왕성 명왕성의 거울/이슬, 벌레들의 내장을 지나 새들의/목소리에 굴러 마침내/풀잎에 맺힌 이슬……

—「이슬」 전문

　　아마 정현종 시인의 긴 여정이 발아(發芽)하면 "한 방울 이슬"이 될 듯
싶다. 사물들의 몸이 서로 부대끼고 옹송거리면서 엮는 "크나큰 거미줄",
그들의 숨결이 피워대는 "휘몰이" 장단, 더불어 "거기 열매 열은 한 방울
이슬". 그 작은 한 방울 속에는 얼마나 큰 세상이 있는가. 그 세밀하고 작
은 것에서 온갖 것들을 보는 시인의 상상력은, 작은 것과 큰 것이 서로 통
하는, 그리하여 우주가 잘 그려진 '세밀화(細密畵)'일 것이다. 우리는 그의
시에서 세상 만물의 꿈을 보게 된다. 이 작은 한 방울 이슬을 위해, 그는
"사람의 몸놀림 속에 들어 있는 슬픔"을 견뎌왔던 것일까?

술잔을 낚는 시인

정현종의 시와 술

스티븐 캐프너(Steven D. Capener)

들어가는 말

정현종의 시집을 뒤적거리면 술이란 소재를 아주 쉽게 발견할 수 있다. 정현종의 시에서 빈번히 등장하는 술이란 소재가 정현종의 시세계에서 갖는 의미는 무엇일까? 사실 정현종의 시에서 술과 관련된 이미지나 모티프들은 다양하기 때문에 그 의미가 쉽게 해석되지 않는다. 그러므로 정현종의 시에 나타나는 술 모티프의 다양한 문학적 의미에 대해 여러 작품을 살펴봄으로써 그의 시세계에서 술이란 소재의 독창적인 기능과 역할을 알아보고자 한다.

고통, 어두움, 그리고 술

『고통의 축제』에 실린 시에서 우리는 고통, 피, 눈물, 감금[1]과 같은 이미지들을 흔히 발견할 수 있다. 이 이미지들은 당시 사회의 가혹한 현실로부터 기인하는 시대적 아픔을 엿볼 수 있게 한다. 모든 사회는 그 발전과정에 있어 피비린내 나는 고통과 압박의 시기를 겪게 마련이다. 그리고 시인들은 그러한 시기의 아픔을 좀 더 예민하게 느끼는 존재이다. 정현종은 특히 이에 대해 예민한 시인이다. 왜냐하면 정현종은 낭만주의자이며 너무나 휴머니스트이기 때문이다.[2] 정현종의 경우 이 두 가지 요소들이 그의 감수성에 공존하고 있다고 할 수 있다. 그리고 그 결과는 인간의 고통을 대신 느끼며 억압된 인간의 자유에 대한 갈망을 표현하는 것이다.

> 우리의 어린 아들들에게 술을 권하고 싶다.
> 모든 생명 있는 것들에게 술을 권하고 싶다.
>
> (만취한 精子의 이름은 아마 韓國人君
> 韓國人이, 자네의 정처 없음, 정처 없음!)
>
> 그리고 망자들은 나—술을 얼마나 그리워할 것인가.
>
> —「술 노래 2」(①:91)

이 시의 첫 시구는 현진건의 「술 권하는 사회」라는 작품을 상기시키기에 충분하다. 다만 현진건 작품에서는 원래 술을 마시지 못하는 체질을 가

---

1) 예컨대, "시민처럼 생긴 눈물덩어리"라는 비유가 전해 주는 슬픔은 그 시대의 고통을 생생하게 말해 주는 것이다. 정현종, 「고통의 축제 1」, 『정현종 시전집』(문학과지성사, 1999), 98쪽. 이하 특별한 언급이 없는 한 인용된 시의 출처는 모두 『정현종 시전집 1·2』이며, 이를 1권은 ①, 2권은 ②로 쪽수와 병기해 표시한다.

2) 여기서 낭만주의라는 용어는 다음 의미에서 사용되었다. "……the basic problem of romanticism: the vindication of imaginative thought in a world grown abstract and material." Charles Feidelson, Jr., *Symbolism and American Literature*(The University of Chicago, 1953), 4쪽.

진 주인공이 사회의 부조리 때문에 술을 마시게 되는 것과는 달리 인용된 시에서는 시인이 "우리의 모든 아들들" 뿐만 아니라 "사회" 에 그리고 "모든 생명 있는 것들" 에게까지 술을 권하는 것이다. 전자의 경우에는 술을 억지로 마시는 것이며 후자의 경우에는 술을 기꺼이 마시는 것이다. 그 차이점은 술을 마시게 되는 원인에 있지 않고 마시는 태도에 있다. 그 원인은 사는 게 불화와 고통이고 그 고생 끝에 죽음이 도사리고 있다는 인식에서 찾을 수 있을 것이다. 그런데 현진건의 주인공은 술을 마시며 생에 항복하고 도망치는 반면에 시인은 술을 마심으로써 생에 의해 주어진 고난에 맞서 버텨보고 있는 것이다. 이 시를 단순하게 보자면, 한국인으로 태어나는 것이 고생을 안고 태어나는 것이며 술의 정다움만이 고난의 삶을 달래어 줄 수 있다는 전언으로 볼 수도 있다. 심지어 망자들마저 삶을 그리워하는 게 아니라 술만 그리워하는 것은 그 때문이다.

정현종은 1970년대에 유신 반대 서명 사건 때문에 공권력의 절대적 힘과 그 힘의 부정적인 행사를 직접 경험하였다. 그는 그 경험을 비롯하여 그 시대의 어두운 현실에 대한 슬픔을 시로 많이 진술하였다.[3]

하루여, 그대 시간의 작은 그릇이
아무리 일들로 가득 차 덜그럭거린다 해도
신성한 시간이여, 그대는 가혹하다
우리는 그대의 빈 그릇을
무엇으로든지 채워야 하느니,
우리가 죽음으로 그대를 배부르게 할 때까지

---

3) 대담, 「새로운 시작을 위하여」, 『정현종 깊이 읽기』(문학과지성사, 1999), 이광호 엮음, 34쪽.

죽음이 혹은 그대를 더 배고프게 할 때까지

신성한 시간이여

간지럽고 육중한 그대의 손길.

나는 오늘 낮의 고비를 넘어가다가

낮술 마신 그 이쁜 녀석을 보았다

거울인 내 얼굴에 비친 그대 시간의 얼굴

시간이여, 취하지 않으면 흘러가지 못하는 그대

낮의 꼭대기에 올라가 붉고 뜨겁게

취해서 나부끼는 그대의 얼굴은

오오 내 가슴을 미어지게

내 골수의 모든 마디들을 시큰하게 했다

낮술로 붉어진

아, 새로 칠한 뺑끼처럼 빛나는 얼굴,

밤에는 깊은 꿈을 꾸고

낮에는 빨리 취하는 낮술을 마시리라

그대, 취하지 않으면 흘러가지 못하는 시간이여

—「낮술」(①:95)

인용된 시에서 "그대 시간"은 어떠한 시간인가? 아무리 바쁘게 움직이려고 해도 시간이 가지 않는다. 그 바쁨으로 시대의 가혹함을 잊어보려, 외면해 보려 해도 결국은 시간의 붉고 뜨거운 얼굴은 가슴을 미어지게 하였으며 뼈마디들을 시큰하게 하였다. 하루라는 시간의 짧은 단위를 기쁜 일로 채워야 하는데, 그 시대의 현실이 이것을 용납하지 않는다. 시간은 더 나은 미래로 스스로 흘러가지 못한다, 술 없이는. 하루하루가 넘겨야 할 고통스러운 고비일 때, 시간을 흘려보내는 방법은 낮술에 취하는 것밖에 없다. 밤의 꿈속 시간, 즉 의식하지 않는 시간이 태연히 흘러가는 것처럼, 낮의 시간도 시인이 취해야만 "뻥끼처럼" 빨리 흘러가 버린다.

　　정현종은 예술가이기 때문에 자신의 고통은 말할 것 없이 남의 고통, 즉 사는 것에 천연적으로 동반되는 슬픔, 고뇌, 고통에 민감하다.("영원한 건 슬픔뿐이다"(「슬픔」)) 그리고 그는 늘 죽음이 삶의 언저리에 있음을 인식하고 있으므로 시간을 소중하게 여긴다.

> 나는 가끔 후회한다
> 그때 그 일이
> 노다지였을는지도 모르는데
>
> (……)
>
> 모든 순간이 다아
> 꽃봉오리인 것을…….
>
> ──「모든 순간이 꽃봉오리인 것을」(①:265)

　　그렇다면 정현종의 시는 이러한 시간의 모순성, 즉 가혹함과 소중함을 어떻게 화해시키는가? 정현종의 시에서 이러한 대립은 고통의 축제로 표현되어 있다. 한 논자의 언급처럼, "정현종에게 고통과 축제는 이원적인 것이 아니라, 치열한 고통을 통해 열정적인 꿈과 도취의 순간을 얻을 수 있다는 의미에서 동시적인 존재이며, 이들은 또한 각기 서로 상대편의 존재를 빛나게 하며, 의미 있게 만든다. 그러므로 정현종의 시는 고통과 즐거움이 함께 존재하는 축제의 공간"[4]이라고 할 수 있다.

　그런데, 고통과 즐거움이 함께 존재한다고 하더라도 고통은 즐겁지 않으며, 즐거움은 고통스럽지 않다는 것이 분명하다. 정현종의 시에서 납과 같은 인생의 고통("마비된 희망")⁵⁾을 황금과 같은 즐거움으로 전변시킬 수 있는 것은 무엇일까?

　　　술이여 그대는 최고의 연금술사
　　　납덩이 인생을 황금으로 바꾸누나⁶⁾

　정현종의 시세계에서 술은 연금술의 마술적인 기능을 발휘한다. 견딜 수 없는 시간을 견딜 수 있게 해주는 것이 술이다. 술이 고통을 즐거움으로 완전히 바꿀 수는 없어도 그 고통이 지나간다는 사실, 고통의 소진 그리고 즐거움의 부흥을 상상하게 해준다.

　　　숨쉬는 법을 가르치는
　　　술잔 앞에서
　　　비우면 취하는
　　　뜻에 따라서

　　　오늘도 나는 마시이느니
　　　여러 세계를 동시에 넘나드는 몸
　　　源泉 없는 메아리와도 같은 말

---

4) 김진희, 『詩에 관한 각서』(새움, 2004), 63쪽.

5) 정현종, 「납 속의 희망」. "오 내 인생/마음의 납 계단 꼭대기에/지푸라기처럼 떠오르는/마비된 희망……."

6) 오마르 카이얌, 『루바이야트』에서. 이 시는 정현종의 시 「황금 醉氣」에 인용되어 있다.

政治 빼놓으면 참 걸리는 데 없이

나는 마시느니 오오늘도

비우면 취하는

뜻에 따라서

—「술잔 앞에서」(①:299)

그러므로 오늘도 술잔을 비우고 취한다. 취하면, 이쪽 세계(고통)와 저쪽 세계(희망, 꿈)를 넘나든다. 정현종은 정치적 억압과 음주와의 관계에 대하여 "정치라는 것이 국민을 괴롭히는 것이니까, 어느 시대든 그렇지만 우리 시대가 더욱 무거운 시대이니까 그래서 더 많이 마신 것 같습니다."[7] 라고 말한 바 있다. 시인은 그 시대에 짊어진 무거운 하루들을 술로 견디었으며 취기 속에서 더 나은 세계를 상상하고 기대하고 있었다.

그런데, 정현종의 시에서 술의 의미는 세계의 부정성을 술로 상쇄하는 역할에 한정되지 않는다.

벌거벗음과 술

정현종은 벌거벗음을 참 좋아한다.[8] 어떻게 보면 당연한 일이다. 왜냐하면 벌거벗은 상태는 더 이상 솔직할 수도 없고 더 이상 자연스러울 수도 없는 상태인데, 바로 정현종의 시세계를 솔직함과 자연스러움의 추구로 볼 수 있기 때문이다. 정현종의 시에서 솔직함과 자연스러움은 정서적 미

---

7) 대담, 「새로운 시작을 위하여」, 『정현종 깊이 읽기』, 41쪽.
8) "정현종은 꽤나 많이 벗는다." 진형준, 「물 주기, 숨통 터주기」, 같은 책, 191쪽.

학(emotional aesthetic)과 관련되어 있으며, 이러한 미학을 통하여 시인은 어떠한 정신적, 정서적 상태를 추구하는 것이다. 솔직함과 자연스러움의 추구란 마음과 몸을 벗는 행위를 통하여 이루어진다. "마음을 벗음이, 시인에게 한없는 자유로움, 공기처럼 자유스러움을 가져다주고, 몸을 벗음이, 살아 있음의 확인을 준다."[9]는 언급은 이를 설명한 것이다.

> 어디 우산 놓고 오듯
> 어디 나를 놓고 오지도 못하고
> 이 고생이구나
>
> 나를 떠나면
> 두루 하늘이고
> 사랑이고
> 자유인 것을
>
> —「어디 우산 놓고 오듯」(①:283)

이 솔직한 고백에서 정신적인 벌거벗음에 대한 욕망이 드러난다. 시인은 일상생활 속에서 쓸데없는 욕심으로 가득 찬 자신의 허물을 벗어버리기를 소망한다. 이를 통해 하늘(빛), 사랑(기쁨)과 자유(무한성)의 지경에 도달하고자 하는 것이다. 빛 혹은 불, 기쁨 혹은 즐거움, 그리고 무한함 혹은 가능성이라는 물질적 요소들과 정서적 요소들이 정현종에게 또 다른 취기의 구성 요소들이 된다. 다시 말하여 시인에게는 취하는 것이 벗어버리는 것이다. 취하면 솔직해지고 자유로워진다.

---

9) 같은 글, 196쪽.

그 수줍은 肉德과 酒德은 대충
和唱하는 것이었지만,
마시면 그저 좋을 뿐이니
좋은 일을 어찌 마다했으랴.
인생살이 안팎이
실은 단근질이니
불에는 불로! 라는 듯
물불 타올랐거니—

맥주 거품은 늘 왕관모양!
구름모양! 부풀어올랐고
그야 우리는 왕관부터 구름부터 마셨으며
취기는 거기 달린 장식
구슬 영락처럼 찰랑댔다.

사람 사귀기 문학 얘기 그리하여
편하고 훈훈하게 피어오르고
그 술 연금술 또 말과 사람을 황금으로 만들어
우리는 바야흐로 금에 홀린 黃金狂,
가끔은 서로 황금 불알도 만졌느니.

—「황금 醉氣 1」(②:63~64)

　이 시는 '사람 욕심, 술 욕심, 글 욕심'이 많은 '情夫'인 김현의 엘레지
이다. 이 시에서 술이 그 수줍음을 벗겨준다. 취기가 피어오를수록 사람들
은 더 솔직해진다. "마시면 그저 좋을 뿐이니/좋은 일을 어찌 마다했으

라.” 취기가 숙성해 가면서 맥주 거품이 왕관과 구름이 되고 시인은 마실수록, 즉 벗을수록 부풀어 오르는 구름 속에 왕이 되는 것에 가까워진다. 그리고 계속 벗는다. “사람 사귀기 문학 얘기 그리하여/편하고 훈훈하게 피어오르고/그 술 연금술 또 말과 사람을 황금으로 만”드는 것이 술의 위력이다. 술은 말의 가식을 벗겨주고 소심을 벗겨준다. 취기 속에서 취인들은 완전히 벌거숭이가 되어 “서로 황금 불알도 만”질 수 있는 솔직한 자유에 도달하게 된다.

정현종의 시에서 술과 관련된 또 다른 특징은 시인이 술에 취함으로써 몸과 마음을 벗기우고 ‘막힘’ 혹은 ‘걸림’ 이 없어진다는 것이다. 여기서 ‘막힘’ 이나 ‘걸림’ 은 답답함, 부자연스러움, 자기기만과 같은 것으로 이해하면 된다. 그래서 ‘어디 우산 놓고 오듯’ 이 자기 자신을 떠날 수 있다면, 걸리는 것이 없겠으며 자유로워질 수 있다는 것이다. 정현종은 이러한 막힘을 술로 뚫고 이러한 걸림돌들을 취기로 초월한다.

> 마음 한가운데서 강풍의 제일
> 고요한 부분 회 치고
> 나는 또 그러한 지병에 취해
> 오호라 大醉의 불타는 꽃 속에
> 걸리는 데 없이 홍청거리느니
>
> ——「大醉」(①:260)

마음에 걸리는 것이 있으면 홍청거리지 못한다. 이러한 걸림을 김현은 ‘대립’ 으로 규정한 바가 있다. “그 홍청거림이 헛되고 헛된 삶의 출구이다. 헛되다는 것은 대립을 인정했을 때 느껴지는(걸리는) 감정이다. 무한에

비하여 유한은 헛되고, 죽음에 비하여 삶은 헛되고, 무의미에 비하여 의미
는 헛되다. 그 대립을 없애버릴 때, 우리는 대취한 불타는 불꽃 속에 있게
된다. 이 흥청거림 속에서, 춤·노래·놀이, 다시 말해 시가 태어난다. 춤·노
래·놀이·시는 다 같이 흥청거리는 자족체이다."[10]

불타는 꽃 속에 흥청거리는 것은 바로 불꽃 속에 춤을 추는 것과 같다.
이것이 정현종의 독특한 도취에 대한 묘사이다. 이러한 도취는 생에 몰입
되는 순간과 일치된다.[11]

1970~1980년대에 정현종의 시에서 술은 고통의 축제의 메인 코스이고
그 고통을 잊게 해주거나 그 고통의 쓰라림을 둔하게 해주는 것이었다면,
1990년대 이후로 그 술은 인생의 축제의 반주였다. 이는 1990년대 한국 사
회의 변화에 따라 상대적인 여유가 생김으로써 정현종의 시적 관심이 고
통의 미에서 인생의 미로 변한 결과이다.[12] 살펴본 것처럼, 정현종의 시에
서 애초 술 마시는 것이 '벗는 행위'였다면 후기 시에서 그가 취하는 이유
는 삶의 고통에서 '망명'하고자 하는 것이 아니라 인간의 본연적인 상태
로 돌아가기 위한 것이다. 다시 말해서 그는 "스스로 자연과 한몸이 되고
자 한다."[13]

---

10) 김현, 「술 취한 거지의 시학」, 『정현종 깊이 읽기』, 213쪽.

11) 김진희는 이에 대해 "춤을 추는 무희가 갖는 도취의 순간을 통해 존재 상승의 꿈을 실현시
키려 한다. 육체의 역동적 움직임과, 순간순간의 고요한 정지에의 몰입은 모든 움직임을 포
괄하는 한 정점이면서, 그것을 통해 도달하는 초월의 세계로 묘사된다."라고 지적한 바 있
다. 앞의 책, 62쪽.

12) 정현종 초기 시의 특징인 부정적 세계와의 긴장 관계가 후기 시에서 어떻게 변화하는지에
대해 박혜경은 다음과 같이 지적하였다. "……그의 시가 부정적인 세계와 대립하는 의식의
긴장된 율동보다는 긍정적인 세계를 끌어안는 의식의 깊고도 투명한 포용성으로 옮아 가
고 있다는 사실과 밀접한 연관을 맺고 있을 것이다." 박혜경, 「빈 몸과 바람의 시」, 『정현종
깊이 읽기』, 319쪽.

여름 저녁에 젖으려고
필경 흠뻑 젖으려고
농원 식당 배나무 아래
맥주 한잔 하고 있는데

— 「여름 저녁 1」(②:224)

산에서 내려오다 가끔 들르는
식당 배나무 아래서
오늘도 맥주 한잔.

— 「여름 저녁 2」(②:225)

시인은 이제 술을 통하여 산, 나무, 그리고 농원이라는 자연의 구성 요소들을 하나로 묶고 산마루의 여름 저녁에 취하려 한다. 또 같은 맥락에서 시인은 술을 통해 물과 불을 같이 묶어버린다. '몸뚱어리'가

땅과 같아서
술과 같아서
물과 불이 더불어 있으니
물결에 취하고 불길에 취한다
(술 마신다는 건 물불을 안 가린다는 얘기다)

— 「몸뚱어리 하나」(①:269)

그래서 이제 술 마시는 행위는 원래 상극인 물[水]인 요소와 불[火]인

---

13) 같은 글, 322쪽.

요소를 시인의 몸이라는 소우주 안에서 화합시키는 행위가 되는 것이다. 그리고 이것이 시인이 법열에 가까운 상태에 도달하는 이유가 된다. 정현종은 자기가 잘 취한다는 것을 스스로 인정한 바가 있다.[14] 초기 시와는 달리, 후기 시에서 그가 자주 취하려는 것은 생으로부터 도망가기 위한 게 아니라 생 속으로 파고들어 가려는 것이다. 이때 시인이 취하면, 그의 감각이 둔해지는 것이 아니라 안과 밖, 즉 자기와 세상을 구별하지 않는 상태를 통해 몸과 자연이 하나로 녹아드는 것이다.

나오면서

술의 의미는 정현종의 시에서 참 다양하고 미묘하다. 초기 시에서 술은 삶의 고통을 잊게 해주거나 그 고뇌를 견딜 수 있게 하는 역할을 했다. 그러다 1990년대로 넘어오면서 시인이 점차로 일상을 긍정적으로 보게 됨에 따라 술은 '축제의 반주'와 같은 것이 되며 자연과의 화합을 부추기는 촉매와 같은 기능을 하게 되었다. 그런데 초기 시에서든 후기 시에서든, 정현종의 시에서 술은 때론 공공연하게, 때론 은근하게 훈훈한 이미지로 우리에게 다가온다. 삶이 부정적일 때이든 긍정적일 때이든 시인에게 술은 늘 인간과 인간을 이어주고 인간과 삶 사이에서 윤활유의 역할을 행한다. 왜냐하면 정현종은 분명한 애주가(愛酒家)이자 애인가(愛人家)이기 때문이다. 예수가 사람을 낚는 어부였다면 정현종은 "술잔을 낚는 어부"이다. 시인은 이렇게 술잔을 건지면서 시를 통해 예술과 사랑과 꿈으로 우리를 건지게 되는지도 모른다.[15]

---

14) "시인이라는 인종들은 사실 잘 취합니다. 그것도 체질이나 개성에 따라 다르지만, 나 같은 사람은 잘 취하는 것 같습니다." 대담, 같은 책, 41쪽.
15) 정현종, 「무얼 건졌지?」.

초록 뇌수, 초록 심장

정현종의 나무

김창환

들어가며

이 글에서 우리는 정현종 시의 '나무'에 관해 생각해 볼 것이다. 그것은 나무가 그의 시세계를 특징적으로, 그리고 요령 있게 드러내는 모티프가 될 수 있을 것이라는 판단에서 출발한다. 이 글을 마칠 무렵 '나무'가 과연 그의 시세계를 재는 좋은 자[尺]인지, 우리의 판단이 옳은지를 함께 확인할 수 있기를 기대한다.

출발점에 서 있다. 수많은 길이 앞에 열려 있다. 어떤 길로 들어가야 숲을 훼손하지 않으면서 '나무'에 도달할 수 있을까. 우선 '나무'라는 기표만을 좇아가며 더듬는 실증적인 작업은 피할 생각이다. 시어가 지시적 의미를 넘어서는 것임을 우리는 잘 알고 있기 때문이다. 또한 시세계 속에 산재한 나무를 동일 항목으로 분류, 체계화하지도 않을 것이다. 시 한 편 안에서 살아 움직이며 끊임없이 확장하고 있는 나무의 이미지를 잘라내서 써먹기 편한 목재로 전락시키지 않을까 하는 우려 때문이다. 물론 시를 풀어서 서사적인 양태로 만들고 그 서사를 재조직해서 하나의 담론을 만드는 것도 주의할 것이다. 시를 산문적 형식의 축약이나 불완전태로 상정하는 이러한 태도는 경계할 필요가 있어 보인다. 우리는 이미지를 통해 나무를 표현(Darstellung)할 것이다. '원상(Urbild)'은 고정된 것이 아니며 '표현'을 통해 더 풍성하고 온전하게 드러나는 것이다. 번역을 통해 원문의 언어가 성숙하듯[1] 나무에 대한 표현을 통해 그 나무의 넓고 깊은 함축이 조금이나마 더 드러나고 튼실해지길 바란다.

춤에서 나무로 ─ 상승 이미지의 계보

정현종의 첫 시선집 『고통의 축제』의 출발점은 김우창이 지적한 바와 같이 '죽음'이다.[2] 죽음에 대한 시인의 인식은 비관적인 태도와 허무주의를 낳는다. 지상의 삶이 지복일 수 없음을 절감하는 시인이 선택할 수 있는 길은 두 가지로 압축될 수 있다. 1) 이 세상을 초월하거나 ─ 이때에는 초월의 방식이 문제가 될 것이다. 2) 이 땅을 견딜 만한 근거를 마련하거나 ─ 이때에는 근거의 유효성 정도가 문제가 된다. 시인은 후자의 길을 택하는 것으로 보인다. 그는 삶을 견디기 위해 기댈 만한 무언가를 찾는다. 첫 시선집은 그 고구(考究)의 결과물들을 보여주고 있다. 이 땅을 긍정하기 위해 그가 모색한 많은 이미지 중에서 우리는 '춤'에 주목하려 한다.[3] 우선 첫 시(「독무」)의 이미지라는 발생론적 특권도 있거니와 '춤'은 비상을 위한 첫 몸짓이기 때문이다. 나는 법을 배우고자 하는 자는 춤추는

---

1) 발터 벤야민, 「번역가의 과제」, 『발터 벤야민의 문예이론』(민음사, 1992) 반성완 옮김, 324쪽.
2) 김우창, 「사물의 꿈」, 『정현종 깊이 읽기』(문학과지성사, 1999), 124쪽.
3) 춤은 다른 필자에 의해 본격적으로 고찰될 것이다. 여기서는 춤이 나무와 동일한 의미 층위에 있으며 나무로 나아가는 출발점임을 밝히기 위해 간략하게 제시만 하기로 한다.

법부터 배워야 한다고 니체는 우리에게 말해 주었다.[4]

시인에게 '춤'은 삶의 중압감을 견디는 한 방법이다. 그 방법의 핵심은 일견 도피로까지 보이는 '도취'와 '몰입'인데 이는 인간 조건을 망각할 만큼 강렬한 것이다.

> 지금은 율동의 방법만을 생각하는 때,
> 생각은 없고 움직임이 온통
> 춤의 풍미에 몰입하는
> 영혼은 밝은 한 색채이며 大空일 때!
>
> ——「독무」 중에서[5]

이 대목에서 우리는 정현종의 초기 시에서 '춤'은 그 자체가 아닌 전반적인 '이미지'로서 등장한다는 것을 강조해야 한다. 춤의 이미지는 몰입과 도취만으로 그 의미가 탕진되지 않는다. 춤은 도약과 착지(상승과 하강)를 핵심으로 하는 움직임이다. 그중 하나를 고르라면 아무래도 상승의 이미지일 것이다. 용약(踊躍)의 발끝(「화음」)을 떠올리지 않고 춤을 상상하기란 쉽지 않다. 우리의 몽상 속에서 상상력은, 실제의 춤과는 무관하게 늘 무용수를 지상에서 대기 속으로 가볍게 들어 올린다. 춤의 '이미지'는 '상승'의 이미지인 것이다. 춤의 이미지는 몰입이라는 시인의 지시적 설명을 넘어서 시 전체에 퍼진다.

---

4) 프리드리히 니체, 『차라투스트라는 이렇게 말했다』(책세상, 2000), 정동호 옮김, 325쪽. '나의 가르침은, 언젠가 나는 법을 배우고자 하는 자는 먼저 서는 법, 걷는 법, 달리는 법, 기어오르는 법, 춤추는 법부터 배워야 한다는 것이다. 처음부터 나는 법을 배울 수는 없는 일이다!'
5) 이 글에 인용되는 모든 시는 『정현종 시전집 1·2』(문학과지성사, 1999)를 따른다. 권수와 쪽수는 별도로 표기하지 않고 제목만 제시하기로 한다.

춤의 이미지가 동일한 상승의 이미지인 바람, 대기, 새들보다 더 시적 감동과 반향을 일으키는 것은 그 육체성에 있다. 육체성은 죽음과 더불어 모든 인간에게 공평하게 주어진 것이므로, 또 육체에 대한 감각이야말로 생에 관한 가장 구체적인 실감이므로, 춤의 이미지는 상승의 여러 이미지 중 가장 보편적이며 구체적인 울림을 내장하고 있다.

초기 시에 등장하는 '춤'의 이미지는 떨어져도 튀는 '공'의 이미지로 이어진다. '공'은 '춤'의 역동적 상승의 이미지를 넉넉히 이어받는다. 지상적 조건은 상승을 꿈꾸는 자에게(시인이 후기에 즐겨 쓰는 어사를 하나 빌리자면) '밑도 끝도 없는' 심연이다. 그런데 시인은 추락해서 부러지고 깨지는 것이 아니라 떨어져 땅에 부딪히는 힘만큼 튀어 오르는 '공'을 꿈꾼다. 이 역시 상승의 이미지이다.

> 그래 살아봐야지
> 너도 나도 공이 되어
> 떨어져도 튀는 공이 되어
>
> 살아봐야지
> 쓰러지는 법이 없는 둥근
> 공처럼, 탄력의 나라의
> 왕자처럼
>
> ──「떨어져도 튀는 공처럼」 중에서

중요한 것은 '춤 이미지'가 '공 이미지'로 이어진다는 사실이 아니다. '춤'에서 '공'으로의 변화가 어떤 의미를 함축하는가이다. 시인의 춤은 지상적 조건을 견디기 위한 '홀로 춤(獨舞)'이었다. 그리고 몸을 빌린 상승의 이미지이기에 구체적인 울림을 주는 것이었다. 이에 비하면 공은 춤만큼의 실감을 우리에게 주지 못한다. 몸이 아닌 사물이기 때문이다. 육체를 통해 받아들인 감각 지각을 통해 사태를 인지하는 우리로서는 당연한 일이다. 그러나 상승의 이미지를 표현하는 데 있어서 더 이상 몸을 빌리지 않는 대가로 시인이 얻는 이익은 결코 적지 않다. 그 이익은 춤의 이미지가 지닌 육체성의 한계를 넘어서는 것과 관련된다. '공'에 관한 우리의 물질적 상상력은 그것의 둥근 형태를 넘어서 탄력 있는 질감을 환기시킨다. 이 질감은 읽는 이에게 춤보다 훨씬 높은 도약과 탄력, 상승과 하강의 지속적 반복 가능성 그리고 가벼움을 실감케 한다. 그뿐 아니라 홀로 추던 춤이 이제 '너도 나도'의 공으로 확장되어 있다. 나만의 견딤을 넘어 우리 모두의 견딤이 된 것이다.

'춤'에서 '공'으로 이어지는 상승의 이미지는 드디어 우리가 중점적으로 논의할 '나무'에 도달한다. 지상에 뿌리를 박고 하늘을 향해 뻗어가는, 달리 표현하면 대지와 대기를 수직의 방향으로 연결하는 매혹적인 형태학적 특성으로 인해 오래전부터 나무는 신성한 역할을 맡아왔다. "워낙 나무는 자신의 고유한 생명의 느긋하고 확고한 수직적 운동 속으로 몽상가를 끌어들이는 존재"[6]이므로 상승의 이미지를 꿈꾸는 시인이 나무에 도달하는 것은 어찌 보면 당연한 일일지도 모른다.

세상의 나무들은
무슨 일을 하지?
그걸 바라보기 좋아하는 사람,
(……)

---

[6] 가스통 바슐라르, 『대지와 의지의 몽상』(삼성출판사, 1990), 민희식 옮김, 253쪽.

그런 사람 땅에 뿌리내려 마지않게 하고
몸에 온몸에 수액 오르게 하고
하늘로 높은 데로 오르게 하고
둥글고 둥글어 탄력의 샘!
(……)

첫사랑 두근두근 팽창하는 기운을!

—「세상의 나무들」 중에서

이 시는 정현종의 나무 세계로 들어가기 위해 반드시 넘어야 하는 돌쩌귀이다. 나무의 전체적인 이미지는 이어지는 절에서 자세히 다루기로 하고 여기서는 '나무 이미지'가 다른 상승의 이미지들과 어떤 변별점을 지니는지를 지적하는 것에 집중해 보자. 우리는 '하늘로 높이 오르고'와 '기운'에 주목할 것이다. '하늘로 높이 오르고'는 당연히 나무의 상승 이미지를 통한 시인의 상승을 말한다. 그런데 춤이나 공에 비하여 '나무 이미지'만 베풀 수 있는 특별한 혜택은 바로 '기운'이라는 어사에 담겨 있다. 상승 이미지의 표상이 '춤'에서 '공'으로 넘어가면서 우리는 몸이 환기하는 구체적 감각을 다소 잃어버렸으나 더 기민한 탄력을 얻을 수 있었다고 앞에서 말한 바 있다. 홀로 춤에서 우리들의 탄력으로 확대되었음도 지적하였다. 춤이 오로지 자기 동력만으로 상승하는 이미지임을 감안할 때, 탄성을 통해 반복적인 에너지를 얻는 공의 이미지는 방법론적으로 분명 춤에서 더 나아간 것이다. 그러나 딱딱한 대지의 표면과 허공 사이를 왕복하는 공의 이미지는 생명력의 근원에 닿아 있지 않다. 시인이 '나무 이미지'에 이르러 얻게 된 가장 큰 소득은 이 지점에서 잘 드러나는데, 그것은 생명의 근원인 대지에 뿌리를 내림으로써 '기운'을 얻게 되었다는 점이다. 이 '기운'은 주로 식물의 혈액이자 대지의 젖이라 할 수 있는 '수액'의 충전을 통해 얻는다.[7] 수액은 피-정액과 더불어 정현종의 시세계 전체를 관류하는 중요한 물의 이미지이다.[8]

상승의 이미지는 자연스럽게 '초월'에 관한 생각으로 이어진다. 시인은 초월을 꿈꾸는가. 결론부터 말하자면 정현종의 상승의 이미지는 '초월'을 위한 것이 아니다. 흔히들 고전 발레에서의 도약을 '초월에의 몸짓'이라고 한다. 우리가 중력을 일순 벗어난 듯한 무용수의 역동적인 등 근육에서 날개의 환상을 보는 것은 당연한 일이다. 그러나 일순 몸의 무거움, 땅의 무거움에서 벗어난 초월의 순간은 역설적이게도 몸에 인간이 기울일 수 있는 최대한의 집중에 의해 간신히 그리고 순간적으로 이루어지는 것이다. 가장 몸적 존재가 됨으로써 몸을 벗어나기. 그것이 춤의 도약이다. 공도 사정이 크게 다르지 않다. 공의 튀어 오름은 추락하는 힘에 기댄다. 시인이 말하는 공은 하늘을 향해 던져진 것이 아니라 '떨어져도' 튀는 공이다. 탄력을 만들어내는 '떨어짐'과 '튀어 오름'은 쌍생아이다. 힘찬 도약을 위해서는 맹렬하게 떨어지며 온몸을 지상에 맡겨야 한다. 땅에 맡긴만큼 땅 벗어나기. 나무는 어떤가. 하늘을 향해 뻗어가는 줄기와 가지는 느리긴 하지만 역동적인 이미지를 가진다. 그러나 대지의 심부에 깊이 뿌리박고 있어야 그 상승은 가능한 것이다. 정현종의 시세계에서 보이는 상승의 이미지는 '초월'을 노리는 것이 아니다. 날기를 염원하되 떠나지 않음. 여기에 시인의 진정성이 있다.

---

7) 많은 지역에서 수액이 가득 찬 나무는 신성한 모성을 상징한다는 것을 지적하고 지나가자. 미르치아 엘리아데, 『종교 형태론』(한길사, 1996), 이은봉 옮김, 374쪽.
8) 정현종의 시세계에서 물의 이미지는 대부분 생명의 엑기스라고 생각해도 무방할 것이다.

나무의 이미지

우리는 위에서 나무가 '상승'의 이미지임을 확인했고 상승의 이미지들 각각이 지니는 미덕을 생각해 보았다. 이 절에서는 나무의 다른 이미지에 집중해 보려 한다. 서두에도 밝힌 바와 같이 여러 시편에 산재한 나무의 이미지를 찾아 분류하고 체계화해서 항목을 제시하는 것은 가장 대표적인 '통합적인 오브제'인 나무[9]를 다루는 데 있어 적절한 방식이 아니다. 모자이크의 질이 유리 조각의 질을 통해 결정되는 것처럼 세목(細目)에 정밀하게 천착하는 데에서 대상의 전체적인 특질이 드러날 터이므로,[10] 개별 시편에서 표현되고 있는 나무의 이미지에 집중함으로써 정현종의 나무의 특질을 드러내 보자.

> 나무들은
> 난 대로가 그냥 집 한 채.
> 새들이나 벌레들만이 거기
> 깃든다고 사람들은 생각하면서
> 까맣게 모른다 자기들이 실은
> 얼마나 나무에 깃들여 사는지를!
>
> ——「나무에 깃들여」

어렵지 않게 눈에 들어온다. 자연의 은덕, 자연과의 공생이라는 교훈의

---

9) 가스통 바슐라르, 『대지 그리고 휴식의 몽상』(문학동네, 2002), 정영란 옮김, 330쪽. "우리는 정말이지 통합력을 가진 오브제들이, 즉 우리로 하여금 이미지들을 통합하는 데 도움을 주는 오브제들이 존재함을 믿는다. 우리가 보기에 바로 나무야말로 그런 **통합적 오브제**인 셈이다." (강조는 원저자)

10) Walter Benjamin, *The origin of German Tragic Drama*(Verso, 2003), John Osborne trans., 28~29쪽.

핵심도 단박에 파악된다. 그러나 사람들이 '나무에 깃들여 산다.'는 것은 무엇을 의미하는가를 묻기 전에 우리는 나무의 이미지가 어떻게 집의 이미지가 되는지를 살펴보아야 한다. 이 시의 성공은 교훈의 타당성과 효과에 있는 것이 아니라 나무가 집의 이미지로 전위되는 데 있기 때문이다.

집의 이미지는 인간에게 안정의 근거와 그 환상을 제공하는 이미지들의 집적물이다. 그것은 우리들의 유년기와 겹치면서 자연스레 내밀한 공간의 가치를 잘 말해 주는 이미지가 된다. 또한 온갖 잡다한 이미지들을 자신 안에 포용하고 거주시킨다는 점에서 통합적 이미지이기도 하다.[11] 시인은 나무에 새들이 깃들인다고 말한다. 새는 나무에 깃들이고 나무는 새가 둥지 틀도록 자신을 내어준다. 나무는 연약함과 자유로움을 환기시키는 새에게 소중한 은신처가 된다. 놀랍게도 우리의 몽상 속에서 둥지에 든 새는 더 이상 연약하지도 위험하지도 않다. 그들은 안전하고 평온하다. 내밀하고 둥근 나무 속에서 보호받고 있기 때문이다. 둥지를 들임으로써 나무는 더욱 안온한 품으로서의 이미지를 지니게 된다. 그뿐인가, 새소리가 울려 퍼지는 공간까지 나무의 안온한 품의 공간은 확장된다. 벌레들도 새와 크게 다르지 않다. 흙이 머금고 있는 생명의 물을 끌어올려 잎 하나하나에 제공한 나무의 노고를 벌레들은 마음껏 갉아 먹는다. 대지에서 끌어올린 생명의 기운을 나누는 것을 나무는 꺼리지 않는다. 그뿐 아니라 벌레들이 자신의 몸에 생채기를 내고 파고들어 동굴(동굴의 내밀하고 안온한 이미지!)을 만드는 것을 허락한다. 새들도 벌레들도 이렇게 나무에 깃들인다. 이때 나무와 새-벌레는 대립적인 관계가 아니다. 새와 벌레는 폭력적으로 나무와 겨루어 자신의 공간을 차지한 것이 아니다. 나무가 품어주지 않으면 그들은 결코 '보금자리'를 만들 수 없기 때문이다. '깃들인다'는 말에는 나

---

11) 가스통 바슐라르, 『공간의 시학』(민음사, 1990), 곽광수 옮김, 132쪽.

무-새, 벌레의 평화로운 공존 관계, 보호함-보호받음, 안온한 품-보금자리
의 뉘앙스가 안락하게 담겨 있다.

　둥지나 벌레 구멍 등은 자연스럽게 '집'의 이미지와 결합한다. 둥지와
동굴의 이미지에서 집의 이미지로 혹은 그 반대 방향으로 이행하는 것은
워낙 자연스러운 일이다.[12] 나무의 이미지는 이렇게 둥지-벌레 구멍에서
집으로, 다시 말해 내밀한 공간 이미지들 사이에서 자연스럽게 이동하며
의미망을 확충한다. 정현종의 나무는 자연과 사람이 깃들여 사는 내밀하
고 안온한 집의 이미지인 것이다.

　　겨울 하늘을 배경으로

　　(너무 이뻐서 도무지 어찌할 바를 모르겠거니와)

　　落木들의 저 큰가지들과 잔가지들을 좀 보세요!

　　그 가지들은 하늘의 혈관이에요!

　　(물론 하늘의 뿌리이기도 하고

　　하늘의 天井畵이기도 하지만)

　　하여간 그 가지들은 하늘의 혈관이에요!

—「하늘의 혈관」

　겨울, 그리고 낙목(落木)이다. 을씨년스러울 수밖에 없는 풍경이다. 하
지만 시인의 나무에 대한 애정은 상상력을 촉발시켜 겨울의 황량한 풍경
을 뒤바꾼다. "한 이미지를 사랑하게 되면 즉시, 그것은 더 이상 사실의 복
사일 수 없게 된다."[13]라는 말의 의미를 실감할 수 있는 대목이다. 이미지

---

12) 가스통 바슐라르, 같은 책, 233쪽. "새집은 모든 휴식과 평온의 이미지와 마찬가지로 곧 단
　　순한 집의 이미지와 결합한다. 새집의 이미지에서 집의 이미지로의, 혹은 그 반대 방향으로
　　의 이행은, 단순성이 환기됨으로써만 가능해진다."

의 가치는 대상을 변화시키는 데 있다는 것도 확인할 수 있다. 나뭇가지들
은 살아 있는 유기체의 구석구석에 혈액을 공급하는 혈관이 되었다. 이제
하늘은 더 이상 공(空)이 아니다. 생명력으로 가득 차 있기 때문이다. 하늘
은 붉은 피가 도는 살아 있는 몸이다. 나뭇가지의 이미지로 인해 희부연 회
색의 겨울 하늘은 생명의 기운으로 가득 차 불그스레 혈색 도는 공간이 된
것이다. 공간의 이러한 혁명적인 변화는 어디에서 왔는가? 바로 나뭇가지
의 이미지에서 왔다. 우리는 여기서 나무 이미지의 본령이 '생명력' 임을
알게 된다. 이미지를 조금만 더 따라가 보자. 메마르기 마련인 겨울, 한 무
한인 하늘에 혈액을 공급하기 위해서는 무한한 생명의 원천이 필요하다.
나무의 이미지는 자연스럽게 그 생명의 원천이 무엇인가를 알려준다. 바
로 또 하나의 무한인 대지이다. 지금 나무는 대지에서 생명의 수액을 끌어
올려 무한한 공간으로 전달하는 통로가 된다. 나무는 두 무한의 매개항이
며 동시에 생명력의 통로가 된다. 이쯤 되면 나무는 성스러워진다. 우주의
세 차원(지하-지상-하늘)을 연결하며 전체에 생명력을 고루 전달하기 때문
이다. 이미지를 계속 따라가다 보면 나무의 히에로파니(hierophany)를 만날
수도 있을 듯하다.

> 환합니다.
> 감나무에 감이,
> 바알간 불꽃이,
> 수도 없이 불을 켜
> 천지가 환합니다.
> 이 햇빛 저 햇빛

______

13) 가스통 바슐라르, 같은 책, 237쪽.

다 합해도

저렇게 환하겠습니까.

서리가 내리고 겨울이 와도

따지 않고 놔둡니다.

풍부합니다.

천지가 배부릅니다.

까치도 까마귀도 배부릅니다.

내 마음도 저기

감나무로 달려가

환하게 환하게 열립니다.

—「환합니다」

이 시에서 빛나는 이미지는 '감'이다. 이때 '감'은 뚜렷한 외곽선으로 인해 비타협적으로 다른 대상들과 경계 짓는 형태적 이미지로 포착된 것이 아니다. 시인의 상상력은 대상의 표면에만 머물지 않고 그 내부로 들어간다. 그리고 그 실체를 상상한다. 물질적 상상력의 힘으로 나무에 걸려 있는 감은 이제 '바알간 불꽃'이 된다. 이미지를 통해 새로운 존재가 태어난 것이다. '시란 본질적으로 새로운 이미지에 대한 갈망이며 그것은 인간 정신을 특징짓는, 새로움에 대한 본질적인 요구와 일치하는 것이다.'[14]

우리는 '불꽃'이라는 이미지 속으로 들어가야 한다. 사물의 네 가지 근원 중 '불'을 향해 가는 '감' 이미지. '불꽃'은 격렬하게 타오르지 않는다. '바알간'이라는 형용사는 그 불꽃이 은근하고 부드러운 것임을 말해 준다. 이러한 불꽃은 안락함을 낳는다. 꽃은 워낙 '불꽃'의 이미지이지만[15]

---

14) 프리드리히 니체, 『권력에의 의지』(청하, 1988), 강수남 옮김, 312쪽.

과실이 불꽃의 이미지가 됨으로써 꽃이 가질 수 없는 큰 미덕까지 지니게 되는데 그것은 바로 '배부름'이다. 까치밥이라는, 자연을 배려하는 우리의 풍습과 결합함으로써 '바알간 불꽃'은 포만감의 근원이 된다. 개체만 느낄 수 있는 '배부름'이라는 감각이 빛을 타고 세계 전체로 두루 퍼진다. 안락함, 따뜻함, 포만감으로 세계는 가득 찬다. 지복의 상태라고 해도 부족함이 없다. 이 대목은 우리에게 개체 발생 초기의 '향유'를 다시 경험케 한다. 최초의 우리는 세계를 '불안'이 아닌 '향유'로 경험하지 않았는가. '바알간 불꽃'의 이미지는 이렇게 우리에게 온다. 이미지 하나로 세계는 달라진다. 시인의 나무는 덕스럽고 덕스럽다.

'나무 되기'와 그 효용

우리는 앞에서 나무의 이미지가 어떻게 구현되고 있는지 살펴보았다. 상승의 이미지는 구체화되었다. 이제 시적 공간 안에서 상승 이미지(나무)와 시인의 관계 맺음을 살펴볼 차례이다. 시인은 자주 나무와의 교감의 차원을 넘어 그 자신 나무가 된다. 시인이 나무의 바깥에서 그것과 교감할 때에는 주로 경탄과 예찬, 나무에 비견되는 누추한 삶과 문명에 대한 안타까움이 토로된다. 그런데 시인이 나무가 될 때에 시세계에서 일어나는 변화는 놀랍고 급진적이다. 따라서 우리의 관심은 자연스럽게 시인의 '나무 되기'와 그 효용에 집중된다.

만물 중에 제일 잘생긴

---

15) 가스통 바슐라르, 「식물적 생명에서의 불꽃의 시적 이미지」, 『촛불의 미학』(문예출판사, 1975), 이가림 옮김, 97~118쪽.

나무야
내 뇌수도 심장도 인제
초록이다
거기 큰 핏줄과 실핏줄들은
새소리의 샘이며
날개의 보금자리!
(지저귀는 실핏줄이여
날으는 큰 핏줄이여)

—「숲에서」 중에서

서 있는 나무의
나무 껍질들아
너희를 보면 나는
만져보고 싶어
손바닥으로 너희를
만지곤 한다.
그것만으로도 나는
너희와 체온이 통하고
숨이 통해
내 몸에도 문득
수액이 오른다.

—「나무 껍질을 기리는 노래」 중에서

　　나무의 푸르름은 시인의 역동적 상상력에 의해 자신에게 전이되어 몸 속 깊이 침윤해 있다. 시인이 곧 나무이다. 나무껍질을 만진다. 그 만짐을 통해 시인에게도 수액이 차오른다. 나무가 된 것이다. 그렇지만 시인이 자신을 망실(忘失)한 것은 아니다. '내 뇌수도'와 '내 몸에도'의 특수 조사 '도'를 주목하라. 나무도 있고 나도 있다. 그런데 조금 더 자세히 살펴보면 시인은 자신을 망실하지 않았을 뿐 아니라 뚜렷한 주체의 기획까지 가지고 있음을 알 수 있다. 그는 '나무 되기'를 통해 스스로 상승의 이미지가 될 뿐 아니라 진정한 하늘의 육화(肉化), 바람의 정령(「무너진 하늘」)인 새까지 품을 요량인 것이다. 이 대목에서 우리는 상승의 이미지와 시인이 어떻게 관계 맺는지를 볼 수 있다. 스스로 바라마지 않던 상승의 이미지가 됨으로써 시인은 구원의 가능성에 다가간다. 이것이 나무 되기의 첫 번째 효용이다. 앞서 살펴본 웅숭깊은 나무의 이미지를 생각해 본다면 '구원'이라는 말이 크게 어색하지는 않을 것이다.

우리는 여기서 '나무 되기'의 존재론적 정황을 잘 살펴보아야 한다. 우선 '나무'가 있어야 한다. 만약 시인의 '나무'가 주체의 주관적 투사에 불과한 것이라면 시인은 자신이 만들어낸 환상에 기대어 구원을 꿈꾸는 것에 불과하다. 인간은 자신 안에 초월의 근거를 품고 있지 않으므로 전적 투사에 의한 구원은 불가능하다. 그리고 '시인'도 있어야 한다. 위와 반대로 주체가 대상 속에 들어가 무화(無化)되는 것이라면 그것은 소멸 혹은 사물화에 불과하다. 그것은 구원받을 주체가 창졸간에 사라지는 것 아니겠는가. 다행히 시인이 보여주는 '나무 되기'는 섣부른 감정 이입이나 전적 투사를 통한 주체의 확장도 아니고 객체만 남기고 주체가 사라지는 망아(忘我)의 상태도 아니다. 구원의 힘을 가진 '나무'도 구원받을 '주체'도 있다.

시인의 '나무 되기'를 말할 때 그리고 나무 되기를 통한 구원을 말할 때 그것이 시적 공간에서만 가능한 일이라는 사실을 잊지 말아야 한다. 현실 세계에서는 주체이면서 동시에 타자일 수 없기 때문이다. 시인 스스로 다음과 같이 말한 바 있다.

앞에서 내가 나무가 되는 것은 사실상 불가능하다는 말을 했습니다만, 그러나 그것이 유추적으로는 가능합니다. 시의 언어를 유추적 언어라고 하는 것은 잘 알려진 얘기입니다만, 내가 나이면서 동시에 나무일 수 있는 공간이 시의 공간입니다. 다시 말하면 나와 나 아닌 것, 이것과 저것, 서로 다른 것들이 자기이면서 동시에 자기 아닌 것이 될 수 있는 공간이 시의 공간입니다.[16] (강조는 인용자)

정현종은 지상의 속됨과 허무, 죽음을 견디기 위해 기댈 만한 상승의 이미지를 지속적으로 꿈꾸었으며 '나무'에 이르러 그 이미지는 가장 역동적이며 지하-지상-하늘을 아우르는 전 우주적인 면모를 갖추게 된다. 그리고 시인은 나무가 됨으로써 스스로 만들어낸, 구원의 가능성을 지닌 이미지에 동참한다. 그런데 그 가능성은 엄격히 시적 공간에 한정되는 것이다. 이런 의미에서 시적 공간은 정현종 자신에게 구원의 공간이다. 다음의 시는 이러한 사정에 대해 감득케 하는 바가 있다.

의자에 앉아서
의자를 그린다

마음은 항상
어여쁜 힘이 필요하다

결국 길이 없다
내가 그린 의자 속에 들어가 앉는다

---

16) 정현종, 「詩의 자기 동일성」, 『거지와 광인』(나남, 1985), 13~14쪽.

현실의 의자는 인제

편안해지기 시작한다

앉는 데마다 淸風이 일는지도 모른다.

—「어디서 힘을 얻으랴」

이제 '나무 되기'의 다른 효용을 살펴볼 차례이다. 시인의 '나무 되기'
는 새로운 꿈의 가능성을 열어주었다. 앞에서 우리는 시인이 나무가 됨으
로써 새를 품는 것을 보았다.(「숲에서」) 실제로 나무는 새에게 있어서 둥지
를 틀 터전이다. 사뿐히 일렁이는 가지에 붙을 수 있는 능력을 지닌 새에게
나 안전할 법한 나무는 그러나 사람에게도 터전임을 우리는 앞에서 확인
한 바 있다.(「나무에 깃들여」) 이제 시인은 몸소 나무가 되어 이 세상의 '그
악스럽지 못한 사람들을 먹이고 재우게/방이 많은 집 하나를 짓는' 꿈을
꾼다.

꿈을 버리다니, 요새의 내 꿈은

방이 많은 집 하나 짓는 일이야.

그래 이 세상의 떠돌이와 건달들을 먹이고 재우고,

이쁜 일탈자들과 이쁜 죄수들,

거꾸로 걸어다니는 사람과 서서 자는 사람,

눈감고 보는 사람과 온몸으로 듣는 사람,

끌어안을 때는 팔이 엿가락처럼 늘어나는 사람,

발에 지평선을 감고 다니는 사람,

자동차 운전 못 하는 사람,

원시주의자들,

말더듬이,

굼벵이,

우두커니,

하여간 그런 그악스럽지 못한 사람들을 먹이고 재우게

방이 많은 집 하나 짓는 일이야.

—「한 그루 나무와도 같은 꿈이」 중에서

시인은 어떻게 갑자기 이런 꿈을 꿀 수 있게 되었을까. 새와 벌레와 사람들이 나무에 깃들여 산다고 노래한 시인, 나무의 뇌수와 심장을 지닌 시인은 이제 자신의 꿈속에 온갖 그악스럽지 못한 것들을 깃들인다. 이때 시인의 꿈은 그 소소한 것들의 둥지가 된다. 이 시에서 보여주는 새로운 꿈은 1) 집으로서의 나무 이미지, 2) 시인의 나무되기, 3) 그악스럽지 못한 사람들이 시인에게 깃들이기라는 내적 과정을 통해 가능해진 것이라고 할 수 있다.

시인의 '나무 되기'는 시세계에 있어서 또 하나 중요한 변화의 계기가 된다. 그것은 바로 교훈적 어조의 등장이다. 사실 근대 초의 독자라면 모를까 교훈적 어조는 오늘날의 독자에게 어색하게 다가온다. 시를 통한 훈계라니? 생태주의의 득세에 편승한 또 다른 계몽주의인가? 그렇지 않다. 어조가 화자의 태도 전반을 통해 드러나는 것임을 생각할 때 이는 당연한 것이다. 시인은 '나무 되기'를 통해 새로운 존재가 되었다. 새롭게 형성된 자아는 세계에 대한 새로운 태도 설정을 가져오기 마련이며 이는 시 전반에 걸쳐 새로운 어조를 낳게 된다. 어조는 시를 구성하는 여러 가지 형식적 요소 가운데 하나로 수렴될 수 없는 성격의 것이다. 생명의 원천인 대지에 뿌리박고 하늘을 향해 뻗는 나무가 된 시인은, 죽음으로 치닫는 문명에 대해, 생명을 훼손하는 것들에 대해 교훈적인 어조로 말하기 시작한다. 때로는 은근하고 때로는 노골적인 그것을 우리는 감득할 수 있다. 자연의 대표격인 나무로서 말하고 있기에 자연 정복을 대가로 이룩한 문명에 대한 비판은 근원적인 성격을 지닌다. '자연만이 자이다/사람이여, 그대가 만일 자연이거든/사람의 일들을 재라'(「자〔尺〕」)라고 말한 시인이 바로 그 '자'가 된 것이다. 자연이 맞서는 반대편 끝에 죽음이 있다. 시인이 맞서는 반대편 끝에도 죽음이 있다. 시인의 말은 현대에 다시 듣는 나무의 에피파니(epiphany)가 된다.

> 그 어떤 경우에나 이제는 꼭
> 먼저 생각해야 할 게 있어.
> 죽어가는 공기
> 죽어가는 물
> 죽어가는 흙 생각이야.
> 공기니 물이니 흙 따위엔 관심이 없다고?
> 그 무관심은 오늘날 아주 큰 죄악.
>
> ——「급한 일」 중에서

> 헤게모니는 꽃이
> 잡아야 하는 거 아니에요?
> 헤게모니는 저 바람과 햇빛이
> 흐르는 물이
> 잡아야 하는 거 아니에요?
>
> ——「헤게모니」 중에서

나오면서

한 그루 나무가 서 있다. 우리가 늘 겪는, 일상성의 범주(俗)에 드는 나무이다. 한 시인이 있다. 지상의 삶이 누추하고 슬픈 것임을 아리도록 자각하는 시인이다. 시인은 삶을 견디기 위해 상승을 꿈꾼다. '상승'은 춤으로, 공으로, 나무로 전위되며 계속해서 시의 표면에 등장하는 그의 꿈사고(dream-thought)이다. 여러 이미지들은 조금씩 조금씩 '나무'의 이미지로 압축된다. 그리고 시인의 상상력 속에서 놀라운 존재의 변화를 겪는다.

시인의 상상력 속에서 나무는 대지의 심부에 깊이 뿌리를 내린다. 그리고 가이아의 젖을 빨아올린다. 그 젖은 줄기를 지나 가지로, 가지에서 잎으로 생명력을 실어 나른다. 무성해진 나무에 새들이 둥지를 틀고 벌레들이 깃들인다. 온 자연이 깃들인다. 사람도 기댄다. 가지들은 어느새 잔 그물처럼 얽히며 빈 공간을 촘촘하게 채워나간다. 잔 그물 사이로 대지에서 기원한 생명의 혈액이 유유히 흐른다. 무한 공간이 생명의 잠력으로 가득 찬다. 나무를 매개로 지하와 대지와 대기는 한몸이 된다. 이쯤 되면 나무는 더 이상 늘 겪는 그것이 아니다. 시인의 상상력 속에서 비일상적인 범주(聖)로 나타나는 것이다. 나무의 이미지를 통해 일상과 비일상이 겹친다. 비일상적인 나무는 세속의 시공간을 뚫고 들어와 시인을 드높인다. 드높여진 시인은 나무를 통해 구원의 가능성을 본다. 상승 그 자체에 머물지 않는 놀라운 꿈을 꾼다. 그리고 죽음으로 치닫는 이 시대의 삶의 양태와 대척점에 서서 말한다.

이제 그 나무는 시를 통해 우리에게도 유유하게 그 가지를 뻗는다. 우리의 뇌수와 심장도 초록으로 변한다. 우리도 존재의 변화를 겪는다.

'거울'과 '창'에 비친 풍경들[1]

이윤진

1

우리는 정현종의 시에서 수많은 '풍경'들을 본다. 그것은 이를테면, 어느 늦겨울 밤 눈 덮인 숲을 배경으로 한 젊은 남녀 한 쌍의 에로틱한 몸짓과 그 곁에 선 밤나무의 때 이른 개화(開花)를 담은 풍경(「좋은 풍경」, ②:46)과 같이, 대개는 일상적인 시선으로 이해하기 어려운 것으로, 굳이 분류하자면 '사실적'이라기보다는 '초현실적'인 풍경들이다. 일면 평범한 일상 속의 한 장면을 소묘한 것처럼 보이는 다음과 같은 작품에서도 이러한 사정은 마찬가지이다.

---

1) 이 글은 주로 후기 시를 중심으로 논하되, 지금까지 시인이 상자한 총 8권의 시집을 모두 논의의 대상으로 한다. 이 글에 인용된 모든 작품은 『정현종 시 전집 1·2』(문학과지성사, 1999)와 『견딜 수 없네』(시와시학사, 2003)에 의거했다. 각 시편의 출처는 순서대로 '(①, ②, ③: 쪽수)'로 본문에 직접 표기하기로 한다.

넓은 창

바깥

먹구름떼

쏟아지는 비

저녁빛에 젖어

큰바람과 함께 움직인다.

그렇게 싱싱한 바깥

그 풍경 속으로

나방 한 마리가 휙 지나간다

—.

나방이 풍경을 완성한다!

—「나방이 풍경을 완성한다」(③:15)

이 시에서 비 오는 창밖으로 나방 한 마리가 휙 지나가는 모습이 담긴,
별 대수롭지 않은 풍경을 초현실적으로 바꾸어놓는 것은 "나방이 풍경을
완성한다!"라는 시인의 감탄 어린 한마디이다. 나방 한 마리가 창밖으로
휙 지나가는 무의미하고 평범한 장면에 '완성된 풍경'이라는 의미를 부여
하는 시인의 독특한 시선이 이 풍경을 더 이상 단순히 사실적이지 않게 한
다. 거기에는 사실 이상의, 현실을 넘어서는 어떤 의미가 숨겨져 있는 것이
다. 바꾸어 말하자면, 정현종이 그려내는 많은 초현실적 풍경화들은 보이
는 현상 이면의 보이지 않는 실재를 포착하고자 하는 시인의 욕망이 낳은
작품들이다. 역시 초현실적 풍경을 그린 다음 작품에는 그 욕망의 구체가
잘 드러나 있다.

맑은 겨울날
유리창으로 쏟아져 들어오는
아침 햇빛이여
나는 너를 사진 찍고 싶고나
너는 항상 네 빛의 우주 속에
네 빛의 눈으로
만물을 사진 찍어 보여주고 있거니와
(촬영과 현상이 동시에 진행되느니)
나는 오늘 아침
너를 사진 찍고 싶고나
아침 햇빛이여

—「아침 햇빛 1」(②:222)

　유리창으로 쏟아져 들어오는 아침 햇빛을 사진 찍는다는 것은 불가능한 일이다. 그러나 그런 불가능을 시인은 꿈꾼다. 햇빛은 보이면서도 보이지 않으며, 있으면서도 실은 부재한다. 그것은 단지 직감적으로만 알 수 있는, 또는 온몸으로 느껴야만 그 실체를 확인할 수 있는, 그러한 성질을 지니고 있다. 시인은 이처럼 부재하면서 현존하는 햇빛을 사진으로 찍고 싶어 한다. 이는 그것을 하나의 풍경으로 완성하고자 하는 욕망과도 같다. 그리고 그러한 욕망을 이야기하는 것만으로 그는 이미 한 편의 풍경화를 완성하고 있다. 그런데 이 시에서 또 하나 눈여겨보아야 할 점은, 시인이 사진으로 찍고 싶어 하는 햇빛 자신이 또한 일종의 사진사라는 점이다. "촬영과 현상"을 동시에 하는 "만물"의 사진사인 것이다. 이 같은 만물의 사진사를 사진 찍고 싶다는 시인의 소망은, 따라서 아침 햇빛을 닮고 싶다는 소망의 다른 표현이라고 볼 수 있다. 제 자신은 있는 듯 없으면서 세상

만물을 밝고 환하게 비추어 보여주는 존재, 그는 시인이다. 시인은, 햇빛이
보이는 세상의 만물을 비추듯, 보이지 않는 세상의 본질을 밝게 비추고자
한다. 그러한 노력의 과정에서 태어난 초현실적인 풍경화들이 곧 정현종
의 시이다.

2

따라서 정현종의 시에서는 무엇보다도 '시선'의 문제가 중요한 것으로
떠오른다. 평범한 일상적 장면들을 초현실적인 풍경들로 변모시키는 것은
다름 아닌 시인의 시선이기 때문이다. 바라보는 방법에 따라 세상의 모든
것들은, 아무리 사소하고 하찮은 것일지라도, 아름다운 한 폭의 풍경화에
담길 수 있다. 시인의 시선이 포착한 바 사물 속에 간직된 비밀, 생명의 본
질이 그것을 스스로 아름답게 만들어주는 것이다. 이렇게 사물의 본질을
꿰뚫어 보는 시선을 앞서 인용한 시에 따르자면 '아침 햇빛을 닮은 시선'
이라 말할 수 있겠는데, 이를 보다 더 간명하게 드러내는 이미지가 곧 '창'
이다.

　　자기를 통해서 모든 다른 것들을 보여준다. 자기는 거의 부재에 가깝다. 부
　　재를 통해 모든 있는 것들을 비추는 하느님과 같다. 이 넓이 속에 들어오지 않
　　는 거란 없다. 하늘과, 그 품에서 잘 노는 천체들과, 공중에 뿌리내린 새들, 자
　　꾸자꾸 땅들을 새로 낳는 바다와, 땅 위의 가장 낡은 크고 작은 보나파르트들
　　과……눈들이 자기를 통해 다른 것들을 바라보지 않을 때 외로워하는 이건 한
　　없이 투명하고 넓다. 성자를 비추는 하느님과 같다.

—「窓」(①:129)

이 시에서 '창'은 앞서 인용한 시의 '햇빛'과 같이 스스로는 거의 부재하는 존재로 그려져 있다. 그러면서도 세상 만물을 비추어줄 만큼 한없는 투명함과 넓이를 지니고 있다. 이 '창'이 "눈들이 자기를 통해 다른 것들을 바라보지 않을 때 외로워하는" 이유는 이 같은 투명함과 넓이 때문일 것이다. 그 한없는 투명함과 넓이 덕분에 세상 만물을 비출 수 있지만, 같은 이유로 제 자신은 거의 부재에 가까워질 수밖에 없는 것이다. 즉 '창'은 자신이 비추는 세상 만물을 통해서만, "자기를 통해" 다른 "눈들이" 이를 바라봐 줄 때만, 자신의 존재를 증명할 수 있다. 햇빛이 제가 밝혀 보여주는 만상들을 통해 자신의 존재를 증명하듯이. 시인은 이처럼 '창'과 같은 존재가 되어 '창'의 시선으로 세계를 바라보고자 한다. 그런데, 위 시에서 유독 주목을 끄는 것은 이 '창'이 "성자를 비추는 하느님"과 같은 존재로 그려져 있다는 점이다. 물론, 저 스스로 헌신하지 않으면서 오직 그가 "비추는" 것만으로 자신의 존재를 증명한다는 점에서 '창'은 "하느님"과 유사한 점이 있다. 그러나 왜 하필이면 "성자"를 비추는 하느님인가? 이는 '창'이 비추어주는 세계가 결코 눈에 보이는 그대로의 표면적인 현상에 머물지만은 않음을 암시하는 것일 터이다. 달리 말하자면, '창'이 한없는 투명함과 넓음으로 비추어내는 것은 세상 만물의 '성스러운 본질'인 것이다. 그것은 성자를 바라보는 하느님의 시선과 같이 '사랑'을 품은 시선이 아니고는 포착되지 않는다. 상대의 "비밀의 많고 끝없음을 알고 사랑"하는 시선 말이다.

사물은 각각 그들 자신의 거울을 가지고 있다. 내가 나의 거울을 가지고 있듯이. 나와 사물은 서로 비밀이 없이 지내는 듯하여 각자의 가장 작은 소리들까지도 각자의 거울에 비친다. 비밀이 없음은 그러나 서로의 비밀을, 비밀의 많고 끝없음을 알고 사랑함이다. 우리의 거울이 흔히 바뀌어 있는 것을 발견한다. 거울 속으로 파고든다. 내 모든 감각 속에 숨어 있는 거울이 어디서 왔는지 나는 모른다. 사물을 빨아들이는 거울. 사물의 피와 숨소리를 끓게 하는 입술 식 거울. 사랑할 줄 아는 거울. 빌어먹을, 나는 아마 시인이 될 모양이다.

—「거울」(①:78)

여기서 시인은 자신을 '거울'에 비유한다. 그런데 이 '거울'은 특이하다. 흔히 현대 시에서 '거울'은 자의식의 상징으로서 제 자신을 스스로에게 비추어 보이는 것, 즉 자기만의 비밀을 은밀히 간직하는 수단으로 나타난다. 그런데 이 시의 '거울'은 자신의 "비밀"을 타자에게 비추어 보여준다. 더욱이 시인은 자신의 거울과 타자의 거울이 "흔히 바뀌어 있는 것을 발견"하기까지 한다. 말하자면, 여기서 '거울'은 서로 간의 "비밀"을 소통하기 위한 수단인 셈이다. 그래서 이 특이한 '거울'은 "사물을 빨아들이는 거울"이자 "사랑할 줄 아는 거울"이다. 이처럼 갇혀 있는 자의식의 상징이기는커녕 열린 사랑의 상징이 되고 있는 정현종의 '거울'은, 결국 사랑의 시선으로 세상 만물의 신성한 본질을 비추는 '창'과 거의 동일한 의미를 지닌다. '거울'은 '창'과 같이 자기 자신뿐만 아니라 타자를 향해 있으면서 세상 만물을 비춤으로써 제 자신의 존재를 증명하는 것이다. 또한 이 시의 '거울'은 "가장 작은 소리들까지도" 남김없이 비추어 보인다는 점에서 '창'의 한없는 투명함마저 지니고 있다. 다만, "비밀"이 암시하는 바와 같이 '거울'은 사물의 '깊이'를 좀 더 강조하는 반면, '창'은 '넓이'를 좀 더 강조한다는 점이 다르다면 다를 따름이다.

이처럼 정현종 시의 '거울'이나 '창'은 거의 항상 양자 모두의 성격을 동시에 내포하는 것으로 나타난다. 그것은 자기 자신과 타자를 함께 비출 뿐만 아니라, 안팎을 동시에 열어 보인다. 이에 따라, 그의 시에서 넓은 것은 깊은 것이며, 깊은 것은 넓은 것이 된다. 다시 말해, 그의 시가 '거울/

창'의 투명한 시선으로 열어 보이는 것은 만물의 '심오한 풍부함'이다. 우주적 생명의 본질이 심오하고 풍부하게 열리는 세계, 그것이 바로 '거울/창'의 시선을 통해 정현종 시가 추구하는 궁극의 세계이다. 시인의 시선이 '거울/창'과 같이 지극히 투명하여 그러한 열림이 극에 달할 때, 다음과 같은 풍경이 탄생한다.

> 날이 하도 맑아서
> 병원 쪽에 하기로 한 전화를
> 그만둔다.
> 이런 맑음 속에서는
> 몸도 이미 투명하여
> 병도 없고
> 죽음도 없다.
> 이렇게 투명으로 불타는
> 몸에는
> 병도 죽음도
> 깃들 데가 없다.
> (병 걸릴 몸도 없고
> 죽을 몸도 없다)
> 이런 투명 속에서는
> 일체가 투명하여,
> 아무것도 보이지 않아,
> 몸도 마음도
> 보이지 않아,
> (그야말로)

나지도 않고

죽지도 않아,

성스러워,

전무(全無)하여!

—「이런 투명 속에서는—맑은 날에」(③:82~83)

　　지극한 투명함은 "성스러"운 '전무(全無)'를 열어 보인다. '나'의 "몸"과 "마음"을 포함하여 이렇게 일체가 가뭇없어진 것은 그것이 우주적 생명의 심오한 본질을 향해 "지나치게 열려"(「어스름을 기리는 노래」, ①:339) 있기 때문이다. 저들을 밝게 비춘 그 "투명"과 하나가 되어버린 셈이다. 우주를 향한 "서늘하고 푸른 그 길"(「이슬」, ②:122)은 이렇게 열린다. 세상 만물은 투명하게 무화됨으로써 자신의 심오하면서도 풍부한 본질을 스스로 드러내는 것이다. 결국, '지나친 열림'은 "전무"이지만 동시에 그 속에는 "무슨 충일이" "넘쳐 흐른다"(「나의 자연으로」, ②:15). 이처럼 풍부한 열림, "이런 투명 속에서는" 모든 것이 보이는 동시에 "아무것도 보이지 않"는다. 그 속에는 모든 것이 있는 동시에 아무것도 없다. 시인이 "성스"럽다고 말하는 것은 바로 이러한 '열림'의 상태이다.

　　이 같은 '성스러움'은 시인에게 "이상한 마비"(「이런 투명 속에서는: 변주—맑은 날에」, ③:85)를 선사하기도 한다. 바꾸어 말하자면, 시인은 사물의 그 "많고 끝없"는 "비밀"(「거울」, ①:78) 앞에 경이감 또는 경외심을 품는다. 투명함의 극치는 우리를 청맹과니로 만들며, 움직임의 극치인 부동(不動)은 정적을 자아내어 우리를 침묵하게 한다.

靜寂一瞬—

아주 잘 들렸습니다 그 고요,

不動이 만들어내는 그
고요의 깊이에 빨려들었습니다.
없는 게 없었습니다.
광막하고 환했습니다.
움직이지 않는 것의 미덕이
쟁쟁했습니다.
　　　　　　　　　　　　—「숲가에 멈춰 서서」 중에서(②:253)

그러나 태양을 밝히고
길을 밝히고 발길을
비춘 건 큰 산과 맑은 공기와
마음-무한 마음-대공(大空)하는
적요(寂寥)이었다.
적요한테는
닿지 않는 데가 없었고
보이지 않는 게 없었으며
들리지 않는 게 없었다.
　　　　　　　　　—「형광등으로 태양을 비추다」 중에서(③:118~119)

　위의 시들에는 "고요" "적요"가 열어젖힌 우주적 생명의 본질 앞에 선 시인의 겸허한 찬탄이 잘 드러나 있다. 그런데 한 가지 특이한 점은 시인이 "고요"나 "적요"와 같이 주로 청각에 관련된 감각마저도 마치 시각처럼, 즉 '비추어 보이는 것' 처럼 인식한다는 사실이다. 이는 정현종 시에서 '깊이와 넓이의 풍부한 열림' 이란 것이 감각의 영역과는 무관하게 '거울/창' 의 '투명하게 비추는 시선' 과 얼마나 밀접히 연관되어 있는지를 암시한다

하겠다. 실상 정현종 시에서 '거울/창'이 비추어 보이는 것은 무엇보다도 일종의 '고귀한 정신의 빛'이다. 그런데 위에 인용한 시들에 잘 나타나 있는 바와 같이, 이 정신의 빛은 섬세한 감각과 따로 떼어놓을 수 있는 것이 아니다. "고요"가 보여준 "움직이지 않는 것의 미덕"은 귀에 "쟁쟁"할 만큼 감각적이며, "적요"가 열어 보인 "대공(大空)하는" "무한 마음"은 "큰 산과 맑은 공기"의 감각과 다르지 않다.

3

결국, 정현종 시에 나타나는 대부분의 감각들은 일종의 형이상학적 의미를 띠고 있는데, 이처럼 구체적 감각을 '정신의 빛'으로 승화시키는 장치가 바로 '거울' 내지 '창'이다. 그것은 우선 하나의 시선으로서 '바라보는 방법'을 상징한다. 그것은 자신의 "이름"과 "욕망"을 지우고 대신 그 자리에 "방법적 사랑"을 놓는 시선이다.

온 땅이 거울이 되어 하늘이 다 비추고 있는 데를 걸어갔다. 거울인 땅 위를 걸어갔다. 안 팔리는 꿈을 향해 꼭두새벽 꼭두대낮 거듭 걸어갈 때 자기의 모양은 아주 보이지 않는 것이었다. 누구나 거기서는 나그네 되는 항구, 항구의 고향인 바다와 그리운 꿈만 보이는 식으로 자기가 안 보이는 게 즐거웠다(그런데 거울인 땅 위에 자기의 모양이 비친 건 침 뱉기 위해 몸을 굽히거나 구두끈을 매기 위해 허리를 꺾거나 할 때였으며) (……) 그가 삶의 현상들을 어떻게 사랑하고 있는지가 두루 궁금할 따름이다. 사랑받아야 한다는 욕망은 사랑 자체와는 아무 상관이 없고 사랑받음과도 아무 상관이 없고 항상 그대는 어떻게 사랑하고 있으면 된다. 그대는 그대의 모든 시에서 그대의 이름을 지우고 그 자리에 고통과 자신의 죽음을, 문화를, 방법적 사랑을 놓지 않으려느냐, 슬픔

多謝.

　　　——「사랑 사설 하나——자기 자신에게」 중에서(①:74~75)

　이 시에서 온통 '거울'이 되어버린 땅은 "항구"와 동일시되고 있다. 땅은 거울이 됨으로써 정착과 안식의 의미를 벗어버리고 또 다른 고향, "누구나 거기서는 나그네 되는 항구"로 탈바꿈하는 것이다. 이는 오로지 "항상" "어떻게 사랑하고 있"기 위함이다. (여기서, 시인이 '어떻게든지' 사랑하고 있는 것이 중요하다고 말하기보다는 특이하게도 "어떻게" 사랑해야 한다고 말하고 있음이 유독 눈길을 끈다. 이는 시인이 원하는 '사랑'의 방식이 특정한 것으로 이미 결정되어 있음을 암시하는 것일 수 있다.) 그리고 그러기 위해서는 자기 자신을 지워야, 또는 잊어야 한다. 제 자신의 모습을 들여다보기 위한 거울은 "항상" "사랑하고 있"고자 하는 시인에게 그다지 쓸모가 없다.(그는 침 뱉거나 구두끈 매려고 허리를 굽힐 때에만 제 자신의 영상을 본다.——아마도 무심히) 시인의 거울에는 오직 "항구의 고향인 바다와 그리운 꿈만" 비쳐야 한다. 거울에 비치는 "안 팔리는"(사심 없는) "그리운 꿈"들이 "항구"로 화한 거울의 "고향인 바다"를 향해 열림으로써 자신의 존재를 대신 입증할 것이다. 시인은 이와 같은 '거울'이 되고자 한다. 자기 자신보다는 타자를 향해, 존재의 시원을 향해 열려 있는 시선을 원하는 것이다. 그것은 편견 없는 시선, 사심 없는 시선이지만, 또한 동시에 자기 자신을 탐색하는 시선이기도 하다. '거울'은 만물을 비춤으로써 궁극적으로는 자기 자신을 비춘다. 자신이 비추는 만물을 통해 자신의 부재를 변명하기 때문이다. 결국, 시인은 '거울'의 시선을 방법적으로 택함으로써 현상적 자아를 넘어서는, 보다 진정한 자아에게로 다가가고자 한다. 삶의 현상들을 "항상" "사랑하고 있"는 자아에게로 말이다.

　자기 자신을 지우고 대신 세상 만물을 밝고 환히 비춤으로써 비로소 진정한 자신을 발견하게 하는 시인의 '거울'. 이렇게 '거울'의 시선이 가르치는 "사랑"은 "방법적"이다. 시인은 자기 자신에 몰두함으로써 진정한 자아를 직접 한 손에 움켜쥘 수 있다는 환상을 키워나가기보다는 차라리 그러한 이기적인 자기 애착심을 버리고 대신 세상 만물을 '투명'하게 바라봄으로써 간접적으로 진정한 자기 사랑을 실천하고자 한다. 시는 이러한 "방법적 사랑"의 과정에서 탄생한다. "방법적 사랑"에 담긴 바로 이 같은 '간접성'이 시인의 '거울'로 하여금 거울인 동시에 '창'이 되게 한다. '거울'의 본질은 무엇인가를 '반영'하는 것인데, 그것이 직접적이기보다는 오히려 간접화됨으로써 결과적으로는 '무한반영'을 형성하기 때문이다. 이러한 '무한반영'은 '창'의 '한없는 열림'과 마찬가지로 '심오한 풍부함'을 낳는다. 예컨대, '거울'이자 '창'으로서의 이 같은 시인의 시선은 「생명 만다라」(①:273)에서 만물을 "무한반영"하는 "이슬"로 형상화된다. 시인의 눈가에 맺힌 이슬, 즉 눈물을 통해 시인의 망막에 비추어진 영상은 현상적 세계를 초월한 신비한 세상이다. '거울/창'으로서의 시인의 눈이 사물의 본질을 향해 깊고 넓게 열려 있기 때문이다. 이때 '거울' 및 '창'이 내포하는 '거리감'('차단' 내지 '단절')은 이렇게 열린 세계의 '신비'를 (말하자면) 보호하는 역할을 한다. 따라서, 시인의 시선은 사물의 본질을 향해 투명하게 열려 있지만, 이 같은 투명함은 '거울' 및 '창'에 내포된 근본적인 단절을 조건으로 하는 투명함이다. 이 '거리감'은 환히 비추어 보이지만 결코 소유할 수 없는 사물의 신비한 본질을 강조하는 동시에, 그러한 신비를 섣불리 논리화하려 들지 않음으로써 존중하는 시인 자신의 경외심 어린 태도를 암시하기도 한다. "비밀이 없음은 그러나 서로의 비밀을, 비밀의 많고 끝없음을 알고 사랑함"(「거울」, ①:78)인 것이다.

이렇게 정현종 시에서 '거울/창'의 시선은 세상 만물의 본질을 향해 '투명하게' 열려 있음에도 불구하고 그에 대한 논리적 해명과 같은 소유

욕이 배제된, 경외로서의 거리감을 내포하는 시선이다. 이로 인해, 시인은 결코 우주의 진리가 구체적으로 무엇인지 안다고 말하지 않는다. 사실상, 진리는 말할 수 없는 것이기도 하다. 시인은 다만 경이로움과 아름다움, 행복 등의 감각으로 그 진리를 느끼고 그러한 느낌을 표현할 수 있을 뿐, 진리 그 자체에 대해서는 아무런 말도 할 수 없다. 따라서 정현종 시에서는 환히 '보이는 순간', '본 순간' 그 자체의 서술이 그대로 한 편의 시가 된다. 그 순간을 가능하게 한 '거울/창'의 시선과 그 순간이 시인에게 부여한 느낌, 바로 그것이 일상적 의미를 초월한 한 폭의 초현실적 풍경화를 그려낸다.

> 마추픽추 山頂 갔다 오는 길에
> 무슨 일인지 기차가 산중에서
> 한참 서 있었습니다.
> 나는 내렸습니다.
> 너덧 살 되었는지
> (저렇게 작은 사람이 있다니!)
> 잉카의 소녀 하나가
> 저녁 어스름 속에
> 꽃다발을 들고 서 있었습니다.
> 항상 씨앗의 숨소리가 들리는
> 어스름 속에,
> 저 견딜 수 없는 박명 속에,
> 꽃다발을 들고, 붙박인 듯이.
> 나는 가까이 가서
> (어스름의 장막 속에서 그 아이의

오 보일 듯 말 듯한 미소를 보았습니다.

이럴 때 눈은 우주입니다.

그 미소의 보석으로 지구는 빛나고

그 미소의 天眞 속에 시냇물 흘러갑니다.

그 미소 멀리멀리 퍼져나갑니다.

어스름의 光度 속에 퍼져나갑니다.)

얼마냐고 물었습니다.

나는 2솔을 주고 꽃다발을 받아들었습니다.

허공의 심장이 팽창하고 있었습니다.

─「그 꽃다발」(②:158~159)

　　이 시에서 산중의 어린 소녀가 관광객에게 꽃을 파는, 언뜻 보면 사소하고 평범한 풍경을 "허공의 심장이 팽창"하는 순간이라는 초현실적인 풍경으로 승화시킨 것은, 물론 시인의 '거울/창'과 같은 시선이다. "저녁 어스름"의 "박명" 속에서 "씨앗의 숨소리"를 듣는 감각, 즉 사물의 본질을 환히 비추는 방식으로 그 끝없는 신비를 존중하고 사랑하는 시인의 경외심 말이다.(앞서 잠시 언급한 바와 같이, '거울/창'의 시선을 반드시 시각에 한한 것으로 볼 필요는 없다. 오히려 '거울/창'은 감각의 영역과는 상관없이 정현종 시인이 세상을 인식하는 방법 또는 태도를 나타낸다.) 그 시선이 포착한 꽃다발을 든 소녀의 눈은 "우주"가 되고, 소녀의 미소는 "보석"이 되어 "지구"를 환히 비춘다. "시냇물"의 흐름을 품고 있기도 한 그 미소는 멀리멀리 퍼져나가 결국에는 "허공의 심장"을 팽창시키기에 이른다. 구태여 논하자면, 이 소녀의 미소 속에는 대지(보석)와 물(시냇물), 공기(허공), 그리고 불(꽃다발) 등의 4원소가 모두 포함되어 있다. 그것이 다시금 하나로 집약된 것이 바로 "우주"와 동일시된 소녀의 "눈"이다. 시인은 "어스름의 장막 속에" 있는 이 소녀의 눈과 미소를 "씨앗의 숨소리"를 듣는 '거울/창'의 감각으로 포착함으로써 "어스름의 光度 속에" 퍼져나가게 한다. 어스름이 감추고 있는 "씨앗의 숨소리"와 같은 우주의 비밀이 "견딜 수 없는 박명" 속에 환하고 투명하게, 그러나 동시에 은밀하게 드러나는 순간이다.

그런데 위 시에서 특히 주목할 점은, 시인의 '거울/창'과 같은 시선의 대상이 다름 아닌 (미소의) "보석", 즉 "눈"이라는 사실이다. 이는 우주와 지구의 비밀을 향해 열린 통로로서, 그 자체가 '거울/창'이 되어 세상을 비춘다. '거울/창'과 같은 주체의 시선이 대상 역시 '거울/창'으로 승화시킨 셈이다. 실제로 정현종의 시에서는 어떤 대상이든지 간에 그것이 이처럼 주체(시인)의 시선을 되반사라도 하듯 '거울/창'으로 승화되는 순간을 그대로 시화한 경우가 많다.

> 우리의 고향 저 原始가 보이는
> 걸어다니는 窓인 저 살들의 번쩍임이
> 풀무질해 키우는 한 기운의
> 소용돌이가 결국 피워내는 생살
> 한 꽃송이(시)를 예감하노니……
>
> ——「한 꽃송이」 중에서(②:85)

> 저기 갈대꽃이 너무 환해서
> 끌려가 들여다본다, 햐!
> 광섬유로구나, 만일 그 물건이
> 세상에서 제일 환하고 투명하고
> 마음들이 잘 비치는 것이라면……
>
> ——「갈대꽃」 중에서(②:27)

그 소리
안팎이 아득하여
아득한 것들을 쟁쟁
수렴하는데,
생명 만다라, 오
그 목소리의 여름 저녁이여
비치지 않는 게 없는 공〔球〕이여.

——「여름 저녁 1」 중에서(②:224)

모과꽃 향기는
해지자 제일 짙다는
어느 花曆의 말씀……들리자
있는 것들의 가장 깊은 데가 열리는 소리……
뚜렷이 그림자처럼 움직이는
오 비밀의 향기
향기의 비밀!

——「지평선의 향기」 중에서(①:196)

　위에서 보는 바와 같이, '거울/창'과 같은 시인의 시선은 인간의 몸이나 갈대꽃 등의 물질적인 대상뿐만 아니라, 소리나 향기 등의 추상적인 대상들까지도 우주적 본질을 향해 깊고 넓게 열린 투명한 길, 즉 '거울/창'으로 승화시킨다. 사물들이 제 본질을 찾는 것은 바로 이러한 승화의 순간, 즉 대상 자체가 만물을 비추는 '거울/창'이 되어 주체의 시선을 되돌려 주는 순간이다. 이렇게 해서, 정현종 시에 나타난 '거울/창'의 '반영'과 '열림'은 무한하고 끝없는 움직임을 내포하게 된다. '무한반영'과 '끝없는

열림'은 본질적으로 주체와 대상 또는 자아와 타자 간의 끊임없는 소통의
방식인 것이다.

　　4
　　이처럼 대상이 시인의 시선에 화답 또는 화창(和唱)하는 '거울/창'으로
승화되는 순간을 포착하는 정현종의 초현실적인 풍경화들은 그 속에 '무
한반영'과 '끝없는 열림'이라는 일종의 역동성을 품고 있다. 다음 시의 풍
경은 이러한 역동성의 한 극치를 보여준다.

　　　　사람이 바다로 가서
　　　　바닷바람이 되어 불고 있다든지,
　　　　아주 추운 데로 가서
　　　　눈으로 내리고 있다든지,
　　　　사람이 따뜻한 데로 가서
　　　　햇빛으로 비치고 있다든지,
　　　　해지는 쪽으로 가서
　　　　황혼에 녹아 붉은빛을 내고 있다든지
　　　　그 모양이 다 갈 데 없이 아름답습니다

　　　　　　　　　　　　　　　　　　　　　　　—「갈 데 없이」(①:106)

　　이 시에서는 '사람 즉 풍경' 자체가 '거울'이요 '창'이다. 사람이 주위
환경과 이처럼 완전히 하나가 될 수 있는 것은 그가 세상을 무한히 반영할
뿐만 아니라 세상을 향해 한없이 열려 있기 때문이다. 바꾸어 말하자면, 정
현종 시에서의 자아와 타자 간의 완전한 조화, 우주적 합일이란 감정 이입

을 통한 단순한 동화이기보다는 차라리 존재의 심오하고 풍부한 열림이
다. 무한히 반영하고 끝없이 열리는 '거울/창' 은 자아와 타자 간의 끊임없
는 '사랑' 의 대화를 상징하며, 이는 존재의 '심오한 풍부함' 을 가져온다.
이와 같은 '거울/창' 에 비친 풍경을 시인은 '아름답다' 고 말한다. 이 아름
다움은 풍경으로 화할 만큼, 즉 자아멸각(自我滅却) 내지 무소부재(無所不
在)에 이르도록, 세상을 향해 자신을 한껏 열어젖히는, 스스로 '거울/창'
이 되고자 하는, (말하자면) '투명한' 욕망에서 비롯된다. "자기를 벗어날
때처럼/사람이 아름다운 때는 없다"(「사람은 언제 아름다운가」, ③:13). 사람
이기를 그만둠으로써 비로소 가장 사람다운 사람이 되는 셈이다. 따라서
이 아름다움은 진정한 자아와의 행복한 만남에서 우러나온 것이기도 하
다. "사람이 풍경일 때처럼/행복한 때는 없다"(「사람이 풍경으로 피어나」,
①:147).

　이처럼, 사람이 자신을 벗어나 세상 만물을 무한 반영 하는 '이슬' 이나
우주로 향해 열린 '눈' 과 같은 '거울/창' 의 존재로 화하는 정현종 시의 초
현실적인 풍경은 역설적이게도 지극히 '사실적' 이다. 그것은 인간 심리를
열심히 탐구한다거나 있는 그대로의 현실을 충실히 담아낸다거나 하는 등
의 의미에서 그러한 것이 아니라, 사람이 언제 가장 사람다운가를 담담한
필치로 그려낸다는 의미에서 그러하다. 그에 의하면, 사람의 사람다움, 사
물의 사물다움은 그것이 무엇을 어떻게 반영하며 또한 무엇을 향해 어떻
게 열릴 수 있는가에 달려 있다. 사람과 사물은 무한히 반영하고 한없이 비
추는 '거울/창' 이 될 때 가장 그 자신의 본질에 가깝다. 바꾸어 말해, 진정
한 본질은 그 자체로 드러나는 것이 아니라 오로지 '거울/창' 의 차단되어
있으면서도 동시에 무한히 열려 있는 '투명함' 을 통해서만 드러난다. 정
현종 시의 '거울/창' 은 이렇게 존재의 비밀을 드러내는 동시에 그 끝없는
신비를 사랑하는 하나의 방법적 시선이다. 그것은 본질적으로 우주적 신

비 앞에 선 인간의 경외의 시선이다. 사람은 그렇게 우주적 신비 앞에서 무아지경에 빠져 하나의 풍경으로 화할 때 가장 아름답고 행복하다. 그리고 시인은 바로 그러한 "무한 바깥"과 '무한 심연'의 아름다움을 포착하는 행복한 풍경화가이다.

한 정신이 들어 있는 표정이 움직인다. 백호광명의 자리 몸과 함께 움직인다. 마음의 음영, 마음의 안개, 마음의 공기인 표정이 움직인다.

이 표정, 이 움직임은 닫혀 있지 않다. 제 속에 갇혀 있지 않다. 그 표정과 움직임은 무한 바깥(타자)과 스스로의 내적 깊이를 향해 한없이 열려 있고 겸손히 듣고 있음으로써 생기는 섬세한 진동을 그 주위에 무슨 아지랑이처럼 잔잔히 펴뜨린다……

— 「한 정신이 움직인다 — 문학하는 사람들의 표정을 위하여」(②:164)

비춰보고 싶은 맑은 거울—잔잔함이여

— 「오 잔잔함이여 — 인도 시편 5」 중에서(②:19)

II 운동

까닭 모를 은유는 "떨어지면 튀는 공"이다
정현종 시의 원초적 장면 찾아가기

정과리

정현종의 시가 한국 현대시가 이룬 가장 중요한 성취의 하나라는 점을 부인할 사람은 아마 없을 것이다. 그러나 이 말을 하는 순간 우리는 순간적으로 무언가가 미진하다는 희미한 감정과 함께 횡격막이 얼핏 결리는 신체의 반응을 만나게 되는데, 가만히 생각해 보면 그것은 그 성취의 연결선이 잘 보이지 않기 때문이다. 요컨대 정현종 시에 대해서 독자가 가지는 첫 번째 의혹은 그의 '태생'을 모르겠다는 것이다. 더 나아가 그의 시가 내뿜는 강렬한 매력이 더할수록 그것의 근원에 대한 궁금증은 더욱 커질 수밖에 없다는 것이다. 이러한 감정은 그가 시작 활동을 시작하던 초기부터 독자들의 무의식 속에 침전되고 있었다. 가령 김현은 「바람의 현상학」에서 정현종을 처음 만났을 때의 인상을 이렇게 기술하고 있다.

내가 정현종을 아스팔트도 채 깔리지 않은 신촌의 한 구석방에서 처음 만났을 때, 그는 그의 추천 작품인 「독무(獨舞)」, 「화음(和音)」의 시적 공간 속에 완전히 함몰하여 살고 있었다. 함몰하여 살 수밖에 없었던 것이, 그는 그때 혼자 집을 뛰쳐나와 냄비밥에다 마가린을 버무려 먹으면서 내내 시만을 생각하고 있었고, 그리고 그의 시가 그 당시 유행되던 김춘수류의 시와 너무 달라서 그의 시의 필연성을 그 자신에게 확인시키기 바빴기 때문이다.

김현의 진술은 정현종의 시가 당시의 중심적인 시의 경향들과는 유다르다는 것을 확인하는 한편으로 그의 시를 어떤 '계보' 속에 가둘 수 없는 데서 오는 독자의 난처함을 동시에 전달하고 있다. 잡담처럼 들어간 "구석방", "혼자 집을 뛰쳐나와", "냄비밥에다 마가린" 등으로 이루어진 삽화는 사실 그 난처함을 달래기 위한 무의식적 배려로 보인다. 그것은 정현종 시의 독특함을 개인의 외로움으로 연장시킴으로써 운명의 분위기를 부여한다. 운명에는 까닭이 없는 것, 아니 없어도 되는 것이다. 게다가 "그의 시의 필연성을 그 자신에게 확인시키기 바빴"다는 진술은 시인조차도 자신의 고독한 운명의 주인이 아니라는 암시까지 담는다. 정현종의 '인간' 이 한국인의 사회·역사적 경험의 맥락 속에 위치하고 있는 데 비해 그의 '시' 는 인간 정현종도 미처 인식하지 못한 채로 한국 시의 시공간적 맥락과는 무관하게 돌출한 것으로 비친 것이다. 그리하여 정현종의 시는 완벽하고도 순수한 의미에서의 개인(idiosyncratic) 미학, 즉 '그만의 시학' 으로 나타난다. 김현은 곧 이어 정현종의 시가 등장하기 직전의 한국 시의 맥락을 요약한 후에, "그러나 그는 그 어느 것에도 기웃거리지 않고 그 특유의 시세계를 형성한다.…… 그의 시의 당돌함은 치밀한 계산과, 그의 시적 감수성에 합당한 영역 안에서 행해지기 때문에 모더니스트들의 실험과 무관하다."라고 쐐기를 지름으로써, 정현종 시의 특이성을 '확정' 하는 '수행' 을 마무리한다.
　이러한 반응은 사실 김현뿐만 아니라 그와 같은 세대의 비평가들을 넘어서 오늘날까지도 이어지는 보편적 반응을 이룬다. 최근에 있었던 시인과의 대담에서도 이광호는 "서정주·박재삼으로 내려오는 토착적이고 단정한 어법도 아니고, 김수영적인 거친 산문성 그런 것도 아닌" "독특함"[1]에 대해 시인에게 질문을 던지고 있다.

그런데 이 질문 자체가 특이한 것이다. 왜냐하면 당시의 세대 그리고 직전 세대의 다른 시인들에게는 제기되지 않은 이 문제가 유독 정현종에게만 집중되었기 때문이다. 이에 대해서, 그러나 우리는, 까닭을 물을 필요가 있다. 아마도 상당수의 다른 시인들의 시에서는 그 태생적 맥락이 가시적으로 비쳤기 때문일 것이다. 가령 신경림과 김지하의 시가 농민 혹은 남도민의 정서에 근거하고 있는 것은 명백한 사실처럼 보인다. 서정주, 박목월, 박재삼 등의 이른바 '전통적 서정시' 계열의 시들 역시 거기에 붙은 관형사가 그대로 지시하는 것처럼 한국 서정시의 연장선상에서 파악되었던 것에 대해서는 더 말할 것도 없다.(그러나 실제로 그런 전통이 존재했느냐는 질문은 따로 던져야 할 것이다.) 박인환, 김수영, 조향 등 1950~1960년대 모더니스트들의 시 역시 그 지칭 그대로 특정한 이념에 기대어 읽힌다. 또한 최하림이 정현종과 함께 "문법주의자"의 성채 안에 소속시킨 오규원 역시 김춘수와의 연관성이 분명하게 보인다. 이 연결은, 김현이 김춘수에 대해서 규정한 '내면 탐구'의 측면에서가 아니라, 절대 관념 추구라는 측면에서 나타난다.[2] 하지만 김종삼 그리고 또 하나의 문법주의자인 황동규의 시

---

1) 「시, 새로운 시작을 위하여」, 『정현종 깊이 읽기』(문학과지성사, 1999), 이광호 엮음, 27쪽.

2) 이 점에 대해서는 아직 깊은 탐구가 이루어지지 않았다. 다만 나는 「목쉰 나무의 노래」(함성호, 『너무 아름다운 병』(문학과지성사, 2001))에서 김춘수-오규원-함성호의 시사적 맥락을 간단히 언급한 적이 있다. 덧붙이자면, 오규원은 시사적 맥락에 대한 감각이 체질화되어 있는 시인이라는 게 나의 판단이다. 그가 이광호와의 대담 「언어탐구의 궤적」에서 문학 수업 시절 『미국문학사』를 읽은 이색적인 경험과 그것을 '한국 문학사'와 비교해 보았던 경험을 토로하고 있는 것은 그 점에서 시사적이다. 『오규원 깊이 읽기』(문학과지성사, 2002), 이광호 엮음, 26~27쪽 참조.

는 어떠한가? 김종삼이야말로 한국 시 안에서 어떤 맥락도 찾기 어려운 시
인이다. 그의 시는 마치 한국인의 낙관이 찍힌 샤갈의 그림처럼 보인다.
하지만 그 점에 대해서 질문이 던져진 적은 없다. 그것은 단순히 김종삼이
폭넓게 읽히지 않은 소수자인 때문만은 아닐 것이다. 그보다는 그의 시가
말 그대로 한국 시의 맥락과 '무관' 한 것으로 비쳤기 때문일 것이다. 그래
서 그 맥락을 찾는 일이 '미리' 포기되었기 때문일 것이다. 그리고 그렇다
는 것은 정현종의 시를 '특이' 하다고 바라보는 우리의 시선이, 김종삼의
경우와는 달리, 실은 그 맥락을 찾으려는 열망으로 불타오르고 있다는 것
을 역설적으로 알려준다.[3](물론 김종삼의 시가 정말 그렇게 외톨이인가라는 질

-----

3) 사람들은 정현종 시의 태생에 대해 궁금해 하면서도 그를 한국 시사 속에 위치시키기 위한
시도를 포기하지 않았다. 최하림의 다음과 같은 발언이 대표적이다. "결론으로서, 우리들은
세 사람의 시인(황동규, 오규원, 정현종——인용자)이 우리들의 시대를 매우 예민하게 느끼
고 있고, 시사적 위치에서는 김수영의 영향을 받고 있다고 말할 수 있을 것 같다. 그들은 지
적 포즈에서도 그러하지만 동어 반복, 괄호의 사용, 관념어의 기묘한 전용, 그리고 사물 또는
세계에 대한 지적 조작 등에서 더욱 그러하다. 한국 시는 전통적으로 사물을 정조화함으로
써 대상 감정을 내면화하고자 한다. 대상 감정을 표출하여 그와 싸우려 하지 않고 그것을 수
용하여 해소하려 한다. 그런 면에서 황동규, 정현종, 오규원은 한국 시의 오랜 전통보다도 그
것을 부정하고 역동적으로 현실에 대응하였던 김수영의 시 정신과 방법을《창작과비평》그
룹의 시인들과는 다른 면에서 이어받고 있다고 말할 수 있을 것이다."(「문법주의자들의 성
채」, 『시와 부정의 정신』(문학과지성사, 1984), 80쪽). 이러한 발언 역시 일반적인 동의를 얻
고 있는 견해이다. 그러나 이러한 견해가 앞의 궁금증을 완전히 해소할 수는 없다. 우선 이러
한 견해는 정현종의 시에 대해서라기보다는 소위 '문학과지성' 그룹의 시인들이라고 알려
져 있는 시인 집단에 대한 것이다. 최하림이 같은 글에서 "정현종은 황동규나 오규원과는 상
당히 다른 방법론을 가지고 있는 시인이다."(71쪽)라고 적었을 때 그는 무의식적으로 세 시
인의 변별성을 인정한다. 그러나 곧바로 그들을 하나로 묶어서 집단적으로 풀어야 할 충동,
당시로서는 당연하다고 여겨진 특정한 분류학에 의존하고 싶은 충동에 굴복한다. 이와는 약간
어긋난 각도에서 김현이 "토속적 서정주의를 받아들이지 않은 점에서, 정현종은 유치환·박
두진·김수영 등의 시적 전통에 그 맥이 닿아 있다. 그는 유치환·박두진·김수영 등의 현대주
의·남성주의를 받아들이되, 유치환의 유교적 지사주의, 박두진의 기독교적 메시아주의, 김
수영의 첨단적 비판주의를 받아들이지 않는다."(「술 취한 거지의 시학」, 『정현종 깊이 읽기』,

문도 언젠가는 던져야 할 것이다.) 김종삼에 대해서는 부인(否認)이 침묵으로써 긍정되는 데 비해 정현종에 대해서는 부인이 단언으로써 부정되는 것이다. 우리의 통제되지 않는 혀는 부정하고 싶어서 긍정하기, 혹은 그 거꾸로이기 일쑤이다.

한편 황동규의 시에 대해서는 좀 더 복잡한 생각을 해야 될 듯하다. 왜냐하면 실상 그의 시 역시 특정한 준거 담론을 발견할 수 없기 때문이다. 서양으로부터 직수입된 근대 문화와 서양 문학 등의 막연한 준거 공간을 배제한다면 말이다. 우리가 앞의 시인들에게 막연히 '한국적'이라는 관형사를 붙이지 않았다면, 황동규와 정현종에 대해서도 그렇게 하는 것이 합당하다. 기실 '서양적'이라는 것은 무수히 이질적인 경향들을 포괄하고 있는 것이다. 초기의 황동규, 정현종이 그 이질적으로 흩어져 있는 외국 시들을 원어로 직접 읽은 흔적이 발견된다고 말할 수 있을지 모르겠으나 그러나 그것을 직접적인 영향이라든가 하물며 '모방'의 개념으로 말하기는 힘들다. 두 시인이 서양의 문학, 아니 차라리 서양의 책들로부터 폭넓게 영향을 받은 것은 사실이겠지만(정현종의 시에 기독교적 의식 혹은 기독교적

204쪽)라고 말했을 때, 집단적 맥락에서는 그의 시를 시사적 맥락 속에 위치시키면서도 곧바로 그로부터 정현종을 이탈시키고 있다는 게 주목할 점이다. 그것은 그가 "정현종은 그 두 유파(김춘수류의 내면 탐구의 시와 김수영류의 현실 비판적 시—인용자)의 어느 것도 선택하지 않고서 독자적인 길을 걸으려고 애를 쓴 시인이다. 그는 김춘수류의 시에서 사물과 자아 사이의 긴장이 내부 감정의 외부 정경화보다 훨씬 값있다는 것을 배우며, 김수영류의 시에서 방법적 충격이 이미 알려진 내용의 저항보다 값있다는 것을 배운다."(「전반적 검토」, 『우리 시대의 작가 연구 총서—정현종 편』(은애, 1979), 김병익·김현 엮음, 4쪽)라고 진술한 데서도 똑같이 확인된다. 정현종의 태생에 대한 궁금증은 바로 그가 간 '독자적인 길'의 원천에 대한 궁금증이다. 다음, 같은 맥락에서, 최하림이 정현종 시의 특성이라고 지적한 "지적 포즈", "동어 반복, 괄호의 사용, 관념어의 기묘한 전용", "지적 조작" 등은 현대 시의 일반적인 특징이지 정현종만의 것이라고 할 수 없다.

모티프가 짙게 배어 있다는 것은 김현과 이상섭이 지적한 바 있다.),[4] 그러나 그 영향을 준 서적 혹은 문학들은 시인들의 시적 실천 속에서 다양하게 해체되고 반죽되고 변화되어 황동규적인 것, 정현종적인 것의 특정한 성분으로 섞여 있게 되었다고 말하는 것이 타당할 것이다. 적어도 그들의 시에서는 잘 알려져 있지 않은 외국의 어떤 시를 순진하게 차용한 경우는 발견할 수 없다. 그것은 그들이 서양의 문학에 영향을 받았다 하더라도 수용의 폭이 매우 넓었고 선택과 취사와 변용이 주체적이었다는 것을 짐작케 한다.[5] 또한 그것은 그들이 서양의 시를 '전범'으로서 받아들이기보다 참조할 '타자'로서 받아들였다는 것을 가리키는 것이기도 하다. 그들에게 서양 문학은 말의 바른 의미에서의 '바깥으로부터의 사유'였던 것이다.

여하튼 이것은 황동규의 시가 정현종의 시와 마찬가지로 출발부터 독립적이었음을 암시한다. 김현이 『평균율』의 세 시인을 풀이하면서, "황동규는 마종기나 김영태와 다르게 개인적인 세목에서 시작하지 않는다. 그의 사소한 생활은 보다 큰 것 속에 항상 함몰되어, 독자들은 그의 생활을 읽는 것이 아니라 그의 생활에 그가 부여한 의미를 읽을 수밖에 없게 되어 있다."[6]라고 말한 것도 정현종과 다른 각도에서 황동규 시의 독립성을 지

---

4) 김현, 「정현종을 찾아서」; 이상섭, 「정현종의 '방법적 시'의 시적 방법」, 『정현종 깊이 읽기』. 그러나 이상섭은 정현종의 시가 기독교적 모티프뿐 아니라 '민속적' 모티프를 교묘히 변용하고 있다는 것도 아울러 지적하고 있다.

5) 황동규는 『황동규 깊이 읽기』(문학과지성사, 1989, 하응백 엮음)에 실린 두 편의 '자전적 에세이'에서 자신이 얼마나 잡학의 대식가인가를 실감 나게 보여주고 있다. 치환하자면 이것은 자신이 '독립적 의식'을 가진 존재임을 '스스로 밝히는' 행위이다. 황동규의 이러한 태도는 정현종의 태도와 좋은 대조를 이룬다. 정현종 역시 『정현종 깊이 읽기』에 '자전적 에세이' 한 편을 싣고 있는데, 이 글에서 그가 말하는 방식은 가령, "어떻든 모든 사람의 어린 시절은 그 사람의 전설이지만 특히 시골에서 어린 시절을 산 사람이 더욱 그렇다고 할 수 있다. 어린 시절이 전설적인 이유는, 가령 내가 다닌 초등학교 운동장보다……"와 같은 구절이 보여주듯 자신의 경험을 보편적 경험 속에 슬그머니 끼워 넣는 것이다.

적하는 것이라 할 수 있다. 그는 개인적 체험에 밀착해 혹은 거기에 긴박되어 자신의 시세계를 드러내지 않는다는 것이다. 그의 시에서 중요한 것은 체험 자체가 아니라 그 체험에 그가 "부여한 의미"라는 것이다. 한데 '각도가 다르다'는 것이야말로 이 글에서 주목할 현상이다. 황동규의 독립은 '현실'로부터의 독립인 데 비해, 정현종의 그것은 기존의 다른 시들로부터의 독립, 즉 간-텍스트적 차원에서의 독립이라는 것이다.

황동규의 현실로부터의 독립은 동년배의 다른 시인들과의 비교를 통해서 나타난 것이다. 따라서 엄밀하게 말하자면 김현의 황동규 평에 간-텍스트적 조망이 없었던 것이 아니다. 다만 그 간-텍스트적 관계는 통시적 맥락이 아니라 공시적 연관이다. 동시대 시인들로부터의 독립은 궁극적으로 동시대인들이 공유하고 있는 물질적 토대로부터의 독립으로 이어지고 그것이 현실로부터의 독립 혹은 현실의 주체적 통어라는 시적 태도에 대한 해석을 낳은 것이라 할 수 있다. 이러한 이해의 각도는 통시태(通時態)적 맥락에 관계된 사안들도 통시대(統時代)적인 보편항으로 이해한다. 가령 "그[=황동규]는 한국 시의 기본 선율은 한(恨)이라고 못박고 그런 의미에서 한용운의 시는 극복의 대상이지 상찬의 대상은 아니라고 단언하듯 말했다."[7]라는 진술은 역사적 맥락에서 이해되었음이 분명한 한국시에 무의식적으로 불변의 성격을 부여한다. 이 진술은 평론가가 바라보는 눈의 각도의 결과이자 동시에 시인의 의견 전달이다. 다시 말해 이것은 평론가와 시인의 합치된 견해, 좀 더 정확하게 말해, 심리적 태도이다.

따라서 이렇게 말할 수 있다. 황동규의 시에 대해서는 독자들도 시인도 계보를, 즉 '시대'를 묻지 않는다. 황동규 시의 기본 대타항은 '현실'이다.

---

6) 김현, 「한국 현대 시에 대한 세 가지 질문」, 『상상력과 인간』(『김현 문학 전집』, 제 3권)(문학과지성사, 1991), 242쪽
7) 김현, 「황동규를 찾아서」, 『황동규 깊이 읽기』, 66쪽.

반면 정현종의 시에 대해서는 그의 '시대'를 궁금히 여기는 독자의 초조
감이 있다. 이 초조감 속에서 정현종의 독립은 '(시의) 역사'로부터의 독립
이다.

 이 차이는 의미심장한 것일까? 우선 되새겨야 할 상식이 있다. 누구라
도 물질적 토대로서의 시공 복합체(chronotope)로부터 무관할 수는 없다는
것. 만일 어떤 사람이나 이념 혹은 사건이 이 시공 복합체로부터 무관한 것
처럼 보인다면 그것은 실제로 그러해서가 아니라 그 관련성을 다른 것으
로 치환했기 때문이다. 즉 황동규의 시에 대해서 사람들이 시사적 맥락을
묻지 않는다면 그것은 사람들이 황동규의 시에 관해서는 한국 시의 역사
적 맥락을 한국 시 전체라는 보편항으로 대체했기 때문이다. 역사적 맥락
과 관계가 없는 것이 아니라 모종의 관계가 있는 것이다. 그 모종의 관계에
'대립성'이라는 이름을 붙일 수 있지 않을까? 역사 속의 대립이 곧 이어서
역사 자체에 대한 대립으로 이어졌다는 의미에서. 또한 시간성(역사)이 공
간성(현실)으로 변환되어 그것의 변화 가능성이 삭제되었다는 의미에서.
한국 시는 오직 '극복'의 대상이라는 의미에서.

 그러나 대립은 반대항의 확정이 있을 때 가능하다. 다시 말해 '통째의
역사'에 통째로 대립할 수 있는 무엇이 있어야 한다. 그것이 '이념'이라고
김현은 이어서 말하고 있다. "그는 그가 옳다고 생각하는 이념을 갖고 있
다. 이것은 그가 그의 생활에 그의 의미를 부여해 가는 노력의 과정에서 얻
게 된 것인데, 그 이념을 그는 법 또는 사랑이라고 부르고 있다. 그 이념 때
문에 그는…… 센티멘털하게 추억하지도 않으며…… 자신을 축소시키지
도 않는다."

 한데 김현의 진술은 특이하며, 그것이 특이한 데에는 이유가 있다. 왜냐
하면 이념이야말로 '억지로'의 방식이 아니라면 결코 현실을 이길 수 없
기 때문이다. 게다가 현실의 넓이를 머릿수로 이기려는 집단의 이념도 아

니고 한 개인의 이념이라면 그건 더욱 가당치 않은 것이다. 김현은 때문에 '이념'의 내용을 특이하게 채우게 되는데, 그것은 두 가지 층위에서 이루어진다. 그 '이념'의 다른 이름은 "법 또는 사랑"이라는 것이 그 하나이며, 그 이념은 "그가 그의 생활에 그의 의미를 부여해 가는 노력의 과정에서 얻"은 것이라는 해명이 그 둘이다. 우선 첫 번째 층위에서 그는 황동규의 '이념'의 구체적인 내용을 밝힌다. 황동규의 이념은 "법 또는 사랑"이다. 그런데 '법'이나 '사랑'은 이념일 수 있으나 '법 또는 사랑'은 이념일 수가 없다. '법'은 '법대로 한다'는 법치주의의 다른 말일 수 있으며, '사랑' 또한 박애주의의 제유일 수 있다. 그러나 법과 사랑이 합집합을 이루는 개념체는 이념일 수 없다. 법치주의에서는 사랑을 단호히 쳐낼 수밖에 없으며 박애주의는 법을 뛰어넘어야 한다. 물론 법과 사랑을 동시에 내세우는 이념이 있을 수 있다. 그러나 그때 법과 사랑은 실제 그것들과는 무관한 특정한 이념의 구실로 쓰이는 도구로서 기능한다. 그리고 거의 모든 이념들이 그렇게 법과 사랑을 빙자한다. 구실로서가 아니라 그 자체로서 이념인 '법 또는 사랑'은 없다. 그럼에도 불구하고 그것을 이념이라고 부른다면 그것은 부재하는 이념, 아니 차라리 부재할 수밖에 없는 이념을 가능케 하려는 태도의 다른 말일 수밖에 없다. 왜 부재할 수밖에 없는가 하면, 그것이 목적으로서의 이념이 되기는 불가능하기 때문이다. '법 또는 사랑'이라는 합집합(모순되는 것들의 공존)은 가능해도 그것이 그대로 '법과 사랑'이라는 교집합을 이룰 수는 없다는 것이다. 모순되는 것들이 한 집합 속에 놓일 때 그것들의 공존은 긴장을 발생시켜 모순되는 항목들, 즉 법과 사랑에 대한 주장, 논증, 검증, 사례의 절차들을 계속 변화시켜 나간다. 그러나 그것들이 통일되는 사태, 즉 도식적인 논리에서 흔히 주장되는 것처럼, 변증법적 종합은 사실상 없다. 변증법은 통일의 계기에서 작동하는 것이 아니라 분열의 계기에서 작동한다. 변증법이라는 짐승은 통일에 대한 희망을 불태우는 통일되지 못하는 것들의 끝없는 긴장 속에서만 사는 짐승이다. '법 또는 사랑'을 부재하는 이념을 향한 태도라고 말하는 까닭이다. 그렇기 때문에 김현은 '의미를 부여해 가는 노력'을 언급한 것이다. 그는 '법 또는 사랑'이 이념이라는 것을 가리키기 위해 마치 그 노력의 결과로서 그것이 획득된 것처럼 진술하고 있으나 실은 그것이 노력 그 자체라고 이해하는 것이 타당하다. "생활에 의미를 부여해 가는 노력"이 곧바로 '법 또는 사랑'의 실천적 양태라는 것이다. 그리고 그럴 때만이 법과 사랑은 순간적으로 하나로 합치된다. 왜냐하면 노력으로서의 사랑이란 사랑하는 (방)법이며 또한 노력으로서의 법 역시 이해의 법, 즉 사랑법이기 때문이다. 실로 황동규가 초기 시에서

나무들이 요란히 혼들리는 가운데 겨운 햇빛은 떨어지며 너를 이끌어들인다, 얼은 들판을 바라보고 앉아 있는 나에게로. 잘 왔다 친구여, 내 알려줄 것이 있다. 저 캄캄해오는 들판을 바라보라. 들판을 바라보는 그대로 너를 나에게 오게 하는 법을 배웠느니라.

—「겨울날 단장」

라고 말했을 때 그의 법은 '너를 나에게 오게 하는 법'이며,

우리 헤어질 땐
서로 가는 곳을 말하지 말자.
너에게는 나를 떠나버릴 힘만을
나에게는 그걸 노래부를 힘만을.

—「한밤으로」

나

　　막막히 한겨울을
　　바라보는 자여,
　　무모한 사랑이 섞여 있는
　　그런 노래를 우린 부르자.

—「불」

혹은

　　내 당신은 미워한다 하여도 그것은 내가 당신을 사랑하는 것과 마찬가지였
　　습니다.

—「기도」

같은 시구들에서 '사랑'은 '사랑했습니다'와 같은 과거형 추억 동사가 아니라 '사랑하자' 혹은 '사랑해야겠다'는 미래 지향적 의지 동사들이다. 우리가 주목할 것은 그뿐만이 아니다. 인용된 시구들은 그 이상을 보여준다. 왜 그런 '의지'가 도출되었을까? 그것은 무엇보다도 의지만이 그를 지탱해 주기 때문이다. 다시 말해 현실에 어떤 의지(依支)도 할 수 없어서 오직 자기의 '의지(意志)'만으로 살 수밖에 없기 때문이다. "얼은 들판", "헤어질 때", "막막히 한겨울을 바라보는 자여", 그리고 '당신을 미워하는 정황'은 모두 그러한 현실에 대한 전반적인 부정적 인식을 잘 표현하고 있다. 우리는 여기에서 그가 역사적 사안들마저 보편항으로 만드는 이유를 알게 된다. 요컨대 그는 '현실'로부터 얻을 게 아무 것도 없었던 것이다.(어떻게 해서 그가 그런 태도를 가지게 되었는가는 중요한 질문이지만 별도의

지면에서 다루어져야 하리라.)

이로써 황동규의 '이념'이 부재하는 이념을 가능케 하기 위한 노력이고 방법이며 의지이자 동시에 호소임이 어느 정도 밝혀진 셈인데, 이것은 황동규 특유의 시세계의 근본적인 태도에 대한 암시를 제공한다. 지금까지의 논의를 되짚어 보자면 그것은 다음과 같은 언어의 사슬로 이루어져 있다.

(1) 황동규의 시는 한국의 현재적 상황에 대한 부정에서 출발한다.
(2) 그 부정의 주권은 '나'에게 주어진다.
(3) 그러나 '나'는 부정을 행사하기 위해 기댈 어떤 '준거점'도 확보하고 있지 못하다.
(4) '나'는 오직 '나'의 의지로서만 그 부정을 수행하고 전망을 구축한다.
(5) '나'는 이 의지에 이념적 명령성을 부여하고 그것에 '법 또는 사랑'이라는 내용을 부여한다.

덧붙이자면, 사랑은 의지의 원소들을 보태려는 노력이며 법은 그 의지에 방향을 부여하는 절차라는 것이다. 그 방향은 일차적으로 사랑의 방향이며 그 양 역시 일차적으로는 벡터화되는 양이다. 아마도 푸코의 『말과 사물』을 읽은 사람이라면 이것이 신으로부터 독립한 인간의 자기 구성 작업에 해당하는 것으로 '사랑'은 '유사성'에, '법'은 '분류학'에 해당한다고 유추할 수 있을 것이며, 이 유추 위에서 황동규의 시에는 유사성과 분류학이 동시에 작동한다는 것을, 아니 차라리 유사성이 분류학마저도 대신한다는 것을 추론할 수 있을 것이다. 다만 여기에는 '역사'가 없다. 19세기의 서양인들이 발명하여 세계의 시간을 '제것화'했던 작업이 없다. 그리고 그것은 어쩌면 당연한 것이다. 한국인의 역사는 아직 타인들의 역사였으니까.

어쨌든 이 언어의 사슬을 통해 황동규는 엄밀한 논리를 구축한 것이라고 할 수 있다. 이것을 통해 그는 어떤 근거와 힘도 가지지 못한 채로 현재를 '극복' 할 수 있는 방법을 획득한다. 한데 엄밀한 논리를 삶의 방법으로서 구했다는 것, 그것은 여기에서 시의 방법을 구했다는 것과 동의어이다. 시는 삶을 극복하는 행위이기 때문이다. 그리고 바로 여기에서 황동규의 시에 대해서 사람들이 '계보' 를 묻지 않는 보다 심층적인 이유가 드러난다. 그는 현실을 부정하지만 동시에 현실 바깥의 어떤 다른 이념에도 기대지 않기 때문에, 오직 부정하는 힘과 행위에서만 삶의 전망을 끌어낼 수 있다는 것, 현실에 대한 공격과 이탈이 그 자체로서 온전히 현실에 대한 포용과 가담이 되도록 할 수밖에 없다는 것이다. 그것이 '법 또는 사랑' 의 궁극적인 함의이다. 이러한 초기 황동규 시의 윤리적 태도는 "나는 요새 눕기보단 쓰러지는 법을 배웠다."(「어떤 개인 날」)라는 진술에 명료히 압축되어 있다. 어디에도 누울 수 없는 자, 그래서 분투하다가 쓰러질 수밖에 없는 자, 그렇게 쓰러지는 것이 하나의 '법' 이 되는 자, 그것이 황동규적 존재이다. 그리고 그런 존재에게 계보는 오직 그 자신뿐인 것이다. 누구의 품도 안식할 자리가 아니고 누구의 등도 기댈 처소가 아니며 누구의 팔도 베개가 될 수 없는 것이다.

우리는 방금 이런 삶의 방법은 또한 시의 방법이라고 말했다. 황동규에게 시가 현실을 극복하는 작업이라면, 그 말은 시적 언어가 일상적 언어를 극복하는 작업이라는 뜻도 함의한다. 그리고 통상적으로 그리하듯이 일상적 언어를 직설에, 시적 언어를 은유에 놓는다면 황동규의 은유는 직설을 건너뛰는 방식으로는 태어날 수 없다. 현실을 부정하는 행위에서만 현실 극복 행위가 생성되기 때문에 은유 역시 직설과의 싸움에서만 태어나는 것이지 직설을 '무시' 하는 방식으로는 태어날 수 없다. 때문에 그의 은유는 직설과의 싸움을 통한 논리적 생성 과정을 가진다. 나는 언젠가 황동규 론(「여행/유배와 망명」)을 쓰면서 특별히 깊게 뇌리 속에 새긴 구절이 있으 니 그것은,

> 나는 나무들이 꽃을 잔뜩 피워놓고
> 열매가 생기기를
> 우두커니 서서 기다린다고 생각할 수가 없다
>
> ──「꽃 2」

이다. 이 구절은 바로 '은유에는 이유가 있다.' 라는 명제의 은유로서 읽을 수 있다.

긴 우회로를 거쳐 우리는 마침내 정신적 태도가 시적 실천으로 이행한 지점에까지 다다랐다. 황동규 시의 은유에는 이유가 있다. 아니, 있어야 한다. 그건 법이다. 이 명제는 은유에 관한 근본적 입장 하나를 가리킨다. 은유에는 이유가 있는가, 라는 질문은 오래도록 수사학자들과 정신분석학 자들 사이에서 조용하지만 끈질긴 분쟁의 장소로 있었으며 지금도 그러하 다. 지금 이 자리는 그 문제에 대한 결정적인 답을 구하는 자리가 아니다.[8] 여기의 관심사는 거의 동일한 출발선에서 뛰쳐나간 두 개의 상이한 시적 태도이다. 상이하다고? 그렇다. 황동규와 달리 정현종의 은유에는 '이유 가 없다.' 라고 말해야 할 것 같기 때문이다. 그러나 그 말을 제대로 발음하 려면 더욱 먼 우회로를 지나야 하리라.

---

8) 한국의 시 연구의 장에서 이 문제는 김준오가 '치환 은유' 와 '병치 은유' 라는 구별을 통해 소개했다.(「비유」, 『시론』(삼지원, 2000/1982)) 그러나 저자가 그 구별을 정확하게 이해했는 가의 여부와 관계없이, 그 용어들의 모형을 제공한 휠라이트(Wheelwright)의 구별 자체가 재 론의 여지가 많다.

　최초로 발견된 특이성은 정현종의 시가 '역사'로부터 독립해 있다는 점이다. 그런 의미에서 그의 시가 세계와 가지는 관련의 양태는 황동규의 경우처럼 대립성이 아니라 '돌출성'이다. 초기의 해석자들에서부터 오늘날의 비평가들에 이르기까지 한결같이 물음표를 세운 문제가 그것이다. 그것은 영구 회귀적으로 궁금한 것이다. '영구 회귀적'이라는 단어는 별 의미 없이 쓰인 것이 아니다. 그것이 영구 회귀가 되는 중요한 까닭이 있는데, 그것은 해석자들이 그 문제에서 바닥을 볼 수 없었고 그러자 그 물음 자체를 최초의 단언으로 삼아 정현종 시에 대한 해석을 개진해 나갈 수밖에 없었다는 것이다. 심연을 향하던 눈길을 돌려 정현종 시의 지평을 바라보기 시작했고 그로부터 그 물음은 어두컴컴한 우물이기를 그치고 해석이라는 말의 덩어리들이 온갖 기교를 위하여 다채롭게 활용하는 사각 링의 로프로 둔갑한 것이다. 역동적인 돌진을 위해서는 반동 로프로, 해석의 궁지에 몰려서는 의지처로, 작렬하는 해석의 난투 속에서는 전진한 거리를 측정케 해주는 기준선으로.

　그 최초의 단언으로부터 정현종 시에 대한 관습화된 대답이 도출된다. 정현종의 시는, 시집 제목이 그대로 말해 주듯이 '고통의 축제'라는 것, 다시 말해 그의 시는 "한국의 고통스런 상황 속에서 피어났으나 고통을 고통스럽게 드러내는 대신에 행복을 노래함으로써 고통을 뛰어넘는 꽃"이라는 것이다. 김주연의 "사물의 독립",[9] 김우창의 "도취에의 의지에서 사물에의 의지에로의 변용",[10] 김현의 "변증법적 상상력" 등 초기 해석자들의 일치된 노력에 힘입어서 그러한 해석은 정현종 시에 대한 '정리(定理)'가 되었다. 그 후에 쓰인 무수한 정현종론은 사실상 태초에 건립된 해석의 건

---

9) 김주연, 「정현종의 진화론」, 『정현종 깊이 읽기』, 95쪽.
10) 김우창, 「사물의 꿈」, 같은 책, 134쪽.

축물에 다채롭게 장식을 바꾸어 다는 일만을 담당하였다고 해도 과언이 아니다. 물론 그 해석이 타당했고, 그만큼 지속적인 권위를 가졌기 때문이다. 그리고 그것의 타당성은 시인 스스로의 발언들을 통해서도 입증된다. 가령 그는 김수영의 시를 통독하고 그의 시가 한국의 "결핍과 패배"를 "노래"하는 데서 "보기 드물게 성공"하고 있다는 점을 인정하고는, 곧이어 "우리는 언제까지 설사의 성공 또는 성공적인 설사에서 위안을 받아야 하는 것일까(!) 예컨대 김수영의 시가 결핍이나 패배를 시적 성공과 더불어 드러낸 것이고 그것이 그의 작품의 미덕임에 틀림없지만, 우리의 시적 미덕은 어찌하여 그때나 이때나 이렇게 가난해야 하는 것일까."라고 물으면서, "김수영의 시뿐만 아니라 많은 현대시가 결핍과 패배를 잘 드러내고 있지만(그리고 이것은 대단한 미덕이지만) 그것을 충족시키기에는 모자라는 면이 있다는 느낌을 지울 수 없다."[11]라고 이의를 제기한다. 그에 의하면 "시의 혁명성"은 "결핍과 패배를 보상하고 충족시킨다는 점"에 있다. 결론의 다음 진술은 비평의 해석과 시의 의도 사이의 일치를 확인하기 위해서 빈번히 인용되었다.

시가 비록 결핍과 패배—즉 역사의 고통 속에 뿌리를 내리고 있다 하더라도 (그리고 그렇기 때문에) 그것이 피워내는 꽃은 그것과 다른 어떤 것이어야 한다. 아니 오히려 역사의 고통이 크면 클수록 거기서 양분을 얻는 꽃의 아름다움과 위대성은 그만큼 더할 것이고 그리하여 시는 역사 속에 역사할 것이다.[12]

정현종 시의 고유한 특성이 여기에 집약되어 있다. 뿌리와 꽃은 다르다

---

11) 정현종, 「시와 행동, 추억과 역사」, 『숨과 꿈』(문학과지성사, 1982), 112쪽.
12) 같은 글, 117쪽.

는 것. 삶이 고통일수록 시는 행복을 노래해야 한다는 것. 그것이 "역사 속
에 역사"하는 일이다. 앞의 역사는 '역사(歷史)'이지만 뒤의 역사는 '역사
(役事)'일 것이다. 정현종 시의 고유한 입장이 명료하게 표현된 이 구절은
또한 우리의 궁금증이 자신의 실체와 직면하는 자리이기도 하다. 그 실체
는 바로 이런 물음이다. 그 '행복'은 어디에서 근거를 찾을 수 있는가? 그
꽃을 '역사'하실 시의 하나님은 어디에 있는가?

　플라톤의 해석자였던 플로티누스(Plotinus)는 미의 근거를 '조화'에서
찾는 당시의 지배적인 의견에 반대하여 그것은 원인과 효과를 혼동한 것
임을 지적한다. 즉 '조화'는 '효과'이지 원인이 아니라는 것이다.[13] 자연
에서의 미는 가령 '번개'처럼 어둠을 "찢는" 데서 아름다움을 드러낸다.
"나무와 산들은 제각각의 형상에 근거한 고유한 아름다움을 가지고 있
다." 인공적인 미가 '조화'를 드러내는 것은 미의 원천이 그것이어서가 아
니라 미를 그렇게 구성하는 '참여' 때문이다. 그의 결론은 플라톤주의자
답게 이데아에 대한 '의지' 혹은 이데아에 근거하는 태도에 대한 강조로
나아간다. 그의 플라톤주의, 즉 이데아 실체주의에 대해 어떤 입장을 취하
든, '조화'가 효과이지 원인이 아니라는 지적만은 보편타당해 보인다. 정
현종의 시에 대해서도 같은 말을 할 수 있다. 정현종의 시가 피워내는 '꽃'
은 효과이지 원인이 아니라는 것이다. 그것을 "사물의 독립"(김주연)이라
고 표현하든, "바람의 현상학"(김현)이라고 말하든, "풀잎/보석의 상상 구
조"(남진우)라고 표현하든, 그것들은 효과이지 원인이 아닌 것이다. 사실
해석자들이 그걸 모르지는 않았다. 그들은 그런 꽃을 피워내는 것이 시를
쓰는 행위의 '구성적 참여'임을 알고 있었다. 그래서 김우창은 그의 시를
'의지'의 변용으로 보았던 것이고, 김현은 정현종의 시에서 변증법적 '상

---

13) Plotin, "Sur le beau", 『*Traités*』(Flammarion, 2002) 참조.

상력'을 느꼈던 것이다. 바슐라르에 의하면 그것이 '역동적 상상력'이다. 상상은 상상하는 의지이다. 상상하는 의지로서의 상상은 따라서 "이미지를 형성(former)하는 것이 아니라 이미지를 변형(déformer)한다."[14] 바슐라르의 이 진술에서 '변형'은 곧 상식적인 의미에서의 '창조'와 동의어이고 플로티누스의 관점에서 그것은 곧 외관을 넘어 이데아를 구현하는 것이 될 것이다. 그러나 이 관점을 끝까지 밀고 나가면 우리는 그 원인조차도 실은 하나의 효과임을 인정해야 한다. 도대체 그 '의지', 그 '상상력'은 어디에서 오는가? 세상이 결핍과 패배로 미만(彌滿)해 있는데 어디에서 상상의 소재들을 취하고 어떻게 상상의 에너지를 충전한단 말인가? 시인 자신이 상상력의 의의를 자주 강조한 바 있음을 우리는 또한 알고 있다. 그가 시의 혁명성을 '충족'에 두었음을 방금 말한 바 있는데, 그 충족은 "시를 낳고자 하는 요소와 모태—특히 상상력—에 의한 충족"이다. "시를 낳고자 하는 요소와 모태"는 약간 어색한 진술이다. "시를 낳고자 하는 의지"라든가 "시를 낳는 요소와 모태"가 무난하다. 이 어색한 진술은 의지와 실체 (substance)[15]를 동의어로 보고자 하는 무의식적 충동을 보여준다. 그런데 '의지=실체'라는 등식의 의미는 이중적으로 열려 있다. 의지를 그대로 실체와 동일시하는 방향은 주의주의(主意主義)로 나아간다. 다른 한편, 실체가 그 스스로 의지로 운동하고 있음을 보는 방향은 현상학으로 열린다. 현상학은 주체의 의식을 사태의 역동성에 맡기는 관점 혹은 행위이지만 주의주의는 주체의 의식으로 사태를 상상적으로 전유하는 행위 혹은 충동이다. 이러한 모호성은 구도 자체의 불완전성에서 기인한다. 무언가가 빠져

---

14) Gaston Bachelard, "L'air et les songes," *Essai sur l'imagination du mouvement* (José Corti, 1948), 7쪽; 가스통 바슐라르, 정영란 옮김, 『공기와 꿈』(이학사, 2000, 19쪽).

15) "요소와 모태"를 곧바로 '실체'로 바꾸어도 무방할 것이다. substance의 어원은 '하부에 놓여 있다(se tenir dessous)'를 뜻하는 동사 substare이다.

있는 것이다. 의지와 실체를 하나로 연결하는 매개자는 무엇인가? 이 질문을 우리는 정현종의 시에 대해서도 던질 수 있어야 한다.

　지금까지의 논의를 통해 세 가지 대답이 주어진 듯하다.
　첫째, 정현종 시의 태생에 대한 궁금증은 궁극적으로 그의 시적 실천의 원천에 대한 궁금증이라는 것이다. 해석자들이 그의 계보(없음)에 대해 특별히 관심을 가진 까닭은 그의 시가 한국 시의 일반적인 흐름에 반할 뿐만 아니라 한국 시의 원천이 되는 한국인의 세계관(골드만이 정의했듯이 인식·감정·동경의 복합체로서의)에도 반하기 때문이다. 한국의 역사적 경험에 비추어 에피쿠로스 신봉자의 기쁨의 노래는 용납되기가 어려웠던 것이다. 장석주는 그래서 그의 시에 대해 '초월'이라는 어사를 붙였던 것인데,[16] 바로 그 초월이 이해되기가 어려웠던 것이다. 그의 시는 느닷없는 것이었다. 그의 은유가 신기하듯이. 그것이 찬탄과 의혹(혐의)을 동시에 불러일으켰다.
　둘째, 해석자들은 정현종 시의 낯섦을 고통을 행복으로 변용하는 상상 운동의 결과로서 이해함으로써 그의 시를 한국사의 안쪽으로 끌어당기는 데 성공했다는 것이다. 그리고 그것은 시인 자신의 분명한 입장과 행복하게 일치함으로써 해석의 권위를 더하게 되었고 그리하여 정현종 시에 대한 단단한 상식을 만드는 데 기여했다는 것이다.
　셋째, 그럼에도 불구하고 그 실천의 근원은 여전히 은폐된 채로 있다는 것이다. 좀 더 정확하게 말하자면, 정현종 시에 대한 일반화된 상식은 그 은폐된 것을 해석의 출발점으로 삼은 덕분에 가능했다는 것이다. 따라서 그 은폐된 것을 물어야 할 때가 되었다는 것이다. 우리가 정현종 시의 모든 것을 오직 시인의 특별한 의지와 상상의 권능에만 내맡긴다면 그것이 당

---

16) 「존재와 초월」, 『우리 시대의 작가 연구 총서—정현종 편』.

대의 표어였고 오늘날 한국인의 가슴속에도 깊이 새겨져 있는 '하면 된
다' 유의 국가 이데올로기와 어떻게 다른가를 밝힐 수가 없다. 왜 어떤 상
상은 집단 동원의 수사학으로 기능하고 또 어떤 상상은 자유의 확대에 기
여하는가? 아마 이에 대한 즉각적인 논증이 제시될 수 있을 것이다. 앞의
상상은 특정한 목적에 집착하는 데 비해 뒤의 상상은 모든 목적으로부터
자유로우며, 그 점에서 그것은 "목적 없는 합목적성"(칸트)의 세계를 표출
한다는 것 말이다. 물론 그렇다. 그것은 쌍생아로 태어난 근대 사회와 근
대 미학을 가르는 기준선이기도 하다. 그러나 그럴 경우에 그 '목적 없음'
을 가능케 하는 근거는 무엇인가를 우리는 물어야 한다. 도대체 목적 없이
사는 삶이라는 게 무엇이란 말인가? 실제 생활에서 가능하기라도 한 것인
가? 왜냐하면 '가치'를 창출해야만 삶을 재생산할 수 있기 때문이다. 어쩌
면 오늘날의 인구에 퍼져나가고 있는 '즐김'의 문화를 들어 그 목적 없이
사는 삶의 실제를 증명해 보일 수도 있을 것이다. 그러나 '시트콤' 유의 그
런 삶은 목적 없이 사는 삶이라기보다 큰 목적을 사소한 목적들로 대체함
으로써 발생할 수 있었던 현상이다. 그것은 문화 상품과 문화가 동일시되
는 시대에 나타나는 자유의 잡식적 소비, 혹은 문화의 '반찬화'일 뿐이다.
그리고 그런 사소한 자유들의 범람은 큰 구속에 대한 체념을 대가로 얻어
지는 것일 뿐이다. 큰 자유에 대한 물음의 부재와 그것은 동의어니까 말
이다.

앞의 두 대답은 그 자체로서 충족되지만 세 번째 대답은 질문의 형태로
열린 대답이다. 그것은 근대 미학의 보편적 심연에 대한 질문이면서 동시
에 정현종 시의 특이한 비밀에 대한 질문이다. 이제 그에 대한 해(解)를 구
할 때가 되었다. 물론 우리의 질문은 정현종의 특이성에 관한 것이다. 근
대 미학의 보편적 심연에 대해서는 아주 일반적인 사항밖에 아직 할 말이
없다. 그것의 구체성은 정현종뿐만 아니라 근대에서의 미학의 존재 의의

를 나름으로 감지한 시인, 예술가들의 구성적 참여에 의해서 구축될 수 있을 뿐이다.

두 개의 단서에서 출발하자. 우선 첫 번째. 우리는 그가 한국의 역사가 "결핍과 패배"의 역사임을 인정하고 있음에도 불구하고 그의 개인사적 체험은 그런 흔적을 거의 내비치지 않으며 오히려 그의 젊은 시절이 신비한 행복감에 젖어 있었다는 진술을 발견한다는 것이다. 가령 이런 구절이 그렇다.

어떻든 지금보다 조금 더 젊었던 시절의 나는, 말하자면 감동과 신비감이라는 공간 속에서 살았다고 할 수 있다. 그것이 어느 나라의 신화이든, 여자이든, 아니면 한 폭의 풍경이든, 내가 마주치는 것들에 대해 대체로 감동과 신비감을 느꼈던 것이다. 이런 버릇은 지금도 제법 갖고 있는 것으로 짐작되고……[17]

그런 경험을 '버릇'이라고 말하는 시인은 타인들의 삶에서도 빈번히 자신과 같은 느낌을 발견한다.

그러니까 그(파스테르나크—인용자)가 느끼고 본 것들—그가 그것들을 통해서, 즉 그것들에 대한 기억을 통해서 거듭거듭 살고 있는—은 모두 아름다운 것뿐이었으며 그는 그 아름다운 것들을 통해서 자기의 삶을 거듭 살고 있다는 이야기이다.[18]

그(박경리—인용자)의 집 정원 마당에는 그가 그동안 정릉 골짜기에서 하

---

17) 정현종, 「5분짜리 추억 두 커트」, 앞의 책, 15쪽.
18) 정현종, 「현재를 기다린다」, 앞의 책, 37쪽.

나하나 주워다 심은 하얀 돌들이 깔려 있다. 그동안 심은 꽃들도 피어 있다. 그
런데 놀랍다——그가 마당에 심은 하얀 꽃들이 지금 꽃피고 있다.[19]

　이러한 진술들은 패배와 결핍의 역사를 '충족' 시키려는 의지의 실천으
로 이해될 수 있다. 그런데 주목할 점은 그 의지가 어렸을 때부터 몸에 익
힌 '버릇' 으로 간주되고 있다는 것이다. 세상에 대한 객관적인 이해와 그
것을 가능케 하는 알맞은 지식을 갖춘 성인의 태도라면 거기에 시인의 '먹
물' 이 개입해 있다고 할 수가 있다. 그러나 그런 지식, 즉 자신을 변별화하
는 한편으로 동시에 자신을 정당화하는 그런 정보의 덩어리와 논리의 체
계를 갖추지 못한 연령 때부터 그런 의지가 실천되고 있었다면 얘기가 달
라진다. 그것은 의지라기보다 무의식적 기도라고 보아야 한다. 의식적-의
지와 무의식적-기도가 다른 것은 전자는 자신을 보호하면서 동시에 표 내
는 방식으로 가공될 수 있는 데 비해 후자는 그런 가공의 고난도 기술을 갖
추지 못하고 있기 때문에 주체의 생존 전략을 순진하게 드러낸다는 점에
있다. 물론 무의식도 가공을 한다. 정신 분석은 무의식의 연쇄가 은폐와
드러냄의 모순된 충동의 합류를 통해 전개된다는 점을 보여주었다. 무의
식 역시 자신을 보호하면서 동시에 표 내는 방식으로 삶을 재구성한다. 그
러나 무게 중심이 다르다. 프로이트는 무의식의 '1차 과정(processus
primaire)' 과 '2차 과정(processus secondaire)' 을 구별하고 그 각각의 단계에
서 주체의 정체성이 형성되는 방식으로 전자에 '지각의 동일성(identité de
perception)' 을, 후자에 '사유의 동일성(identité de pensée)' 을 놓은 바 있
다.[20] 리비도의 직접적 투자가 발생하는 '1차 과정' 은 "만족을 주는 재현

---

19) 정현종, 「꽃피는 돌, 朴景利」, 앞의 책, 47쪽.
20) 「1차 과정과 2차 과정. 억압」, Singmund Freud, *L'interprétation du rêve, Oeuvres complètes*
　　Vol. 4, (PUF, 2003) 참조. (김인순 옮김, 「꿈——과정의 심리학」, 『꿈의 해석』, 열린책들, 1997).

물에 전적인 관심"을 가지는 데 비해, '2차 과정'은 하나의 재현물에 집착함이 없이 그 재현물들 사이의 '연결'에 관심을 갖는다. 그것이 사유이며 사유는 만족을 지연시키고 불쾌를 경험하지 않을 수 있는 방식으로 쾌락을 추구할 수 있는 길을 찾아간다. 이 두 개의 과정을 방금 말한 '의식적-의지'와 '무의식적-기도'에 그대로 적용시킬 수는 없다. 프로이트가 상정한 연령대는 아주 어린 시절이다. 그리고 양태는 비슷하지만 그 양태가 작용하는 방식도 다르다. 그러나 유추해 응용할 수는 있다. 유년 시절 혹은 성인 이전의 주체에게 '자아'가 이미 형성되어 있다 하더라도 그 자아는 자신의 사유를 지각의 관리 기구로 활용하지 못한다. 그럴 자원(지식)과 능력(오성)을 갖추지 못했기 때문이다. 그렇기 때문에 오히려 지각이 사유를 형성하는 기관이 되며, 그로부터 순전한 내면성의 요구로서의 세계 인식 혹은 입장이라는 최초의 사유가 발생한다. 그때의 사유에서 주체는 순전히 세계를 사유하기만 하거나 혹은 세계 자체이다.(흔히 사춘기라고 불리는 시기가 이 단계에 해당한다고 할 수 있다.) 반면, 지식과 논리로 무장한 의식적인 의지에서는 외부 세계 내에서의 주체의 위치를 고려하면서 동시에 외부 세계 안에서의 주체의 가능성을 고려한다. 주체는 세계 그 자체가 아니라 세계 안의 한 존재이다. 그로부터 내면성의 요구가 아니라 외관에의 배려가 발생하며, 거기에서의 주체의 욕망은 생존에 대한 욕망에서 위치(statut)에 대한 욕망으로 바뀐다. 그 두 욕망 중 어떤 것이 더 윤리적인가 하는 질문은 공허한 것이다. 다만 우리는 한편으로 의지 역시 무의식적 충동의 이차적 형식이지 그것과 완전히 다른 정신적 구조가 아니라는 것을, 다른 한편으로 의식적-의지는 무의식적-기도에 비해 사유 자체의 관리 기능을 구성적으로 갖추고 있다는 것을 말할 수 있을 것이다. 이런 응용이 합당성을 갖는다면, 저 어린 시절의 '버릇'과도 같은 세계에 대한 신비감은 세계를 향한 시인의 최초의 선택(사유)을 순수한 형태로 보여주는 것이라고 할 수 있을 것이다. 그것을 '선택'이라고 말하는 것은 그것이 자연 발생적인 것이 아니라 주체가 생존을 위해서 나름의 방향과 구조를 취했다는 것을 가리킨다. 어린아이에게 세상은 그냥 신비한 게 아니다. 무언가 그에게 '유익'하기 때문에 신비한 것이다. 그렇다면 정현종의 유년에서 그 신비감이란 무엇인가? 다른 사람들이 모두 고통과 결핍을 말하고 있을 때(더 정확하게 말하면, 그렇게 기억하고 있을 때), 그는 어떻게 해서 '이미' 세상을 즐겁게 받아들이고 있었던가?

또 하나의 단서는 저 충족의 윤리학 자체로부터 줍는다. 앞에서 읽었던 시인의 발언을 자세히 들여다보자.

> 시인이 꿈을 꾸고 우리가 시를 통해서 꿈꾼다고 할 때, 그리고 그것이 우리의 현실적인 결핍과 패배를 보상해 주며 충족시킨다고 할 때, 바로 그 점이 시의 혁명성이라고 할 수 있다. 결핍 또는 패배가 꿈을 꾼다.——즉 인간의 꿈을 꾼다——그 꿈=시가 결핍과 패배를 보상하고 충족시킨다.——여기에 시의 혁명성이 있다.[21]

이 혁명성은 같은 글에서 세 번이나 되풀이 강조되었다. 그런데 어딘가 어색한 데가 있다. 무엇으로 충족시키는가? 즉 충족의 자원이 빠져 있기 때문이다. 얼핏 보아서는 그 점이 눈에 띄지 않는다. 우선 이 명제가 통사론적으로 불완전하다는 것을 지적해 두자. '패배와 결핍'을 '충족'시키는 게 아니라 패배하고 결핍된 장소에(혹은 패배하고 결핍된 사람들을 위하여) '무엇'을 충족시키는 것이기 때문이다. 따라서 명료한 문장은 이렇게 쓸 수 있다.

---

21) 정현종, 「시와 행동, 추억과 역사」, 앞의 책, 110쪽.

주체 S는 '패배와 결핍'의 자리에 X를 충족시킨다.

이렇게 다시 썼을 때 두 가지 모호성이 드러난다. 하나는 S의 모호성이다. 인용문에 의하면 주어는 시인이기도 하고 시이기도 한다. 시인과 시를 사실상 동의어로 썼기 때문이다. 그런데 그 둘이 동의어임을 인정하면 문장은 일종의 순환 회로를 맴돌거나 문법적으로 완성되지 못한 채로 있게 된다.(두 번째 모호성이다.) 전자의 경우는 '시인'을 주어로 했을 때인데 이때 목적어는 '시'이다. 후자의 경우는 '시'를 주어로 했을 때인데 이때 목적어는 없다.

    (1) 시인은 패배와 결핍의 자리에 시를 충족시킨다.
    (2) 시는 패배과 결핍의 자리에 Ø를 충족시킨다.

시인과 시를 동의어로 놓는다면 (1)의 문장은 재귀적이다. (2)는 불완전한 문장이므로 다르게 쓰여야 한다. 목적어가 부재하므로 목적어가 필요 없는 문장이 되어야 하는 것이다. 즉 타동사 '충족시키다'가 아니라 자동사 '충족하다'를 넣어야 한다. 다시 쓰면 이렇다.

    (2-1) 시는 결핍과 패배의 자리에서 충족한다

재귀적이거나 자동사적인 것. 실은 이것이 문학임을 우리는 어느 정도 알고 있다. 근대의 이론가들은 그것이 근대의 미학임을 다양한 방식으로 주장하였다. 좀 전에 언급한 "목적 없는 합목적성" 혹은 롤랑 바르트가 '자동사'라고 규정한 문학적 글쓰기, 혹은 문학의 '자기 지시성(self-referentiality)'에 관한 이런저런 담론들, 그리고 김현이 규정한 문학의 "써

먹을 수 없음." 아주 다른 용어들이 똑같은 사태를 지시해 왔다. 그리고 이
것은 정현종 자신에 의해서도 확인되는 것이다. 그 자신도 실은 미진했던
것이다. 그래서 보충한다.(다시 말해 충족시킨다.)

그런데, 덧붙일 필요도 없겠지만, 여기서 말하는 충족이란 무슨 이데올로기
나 신념 같은 것에 의한 충족이 아니라는 점이다. 시의 공간이 열어 보이는 충
족은 그러한 충족 상태로부터도 완전히 자유로울 때 생기는 충족이라고 할 만
한 것이다.…… 그래서 문학의 길은 하나밖에 없다고 할 때 그것이 바로 폭력
이며 막다른 골목으로 가자는 이야기에 다름 아니게 된다.[22]

보충, 즉 충족의 내용이 야릇하다. 이 진술은 우선 충족의 자원에 대한
궁극적인 부정으로 읽힌다. "충족 상태로부터도 완전히 자유로울 때 생기
는 충족"이라는 정의는 빈 것에 대한 충족 행위에만 의미를 부여한다. 그
빈자리에 일단 충족이 이루어지면 그때 시는 그것으로부터 자유로워져야
하며, 따라서 충족된 자리는 다시 비워져야 하고, 그렇게 해서 충족 행위가
거듭 발동할 수 있다는 것이다. 이 진술은 결국 목적어에 대한 부정이고,
주체와 동사의 행위에서만 충족을 구하는 것이다. 근대 미학이 이러한 자
기 충족성 혹은 자동사성을 자신의 이론으로 갖게 된 이유는, 굳이 덧붙일
필요도 없겠지만, 근대라는 소유 중심의 세계, 즉 자신을 위해 타자(그 타자
는 자연일 수도, 이웃일 수도, 하위 계급일 수도, 다른 인종일 수도, 더 나아가 다른
성일 수도 있다.)를 개발하고 이용하고 수탈하는 세계에 대한 반성으로 작
용하기 위해서이다. 그러나 이러한 태도는 소진(消盡)적이다. 아무런 자원
도 갖고 있지 못한 상태에서 '충족'하려면 자기 자신을 충족의 자원으로

---

22) 같은 글, 116쪽.

연소시키는 수밖에 없다. 그리고 아무런 힘도 갖고 있지 못한 주체가 스스로를 자원으로 충족 행위를 하게 되면, 그 주체 자신이 결핍이 된다. 그 문장은 이렇게 된다.

(2-2) ø는 패배과 결핍의 자리에서 충족한다.

이 진술은 의미론적으로 성립할 수 없다. 결핍된 존재는 외부의 도움을 받지 않는 한 결핍하기만 할 뿐이다. 이 자기 소진성에 대한 무의식적인 방어는 곧 진술의 방향을 선회시키지 않을 수 없다. 마저 읽으면 이 진술은 충족 자체에 대한 궁극적인 부정으로 이해되기보다는 그 대극적인 방향에서 충족의 한계에 대한 부정, 즉 모든 충족물들을 수용하겠다는 태도로 이해될 수 있다. 문제는 충족 자체가 아니라, 어떤 고정된 무엇만이 충족의 권리를 주장하는 것이다. 그래서 "이데올로기나 신념"이라는 명사구가 쓰인 것이다. 특정한 것을 고집하고 집단적인 차원에서 강요하는 것, 그것이 이데올로기나 신념이다. 그런데 이렇게 방향을 선회하게 되자, 이제 이 충족의 명제는 자동사 구문에서 타동사 구문으로 바뀌게 된다. 저 X에 어떤 실체가 도입되어야 하는 것이다. 그 X는 무엇인가? 시인의 진술만으로는 그 X의 후보자는 무한하다. 그러나 불행하게도 그 후보자들에게 더 강력한 권한이 있다. 그것들은 시의 자원이 되기를 거부하고 거꾸로 시를, 그 알량한 시를, 자신의 자원으로 써먹기 위해서 '폭력'을 행사할 것이다. 이미 충족한 자들은 그 충족 상태의 힘을 행사하여 더욱 충족하려고 한다. 그것이 사회의 법칙이다. 그러니까 그 한계 없음에는 불가피한 한계가 있다. 시는(그가 지금 충족의 존재이든 결핍의 존재이든) 충족의 자원을 가지고 있는 것들로부터 그 자원을 빌려 '결핍과 패배'의 자리를 충족시킬 수가 없다. 충족당할 수는 있다. 이건 빠져나가기 어려운 궁지이다. 결핍과 패배의 편에 서는 한.

이 궁지가 그럼에도 불구하고 신비감을 제공한다면 그것은 지금까지
'결핍과 패배'의 이름으로 논의한 것이 실은 다른 양태를 갖고 있기 때문
이 아닐까? 이 의문은 시의 혁명성에 관한 앞의 인용문에 특이하게 박혀
있는 한 문장을 눈여겨보게 한다.

결핍 또는 패배가 꿈을 꾼다.

이 문장은 시적으로는 그럴 듯하게 들리지만 논리적으로는 모순이다.
방금 전까지만 해도 '결핍 또는 패배', 즉 결핍되고 패배한 자리, 혹은 패
배하고 결핍된 사람들은 '여격(與格)'이었다. 주어는 따로 있었다. 그런데
여격이 문득 주어로 돌변한 것이다. 이 모순을 해소하려면 원래의 주체(시
인)와 '결핍 또는 패배'를 동일화시키는 수밖에 없다. 이 진술이 시적으로
그럴듯하게 들린 것은 그 때문이다. 그것은 시인이 스스로 결핍하고 패배
한 자리에 놓이고자, 즉 결핍되고 패배한 사람들과 하나가 되고자 하는 의
지를 보여주기 때문이다. 이것은 그러나 '시적 정의(正義)'일 뿐 아니라 동
시에 시의 생존 전략이기도 하다. 이 유사성의 이행만이 결핍되고 패배한
존재들에 충족의 양을 늘려줄 수 있기 때문이다. 그러나 결핍과 패배는 아
무리 늘려도 여전히 결핍이고 패배이지 않을까?

또한 그러나 그것이 여전히 결핍이고 패배라면, 지속적인 결핍이고 패
배라면, 그것은 충족하고 승리하는 자가 거기에서 무언가 빼앗을 게 있기
때문에 그런 게 아닌가? 그러니까 그 '결핍 또는 패배'는 실은 문자 그대로
결핍되고 패배한 존재라는 뜻이 아니라, 결핍과 패배의 양상으로 삶을 살
아내는 존재라는 뜻이 아닌가? 그리고 그렇다면 그들은 무언가를 가지고
있는 것이다. 결핍과 패배가 아니라 다른 이름으로 불려야 할 무엇을.

우리가 첫 번째 단서를 주운 글은 '신비감'에 관한 글이다. 시인은 자신이 어린 시절부터 "감동과 신비감이라는 공간 속에서 살았다."고 말하고는 두 개의 기묘한 삽화를 소개한다.

(1) 나는 대학에 막 들어가서 문과대학 복도를 얼떨떨하게 왔다 갔다 하고 있었다. 그러다가 문이 열려 있는 교수 휴게실 앞을 지나가게 되었는데, 그때 교수 한 분이 하품을 하고 계신 걸 보았다. 내 기억이 정확하다면—그리고 돌아가신 분에게 무슨 누를 끼치는 일이 아니라고 생각되므로—그분은 한국 사학자이신 고(故) 홍이섭 선생이었다. 그리고 나는 그 하품에 감동했던 것이다. (이 하품에 대한 감동을 분석하고 해석하는 일은 독자의 몫으로 남겨두려고 하는데, 다만 나로서 한 가지만 덧붙인다면, 나 자신도 하품을 잘하기 때문에 감동한 것이 아닌가 한다.)

(2) 또 하나의 커트는 6.25가 준 선물인데, 전화가 전국을 휩쓸고 난 뒤인 소위 9.28 수복 때이다. 국민학교 5학년이었던 나는 봉일천에서 북진하는 국군 부대의 군인들과 지낼 기회가 있었는데, 어느 여름날 밤이었다. 우리는 비교적 큰 냇가로 목욕을 하러 나갔다. 달이 아주 밝았다. 모래사장에는 시체들이 묻힌 모래 무덤들이 즐비했고, 살은 이미 썩어서 뼈가 여기저기 뒹굴고 있다. 우리는 모두 벌거벗는다. 그리고는 각자 뼈들을 하나씩 주워들고, 아프리카 인디언의 그것과도 같은 괴상한 소리를 지르며 춤을 춘다. 어떤 사람은 팔뚝뼈를, 또 어떤 사람은 해골을 나뭇가지에 꿰어 들고 춘다. 나도 막대기에 해골을 꿰어 들고 그들과 더불어 소리 지르고 춤췄다. /아주 선명하다. 때는 여름밤. 아주 밝고 물기 있는 달빛. 벌거숭이 남자들. 손에는 사람의 뼈와 해골. 奇聲과 춤. 다시 천하 달빛의 조명! 이 달빛 때문이겠지만, 그 기괴한 굿 장면은 지금도 아주 선명하다. 거의 낭만적으로(!) 느껴질 정도로."[23]

그러고는 "1965년 이후 나는 시라는 것을 쓰고 있는데, 아마 내 육체 속에는 저 감동적인 하품이 들어 있을 뿐 아니라 그 냇가의 달빛과 그것이 그 물기 있고 고요하고 환하고 흐릿한 빛 속에 빨아들이고 있었던 기성과, 사람과 세상의 일에 대한 오리무중의 신비감이 만든 그리움(혹은 그리움이 만든 신비감) 따위들이, 다른 여러 가지 것들과 더불어 뒤범벅이 되어 들어 있을 것이다"라는 말로 글을 메지내고 있다. 그러니까 이 두 삽화는 "오리무중의 신비감"의 예로서 제시된 것으로 짐작할 수 있다. 그런데 이 신비감은 정말 오리무중이다. 두 삽화가 어떻게 신비하단 말인가? 그리고 그것이 그가 "1965년 이후" 시를 쓰게 된 것과 무슨 관련이 있단 말인가? 게다가 두 삽화 사이에 어떤 연관성이 있는가? 하품과 광란이 그의 시의 원천이었다는 말인가?

얼핏 보아 아무런 유사성이 없어 보이는 두 삽화는, 그러나 동일한 의도 아래 쓰인 것이다. 그 의도는 썩 은밀한 것인데 왜냐하면 신비감에 대한 근본적인 반전 혹은 대상 치환이라는 의도이기 때문이다. 시인에게 '감동과 신비감'이 '버릇'이었음은 이미 말했다. 그런데 그 버릇 때문에 시인은 "선생님들은 소변도 안 보시고, 가령 하품 같은 것도 안 하시는 걸로 믿어 의심치 않았다." 첫 번째 삽화는 바로 이 구절로부터 튕겨 나온 것이 틀림없다. 교수 휴게실을 지나가다 보니 선생님이, 그것도 '홍이섭 선생님'이, 하품을 하고 계셨던 것이다. 그리고 시인은 그 하품에 감동을 하고 만 것이다. 그렇다면 여기에서 감동의 원천에 대한 근본적인 전환이 이루어진 것이다. 그 이전에 신비감과 감동은 현실 바깥에서 주어진다고 생각되었다. 그러나 이제 보니 가장 일상적이고 가장 지저분한 것 그것이 곧 신비한 것이다. 그것이 어째서 신비했는가에 대해서는 시인은 풀이하지 않고 능청

---

23) 정현종, 「5분짜리 추억 두 커트」, 앞의 책, 16~17쪽.

스럽게도 독자에게 떠넘기고 있다. 그러나 두 번째 삽화에서 우리는 그 신
비의 실상을 만나게 된다. 첫 번째 삽화를 그렇게 이해한 후에 두 번째 삽
화를 읽으면, 이 또한 가장 비참한 삶이 그 자체로서 신비함이라는 명제의
증례임을 알 수가 있다. 그리고 여기에는 신비함의 실상이 '묘사' 되어 있
다. 이 삽화는 '결핍과 패배' 라는 한국 현실을 응축적으로 보여주고 있다.
시체들이 묻힌 모래 무덤들, 제대로 묻히지도 못해 썩은 살과 뼈들이 모래
사장에 그대로 노출되어 있다. 그런데 이 처절한 잔해들이 그대로 축제의
자원으로 변신하고 있는 것이다. 이 밤의 무도에 신비감을 부여하는 것은
무엇인가? 어쩌면 달빛이? 기억건대 "대지 위에 달이 떠 있는 한 …… 밤은
대낮처럼 일어선다"[24]고 말한 시인이 있었다. 그러나 이 삽화에서 신비감
의 주체는 어쨌든 시체의 뼈들을 들고 '발광(發光)' 한 군인들과 어린 소년
이었다. 달빛은 그 신비감을 증폭시키는 배경일 뿐인 것이다. 물론 그 배
경이 없었으면 이 장면은 매우 "기괴한" 것이었을 터이니, 매우 강력한 배
경이긴 틀림없지만. 하지만 배경이 주체를 대신할 수는 없는 법이다.

　이 신비한 장면에 결핍과 패배가 있는가? 한국 현대사의 지식을 쬐면
물론 그것들이 거기에 적나라하게 있다. 그러나 이 장면 자체는 그 지식에
반동(反動)한다. 이 장면에 있는 것은 패배한 것들이 아니라 어쨌든 남아서
"철면피하게" 존재를 드러내는 것들이다. 징그럽게도, '징허게도.' 참으
로 해석이 곤란한 이 시는 그런 '징헌' 삶의 은유로 읽을 수 있지 않을까?

　　끝없는 물질이 능청스럽게 드러내고 있는
　　물질이 치열하고 철면피하게 기억하고 있는
　　죽음.

---

24) Michel Deguy, 『*L'énergie du désespoir*』(PUF, 1998), 9쪽.

내 귀에 밝게 와서 닿는

눈에 들어와서 어지럽게 흐르는

저 물질의 꼬불꼬불한 끝없는 미로들,

아무것도 그리워하지 않으려고 애쓰는

능청스런 치열한 철면피한 물질!

—「철면피한 물질」

　그리고 참으로 능청스럽게도! 또한 치열하게. 그것도 끝없이. 철면피하게 죽음을 기억하면서. 그것은 과거에 대한 어떤 애상에도 젖지 않으려고 애쓰면서 능청스럽게, 치열하게, 끝없이 자기 존재를 여전한 생으로 보여주고 있지 않은가? 밝게, 어지럽게. 다시 말해 현란한 눈부심으로. 세상의 개벽을 알리는 듯 멍멍한 천둥소리로. 그렇다면 더 이상 여기에 남은 것은 패배와 결핍이 아니다. 정반대로 불가해하게 넘쳐나는 기운들이다. 다시 말해 결핍이 아니라 잉여이며, 패배가 아니라 기승(氣勝)이다. 죽음이 미만한 게 아니라 불가해한 생이 들끓고 있는 것이다.

　그렇다면 이렇게 말할 수 있을 것이다. 저 충족은 결핍과 패배의 자리에 어떤 외부의 '무엇'을 채우는 것이 아니라, 결핍과 패배 자체를 잉여와 기승으로 바꾸는 데서 오는 것이라고. 그것이 어떻게 가능하냐고? 그것을 결핍과 패배로 인식하는 사람에게는 불가능하겠지만 처음부터 그것을 잉여와 기승으로 인식하기로 '작정'한 사람에게는 그것이 가능한 것이다. 이것은 그냥 원효와 만해 때문에 유명해진 '일체유심조(一切唯心造)'의 지혜를 말하는 것이 아니다. 실제로 무언가가 남아 있기 때문이다. 그것이 시체든 뼈다귀든 하품이든 어쨌든 무언가가 덤으로 남은 것이다. 자기의 불가해한, 그러나 어쩔 수 없는 현신에 의미를 부여해 달라고 보채면서. 어르고 달래면서. 로캉텡(사르트르, 『구토』)이 구토를 일으켰던 그 잉여에서 정현종은 신비를 느꼈던 것이다. 로캉텡이 거기에서 무, 즉 의미의 부재를 보았던 데 비해, 정현종은 의미의 가능성을 읽었던 것이다.

성인이 된 정현종은 그러한 인식과 태도를 '현재를 기다리기'라고 명명한다.[25] 과거에도 미래에도 기대지 않고, 즉 기원에도 목적에도 집착하지 않고, 오직 현재의 삶을 그대로 무르익게 하는 작업, 그것이 현재를 기다리는 일, 현재를 기다릴 줄 아는 자의 노동이다. 그 노동에 단순히 인식의 전환만이 있는 게 아니다. 질료(matières)가 거기에 있음을 이미 말했다. 그러나 그뿐만이 아니다. 인식과 질료가 만나는 순간에 운동이 태어난다. 그 운동의 포즈와 법도 함께. 왜냐하면 질료들은 그 자체의 불가해성에 의해서 주체에게 의미를 정립해 달라고 못살게 굴기 때문이며 또한 주체는 질료들의 불가해성 때문에 그것을 결핍과 패배로 규정하려는 움직임에 맞서야만 하는데, 그것만이 그가 선택한 '살 길'이기 때문이다.[26] 그 질료들의 애초의 형식은 결핍과 패배이다. 그것들은 그러니까 이 빠진 입에 남은 잇몸이고, 위장을 잘라낸 사람의 소장이다. 바로 그 잇몸으로 이를 대신하게 해야 하며, 그 소장으로 위장의 기능을 수행케 해야 하는 것이다. 그것은 "눈물겨운 욕정"(「교감」)이다. 그러려면 특별한 자세와 특별한 방법이 요구될 수밖에 없다.

정현종 시를 오래 읽어온 독자들은 그 특별한 자세가 '능청스러움'임은 금세 짐작할 수 있을 것이다. '능청'의 사전적 정의는 "엉큼한 속마음

---

25) '現在를 기다린다'는 『숨과 꿈』에 실린 글 한 편이기도 하면서, 그 책의 첫 장 제목이기도 하다.

26) 다음의 시구는 그 사정을 일목요연하게 보여준다. "노래하리 나는/(……)//거리에서도 열렬히 筋骨 속에 잠입하여/내 영육은 급해 어둠이 혹은 번뜩인다는 사실을./흉벽에 한없이 끈적거리며/불붙는 너는/달려 달려라고 소리치며/무서운 성실을 彈奏한다." ——「주검에게」 중에서.

을 감추고 겉으로는 시치미를 떼는 태도"[27]이다. 말을 바꾸면, 능청이란 일반의 의미 규정을 그대로 수용하면서(시치미를 떼기) 동시에 그 의미 규정과 정반대되는 이면적 의의(속마음을 넌지시 암시하는 방식으로 생산(significance)하는 능력)를 드러내는 것이다. 이를테면, 그의 절창인 「독무」에서의

> 알겠지 그대
> 꿈속의 아씨를 좇는 제 바람에 걸려 넘어져
> 踵骨뼈가 부은 발뿐인 사람아, 왜
> 내가 바오로 서원의 문 유리 속을 휘청대며 걸어가는지를
> 한동안 일어서면서 기리 눕는
> 그대들의 화환과 장식의 계획에도
> 틈틈이 마주 잡는 내
> 항상 별미인 대접을.

같은 시구는 꽤 노골적으로 능청을 떨고 있다. 이 시구의 심층 구조는,

(1) 그대는 꿈속의 아씨를 좇는다.

(2) 그건 멋있는 일인 것 같지만, 실은 제 바람에 걸려 넘어질 뿐이다.(그대는 가슴이 풍요한 사람인 듯 뽐내지만, 실은 발밖에 없는 사람이다.)

(3) 그게 멋있는 일이라는 그대의 생각을 나는 받아들여 그대들의 "화환과 장식의 계획"에도 틈틈이 마주 잡는다.

---

27) 조재수, 『한국어 사전』(CD-ROM 버전), *The Korean Monolingual Dictionary* (c) 1996, Microsoft Corporation. Licensed from Mr. Jae Soo Cho.

(4) 그러나 그대들의 계획은 한동안 일어서는 것 같다가 마침내 영원히 눕게
    될 뿐이다.

(5) 나는 그대와 달리 "바오로 서원의 문 유리 속을 휘청대며 걸어" 간다.

(6) 내가 그대와 마주 잡으니 그대는 (내 마음을) 알겠지?

(7) 그러나 그대는 모르고 있다. 그대는 내가 정말 어떤 속셈으로 그대에게
"별미인 대접"을 하는지 알아야 한다.

라는 대위법적 진술들의 사슬로 이루어진다. 또한 다음의 절창도 자기를
조롱하는 방식으로 자기를 위안하는, 더 나아가 자신의 위엄을 넌지시 드
러내는 능청이다.(굳이 풀이할 필요는 없을 것이다.)

詩를 썼으면
그걸 그냥 땅에 묻어두거나
하늘에 묻어둘 일이거늘
부랴부랴 발표라고 하고 있으니
불쌍하도다 나여
숨어도 가난한 옷자락 보이도다

―「불쌍하도다」

능청은 현실에 대해 내부로부터 반란을 꾀하는 하나의 태도이다. 하지
만 그것은 내부를 헤아려 따지는 태도가 아니다. 그런 태도는 알게 모르게
따지는 존재, 즉 '자기'를 현실 외부에 위치시킨다. 아무것도 가진 것이 없
을 때조차도. 사르트르의 저 막강한 의식적 주체는 그런 충동의 극단적 소
산이다. 능청은 오히려 내부로부터 내부의 자원과 내부의 힘을 써서 외부
로 뛰쳐나간다. 그리고 거기에서 정현종식 운동이 태어난다. 그 운동은 한

마디로 '반동' 이고 '탄주' 이며, '약동' 이다. 시인의 표현을 빌리자면 그것
은 '용약(踊躍)' 이다.

> 화염은 타올라 踊躍의 발끝은 당당히
> 내려오는 별빛의 서늘한 勝戰 속으로 달려간다
>
> ──「화음」

'용약(勇躍)' 이 아니다. 용감히 뛰는 것이 아니라 "좋아서 뛰는 것" 이
다. 그것이 생존의 길이기 때문이다. 정현종은 프로이트와 동일하게 삶의
근본적인 지향은 '쾌락' 이라고 생각하고 있었다.

> 사람은 본능적으로 고통을 싫어하고 쾌락을 좋아하게 마련이어서 고통의
> 중압이 일정한 한계에 이르면 그것으로부터 도망치려고 하는 것이지만, 그러
> 나 또 그 도피의 상태를 못 견디는 영혼들에게는 단순히 고통스런 상태를 외면
> 하고 보다 즐거운 것 같은 일을 해본다고 해서 전적으로 행복해지는 것도 아니
> 므로 사정은 더욱 어렵게 된다.[28]

이 진술은 고통 그 자체를 쾌락으로 변용시킬 수밖에 없는 이유를 분명
하게 암시하고 있다. 고통이 쾌락이 되는 것, 거기에 길이 있는 것이라면
그 고통의 자원을 그대로 쾌락의 질료들로 '연금(鍊金)' 하는 것밖에는 다
른 수가 없는 것이고 그리고 그렇게 하려면 고통의 자원들의 위치 에너지
를 통째로 운동 에너지로 변환시키는 수밖에 없다. 그것이 용약이다. 실로
그의 돌올하면서도 아름다운 시구들은 그런 용약의 운동을 여실히 보여준

---

28) 정현종, 「마비에 대하여」, 앞의 책, 39쪽.

다. 초기 시의 가장 수일한 이미지 가운데 하나인,

　　그대가 끊임없이 마룻장에서 새들을 꺼내듯이

—「화음」

을 보라. 발레리나의 도약을 그리고 있는 이 장면은 현실이 도약판이 되면서 동시에 그 자체로서 날아오르는 광경을 선사한다. 마룻장 밑에 새가 있을 리 없으니, 마룻장 그 자신이 발레리나와 함께 날아오르는 것으로 느껴지는 것이다.

　이제 마지막 물음에 대답할 때가 되었다. "결핍과 패배를 충족"할 수 있는 근거는 어디에 있는가? 그것의 자원은 결핍과 패배의 현실 자체이고, 그것의 방법은 결핍과 패배의 현실이 그 자신의 생존의 욕망이 지시한 방향으로 반동하고 용약하는 것이다. 정현종의 시는 그 점에서 '떨어지면 튀는 공'이다. '떨어져도 튀는 공'은 정현종 시집 제목 중의 하나이다. 거기에서 '져도'는 의식이 개입한 결과이다. 그가 산 현실은 떨어질 수밖에 없는 현실이었으니까. 그것을 시인의 의식은 시의 본원적 높이를 가리키기 위해 은근슬쩍 바꾼다. 시가 그러나 현실로부터 튀어나온 것이 분명하다면 그의 공은 '떨어지면 튀는 공'이다. 그 공은 현재의 다른 이름이며(별이거나 달이거나 그런 바깥에 놓인 어떤 초월적 실체의 은유가 아니라), 그 현재의 움직임은 현재의 도약 혹은 비상이다. 그 자신에 의한, 그 자신으로부터의, 그 자신의 도약인 것이다.
　그러한 시의 존재론을 가능케 한 자원과 자세와 방법에 대해 지금까지 비교적 자세히 풀이하였다. 따라서 그것을 요약하는 것으로 결론을 삼을 필요는 없으리라. 다만, 이렇게 해를 구한 순간, 두 가지 문제가 남는다. 실은 어떤 대답이든 질문을 포함하지 않는 것은 없는 법이다.

첫째, 이러한 시적 태도 및 양태가 한국 시사에 어떻게 개입하고 있는 가? 우리는 이제 정현종의 시가 한국 시의 일반적 맥락과 무관한 것이라고 말할 수가 없다. 그의 시의 돌출성은 오히려 한국 시로부터의 한국 시의 도약이 표면에 나타난 현상이라고 보아야 할 것이다. 그러나 그에 대한 풀이를 우리는 아직 진행하지 않았다. 도약에 관한 한 지금까지의 논의는 한국의 역사적 현실을 준거점으로 해서 전개한 것이다. 우리는 이것을 한국 시의 맥락에 대해서도 유추적으로 적용할 수 있다. 그가 김수영론에서 진술했던 대로, 그가 본 한국 시는 한국사의 정직한 되풀이에서, 좀 더 정확하게 말해, 한국사를 말하기 위한 수단으로 시를 쓰지 않고 "시가 곧 행동"[29]이었던 데서, 즉 한국사를 체험적으로 다시 사는 행동에서 성공을 거두었기 때문이다. 그러나 유추가 입증의 근거가 될 수는 없다. 우리는 한국사를 준거점으로 전개했던 논리를 한국 시사 내부로 끌어 와 검토해야 할 것이다. 다만, 짐작건대 이때의 한국 시는 특정한 어떤 시인이나 시인 집단이 될 수는 없을 것이다. 이상섭이 정현종 시에서 '민속적 모티프'를 찾아냈다는 것은 이미 말한 바 있지만, 그가 자원으로 삼아 도약한 것은 한국 시 일반의 질료들이 될 공산이 크다.

둘째, 이러한 태도가 한국인들에게 왜 돌출한 것으로 비쳤던 것일까? 당연하게도 패배와 결핍의 현실에서 충족을 노래하는 것이 용납될 수 없었기 때문일 것이다. 그의 시에 대해 '선민의식'(최하림)을 지칭한다든가, 초기 시의 후속적 진행을 보면서, "정현종의 철학이 최근에 내면으로부터 인간의 공공 광장으로 나온 것은 크게 다행한 일이다."[30](김우창)라고 말하는

---

29) 정현종, 「시와 행동, 추억과 역사」, 앞의 책, 113쪽.
30) 김우창, 앞의 글, 146쪽.

것은, 처음에 그의 시가 개인의 자기 충족적 운동으로만 비쳤기 때문일 것이다. 게다가 그의 시를 개인의 자기 충족적 운동으로 보는 시선 속에는 어떤 양상에 대한 윤리적 판단이 개입되어 있다. 바로 충족을 노래하고 있다는 것, 그것이 현실을 외면하는 것처럼 비쳤으리라. 모두가 괴로워하는데 감히 즐거워하다니!, 라는 노여움이 있는 것이다. 그러나 우리의 검토에 의하면 그의 시는 결코 '자기만의' 시가 아니다. 그리고 적어도 정현종이 볼 때 그 즐거움을 현실 자체에서 찾는 것이 아니라면 현실을 극복할 수 있는 길은 없다. 아무리 처절하고 너절한 역사라도 그것을 있는 그대로 살아낼 줄 알아야 한다는 것, 그것이 현실의 고통을 이기면서도 동시에 도피하지 않는 길이다. 그 도피에 단순히 초월적 세계로의 도피만이 있을까? 어떤 '이데올로기' 나 '신념' 에 의지하는 것도 도피의 다른 양상들이다. 스스로 책임져야 할 사유를 어떤 일반적 관념에 떠넘기는 것이기 때문이다. 만일 삶에 대한 자신의 책임을(그리고 권한을) 우리가 거론한다면, 그것은 그가 현실을 기꺼이 받아들여야 할 준비가 되어 있어야 하며, 그 준비 속에 수용과 체화의 방법을 개발해야 한다는 것을 가리킨다. 더럽고 데데한 현실을 기꺼이 자기 현실로 받아들일 때 그것이 더럽고 데데한 것이 아니라 복잡하고 신명 나는 현실임을 보여주는 노력이 있어야 하는 것이다. 다만, 이러한 태도가 의미를 갖는다면 그것은 종전 이후 한국인의 역사에 비추어 검토될 필요가 있다. 다시 말해 한국인이 결핍과 패배의 역사만을 살지 않고 충족의 역사를 스스로 살지 않았는가, 라는 질문을 던질 필요가 있다는 것이다. 참혹의 현장들과 전쟁의 폐허에서 사람들은 고통받고 슬퍼하기만 한 것일까? 오히려 그것에서 즐거움을 구한 적은 없던가? 무언가에 들려서든, 아니면 생존의 요구에 의해서든. 어느 쪽이냐에 따라 그 양태는 사뭇 다르겠지만 어쨌든 한국인들이 삶을 살아냈다면 그리하여 타자의 역사가 아니라 자기의 역사를 발명해 가면서 지금까지 스스로를 변화시켜 왔다면, 현실에 대한 전폭적인 수락이 전제되지 않고는 불가능한 일이다. 만일 그 물음에서 긍정적인 답을 얻을 수 있다면 정현종의 시적 태도는 돌출한 것이라기보다는 억압되고 은폐된 것이라고 말해야 할 것이다. 반대편의 입장이 일종의 장기 지속적인 이데올로기가 됨으로써 말이다. 그리하여 충족을 노래하는 것이, 고통을 사랑하는 것이, 타자에 의해 저질러진 삶을 수락하는 것이, 나아가 타자를 자기의 몸 안에서 소화하는 것이 비도덕적인 태도로 타기되고 질타됨으로써 침묵과 눌변 속에 갇히고 말았다고 할 수 있는 것이다. 실로 동시대 다른 작가·시인들의 문학 속의 작품들을 다시 읽어볼 필요가 있지 않을까? 가령 김승옥의 「건」에서 화자 '나'가 시체를 처리하면서, 이웃집 누나의 윤간에 공모하면서 느꼈던 저 묘한 흥분감은 어떻게 설명할 수 있을까? 그 점을 주목하여 그것이 한국인의 또 다른 일반적 감정 체계였음을 논한 비평은 아직 없는 것 같다. 강력한 거리낌의 감정이 그것을 방해했을 것이다. 그러나 그것이 없다면 삶도, 하물며 삶의 변화(역사)는 더욱더, 없는 것이다. 아무리 괴로워도 삶은 살 만한 것이다. 그래야만 살 수 있기 때문이다.

깨진 거울과 고장난 시계, 그리고 한 꽃송이

정현종과 순간의 성화

조강석

1 죽음과 시간

정현종의 초기 시에서 우리는 우선 다음 구절에 주목하게 된다.

> 의식의 맨 끝은 항상 죽음이었네
>
> ——「사물의 정다움」[1]

물론 많은 논자들이 정현종의 초기 시에 나타난 죽음의 이미지에 대해 주목해 왔다. 그의 초기 시의 뚜렷한 시발점이 삶의 근원적 조건이자 한계인 죽음의 문제였다는 김우창의 지적은 그 대표적 예라고 할 수 있다.[2] 그

---

1) 이 글에 인용된 시의 출처는 『정현종 시전집 1·2』(문학과지성사, 1999)와 전집 이후에 간행된 『견딜 수 없네』(시와시학사, 2003)이다. 별도의 출처 표시가 없는 경우는 『정현종 시전집』에서 인용한 경우이다.

2) 김우창, 「사물의 꿈——정현종의 시」, 『정현종 깊이 읽기』(문학과지성사, 1999), 124쪽 참조.

러나 의외로 같은 시의 다음과 같은 구절에 대해 주목한 경우는 많지 않다.

> 죽음이었지만
> 허나 구원은 또 항상
> 가장 가볍게
> 순간 가장 빠르게 왔으므로
> 그때 시간의 매 마디들은 번쩍이며
> 지나가는 게 보였네 (강조는 인용자)

정현종 시의 초기 여정이 죽음 의식과 허무 의식을 극복해 나가는 과정이라는 여러 지적에도 불구하고 그것이 어떻게 시간이라는 모티프와 관계되어 있는지를 설명하고 있는 글은 많지 않다. 흔히 간과하곤 하는 위의 인용 부분에서 시인은 비록 죽음이 인간의 근본 조건이지만 "번쩍이"는 "시간의 매 마디"들을 통해 우리의 생이 순간순간 '날렵한' 구원을 얻을 수있음을 암시하고 있다. 우리가 주목해야 할 것은 시인이 이처럼 "죽음"과 "구원"의 문제를 "시간"과 관련된 이미지를 통해 제시하고 있다는 것이다.[3] 우리는 그 이미지들을 추적하면서 이 문제에 대한 시인의 해법에 대해 생각해 볼 수 있다. 실상, 시간에 대한 시인의 관심은 초기부터 각별했다. 위에 인용된 「사물의 정다움」 이외에도 그의 첫 시집 『사물의 꿈』에는 시간과 관련된 여러 이미지들이 나타나고 있다.

---

3) 이상섭은 김우창이 정현종의 시에 대해 "매우 철학적"이라는 평가를 내린 것과 관련하여 "어떤 이는 정현종을 철학적이라 하는데 그는 아마 그 말을 달가워하지 않을 것이다.…… 오히려 그는 그런 냄새에서 힘껏 도피하려는 진짜 시인이다. 그는 관념을 가장 혐오하는데, 관념이야말로 철학의 밥인 것이다."(「정현종의 '방법적 시'의 시적 방법」, 같은 책)라고 언급한 바 있는데, 그의 이 지적은 이런 의미에서 적실하다고 할 수 있다.

오오 유쾌한 시간의 병//(……)//만월 자궁 속에 들어간 힘찬/시간의 고통
의 질주/죽음의 외교적 가면/모래 흐르는 바닷가의 물결 소리를

—「한밤의 랩소디」

저 낱낱 찰나의 딴딴한 발정

—「독무」 중에서

시간은 문득 곤두서 단면을 보이며

—「화음」 중에서

숲인 시간의 비밀을 알고 난 뒤의/즐거움을 그대는 알까

—「기억제 1」 중에서

아 재빠르고 반짝이는 시간의 銀鱗을/보기 위해 벌거벗고 입으며……

—「공중놀이」 중에서

대략 눈에 띄는 것들만 추려보아도 이 정도이다. 시인의 첫 시집에 시간
에 대한 이미지들이 이렇게 많이 제시되고 있음에도 불구하고 그간 시간
에 대한 시인의 예민한 의식이 논의의 핵심에서 빗겨나 있었다는 것이 오
히려 이상할 정도이다. 위에 인용된 시간의 이미지들을 유심히 살펴보면
몇 가지 중요한 사실이 드러난다. 우선, 우리의 통념에 준하듯 시간이 흐름
의 이미지로 나타난다는 것이 눈에 띄는데 그 흐름은 "고통의 질주"이자
"죽음의 외교적 가면"으로 은유되고 있다. 시인은 시간이 고통과 죽음의
다른 이름이라고 인식하고 있다. 시간의 흐름이 살아 있는 것들에게 '상
처'를 입히며 우리를 죽음에 이르게 한다는 이런 인식은 초기 시의 여러

곳에서 눈에 띄는데 시인은 이것을 "시간의 공포"(「시간의 공포를 주제로 한 연가」)라는 말로 표현한 바 있다. 그런데 우리가 여기서 주목할 것은 시인 이 이 시집에서 "시간의 공포"와 함께, 흐름인 시간을 분절시키는 '순간' 들을 제시하고 있다는 것이다. "낱낱 찰나"에 "곤두서" "단면을", 즉 시간 의 내력을 일시에 보여주는, "반짝이는" "금"이자 "은린(銀鱗)"인 순간들 이 바로 그것이다. 이후에 시인이 "한 꽃송이"라는 이미지를 통해 선명하 게 형상화하게 될 이 "반짝이는" 순간들에 대한 관심은 이처럼 초기 시에 서부터 두드러진 것이었다. 그리고 그것은 앞서 언급한 것처럼 애초, "죽 음의 외교적 가면"으로 은유된, 흐름으로서의 시간에 맞서는 시인의 비전 으로 제시된 것이라고 할 수 있다. '곤두서서' 시간의 내력을 한 단면에 노 출하는 이 '농밀한' 순간에 대한 정현종의 관심은 그의 시세계 전반에 걸 쳐 일관된 것이며 여기에 그의 시세계의 한 진경이 있다.

2 깨진 거울과 고장난 시계

"반짝이는" "시간의 매 마디"가 우리를 "구원"에 이르게 할 것이라는 시인의 언급을 기억하며 다음 구절을 그의 시세계에 이르는 한 경로로 택 해 보자.

> 거울인 내 얼굴에 비친 그대 시간의 얼굴
> 시간이여, 취하지 않으면 흘러가지 못하는 그대.
>
> ──「낮술」 중에서

내 얼굴이 거울이라는 것, 그리고 취하지 않으면 흘려보내지 못하는 시 간이 그 거울에 비친다는 것이 흥미롭다. 그러나 이때 시간을 비추는 거울이란 무엇인가? 정현종의 '시적 순간'의 비전을 이해하기 위해 이 이미지를 자세히 살펴보는 것이 필요하다. 다음 시를 보자.

> 나는 밥그릇처럼
> 역사를 존경하며
> 역사의 거울을 파는 도부장수
>
> 깨진 거울이나
> 고장난 시계 삽시다!
>
> 그래도 동해물과 백두산이
> 마르고 닳도록
> 페가수스의 날개 냄새에
> 취해, 나는
> 우리네 굴뚝마다 꽃을 꽂으리

——「세월의 얼굴」 중에서

날개 달린 말인 페가수스의 이미지는 여러 가지를 동시에 연상시키지만 이 시에서는 그것이, 시간과 마찬가지로 종종 '흐르는' 것으로 비유되곤 하는 "역사"의 은유로 제시되고 있다는 것에 주목해야 한다. 시인은 여기서, "동해물과 백두산이 마르고 닳"을 장구한 시간을 배경으로 엄청난 속도로 "질주"하는 페가수스의 날개에 취한 도부장수로 등장한다. 앞서 인용된 시에서 "시간"에 취했던 시인은 여기서 '역사의 날개'에 취해 있다. 흐름에 취한 이 도부장수가 파는 것은 무엇인가? "역사의 거울"이다. 이 거울은 무엇을 비추는 거울인가? 역사, 즉 "페가수스"의 속도와 시간의 흐름이다. 때문에, 한 소품에 불과할 수도 있을, "깨진 거울이나 고장난 시계"를 산다는 도부장수의 목소리는 예사로 들리지 않는다.

이 시에서 우리는 중요한 세 가지 이미지를 얻게 된다. "역사의 거울을 파는 도부장수"의 목소리 속에 등장하는 "깨진 거울"과 "고장난 시계", 그리고 시인이 "동해물과 백두산이 마르고 닳도록" "굴뚝마다 꽂"고 다니겠다는 "꽃" 한 송이가 그것이다. 이 세 이미지들을 정현종의 "시적 순간"이라는 비전을 푸는 열쇠로 삼아보자.

2-1. 깨진 거울

우선 거울에 대해 생각해 보자. 거울이 하는 일은 무엇인가?

사물은 각각 그들 자신의 거울을 가지고 있다. 내가 나의 거울을 가지고 있듯이. 나와 사물은 서로 비밀이 없이 지내는 듯하여 각자의 가장 작은 소리까지도 각자의 거울에 비친다. 비밀이 없음은 그러나 서로의 비밀을, 비밀의 많고 끝없음을 알고 사랑함이다. 우리의 거울이 흔히 바뀌어 있는 것을 발견한다. 거울 속으로 파고든다. 내 모든 감각 속에 숨어 있는 거울이 어디서 왔는지 나는 모른다. 사물을 빨아들이는 거울. 사물의 피와 숨소리를 끓게 하는 입술식 거울. 사랑할 줄 아는 거울. 빌어먹을 나는 아마 시인이 될 모양이다.(강조는 인용자)

―「거울」

인용된 시에 나타난 것처럼 거울은 첫째, 사물의 모습을 서로 비추는 역할을 하며 둘째, 사물의 모습뿐만이 아니라 사물의 "가장 작은 소리까지"도 비추는―소리를 비추는 거울이라는 것을 기억할 필요가 있다.―역할을 한다. 그런데 중요한 것은 사물의 모습과 소리까지 비추는 이 거울이 "내 모든 감각 속에 숨어" 있다는 사실이다. 시인은 이때 그 거울이 "사물을 빨아들이"며 "사물의 피와 숨소리를 끊게" 한다고 말하고 있다. 즉 시인의 모든 감각 속에 있는 거울이 사물을 비추며 소환하고 그것에 새로운 활기를 부여해 다시 살게 하는 일을 한다는 것이다. 이처럼 자신의 모든 감각 속에 이런 거울이 숨어 있음을 직감한 그는 "빌어먹을 나는 아마 시인이 될 모양이다"라고 만족스러운 한탄을 하고 있다. 요컨대, 정현종에 의하면 시인이란 제 모든 감각 속에 내장된 거울을 통해 사물의 모습과 소리를 비추며 그것들을 죽음으로부터 건져내고 새로운 삶을 살게 하는 존재이다. 다음 시는 이를 재천명한 것이 될 것이다.

죽음이 던지는 미끼에 매달려 쩔쩔매고

망측한 기쁨에 빠져서 부르짖고

사물을 캄캄한 죽음으로부터 건져내면서

거듭 죽고

즐거울 때까지 즐거워하고

슬플 때까지 슬퍼하고

무모하기도 하여라

모든 즐거움을 완성하려 하고

모든 슬픔을 완성하려 하고……

—「시인」 중에서

이 시에 대한 자세한 설명은 군말이 될 것이다. 다만, 시인이란 사물을 살려내면서 자기 자신은 거듭 죽는 존재라는 사실이 덧붙여졌는데, 이에 대해서는 정현종의 시가 "자아를 넓히고 넓혀 우주와 하나로 만들 때"와 "우주를 좁히고 좁혀 자아와 하나를 만들 때"[4]의 두 모습을 보여준다는 한 평론가의 설명을 인용하는 것으로 충분할 듯하다. 사물의 갱생이, 주체와 대상의 경계만을 확장해 나가는 형이상학적 '자아'의 죽음을 전제로 한 것임은 두말할 나위가 없는 것이기 때문이다.[5]

그렇다면, 사물의 영상과 소리를 모으는 시인의 감각 속에 내장된 거울이 깨어지는 순간은 어떤 순간인가? 그것은, 앞에 인용한 시들에 사용된 비유를 거듭 사용해 설명해 보자면, 사물이 구태를 벗고 시인의 "모든 감각 속에" 내장된 "입술식 거울" 속으로 '빨려드는' 순간이며, 새 삶을 부여받고 제자리로 돌아가는 순간이라고 할 수 있다. 구태의 사물을 비추던 거울은 "쩽——" 깨어지고 그 틈 사이로 사물들은 소환되고 또한 귀환한다. 시인이 자신의 죽음을 전제로 사물의 갱생을 도모하며 "모든 즐거움"과 "모든 슬픔"을 완성하기 위해서는 감각 속에 숨어 있는 거울의 번쩍임과 깨어짐이 동반되어야 한다. 새로 태어나는 것은 사물들뿐만 아니라 "거듭 죽"으며 다시 태어나야 하는 시인의 감각이기도 하기 때문이다.

2-2. 고장난 시계

나는 계속 초조하다
어디론가 가야 하고
시간에 쫓기고 있다
고장난 시계를 고치려고

---

4) 김현, 「술 취한 거지의 시학」, 같은 책, 222쪽.

5) 다만, 여기서 한 가지 문제를 짚어보자. 통상, 논자들은 정현종의 시세계를 사물에 대한 관심으로부터 사회, 그리고 나아가 우주에 대한 관심으로의 확대로 해석해 왔다. 그러나 '사물로부터 사회 혹은 인간 그리고 우주로'라는 말은 재귀적이거나 최소한 토톨로지(tautology)가 아닌가? 「사물의 꿈」 연작의 부제들은 '나무', '구름', '물', '사랑'이다. 애초 그가 언급한 사물은 "내가 대상을 향해 걸어갈 때 그 대상 또한 나를 향해 오고 있음을 안다"(「절망할 수 없는 것조차 절망하지 말고」)의 언급에 나타난 시적 대상들 일체라고 할 수 있을 것이다.

시계방에 들어간 장면이 어디쯤 들어 있는지
분명치 않다 하여간
시계는 고장났고
고치지 못했다

——「외설」 중에서

이 시는 시인이 꾼 꿈을 다룬 것인데 인용된 부분은 그 일부분이다. 상황은 이렇다. 시계가 고장났다. '나'는 무언가에 쫓기고 있고 어디론가 가야 한다. '나'는 계속 초조하다. 생각해 보건대, 등 뒤에서 쫓아오며 '나'를 "계속 초조"하게 만드는 것은 시간이다. 그리고 이 시간의 추적을 '내'가 이처럼 예민하게 지각하게 된 계기는 시계의 고장이다. '나'는 시계를 고침으로써 모든 것을 정상 상황으로 돌려놓을 수 있다고 믿으며 "시계방"에 들어간다. 그러나 끝내 그 시계를 고치지는 못했다. 이것이 이 부분의 꿈의 전말이다. 꿈에서 시인은 시계를 고쳐 모든 것을 제자리로 돌려놓으려 하고 있다. 그러나 시간의 흐름에 쫓겨온 "초조한" 마음에 대해 시계를 고쳐 재차 시간을 흐르게 하는 것이 처방인가, 흐르는 시간을 정지시키는 계기가 된 "고장난 시계"를 그냥 방치하는 것이 처방인가? 시인은 이 시의 뒷부분에서 시간의 정지를 계기로 "제도의 외설·합법의 외설·타성의 외설" 등을 꿰뚫어 보게 되었다고 말하고 있다. 그렇다면 "하여간 시계는 고장났고 고치지 못했다"는 말은 원망인가 안도인가? 다음 시에 이에 대한 해답이 있다.

어느 날 네가
북한산 계곡에서 잃어버린 시계,
시간을 靑山에 묻었으니

마음은 문득 푸른 하늘이었는데,[6]

—「겨울산」 중에서

북한산 산행에 동행한 일행이 시계 하나를 잃어버렸다. 시계란 시간을 계량해 우리의 일상을 규율하는 물건인데 푸른 산자락에 그런 시계를 묻었으니 마치 "시간을 청산에 묻"고 온 것같이 여겨진다고 시인은 말하고 있다. 이로 인해 마음은 "푸른 하늘"과 같은 푸르름으로 돌아갔는데, 이때 묻힌 '시간'을, 혹은 앞의 시의 경우라면 고장난 시계를 애써 수습할 필요가 있을까? 비유컨대, 고장난 시계는 흐름에서 일탈하거나 정지된 시간이요, 묻힌 시계는 묻힌 시간이라고 할 수 있다. 정지되거나 묻힌 시간의 의미는 무엇인가? 시인은 이렇게 말하고 있다.

아이들은 미래를 물고늘어지고 나이든 사람은 과거를 물고늘어진다. 현재로부터 도망치기 위해 미래나 과거를 만들어낸다. 노인들의 미래는 과거이다. 시간으로부터 자유로울 수 있는 것은 '지금'을 통해서인데, 많은 사람들은 시간의 굴레에 묶여 있어야 편안하리만큼 무력하다. 과거와 미래를 원한다면 '지금 이 순간'을 원하지 않으면 안된다. 새는 울고 꽃은 핀다. 중요한 건 그것밖에 없다.

—「절망할 수 없는 것조차 절망하지 말고……」

---

6) 이 시는 시인이 작고한 김현에게 바치는 추모 시편들 중 하나이다. 따라서 이 시를 해석하기 위해서는 그런 정황을 고려해야 할 것이다. 그러나 그런 정황과 인용된 부분에 나타난 '시간'에 대한 언급이 전혀 별개의 것은 아니다. 그러므로 여기서는, 시의 전체 정황을 다소 훼손시킬 위험을 감수하고서라도 '시간'의 이미지에 대해서 주목할 필요가 있다는 생각에 시의 일부를 인용했다.

많은 사람들이 "시간의 굴레"에 묶여 있어야 편안하다고 느끼는 것은 실은 그들이 시간에 대해 "무력"하기 때문이다. 아이들의 시간의 "거울"에는 미래만, 노인들의 "거울"에는 과거만 비칠 뿐이라면, 시간을 시시각각 계량하는 시계를 늘상 손목에 차고 다니는 생활인들에게 시간은 엄청난 속도감으로 등 뒤에서 압박하는 '크리슈나의 수레'나 페가수스 같은 것이거나 곧 현금으로 환산될 금괴—'시간은 돈이다'.—로 비칠지도 모른다. 그러나 시간으로부터 진정 "자유로울 수 있는 것은" '지금'을 통해서라고 시인은 말하고 있다. 과거와 미래, 모두를 엮는 "지금 이 순간"이야말로 진짜 "노다지"이기 때문이다.

2-3. 한 꽃송이

나는 가끔 후회한다/그때 그 일이 노다지였을지도 모르는데……/그때 그 사람이/그때 그 물건이/노다지였을지도 모르는데……/더 열심히 파고들고/더 열심히 말을 걸고/더 열심히 귀기울이고/더 열심히 사랑할 걸……//반벙어리처럼/귀머거리처럼/보내지는 않았는가/우두커니처럼……/더 열심히 그 순간을/사랑할 것을……//모든 순간이 다아/꽃봉오리인 것을./내 열심에 따라 피어날/꽃봉오리인 것을! (강조는 인용자)

—「모든 순간이 꽃봉오리인 것을」 중에서

"의식의 맨 끝"이 항상 죽음이며, 시간이 모든 것을 덧없게 만들고 궁극적으로 우리를 죽음에 이르게 하는 흐름으로 여겨질 때, 이를 견디는 방법은 그것을 무한히 미분시켜 내고 미분된 순간들에 최상의 가치를 부여하는 것이다. 이를 통해 불가피한 죽음에 맞서거나 아니면 오히려 그 죽음까지 수렴시켜 낼 수 있다면 그것이 바로 시인의 비전이 될 것이다. 인용된 시에서 이 비전은 꽃봉오리의 이미지로 제시된다. 시인은 묻는다. "반벙어리처럼 귀머거리처럼 우두커니처럼" 시간을 흘려보내며 이 "노다지"를 방향 잃은 '크리슈나의 수레' 나 페가수스가 활개 치는 폐허로 만들 것인가? 그리고 대답한다, "모든 순간이" "다아" "내 열심에 따라 피어날/꽃봉오리인 것을!" 이 순간, 감각 속에 내장된 거울은 "쨍—" 소리를 내고 금 가며 손에 찬 시계는 흐르는 시간을 계량하기를 그만둔다. "은린(銀鱗)"처럼 반짝거리는 이 순간이야말로 "동해물과 백두산이 마르고 닳" 도록 "우리네 굴뚝마다 꽃을 꽂" 겠다고 하는 시인이 "미적(美的) 영구 혁명"(「지평선의 향기」)을 개시하는 순간이다.

3 순간의 성화(聖花)[7]

그렇다면, 시인이 "한 꽃송이"라는 이미지를 통해 형상화하는 이 시적 순간이란 비전은 어떤 것일까? 이 비전을 이해하기 위해 근대의 직선적 시간과 대비되는 시적 순간에 대해 설명하고 있는 옥타비오 파스의 견해를 잠시 살펴보자.

> 시편을 통하여 찰나적으로 멈추어 있는 시의 번갯불을 본다. 그 순간은 모든 순간을 포함한다. 흐름을 멈추지 않고 시간은 정지하며 자기 자신으로 가득 찬다.[8] (강조는 인용자)

---

7) 파스는 그의 책에서 직선적 시간에 맞서 '시적 순간' 을 성스럽게 한다는 의미로 '순간의 성화(聖化)' 라는 표현을 썼다. 이 글의 관심은 파스가 아니라 정현종의 시세계이므로 그가 '시적 순간' 의 이미지로 제시한 '한 꽃송이' 를 염두에 두며 '순간의 성화(聖花)' 라는 표현을 사용했다.

8) 옥타비오 파스, 『활과 리라』(솔, 1998), 김은중 옮김, 31쪽.

"시의 번갯불"로 비유된, 시편을 통해 계시되는 시적 순간은 태초의 시간을 포함한 과거와 미래의 모든 순간들이 "찰나적"으로 수렴되는 순간이며 흐름과 단속이 함께하는 충일의 순간이다.

우리들의 열정과 일상의 간만(干滿)에 모든 것이 화해하는 순간이 있다. 적대적인 것들은 사라지지는 않지만 한 순간 융합한다. 그것은 판단 중지 같은 것이며 이 순간 시간은 멈춘다.[9]

또한 파스는 시적 순간에 이질적인 것들과 대립적인 것들이 판단 중지라는 괄호 속으로 소환되며 그 안에서 융합한다고 설명하고 있다. 덧붙여 그는 시의 독자 역시 시인이 통로로 삼는 이미지를 따라 이 시적 순간에 참여할 수 있다고 설명하고 있다.

시간의 시조(始祖)인 태초의 시간이 순간 속에 융화된다. 직선적 시간은 순수한 현재로 변화하는데, 순수한 현재란 쉬지 않고 자신을 새롭게 하며 인간을 변화시키는 것이다. 시편을 읽는 것은 시적 창조와 거의 흡사하다. 시인은 이미지, 즉 시편을 창조하며 시편은 다시 독자를 통해 이미지, 즉 시로 태어난다.[10]

요컨대, 시적 순간은 과거와 미래가 수렴되며 흐름과 단속이 공존하는 순간이다. "시간의 시조인 태초의 시간"이 융화되는 그 순간에 모순된 것들과 이질적인 것들은 용해된다. 이러한 시적 순간의 마술은 물론, 시적 이미지를 통해 가능한 것인데 독자들은 시를 읽으며 이 이미지를 통해 시적

---

9) 같은 책, 30쪽.
10) 같은 책, 32쪽.

순간에 같이 참여하며 자신을 새롭게 변화시킬 수 있다.

　"시의 번갯불"이 번쩍이는 시적 계시의 순간, 그 안에서 이질적인 것들의 융합, 그리고 이미지를 통한 독자와의 교감이라는 세 측면을 고려하면서 다시 정현종의 시세계로 돌아와 보자.

3-1. 영상 화석과 소리 화석

　　모든 움직임이 순간순간
　　화석이 되는 걸 보기 시작한 건 오래되었다
　　　　　　　　　　　　　　　—「시간은 두려움에 싸여 있다」 중에서

　　재 속의 불씨와도 같이
　　나는 감격을 비장하고 있느니
　　길이여 시간이여 살림살이여
　　점화 없이는 살아 있지 못하는 것들이여
　　　　　　　　　　　　　　　—「감격」 중에서(『견딜 수 없네』)

　모든 움직임을 "화석(化石)"으로 만드는 눈이란 무엇인가? 시간은 어떻게 "점화"되어 움직임의 "순간순간"을 관찰하는 이를 "감격"시키는가? 시인이 「모든 순간이 꽃봉오리인 것을」이란 시에서 그 순간들을 "반벙어리처럼/귀머거리처럼/보내지는 않았는가/우두커니처럼……"이라고 말했던 것을 기억해 보자. 그리고 이 질문에 답하기 위해 다시 거울과 시계의 이미지를 떠올려 보자. 이 이미지들에 빗대어 설명해 보건대, 흐름인 시간이 점화되는 것은 시인의 "모든 감각 속에 숨어 있는 거울"이 "쨍—" 하고 울릴 때이다. 시인의 감각 속에 내장된 거울이 그 대상들을 무심히 비추기를 그치고 "쨍―" 소리를 내며 금 가는 순간, 그 틈 사이로 시간은 스며든다. 이때 점화의 원료는 우선 깨진 거울이 모으는 영상들이 된다.

> 풀을 들여다보는 일이여/눈길 맑은 데 열리는 충일이여
> ―「풀을 들여다보는 일이여」 중에서

그것은 때로 풀의 영상이기도 하며,

> 환합니다/감나무에 감이./바알간 불꽃이,/수도 없이 불을 켜,/천지가 환합니다
> ―「환합니다」

감나무-불꽃이기도 하다.

> 아, 시골 국민학교,/全景이 그 품 속에 나를 안는다//(……)//신성 평화여//시간의 꽃이여//꿈꾸는 메아리여//막무가내의 정결이여//우주의 신성 수렴이여
> ―「시골 초등학교」 중에서

또한 작은 시골 학교의 한 풍경이기도 하며,

> 내가 타고 다니는 버스에/꽃다발을 든 사람이 무려 두 사람이나 있다!/(……)/그러니 아무데로나 가거라./옳지 이륙을 하는구나!/날아라 버스야
> ―「날아라 버스야」 중에서

사람 둘이 꽃을 든 버스 안 광경이기도 하다. 그리고 결정적으로,

> 우리의 고향 저 원시가 보이는/걸어다니는 창인 저 살들의 번쩍임이/풀무질해 키우는 한 기운의/소용돌이가 결국 피워내는 생살/한 꽃송이(시)를 예감하노니……
>
> ——「한 꽃송이」 중에서

"복도에서" 스친 "기막히게 이쁜 여자 다리"와 같은 것들이 될 수도 있다. 그리고 시인은 이 '영상'들이 "소용돌이"를 일으키며 "한 꽃송이"인 시를 피워낸다고 말하고 있다.

이외에도, 시인의 거울에 "시의 번갯불"을 '번쩍이게' 만드는 장면들은 그의 시집에 풍부하게 제시되어 있다. 우리가 무심코 스쳐 지나가는 풍경이나 일상의 한 단면이 시인에게는 매 순간 "청천벽력"[11]인 셈이다. "네 눈의 깊이는 네가 바라보는 것들의 깊이"(「네 눈의 깊이」, 『견딜 수 없네』)라는 시인의 말을 기꺼이 받아들인다면 시인이 이런 장면들을 두고 "나의 안복(眼福)이여"(「까치야 고맙다」)라고 "감격"을 표하는 것은 온당한 일이 될 것이다. 시인이 앞서 인용한 시에서, "모든 움직임이 순간순간/화석이 되는 걸 보기 시작한 건 오래되었다"고 말한 것은 바로 이런 맥락에서 해석 가능하다. 한 평론가는 「스며라 그림자」에도 사용된 이 화석 이미지에 대해 "화석은 동시에 생동이 발생하는 자리, 아니 차라리 신생을 여는 생동하는 실체"[12]라고 설명한 바 있다. 그런 의미에서 볼 때, 위에 열거된 영상들을 비추는, 시인의 감각 속에 내장된 거울은 평범한 영상들을 "신생을 여는"

---

11) "그 그림이 어째서 / 그 순간 어째서 / 청천벽력이었는지"(「청천벽력」).
12) 정과리, 「환경을 만드는 시인」, 『정현종 깊이 읽기』, 297쪽.

화석으로 만드는 작용을 한다고 할 수 있을 것이다.

그런데 이 화석들은 영상으로부터만 얻어지는 것은 아니다. 시인을 시적 순간이라는 한 심연에 들게 하는 것들 속에는 '영상 화석' 들 뿐만 아니라 "소리의 화석"(「공중에 떠 있는 것들 1」) 들도 포함된다.

> 여러 해 전 구례에서 남원 가는 기차에서 들은 기적 소리 (……) 구만리 허공하고 내통하여 그 太虛腹中에 나를 배고 나는 또 내 뱃속에 배고 있는 그 기적 소리 (……) 하여간 밑도끝도없는 심연인 그 기적 소리!
>
> ——「소리의 심연 2」 중에서

"소리의 화석" 도감에는 "여러 해 전" 들었던 "기적 소리"도 있고,

> 네 소리의 경전에 비하면/다른 경전들은 많이 불순하다./번개처럼 귀 밝히며/또한 천지를 환히 관통하는/이 세상 제일 밝은 光音, 새소리
>
> ——「올해도 꾀꼬리는 날아왔다」 중에서

"경전"과 같은 꾀꼬리 소리도 있는가 하면,

> 날개 소리!/ '아!' —— 왜냐하면/그 순간의 신선함을/말할 길이 없으므로/(말은 참 모자란 연장이므로)/날개 소리 신선해, 문득,/탁 트여, 한없이 열려/퍼지는 푸르름, 이 몸, 에테르,/무한에 넘쳐 꽃피는 공,/팽창하는 공, 푸르른 이 마음
>
> ——「날개 소리」 중에서

듣는 이의 마음을 '에테르 공' 처럼 팽창케 하는 새들의 날갯소리도 있

다. 물론, "소리의 화석" 도감에 비단 자연의 소리만 채록된 것은 아니다.

> 종업원 아가씨가 저 아래 집 안에서/창밖을 향해 뭐라고 소리친다./그 소리
> /여름 저녁 그 시간 속으로/여름 저녁 그 공간 속으로/쨍——/퍼지는데,//
> (……)//아득한 것들을 쟁쟁/수렴하는데,/생명 만다라, 오/그 목소리의 여름
> 저녁이여/비치지 않는 게 없는 공〔球〕이여.
>
> ——「여름 저녁 1」 중에서

시인을 소리의 황홀경에 빠지게 하는 것은 여름 저녁을 가르는 "종업원
아가씨"의 목소리일 수도 있으며,

> 위스키 병마개 떨어지는 소리가 났다/(……)/나는 한없는 지평선을 들었다
> ——「한없는 지평선」 중에서

"위스키 병마개"와 같은 사물들이 만드는 작은 소리일 수도 있다. 물론,
'영상 화석'의 도감들이 그랬듯이, "소리의 화석" 도감 역시 이 이외의 숱
한 소리들로 채워져 있다.

이렇게 시인은 우리가 무심히 지나치는 장면들과 소리들을 통해 '시적
순간'이라는, "즉시 익어버리는 시간"이 만드는 일종의 "흐름 삼매(三昧)"
(「내 어깨 위의 호랑이」)에 빠진다. 그러나 어찌 "안복(眼福)", 이복(耳福)뿐이
겠는가, 영상과 소리는 그 대표적인 예일 뿐이며, "시인에게 삼라만상이
감각적 쾌락의 계기가 되어준다."[13]라는 한 평론가의 지적처럼, 거울은 그
의 "모든 감각 속에 숨어" 있다고 할 수 있을 것이다.

---

13) 유종호, 「해학의 친화력」, 같은 책, 261쪽.

3-2. 갈증이며 샘물인

시적 순간이 이런 감각적 자료들에 의해 "점화" 되는 것이라면 그렇게 점화된 불꽃 속에서 용해되는 것은 무엇인가? 시인은 「저 날 소용돌이」라는 시에서 "나는 시를 쓰려고 한다기보다는 시라는 것을 태어나게 하는 그 힘들과 신호들의 소용돌이 속에 항상 있고 싶을 따름이며, 만일 내 속에서 시가 움튼다면 그 발아(發芽)는 마땅히 예의 그 소용돌이의 고요한 중심으로부터 피어나는 것이기를……" 이라고 한 바 있는데 이 소용돌이 속에서 혼융되는 것은 무엇인가? 앞서 파스의 글을 인용하면서 시적 순간이란 대립되는 것들, 이질적인 것들이 용해되는 순간이라는 것을 살펴보았다. 소용돌이치는 심연에 비유될 수 있을 이 시적 순간은 이질적인 것을, 대립되는 힘들을 유인, 흡수하고 그것을 혼융시키는 순간이다.

> 너는 내 속에서 샘솟는다
> 갈증이며 샘물인
> 샘물이며 갈증인
> 너는
> 내 속에서 샘솟는
> 갈증이며
> 샘물인
> 너는 내 속에서 샘솟는다
>
> ──「갈증이며 샘물인」

외형적으로 이미 파문을 연상시키는 행의 배치 구조를 갖는 이 시는, 부재와 결핍의 표상인 갈증, 그리고 '있음' 과 충일의 표상인 샘물이라는 이미지를 통해 부재의 상태가 존재를 부르고 결핍의 상태가 충일의 욕망을 낳음을, 그리고 보다 중요하게는 이것이 시간적 순차성을 갖는 것이 아니라 동시적 계기로 맞물려 있음을, 잦아들고 긴박해지기를 되풀이하는 리듬에 의해 효과적으로 제시하고 있다. 시적 순간에 이질적인 것들이 용해되는 양상 역시 이에 비견될 수 있을 것이다.

책을 모두 내다가/마루에 쌓는다/장작 더미 같기도 하고/성벽 같기도 하며/폐허 같기도 하다/방이 텅 빈다 …… 오오/나는 꽉 찬다/이렇게 좋구나/(설명적이어도 할 수 없느니)/이렇게 좋구나/빈 책장을 향하여 나는/춤을 춘다, 발작적으로/그 빈 書架를 향하여/두 팔을 벌리고/빈 걸 끌어안으며, 이렇게/한껏 폭발하는 法悅이 어디 있느냐//(……)//내 피요 살이요 뼈인/꽃 한 송이를 폭발시켜야지!

—「빈방」 중에서

시적 순간이 충일의 순간임을 우리는 앞서 살펴보았다. 그러나 충일이란 무엇인가? 충일을 낳는 태(胎)는 '텅 빔'이다. 굳이 노자를 끌어들이지 않더라도 채우려면 먼저 비워야 한다는 것은 자명하다. 그러나 인용된 시에서 시인은 비움과 채움의 시간적 순차성을 말하고 있는 것은 아니다. '방의 빔'과 '나의 꽉 참'은 동시적으로 있는 것이다. 시인이 "빈 걸 끌어안으며" "법열"에 빠지는 이유는 그 때문이다. 시인은 허(虛)와 충일이 공존하는 이 순간 즉, 대립되는 힘들이 공존하는 이 순간에 "꽃 한 송이"라는 '이미지-폭탄'[14]을 터뜨림으로써 또 하나의 시적 순간을 선명하게 제시하고 있다. 시인은 이렇게 "대립되는 힘들과 신호들"의 경계를 허물며 샘솟는 것, 밀려오는 것 그것이 바로 시가 아니냐고 다음과 같이 말하고 있다.

---

14) 이 용어는 바슐라르가 『공기와 꿈』에서 시적 이미지의 힘을 설명하기 위해 사용한 것이다.

바람을 일으키며/모든 걸 뒤바꾸며/밀려오는 게 무엇이냐./집들은 물렁물렁해지고/티끌은 반짝이며/천지사방 구멍이 숭숭/온갖 것, 숨쉬기 좋은/개벽/돌연 한없는 꽃밭/코를 찌르는 향기/큰 숨결 한바탕/밀려오는 게 무엇이냐/막힌 것들을 뚫으며/길이란 길은 다 열어놓으며/무한 變身을 춤추며/밀려오는 게 무엇이냐/오 詩야 너 아니냐

──「밀려오는 게 무엇이냐」

앞서, "소용돌이의 고요한 중심으로부터 피어나는" "꽃 한 송이"의 이미지로 제시되었던 시는 이제 그 소용돌이로부터 일어나 "모든 걸 뒤바꾸며" "천지사방 구멍" "숭숭", "막힌 것들을 뚫으며" "길이란 길은 다 열어놓으며" "무한 변신을 춤추며" 밀려오는 기운, 한 폭풍에 비유되고 있다. 시인은 모든 길이 활달하게 열리며 모든 경계가 허물어지는 바로 그 순간이 시적 순간임을 이 시를 통해 보여주고 있다.

3-3. 시간의 상처와 푸르른 풋시간

정현종의 시가 제시하고 있는 이 시적 순간이라는 비전은 시간의 거침없는 질주로부터 '구원' 받고 싶은 시인의 자구책만은 아니다. 예컨대, 시인은 다음과 같은 시에서 독자로 하여금 시간에 대해 생각하게 한다.

나, 시간은,/돈과 권력과 기계들이 맞물려/미친 듯이 가속을 해온 한은/실은 게으르기 짝이 없었습니다.(그런 속도의 나락에서 헤어나지 못하고 보면/그건 오히려 게으름이었다는 말씀이지요)//마음은 잠들고 돈만 깨어 있습니다./권력욕 로봇들은 만사를 그르칩니다./자동차를 부지런히 닦았으나/마음을 닦지는 않았습니다./인터넷에 뻔질나게 들어갔지만/제 마음 속에 들어가보지는 않았습니다.//나 없이는 아무것도/있을 수가 없으니/시간이 없는 사

람들은 실은/자기 자신이 없습니다/돈과 권력과 기계가 나를 다 먹어 버리니/
당신은 어디 있습니까?//나, 시간은 원래 자연입니다./내 생리를 너무 왜곡하
지 말아 주세요./나는 천천히 꽃 피고 천천히/나무 자라고 오래오래 보석 됩니
다./나를 〈소비〉하지만 마시고 내 느린 솜씨에 찬탄도 좀 보내 주세요.
—「시간의 게으름」(『견딜 수 없네』)

시적 순간이라는 비전은, 바로 직전의 시간조차 폐품으로 만들며 도마
뱀 꼬리 자르듯 달아나는 시간을 모델로 하는 근대의 직선적 시간관에 맞
서는 비전이다. 위에 인용된 시에서 시인은 "돈과 권력과 기계들이 맞물려
미친 듯이 가속을 해온" 시간의 속도감에 편승하여 자동차는 "부지런히
닦았으나" 제 마음을 닦지 않는 사람들, "인터넷에 뻔질나게 들어갔지만"
"제 마음 속에 들어가 보지" 않는 사람들이야말로 "자기 자신"을 잃어버린
사람들이라고 말하고 있다. 시인은, 이들에게 엄청난 시간의 속도에 휘발
된 '나'는 어디에 있느냐고 묻고 있다. 그러고 나서 시인은 이들에게 "천
천히 꽃 피고 천천히/나무 자라고 오래오래 보석"을 품는 자연의 시간표
를 보여주고 있다. 그것은 "자기 자신"을 잃어버린 이들이 이 자연의 시간
표를 통해 "이 몸 동트고/세상은 처음으로 돌아"가게 하는 "푸르른 풋시
간"(「푸르른 풋시간이여」)과 접할 수 있기 때문이며 시적 순간에 합류하는
이 "풋시간"을 통해 그들이 시간의 상처를 치유할 수 있기 때문이다.

나도 모르겠다/불행 중 다행일지/행복감은 늘 기습적으로/밑도 끝도 없이
와서/그 순간은/우주를 온통 한 깃털로 피어나게 하면서/그 순간은 시간의 궁
핍을 치유하는 것이다./시간의 기나긴 고통을/잡다한 욕망이 낳은 괴로움들
을/완화하는 건 어떤 순간인데/그 순간 속에는 요컨대 시간이 없다
—「행복」중에서(『견딜 수 없네』)

인용된 시에서 시인은, 흐르는 시간 속에서 우리는 "잡다한 욕망이 낳는 괴로움들"을, "기나긴 고통"을 이어갈 뿐이며 죽음이라는 근본 조건에 처한 우리가 고통을 "완화"시키고 "구원"을 구할 수 있는 것은 "어떤 순간"을 통해서라고 말하고 있다. 이 순간은 "늘 기습적으로" 점화된다. 그것은 모든 감각 속에 내장된 거울이 모으는 감각의 화석들에 의해 점화되어 "우주를 온통 한 깃털로 피어나게 하면서" 흐름인 시간이 낳은 상처의 아픔을 "완화"한다. 고통이자 슬픔의 원천인 날개 달린 시간을 무화시키고 그것이 만든 상처를 치유하는 방법은 그것을 이런 "반짝이는" 순간들로 무한히 미분해 내는 것이다.

4 다시 거울과 시계에 대해

나는 내가 생각하는 나보다 크다는 걸
너를 통해서 안다.
너는 자기가 생각하는 자기보다 크다는 걸
나를 통해서 알 수 있을까
——「너는 자기가 생각하는 자기보다……」 중에서

니체는 바그너의 오페라와 비제의 오페라를 비교하면서, 바그너는 스스로 한없이 높아져 그의 오페라를 보는 이로 하여금 자신을 이 세상에서 가장 하찮은 존재로 여기게 만드는 반면, 비제의 오페라는 보는 이를 고양시켜 자신을 고귀한 존재로 여기게 만드는 힘이 있다고 말한 바 있다. 시적 순간의 비전은 동참을 호소하며 독자를 고양시키는 비전이다. 정현종은 한 시에서 서로의 소리를 "경청할 때/지평선과 우주를 관통하는/한 고요

속에/세계는 행여나/한 송이 꽃 필 듯"(「경청」, 『견딜 수 없네』)이라고 말한
바 있다. 우리가 시인의 소리를 경청하여 우리의 모든 감각 속에 내장된 거
울을 "쨍—" 하게 울리고, 흐르는 시간을 '곤두세워' 반짝이는 "은린"들
로 만들어 "푸르른 풋시간"을 경험할 수 있다면, 속도에 의해 규율되는 일
상에 갇힌 '나'가 실은 "내가 생각하는 나보다 크다는 걸" 깨닫는 순간이
있지 않을까? 그러니 우리도 우선 이렇게 외쳐보자. "깨진 거울이나 고장
난 시계 삽시다!"

형안(炯眼)의 귀

정현종과 니체[1]

강계숙

"그것이 생이었던가? 좋다! 그렇다면 다시 한번!" (……)
이 말 속에는 많은 승리의 함성이 들어 있다. 귀 있는 자, 들을지어다.
—『차라투스트라는 이렇게 말했다』 중에서(II:263)[2]

니체의 차라투스트라는 자신의 말을 제대로 들을 '귀'를 쉼 없이 찾는다. 그는 "일찍이 들어본 적 없는 말을 귀담아들을 줄 아는 자"(II:35)를 향해 말하고 외치고 노래 부른다. 그러나 그는 자신을 멀뚱히 쳐다보는 군중

---

1) 이 글의 본래 목적은 정현종 시인의 시세계를 비교 문학적 관점에서 고찰하는 것이었다. 시인의 사유와 깊이 연관되어 있다고 여겨지는 대상을 택하여 그것과의 상호 텍스트성을 분석하는 것이 당초의 의도였으나 중간에 책의 구성이 바뀐 까닭에 처음의 취지를 살리되 시인의 작품 세계를 살펴보기 위한 방법으로 니체의 사유 체계를 참조틀로 활용하였다. 글의 부제가 '정현종과 니체'인 까닭은 이 때문이다.

2) 이 글의 괄호 속 약호와 숫자는 니체의 저서와 인용 쪽수를 가리킨다. 인용된 책들은 다음과 같다.

  I : *The Birth Of Tragedy*(Vintage Books, 1967).

  II : 『차라투스트라는 이렇게 말했다』(책세상, 2004), 정동호 옮김.

  III : 「바그너의 경우」, 『바그너의 경우·우상의 황혼·안티크리스트·이 사람을 보라·디오니소스 송가·니체 대 바그너』(책세상, 2002), 백승영 옮김.

  IV : 「이 사람을 보라」, 같은 책.

  V : 『권력에의 의지』(청하, 1988), 강수남 옮김.

들 속에서 그의 입이 "저와 같은 자들의 귀를 위한 입"(II:23)이 아니며, "그렇다면 저들이 눈으로라도 들을 수 있도록 먼저 저들의 귀를 때려 부숴야"(II:24) 하는 게 아닐까 생각한다. 그들 대부분이 시장의 요란과 극장의 치장에 현혹되어 눈만 번득이는 귀머거리로 전락하였음을 깨달았기 때문이다. 더구나 그들은 점점 "가련한 사팔뜨기"(II:292)가 되어가고 있다. 차라투스트라는 듣지 못하는 귀, 보지 못하는 눈의 존재들이 자신의 것인지 모르고 내뱉는 길고 긴 부르짖음을 듣는다. 들리지 않는 외침까지 들으며 고통의 심연을 측정하고, 그 깊이만큼 올라가야 하는 정신의 높이를 본다. 그런 점에서 차라투스트라의 귀는 소리의 질과 진폭으로부터 세계의 깊이와 높이를 가늠하는 '보는 귀'라 할 수 있다. 한편 "전쟁터나 도축장에서처럼 사람들이 토막토막 잘린 채 널려 있음"(II:237)을 보았던 그의 눈에는 인간 존재의 절박한 구조 요청이 앞날의 사건으로 예견된다. 그리고 인간은 "극복되어야 할 무엇"(II:58)이라는 소리가 절단된 조각들 가운데 울리고 큰 웃음이 그 뒤를 따른다. 차라투스트라의 눈은 인간을 비명(悲鳴)으로 듣고, 그것의 극복된 징표로 미래로부터 웃음을 '듣는 눈'인 것이다.

보는 귀, 듣는 눈이라는 이러한 감각 기능의 역설적 결합은 니체가 『비극의 탄생』에서 아폴로적인 것과 디오니소스적인 것의 융합을 예술의 최고 경지로 기술한 것에서 연원을 찾을 수 있다. 니체의 설명에 따르면 아폴로적인 것은 시각적 묘사와 영상의 재현으로, 디오니소스적인 것은 비조형적인 선율과 화음으로 대표된다. 전자가 사물을 구별하고 경계 짓고 판단하는 개별화의 원리에 따라 절제와 균형을 추구한다면, 후자는 개별화의 베일을 찢어내어 윤곽을 해체하고 형식을 파괴함으로써 베일에 가려진 원초적인 하나됨을 지향한다. 니체는 이러한 화해할 수 없는 두 힘이 모순과 긴장을 유지하며 융해된 상태를 예술의 궁극으로, 더 나아가 삶의 형이상학적 위안의 궁극으로 본다. 두 힘의 팽팽한 조응 가운데서만 삶을 긍정하는 명랑성이 태어난다고 파악하였기 때문이다. 만일 이러한 구분을 감각 기관에 대응시킨다면 전자는 눈(시각)에, 후자는 귀(청각)에 연결될 수 있다. 이는 아폴로적인 것과 디오니소스적인 것의 결합이 시각적인 것과 청각적인 것의 융합으로 이해될 수 있음을 시사한다. 그런데 일면 단순해 보이는 이러한 대응 관계에는 보다 복잡한 함의가 내포되어 있다.

우리는 『비극의 탄생』 전체에 걸쳐 니체가 디오니소스적인 것에 상대적으로 더 높은 가치를 부여하였다는 인상을 받는다. 이로부터 감각과 관련된 두 가지 추측이 가능한데, 하나는 아폴로적 감각의 근간인 눈이 소크라테스의 등장과 함께 인식 기관으로 변질되고, 사유의 힘과 동일시된 이성적 눈에 의해 세계를 해석하고 측정하고 통제해 온 역사가 서구 문명의 역사이며, 무엇보다 시각 중심적 질서가 근대 문명의 질서라는 점을 니체가 간파하고 있다는 점이다. 다른 하나는 그러한 이성적 눈의 전횡을 극복하기 위한 방법으로 디오니소스적 감각의 복원, 즉 청각적인 것의 긍정적 재가치화가 시도되고 있다는 사실이다. 이는 『차라투스트라』에서 드러나듯 소리, 말, 노래, 그리고 제대로 듣는 귀에 대한 니체의 애호 속에 잘 나타난다. 그러나 아폴로적인 것 또한 세계를 구성하는 힘의 나머지 쌍임을 강조하는 니체에게 분별과 자각의 감관이자 꿈의 영상을 제공하는 눈은 여전히 중요한 가치를 지닌다. 그는 이성의 도구로 전락한 눈이 "지금과는 다른 눈"(II:132)으로 새롭게 태어나길 희망한다. 따라서 보는 귀, 듣는 눈은 니체의 맥락 안에서는 자연스런 형상에 해당한다. 그의 신체 속에서 낱낱의 감각 기관은 다양성이 보유된 전체로 통합되어 "커다란 이성"(II:52)을 움직이는 탐색과 경청의 무기가 된다. 이것은 "하나의 의미를 지닌 다양성이고, 전쟁이자 평화, 가축 떼이자 목자"(II:52)이며, "자아를 지배하는"(II:53) 진정한 '자기'의 신체적 표징이라 할 수 있다.

그런데 여기 '귀 있는 자'를 찾는 차라투스트라의 외침에 반항하듯 바람의 소리를 못 듣는 귀머거리-불꽃에 깊은 아쉬움을 느끼는 이가 있다.

　　시간도 잠도 그대까지도

　　오직 뜨거운 병으로 흔들린 뒤

　　기나긴 상처의 밝은 눈을 뜨고

　　다시 길을 떠난다

　　바람은 아주 약한 불의

　　심장에 기름을 부어주지만

　　어떤 살아 있는 불꽃이 그러나

　　깊은 바람 소리를 들을까

　　그대 힘써 걸어가는 길이

　　한 어둠을 쓰러뜨리는 어둠이고

　　한 슬픔을 쓰러뜨리는 슬픔인들

　　찬란해라 살이 보이는 시간의 옷은

—「상처」 중에서[3]

　　이 시의 '불꽃'은 뜨거운 병을 앓고 난 영혼이 다시 일어서 움직이는 소생의 순간을 시각적으로 이미지화한다. 상처의 극복을 기뻐하듯 홀-존재로 밝게 타오르며 빛을 내는 이것은 개별자로서의 유일함을 누린다. 기나긴 상처 끝에 몸 전체가 '밝은 눈'이 된 '불꽃'. 어둠으로부터 자기 존재의

---

3) 이 글에서 인용된 시의 출처는 『정현종 시전집 1·2』(문학과지성사, 1999)이다. 인용된 작품들의 경우 쪽수의 표시는 생략하고 제목만 명기한다.

윤곽과 경계를 구분 지으며 개체로서의 온전함을, 소박하지만 확고한 위엄을 지키는 이 불꽃-눈은 산더미 같은 파도가 몰아치는 폭풍의 바다에서 자신의 조각배에 앉아 있는 뱃사람처럼, 격동하는 세계 한가운데서 개체화의 원리를 믿고 그것에 의지하여 조용히 앉아 있는 아폴로의 모습(Ⅰ:36)을 연상시킨다. 그것은 바깥의 바람과는 무관하게 고요와 정적을 지키며 절도 있는 한계를 유지하는 빛의 신을 닮았다. 그러나 "살이 보이는 시간의 옷"을 투시하는 아폴로적 불꽃-눈은 누가 저를 돋우는지 알지 못한다. 바람에 의해 심장이 점화되면서도 저를 살리는 소리를 듣지 못한다. 귀가 없는 까닭이다. 아마도 자신을 스치는 바람 소리를 듣게 될 때, 홀로 있음이 세계로부터의 단절과 고립을 초래하는 또 다른 속박임을 깨닫게 될지 모른다.

이제 우리는 이 시의 시인이 존재하는 것들의 소리, 예컨대 "제 허리를 돌며 흐르는/만월의 킬킬대는 소리를"(「꽃피는 애인들을 위한 노래」) 들어 보라고 청하는 이유를 짐작할 수 있다. 실재 세계의 미숙함, 거칠음, 그리고 불안정성으로부터 벗어나고자 자신의 감정과 욕구에 적합한 내면적 공간을 찾도록 촉구하는 개별화의 원리가 분열과 분해라는 근원적 고통을 감내해야 하는 것이라면, 그러한 내적 모순의 해결은 개체의 현존에 관여하는 다른 개체, 다른 대상에게 자신의 귀를 여는 데서 시작된다. 귀가 왜 몸속으로 우묵히 고인 모양을 하고 있겠는가? 귀야말로 바깥을 안으로 들여 담는 육체의 작은 항아리이다. 눈이 관찰의 도구이고, 입이 표현의 수단이며, 코가 접촉의 기관이라면, 귀는 수용의 그릇이다. 귀는 개체화의 속박을 넘어 개개인을 대상에 밀착시킴으로써 세계의 신성한 법칙처럼 고착된 개체들의 경계선을 허무는 디오니소스적 합일의 출발점이다. 소리는 귓속으로 스며들고 싶고, 귀는 소리를 맞아 열리고 싶다. 소리와 귀의 만남에서 원초적 통일은 시작된다. 모든 소리가 "소리 자신의 귀를 그리워"하고 "사랑이 깊은 귀를" "도둑처럼 (……) 떼어가서/소리 자신의 귀"(「소리의 심연」)로 삼고 싶어 하는 것은 이 때문이다.

시인 정현종에게 이 세계는 소리에 의해 태어나고 움직이고 표현되는, 소리의 카오스적 장(場)이다. 각각의 존재는 스스로의 존재 값을 자신의 고유한 소리를 발함으로써 세계에 매어 단다. 가령 남녀의 몸이 지나갈 때, 그들의 몸은 시각적 영상으로 현상되지만, 그의 눈은 "그들의 소리가 지나간 만큼의/구멍이 공기 속에 뚫려"(「소리의 심연」) 있음을 본다. 몸이 있기 이전에 몸의 부피만큼의 소리가 있다. 세계는 "공기를 뚫고 지나간 소리의 구멍"(「소리의 심연」)으로 여기저기 뚫린다. 그가 "만월의 킬킬대는 소리"처럼 인간의 가청권(可聽圈) 내에서 감지 불가능한, 혹은 실재하지 않는 소리를 들어보라고 권하는 것은 시각적 형태로 인지되는 사물일지라도 영상의 베일을 걷어내는 순간 본래의 소리가 살아난다고 여기기 때문이다. 세계는 소리로 존재한다. 소리는 소리에 반향하며 섞여 든다. 그러므로 하나의 소리는 세계 전체를 울린다. 정현종의 시적 상상력 내에서만큼 이 논법은 참이다. 돌이 떨어지는 소리에서 우주의 균형이 달라짐을 느꼈다는, 그때의 소리가 자신의 귀를 "'깊이' 열어"[4] 주었다는 시인의 내밀한 체험은 이 명제들이 참임을 보여준다.

그러나 소리들은 "쓸쓸한 방식"으로, "소리를 통해서 형상이 남는 방식"(「소리의 심연」)으로 떠돌다 사라진다. 차라투스트라의 한탄처럼 소리의 심연을 통찰하는 "사랑이 깊은 귀"가 없기 때문이기도 하지만, 소리가 아닌 영상(映像)으로서의 삶이 이 세계에서의 소리의 운명이기 때문이다. 모든 소리가 보고 보이는 것으로 변질된다. 이는 청각적인 것의 몰락과 시각적인 것의 세계 독점을 뜻하며 디오니소스적인 것의 소멸과 아폴로적인

---

4) 정현종, 「대학시절을 향하여」, 『숨과 꿈』(문학과지성사, 1982), 13쪽.

것—소크라테스적 변증론에 침식되어 버린 아폴로적인 것—의 과잉을 의미한다. 명징한 의식, 분별지(分別智), 개념화, 과학적 필연과 투명한 계몽이 가치의 우위를 선점하면서 도취와 광기, 무의식, 공포스러운 미지(未知), 우연의 덫은 배제의 대상이 되고, 자기 망각에 의해 일깨워지는 감정과 의지는 치명적 위험으로 간주된다. 따라서 소리를 잊지 않기 위해 "내려가는 계단은 어두우면 좋다"(「소리의 심연」)라든가 "제 값으로 피어나는 소리 좀 열려라"(「술잔을 들며」)라는 시인의 말에는 아폴로적인 것의 과도한 비대증을 염려하는 목소리가 숨어 있다. 이는 논리적 도식화가 아폴로적 경향을 잠식하면서 소크라테스적 낙천주의—사유는 논리적 실마리를 사용하여 존재의 심연에 닿을 수 있으며, 존재를 알고 그것을 '수정' 할 수도 있다는 신념(Ⅰ:95)—가 형성되었고, 이것이 대상의 타자화를 통해 억압과 배제, 차별과 지배라는 문명의 구조를 만들었으며, 이성적 주체뿐만 아니라 객체까지도 쇠퇴와 몰락의 길로 이끌어 현대 문명을 데카당스로 귀결 짓고 말았다는 니체의 비판과 맥이 닿아 있다. "역사=결핍"[5]은 정현종의 시세계를 관통하는 일관된 등식으로, 국가의 제도적 통치에 따른 역사의 진행이 심각한 병리적 상황에 이르고 있다는 의식(「국가적 法悅」)이나 다음과 같은 구절

> 우리의 시간은 어떻게 왔는가
> 그건 伏兵처럼 오고
> 祭物에 침흘린다 한도 없이
> 연극을 뺨치면서 온
> 그건 진행이라기보다는 낙하

---

5) 정현종, 「시란 무엇인가」, 『정현종 깊이 읽기』(문학과지성사, 1999), 이광호 엮음, 367쪽.

　　뛰어도 뛰어도 제자리 뛰는

　　악몽의 시간

—「오늘도 걷는다마는」 중에서

에서 드러나듯 인간의 시간을 낙하와 악몽의 연속으로 표현하는 밑바탕에는 역사의 과정을 데카당스의 진행으로 파악하는 비판적 인식이 전제되어 있다. 그가 한 산문에서 한국 시인의 불행이 역사적 결핍과 패배를 이야기하는 데서만 성공하고 있는 것이라면 우리 시의 과제는 그러한 결핍과 패배를 충족시키는 데 있다고, 그것이 시의 진정한 혁명성이라고 설파했던 점[6]을 떠올린다면, 정현종의 시적 사유는 현대성의 문제란 곧 데카당스의 문제(Ⅲ:12)라는 니체의 통찰과 긴밀히 조응한다. 그리고 그러한 과제를 어떻게 극복할 것인가에 초점이 맞추어져 있다고 해도 과언이 아니다. 그런 점에서 "사랑과 울음으로 뭉쳐" 어디론가 사라진 "소리의 주인들"(「소리의 심연」)을 찾으려는 정현종의 상상적 노력은 현대(성)에 대한 비판을 함축하면서 동시에 이성(=시각) 중심적 질서를 전복하는 유의미한 방법으로서 "역사의 짝"인 "폐허"(「때와 공간의 숨결이여」)를 디오니소스적 소리로 채우려는 문학적 시도라 할 수 있다. 그에게 세계를 소리로 듣고 직관하는 것, 이를 위해 자신의 귀를 더 크게 만드는 것은 따라서 매우 중요한 의미를 지닌다.

　　잠깬 마루에

　　새벽 달빛 한 줄기

　　번개 같다, 보이는 세계의 심연

---

6) 정현종, 「詩와 행동, 추억과 역사」, 『숨과 꿈』, 111~117쪽.

부들부들 떠는 마음의 고요
뿔뿔이 끊어졌던 뿌리를 모은다

내 귀는 크고 또 커져
깃 속에 푸른 바람 품고 잠든 새의
꿈을 듣고 있는 그대의 꿈을
……듣는다

—「마음에 이는 작은 폭풍」 중에서

이 시의 귀는 꿈을 '듣는' 귀이다. 다만 '귀'가 '그대의 꿈'을 듣기 전, 시인의 감각은 눈을 중심으로 활동을 개시한다. 그의 눈은 땅으로 꽂히는 달빛의 번개를 보면서 그것의 수직적 길이만큼 세계의 깊이를 본다. 잠에서 막 깨어난 찰나, 갑작스럽게 전개된 이 같은 심연의 시각화는 고요한 시인의 내면을 뒤흔든다. 그의 마음은 "부들부들" 떨린다. 그런데 바로 그때, 그의 귀가 "크고 또 커진"다! 잠든 새의 꿈을, 그대의 꿈을 듣기 위해서! 이것은 일종의 변신이다. 더 높은 신체(Ⅱ:50)로의 변신. 그런데 왜 '더 높은' 인가? 그것은 이 귀가 시각적 이미지인 꿈을 소리로 변용하기 때문이다. 시인의 귓속에서 영상은 "메아리"(「幕間」)가 된다. 영상의 형질 변화가 일어난 것. 니체 식으로 표현하자면 귀의 자기 극복이 이루어진 셈이다. 더구나 그의 귀는 확장과 전이의 귀이다. "잠든 새의/꿈을 듣고 있는 그대의 꿈"을 '내 귀'는 듣는다. 새의 꿈은 그대의 꿈으로, 그대의 꿈은 나에게로 번지고 옮겨지고 확대되면서 각자의 꿈은 서로의 꿈이 되고 구분 지을 수 없는 전체로 용해된다. 따라서 '내 귀'는 꿈과 꿈을 매개하는 귀이다. 시인의 귀를 거치면서 아폴로적 영상은 이처럼 디오니소스적 소리로 전환된다. 그리고 그 소리를 노래로 전하는 순간,

　　大노예들의 발바닥을 핥는 中노예들의 발바닥을 핥는 小노예들의 발바닥이
무서워서 발붙일 곳을 없게 하기 위해 손이 발이 되도록 빌게 하나니……

　　(……)

그러나 보라
내 귀가 들은 바를 나는 노래하나니
태양이 떵떵거리면서 떠오르도다.

──「태양이 떵떵거리면서」 중에서

　　"귀가 들은 바"를 노래하자 음률에 화답하듯 태양의 신 아폴로가 떠오
른다. 병들어 있던 아폴로적인 것이 시인의 귓속에서 새롭게 부활하고 있
는 것이다. 형식과 법칙, 과학적 원리라는 이름으로 딱딱하고 차갑게 굳어
져 있던 아폴로적 의지가 시인의 귀와 입을 거치면서 '과잉'이라는 병으
로부터 벗어난다. 바람 소리를 듣지 못했던 불꽃-눈은 이제 떵떵거리는 태
양으로 도약한다. 그것은 건강하게 고양된 개인화의 의지를, 그리고 그것
이 존재의 진정한 속성임을 암시한다. "노예들의 발바닥"은 눈부신 태양
때문에 "무서워서 발붙일 곳"을 잃을 듯하다. 스스로 입법의 주체가, 가치
판단의 주체가 되지 못하는 노예들은 아마도 자신들이 태양을 두려워하는
이유를 알 수 없을 것이다. 노예들은 고도의 자기 절제가 핵심인 아폴로적
의지가 결여된 존재들이다. 이들은 모든 주인들의 표상인 태양을 달가워
하지 않는다. 디오니소스적인 것을 자기 몸의 일부로 삼은 자만이 아폴로
적 빛의 등장을 반가워한다. 노예들에게 이들 두 형제간의 대면은 그들로
서는 감당할 수 없는 생의 의지가 분출되는 순간이다. 그들은 긍정의 세계

를 모른다. 원한과 복수, 자기 비하와 휴식의 욕망이 그들의 내면을 채우고 있을 뿐이다. 이러한 노예들의 귀는 "우리는 죽어가고 있다고 말할 때 그 말의 무덤인 검은 귀"(「우리들의 죽음」)이다. 그들의 귀는 크거나 깊지 않고 단지 '검다'. 그것은 "말의 무덤", 즉 소리의 죽음이다. 빛도 없고, 생기도 없는 '검은 귀'는 삶을 배신하는 삶, 죽음과 같은 정체(停滯), 우울한 권태와 수동적 체념, 그러한 것들을 숨기지 않는 뻔뻔스런 태도를 상징적으로 표상한다. 정현종은 이러한 노예의 삶을 "삶처럼/여러 포즈로 꿈틀거리"는 "포르노"(「외설」)라고 표현한다.

> 오호라 외설스럽구나 출근
> 더더욱 외설스럽구나 교육
> 희망만큼 낡은 절망의 외설
> 절망만큼 낡은 희망의 외설
> 그런 추상 명사들의 실체인
> 여러 포즈가, 알을 까려고
> 또 알을 까려고
> 품고 있는 권태
>
> ―「외설」 중에서

　　정현종에게 살아 있음의 반대말은 죽음이 아니라 권태이다. 더-이상-의욕하지 않기, 더-이상-평가하지 않기, 그리고 더-이상-창조하지 않기(II:143), 권태의 진짜 뜻은 바로 이것이다. 그리고 그는 말한다. "제도의 공인(公認)으로 무죄를 비는 거야말로", "관습에 기댄 자기 기만이야말로 외설"(「너는 누구일까」)이라고. 나날의 출근에서부터, 연애, 교육, 제도, 합법 등 "포르노" 아닌 것이 없고, '~인 척' 하는 포즈를 희망, 절망 등의 낡아빠진 추상적 개념어로 미화하면서 자신을 주인으로 착각하는 노예들의 일상이 현대적 삶의 본모습이다. 우리는 현대 문명이 데카당스의 정점에 놓여 있다는 니체의 진단을 삶의 반대편에 권태와 외설을 놓는 정현종의 수사학에서 다시 확인하게 된다. 따라서 역사와 결핍을 동일시하는 시인의 등식에는 주어진 사회의 가치에 복종하고, 그 가치를 미덕으로 숭상하며, 관습에의 의존을 감추지 않는 삶의 태도가 '지금 여기'를 외설과 권태가 난무하는 세계로 만들었다는 자기 반성이 담겨 있다. 그가 자신의 '크고' '깊은' 귀를 통해 태양의 떠오름을 선언하는 까닭은 노예적인 권태와 외설을 아폴로적 디오니소스의 힘으로 몰아내고 이 세계가 주인들의 세계로 거듭나기를 염원하기 때문이다. 예컨대 죽음마저도 시작하는 것, 창조하는 것, 자율적인 것, 넘치는 것으로 만드는 활기 넘치는 주인들로 세계는 다시 태어나야 한다.

정현종의 귀에서 데카당의 흔적을 찾아볼 수 없는 것은 당연하다. 자신의 부패한 취향을 체감하고, 그 취향을 좀 더 높은 취향으로 요구하며, 자신의 부패상을 법칙으로, 진보로, 완성으로 관철시키는 데카당(III:29)이야말로 정현종의 시세계와 가장 거리가 멀다. 생명의 진동과 활기가 최소의 형태로 제한되어 버리고, 도처에 마비, 피로, 경직 아니면 적대와 혼돈뿐인 상태, 전체는 더 이상 전체가 아닌 인위적인 것, 인공물인 것(III:37)으로 존재하는 상태를 그는 가장 경계한다. 그러한 데카당적 스타일은 '좋은' 것, '제대로 잘 되어 있는 것(Wohlgeratenheit)'(IV:334)이 아니다. 주인이 되지 못한 노예들이 세계에 대한 본능적 적의로 축조한 병든 예술적 세련됨이 데카당의 전형이라면, 그에게 "제 것인 색채와／제 것인 가락"(「외출」)으로 있는 것, "그다지 스스로 있는"(「잡념」) 것은 '제대로 잘 되어 있는 것'의 다른 말로서, 이는 자기 증오에 기반한 데카당과 달리 삶의 자기 긍정, 자기 지배에서 비롯된 자연과 건강과 젊음과 덕으로의 회귀(III:21)를 뜻한다. "만물이 제자리에 있는" 것을 긍정하는 마음의 "제자리"(「장수하늘소의 인사」)야말로 노예들의 원한이 극복된 정신의 현주소이다. 그리고 그러한 '제자리 있음'이 좋음이자 곧 아름다움이다. 현재의 사회적 규준에 의한 자기 형성이 인위적인 부자연스러움, 예컨대 규제와 금지, 억압의 산물이라면, 그에 대한 비판 뒤에는 '그렇다면 어떻게 자기를 형성할 것인가'라는 물음이 뒤따른다. 정현종의 시는 데카당의 거부를 통해 이러한 물음에 대한 유의미한 답을 우리에게 제시한다. 그것은 우리 자신을 '좋게' 만듦으로써 아름다움이 되게 해야 한다는 것, 즉 하나의 '좋은' 작품으로 스스로를 창조해야 한다는 것이다. 좋음과 아름다움의 동일시[7]는 그가 우리에게 요청하는 새로운 주인의 윤리라 할 수 있다.

정현종의 귀가 디오니소스적 도취의 진원지로 나타난 이유가 이로써 좀더 분명해진다. 데카당에 대한 일관된 거부와 노예적인 것의 극복이라는 과제가 시인에게 도취에의 의지를 더욱더 고양시킨다. 도취됨으로써 시인은 전체를 부분들의 조합이 아닌 자연적 전체로 경험하며, 동정과 연민이 아닌 감사와 경이로 세계를 재발견한다. 특히 감사하는 마음은 모든 아름답고 위대한 예술로 하여금 데카당스를 거부하게 만드는 원동력이다. 데카당에 대한 본능적 반항 의지로부터 그러한 예술의 본질이 입증된다.(III:68) 정현종 시에 자주 나타나는 감사의 마음—「올해도 꾀꼬리는 날아왔다」「까치야 고맙다」 등—은 그의 시적 경향이 데카당스와 대척 지점에 놓여 있음을 보여준다. 그리고 '무엇을 감사할 것인가'가 가치 판단 행위임을 떠올린다면, 그의 시가 '좋음'의 의미를 정립하는 윤리적 실천과 밀접히 맞닿아 있음을 알 수 있다. 무엇이 '좋은가'를 감각하고 직관하고 성찰한다는 점에서 그의 시는 좋음과 나쁨을 기준으로 대상을 판단

---

7) 유종호, 「해학의 친화력」, 『정현종 깊이 읽기』, 259쪽.

하고 구별하는 주인의 도덕에 기반하고 있다. 이때 주인이란 가치를 창조하는 자, 스스로 그렇게 되기를 원하는 자(II :238)이다. 타자에 대한 경외와 찬탄을 의도하는 정현종의 도취는 따라서 그것이 스스로 의욕된 바라는 점에서 주인의 도취이며 각성된 도취이다. 가령

> 기억하렴
> 쓰레기는 가장 낮은 데서 취해 있고
> 별들은 天空에서 취해 있으며
> 그대는 중간의 다리 위에서
> 어쩔 줄을 모르고 있음을.
>
> —「기억제 1」 중에서

에서 나타나듯 지하의 쓰레기와 하늘의 별들이 자신의 자리에서 제각기 홀로 취해 있다면, 인간은 사물들의 개별적 도취 앞에 어쩔 줄 모르고 서 있다. 지상적 도취이든, 천상적 도취이든 "중간의 다리"에 있으니 그에 동참하거나 외면하는 것은 시인에겐 실존적 선택과 결단의 문제가 된다. 그리고 그의 선택 여부에 따라 쓰레기와 별들이 하나로 연결될지, 외따로 존재할지가 결정 날 터이다. 시인이 택한 길은 무엇일까? 우리는 이미 그의 신체적 변신을 확인한 바 있다. "움직임들의 영상"을 "메아리"(「幕間」)로 '듣는 귀'로의 변신은 마치 마야의 베일을 찢어 원초적 통일체를 드러내듯(I :37) 각각의 개체로 하여금 이웃 간에 굳어져 있던 단단한 적의의 담장을 허물고 분리로부터 유대로, 소외로부터 화해로 나아가게 하는, 자기보다 더 크고 높은 공동체를 이루게 하는 디오니소스적 의지의 육체적 발현으로 이해된다. 시인은 자신의 신체적 변화를 통해 처음-중간-끝, 지하-지상-천상을 본래적인 '하나(oneness)'로 융합하는 길을 택한다.

정현종의 귀는 도취의 전율을 경험하려는 인간 내부의 깊은 충동이 자기 소멸을 의도하는 현장이다. 그의 귀를 거치면서 개별화의 원리는 그 힘을 잃는다. 그리고 이것/저것, 보는 것/보이는 것, 의식된 것/의식하는 것, 있는 것/없는 것의 윤곽은 허물어진다. 이러한 귀의 소유는 쓰레기의 도취, 별들의 도취에 자신을 내던지는 실존적 결단에 따른 결과이다. 정현종의 도취는 신체적 변용을 전환점으로 하여 개별적인 자기 충족 상태에서 사물 간에, 존재 간에 상호 조응하는, 그리하여 자기 안에 더 큰 교감의 공동체가 형성되는 순간적이고 총체적인 자기 망각의 경지—흡사 법열(法悅)과도 같은—로 나아간다.

날으는 새의 날개가 느끼는
공기
그 지저귐이 느끼는
내 귀
에 흐르는 푸른 공기
귓속에 흐르는 날개
모든 것들의 경계의
氣化
서로 다른 것의 모양 속에 녹는다
네 모양이 내 모양
내 모양이 네 모양이라며
날개와 바람
날개와
바람처럼……

——「이 세상의 깊음 속으로」 중에서

우리는 이 시를 통해 정현종의 귓속에서 "모든 것들의 경계"가 기화(氣化)하여 서로서로 녹아드는 광경을 목격하게 된다. 시인은 새의 지저귐 속에서 새의 날개와 날개를 감도는 공기를 함께 느낀다. 그는 푸른 공기를 듣고, 소리의 날개가 흘러 다니는 것을 본다. 아니, 아니다. 듣는 건지 보는 건지 더 이상 분간할 수 없다. 듣는 봄이고, 보는 들음이다. 새와 날개와 바람과 지저귐이 그의 귓속에서 하나의 날개를 달고 한꺼번에, 모두, 동시에, 날아다닌다. 그의 귀도 막 날아갈 듯하다! 정녕 그의 귀는 '크고' '깊은' 디오니소스의 귀이다. "네 모양이 내 모양"이고, "내 모양이 네 모양"이니 깊이 잠들었던 디오니소스가 활짝 깨어난 형국이다. 그러나 경계의 기화가 존재의 무화(無化)는 아니다. 디오니소스적인 것의 만개(滿開)에도 불구하고, 그의 시에서 각각의 개체들은 자신의 성향과 본질, 타고난 생리와 위치를 유지한다. 이 시의 경우 스타카토처럼 끊어지는 행갈이는 시어의 독립성을 높여 단어가 지칭하는 대상의 단독성을 강조한다. 경계의 기화가 진행되는 가운데서도 날개와 바람과 새소리와 '내 귀'가 보존되고 있는 것이다. '내 모양'은 '네 모양'이면서 '내 모양'이다. 이것이면서 저것인 것. 이는 이것과 저것이 본래의 고유성을 상실하면서 이루는 변증법적 정반합과는 다르다. 서로가 서로의 공통분모가 되어 합해지고 나눠졌다가 언제든 제 자신의 수(數)로 돌아갈 수 있는 상태. 우리는 이를 가리켜 아폴로적인 것과 디오니소스적인 것의 팽팽한 균형이라 말할 수 있다.

그런데 주목할 것은 이러한 자기 보존과 자기 소멸의 동시적 진행은 자기에 대한 긍정 없이는 불가능하다는 점이다. 정현종의 시는 자신과 세계에 대한 무한한 긍정 가운데 탄생한다. 그렇다면 "나는 누구인가/나는 적어도 누구이지/별이 빛날 때/내가 아무것도 아니라면/달이 떠오를 때/나는 적어도 부풀은 누구이지/(……)/나는 구름을 들이받는 염소/나는 미풍에 흔들리는 풀잎"(「자기 자신의 노래 2」)이라고 스스로를 '노래' 할 수 있는 긍정의 힘, 고통까지도 나의 "뿌리"와 "피"(「술잔을 들며」)라고, 찬란한 "축제"(「고통의 축제 1」)라고 말할 수 있는 이 힘은 과연 어디에 근거한 것일까? 우리는 이에 대한 답을 시인의 다음 말에서 찾을 수 있을 듯하다.

우리는 소리가 '사라진다' 고 말한다. 그러나 그것은 우리의 귀에 들리지 않게 되었음을 말할 뿐이다. 모든 소리들을 남김없이 빨아들이는 거대한 소리 흡인체(吸引體)인 공간 속에는 천지창조 이래 있었던 모든 소리들이, 우리가 알 수 없는 형태로, 짐작할 수 있는 형태로 혹은 분명히 알 수 있는 형태로 고스란히 남아 있다. 질량불변의 법칙. 정신은 물질의 형태로, 물질은 정신의 형태로 끊임없이 변용, 변질되고, 여자는 남자의 모습으로 남자는 여자의 모습으로 바뀌면서(생식 과정을 생각하면 쉽다) 유전하고 새로 태어난다. 일찍이 이 세상에 있었던 모든 정신과 물질들, 이 세상에 있었던 모든 것들은 하나도 없어지지 않고 있다. 없어지는 게 하나라도 있었다면 지금 우리가 있을 리 있겠는가.[8]

니체는 영원회귀를 설명하면서 "에너지 보존의 원리는 영원회귀를 요청한다"(V:603)고 말한 바 있다. 에너지의 변함없는 보존 가운데 어떤 손실도 없이 생성과 소멸을 반복하는 것(V:606), 생성하고 경과하기는 하나 결코 생성을 시작한 일도 경과를 끝낸 적도 없는 힘의 파랑(V:604), 그 영원한 변전 속에서 만물이 영원히 되돌아오고 우리 자신도 더불어 영원히 되돌아오는 것(II:368), 따라서 우리는 무한한 횟수에 걸쳐 이미 존재했으며 모든 사물 또한 우리와 함께 그렇게 존재해 왔다는 것, 이처럼 생성의 거대한 해[年], 이 거대한 괴물이 '다시 출발하기 위해' 모래시계처럼 되돌려지는 것(II:368), 이것이 바로 영원회귀이다. 그것은 생성에 대한, 생

---

8) 정현종, 「꿈꾸는 자의 내면일기」, 『날자, 우울한 영혼이여』(민음사, 1976), 20~21쪽.

성의 반복에 대한 긍정의 긍정이다. 위의 인용 문구에는 이러한 영원회귀에 대한 시인의 가감 없는 긍정이 표현되어 있다. "이 세상에 있었던 모든 것들은 하나도 없어지지 않고 있다. 없어지는 게 하나라도 있었다면 지금 우리가 있을 리 있겠는가"라는 그의 말은 "존재하는 것에서 빼버릴 것은 하나도 없으며, 없어도 되는 것은 없다"(IV:392)는 니체의 말을 연상시킨다. "나는 더없이 큰 것에서나 더없이 작은 것에서나 같은, 그리고 동일한 생명으로 영원히 되돌아온다"(II:369)는 깨달음은 자기에 대한, 그리고 세계에 대한 영원한 긍정을 가능케 한다. 정현종의 시가 자기 망각의 도취와 자기 보존의 충동을 동시에 구현할 수 있는 것은 이러한 최고의 긍정 형식(IV:392)이 시적 상상력의 원리로 자리 잡고 있기 때문이다. 그의 상상력은 자신의 존재가 영원한 회귀의 원인이며, 그 원인의 매듭이 다시 자신을 창조한다는 사유에 의해 뒷받침되고 있다. 그가 스스로를 "눈에는 번개 귀에는 바람/몸에는 여자의 몸을 비롯/온통 다른 몸을 열반처럼 입고"(「잎 하나로」) 있다고 표현한 것은 회귀에 의한 생성과 창조를, 끊임없는 변용과 유전과 새로 태어남을 존재의 원리로 인식하기 때문이다. 이것은 삶에 대한 가장 즐겁고도 충일한 긍정을 유발한다. 가장 낯설고 가장 가혹한 문제들에 직면해서도 삶은 긍정된다.(IV:393) 고통 또한 긍정의 긍정에 이르는 한 과정인 것이다. 우리는 비로소 시인이 고통을 '축제화' 할 수 있었던 까닭을 이해할 수 있다.

정현종 시인의 이러한 유보 없는 긍정의 최고 수렴점은 아마도 "나는 불멸이다"라는 다음의 선언이 아닐까 한다.

> 겸손은 아마 내 천성
> 그걸 그러나 스스로는 모르는 체
> 나는 항상 반쯤 드러내며 살아왔다

내가 가진 것의 반

또는 그보다도 적게.

모든 걸 아는 풀잎

모든 걸 아는 저 새들

모든 걸 아는 동물들

그리고 해와 달

만물이 항상

자기를 반쯤 드러내고 있듯이

나는 반쯤 드러내며 살고 있다

언제까지나—

장차 내가 죽었을 때에도

그건 나를 반쯤 드러낸 모습일 터이니

그건 실로 죽은 게 아닐 것이다

나는 불멸이다.

—「불멸」

차라투스트라가 허무의 병에 사로잡혀 심하게 앓고 났을 때, 그의 주위로 동물들이 다가와 그에게 영원회귀에 대해 이야기해 준다.(Ⅱ:367~369) 그들은 말을 마친 뒤 그의 대답을 기다리지만 차라투스트라는 눈치를 채지 못하고 조용히 자리에 누워 적막에 잠긴다. 자연은 이미 모든 걸 알고 있다. 풀잎도, 새들도, 동물도, 해와 달도. "자연은 노력하지 않아도 안다." (「너는 자기가 생각하는 자기보다……」) 그들은 태어나고 죽고, 다시 태어나고 죽는 유전 가운데 생성과 차이, 변화와 창조의 원리를 터득하고 있다. 다만 인간만이 그것을 모를 뿐. 병에서 완전히 회복된 차라투스트라가 "그것이 바로 삶이었던가? 나는 죽음을 향해 말하련다. '좋다! 그렇다면 한 번

더!"(II:525)라고 외치며 혹시 이 시를 읊지 않았을까? "나는 불멸이다"라는 말은 우리가 만날 수 있는 가장 아름답고 힘찬, 고통과 죽음이 함께 내포된 고귀한 자기 선언일 것이다. 그리고 그 말 속에는 영원회귀를 깨닫는 데서 머물지 않고 그것을 적극적으로 내면화한 시인의 의지가 녹아 있다. 그러한 의지에 힘입어 그의 귀는 '한번 더!' 변신한다. 영상의 메아리를 '듣는' 귀가 아니라 작은 새소리에서 소리의 무한을 '보는' 형안(炯眼)의 귀로, 자기 극복된 위버멘슈(Übermensch)[9]의 귀로! 그의 귀는 더 '깊고', 더 '커져 버렸다'. 만물을 소리로 투시하고 그림으로 들으며, 그것들을 모두 기쁘게 담게 되었으니…….

정현종 시인은 얼마 전부터 그의 귀에 '보이는' 개체들의 우주와 이미지 안에서 살고 있다. 시인의 거주가 내내 편안하길 그의 "바람과 그늘과 초록" "흙과 벌레/천둥 번개"(「새소리」)에 대고 기원하고 싶은 마음이다. 그 외 더 무엇을 소원할 수 있을까? 아……, 볕 밝은 봄날 그의 "한없이 넓고 둥글고/그리고 편안한" 새소리 '댁(宅)'으로 놀러갈 수 있길 빌어봐야겠다.

> 그렇게 그 소리의 무한은
>
> 열리고 또 열리어
>
> 보인다 바람과 그늘과 초록의
>
> 우주,
>
> 흙과 벌레
>
> 천둥 번개의 우주가……

---

9) 보통 '초인'으로 번역되고 있으나, 적합한 번역어가 아니라고 생각되어 원어를 그대로 발음하여 쓴다.

봄이면 나는 내내
저 새소리의 집에서 산다
한없이 넓고 둥글고
그리고 편안하다.

——「새소리」 중에서

세상의 옆구리를 간질이는 손[1]

이재원

사람의 표정은 참 다양하고 풍부하다. 얼굴 표정만이 아니라 내면의 감정 상태를 나타내는 온갖 몸짓들이 다 표정에 속한다. 그중에서도 웃음은 사람의 생김새와 성격만큼이나 가지각색이다. 흔히 웃음은 기쁨이나 만족과 같은 쾌감에 수반되는 감정 반응이라고 정의하지만, 실상 쓴웃음, 냉소, 실소 등 많은 웃음들은 쾌감과는 거리가 멀다. 그리고 농담이나 우스꽝스러운 장면에서 터져 나오는 웃음은 특정 심리상태를 반영한다기보다 일시적이며 무감동한 것이다. 이렇듯 웃음의 형상이 다양하고 복잡하다보니, 웃음의 표정만으로는 그 속내를 짐작하는 것도 쉽지 않다. 생각해 보면, 우리에게 웃음을 불러일으키는 자극원은 신체적, 지적 성장에 따라 달라지고, 웃음의 의미도 점점 더 복잡해진다. 느낀 바를 투명하게 드러내는 아이

---

1) 이 글의 제목은 정현종의 시 「蒼天 속으로」의 "세상의 옆구리를 간질이고 / 간질인 손이 웃듯"에서 따온 것이다. 그리고 이 글에서 인용한 정현종의 시는 모두 『정현종 시전집 1·2』(문학과지성사, 1999)에서 인용하였고 별도의 표기 없이 원제만 기재하였다.

들의 웃음과 비교해보면 미묘한 어른들의 웃음은 그 의미를 쉽게 파악하기 힘들다. 특히 커가면서 지적인 말놀이를 즐기는 경우가 많아지는데, 예컨대 기발한 발상의 위트나 말장난은 인위적으로 모순을 만들어내는 지적 활동이며 그것이 갖는 희극성 또한 감정이 아닌 지성에 호소한다.

우리의 일상을 채우고 있는 웃음들은 대부분 이런 지적인 웃음들이라고 할 수 있다. 어른이 되면서 감수성이 무뎌지고 사유는 바쁜 도시생활에 효율적인 방향으로 흘러가다 보니, 여유를 갖고 자기 내면의 감정을 살피기보다 익숙한 상식과 교양을 재료로 순간의 지루함을 달래고자 하는 것이다. 이처럼 객관적으로 주어진 앎에 기대인 웃음은 대중적이고 집단적이며 자아의 감정과는 무관하다. 사회생활을 할수록 자연스럽게 유머가 늘고 사교적인 성격을 가지게 되는 것도 자기의 내면과 일정 거리를 유지한 채 사람들에게 웃음거리를 제공하려는 욕망이 커져가기 때문이다.

이렇듯 경직된 사유와 메마른 감수성에 지배받는 사회적 자아의, 자기 감정과는 동떨어져 있는 웃음과는 다른 웃음, "매인데 없이 살아 있는 마음의 모습"[2]을 표현하는 웃음이 바로 시의 웃음일 것이다. 풍자시와 해학시의 경우는 조금 다르겠지만, 본질적으로 시의 자유로운 상상력의 탄력과 역동성은 시인은 물론 독자의 마음 깊이 기쁨의 파장을 일으키며 웃음을 자아낸다. 정현종의 시에 나타난 웃음은 이러한 시의 웃음을 잘 보여준다. 시인의 웃음은 사회의 관습이나 통념에 구애받지 않는다. 오히려 시인 개인의 독특한 심미적 체험에서 비롯된 정현종의 웃음은 무관심한 일상의 웃음에 변화를 일으킨다. 한 평자의 말대로, 시인의 웃음은, "그것이 어떤 표현법을 얻고 어떤 방향으로 전개되더라도, 관습의 틀에서 경직되고 둔화되는 인간의 정신과 대상 사이의 모든 부분적 요소들의 관계를 부단히

---

2) 정현종, 「자유로서의 시」, 『인문과학』 제59집(연세대학교 인문과학연구소, 1988. 6), 70쪽.

깨어 있게 할 뿐 아니라, 그 부분들이 이룩해야 할 올바른 전체적 관계를 인식시킨다."[3]

이 글에서 살펴보고자 하는 것은 그러한 정현종의 웃음, 그 웃음의 속성과 힘의 원천이다. 앞서 그것은 "매인데 없이 살아 있는 마음의 모습"이며 시인의 독특한 심미적 체험에서 시작된 것이라고 했는데, 사실상 이 두 가지는 하나의 마음의 상태와 그 마음이 세계를 바라보는 방식의 결과이기에 따로 떼어서 얘기할 수 없다. 마음이 스스로 그러한 대로 움직이며 벌이는 생명의 축제의 장에서 타자-사물은 세속적 가치기준의 굴레를 벗고 미적 대상으로 고양되고 시인의 마음은 그것과 더불어 상승의 기쁨을 맛보는 것이다. 정현종의 시를 논할 때 생명, 자연, 사물, 사랑, 축제, 관능 등이 자주 거론되는 것도 그의 시가 있는 그대로의 마음의 움직임과 타자-사물과의 원초적인 교감에 뿌리내리고 있기 때문일 것이다.

정현종의 웃음은 한 송이의 꽃에 비유할 수 있다. 그것은 한 송이의 꽃처럼 자신을 둘러싸고 있는 생명계의 충만한 에너지로부터 양분을 얻고 미적 관조의 차별 없는 바탕 위에서 몽우리를 터트린다. 그리고 꽃이 햇빛과 바람을 숨 쉬듯, 시인은 약동하는 우주의 기운을 숨 쉰다. 그래서 정현종의 웃음은 지극히 주관적이면서도 우주적이다. 호흡이 우주적 운동이라는 것은 이제 상식이 된 말일 테지만 그러한 호흡과 미적 관찰의 혜택을 통해 정서적, 정신적 확장의 즐거움을 누리는 사람은 흔치 않다. 판에 박힌 일상으로부터 벗어나 "생명의 자연스러운 충동과 진실의 후광으로 물들어" 있는 "아름다운 일탈"을 꿈꾸는 자, 우리가 진정한 시인이라 부르는 이들은 바로 그러한 일탈자들일 것이다.[4]

---

3) 오생근, 「숨결과 웃음의 시학」, 『정현종 깊이 읽기』(문학과지성사, 1999), 290쪽.
4) 정현종, 「심미적 비전과 더 나은 삶」, 『인문과학』 제72집(연세대학교 인문과학연구소, 1994.12), 5쪽.

일탈의 즐거움

일탈의 즐거움이라고 이름 붙였지만, 정확히 말해서 정현종의 웃음은 새로운 시작의 신바람이다. 바라보이는 지평이 바뀌었다고 할 수도 있고 시간의 다른 문이 열렸다고 할 수도 있다. 이 새로운 시·공간 속에서 시인의 마음은 매인 데 없이 뛰놀며 세상의 모든 경계들을 무효화한다.

벌써 오르지 않아?
이 다람쥐 쳇바퀴
이 죽어가는 되풀이를
끊으면서,
다른 시간이
열리면서,
무지개가
걸리면서,
거기가
낡은 시간의 새 데이트 아냐?
장차 갈 길들에서 피어날
고달픈 신명들의 원천 아니야?
매인 데 없어, 오
바람이 일어, 오
가슴은 지평선 부풀어……
말하자면
우리를 뛰쳐나온 망아지가
이리 뛰고 저리 뛰며
지평선을 풀 뜯다가 결국

날개가 돋아 날아가는

그런 오르가슴……

—「여행을 기리는 노래」

　이 시는 판에 박힌 일상의 되풀이를 끊고 심미적 지평 위에서 새로운 시간을 향유하는 시적 사유의 발빠른 움직임을 짧게 이어지는 호흡과 풍부한 이미지들을 통해 잘 드러내고 있다. 시 전체 짜임을 보면 첫 행 "벌써 오르지 않아?"라는 질문 후에 전 시행이 마지막 행 "그런 오르가슴……"을 수식하고 있다. 먼저 일상의 "죽어가는 되풀이를/끊으면서" 느끼는 탈출의 "오르가슴", 평소와는 다른 시간의 신선함이 주는 "오르가슴", 생명의 모태인 물과 빛의 일곱 가지 만남인 "무지개"를 바라보며 느끼는 "오르가슴", 이 모든 정신적 쾌감이 첫 행의 '오르다' 라는 술어와 함께 상승 곡선을 그린다. 이 정신적 황홀경에서는 세계가 활짝 열리고 사물들은 무거운 겉옷을 벗고 알몸을 드러낸다. 예컨대 탁 트인 시선으로 바라볼 때에는 "낡은 시간"도 마냥 새롭고 가슴 떨리게 하는 연인이다. 또 그 심미적 지평은 "장차 갈 길들에서 피어날/고달픈 신명들의 원천", 곧 결핍의 현실의 괴로움을 미래의 충족의 기쁨으로 채워 나갈 혁명적인 꿈의 공장이기도 하다.

　이처럼 과거와 미래가 출렁이듯, 이제 시인의 "가슴"은 "매인 데 없"이 살아 움직이고, 그 가슴 깊은 곳으로부터 이는 '바람'의 소용돌이에 가슴은 하늘과 대지의 끝이 맞닿아 있는 "지평선" 너머로 부풀어 오른다. 이러한 "가슴"의 형상은 거대한 불꽃의 이미지를 떠올리게도 하는데, 이처럼 약동하는 생명의 운동의 회복이야말로 일탈의 기쁨이라고 할 수 있다.

　17행의 "우리를 뛰쳐나온 망아지"의 비유는 세속의 온갖 매임을 벗어던진 자아가 자기 앞에 펼쳐진 세계에서 흥겹게 뛰노는 모습을 실감나게 보여준다. 특히 망아지가 뛰놀고 있는 "지평선", 그 "있는 것들의 가장 깊은 데"(「지평선의 향기」)에서 자라는 비밀의 풀들은 일탈자에게 주어지는 상급의 꼴이라고 할 수 있다. 이 비밀의 풀들은 사물들과 자아가 서로의 깊은 곳으로 침투해 들어간 곳에서 자라기 때문에, 타성에 젖은 의식의 눈에는 보이지 않는다. 그것은 시적 상상력일 수도 있고 생명의 탯줄일 수도 있다. 다만 확실한 것은 이 꼴을 먹으며 자아가 삶의 새로운 출구로 나아간다는 것이다.

이제 우리는 이 시의 시적 엑스터시의 정점이라고 할 수 있는 변모의 장면을 목격하게 된다. 비밀의 풀을 먹고 자란 자아가 "결국／날개가 돋아 날아가는" "오르가슴"은 아마도 인간이 누릴 수 있는 쾌감 중 최상의 것일 것이다. 새의 날갯짓, 그것은 "자기의 전부로" 움직이는 것, "마음과 일치하는 움직임"(「새한테 기대어」)이다. 새가 땅에 내려앉더라도 불안해 할 필요 없고 가는 가지 위에도 사뿐히 머물 수 있는 것은 새의 날개 때문인 것이다. 이렇게 날개를 가진다는 것은 언제나! 마음이 원한다면 이곳에서 저곳으로 옮겨갈 수 있다는 것을 뜻한다. 이러한 일탈의 능동성, 자율성을 체화하며 변모해 가는 즐거움은 정현종의 웃음의 제일 되는 원천이다.

일탈의 즐거움은 또한 사랑하는 즐거움이라고도 할 수 있다. 시적 웃음이 꽃피기 위해서는 현실을 벗어나는 것만으로는 충분하지 않다. 앞서 시인의 말을 인용하면서 말하였듯이, 일탈은 "생명의 자연스러운 충동과 진실의 후광으로 물들어 있을 때"에야 비로소 "아름다운 일탈"이 된다. 여기서 "생명의 자연스러운 충동"이란 사랑에 다름 아니다. 사랑이란 타자를 향해 끊임없이 뻗어나가는, 온몸을 열어 타자를 받아들이는 동화력이다. 둘이 아니라 하나가 되고자 하는 것이다. 그리고 타자와 솔기 없이 이어질 때에야 비로소 사물의 본질을 바라볼 수 있다. 따라서 일탈의 즐거움은 동시에 타자와의 사랑놀이의 즐거움인 것이다. 정현종의 시에 관능적 이미

지나 표현이 많이 나오는 것도 시인이 타자와의 사랑에서 진정한 풍요로
움을, 충만함의 기쁨을 찾기 때문일 것이다.

    1)
    여름날 한가한 시간,
    천둥은 구름 속에 굴러다니고
    비는 쏟아지다 말다 하고
    뻐꾸기 소리 들리는
    여름날 오후,
    그러한 때는 어떻든
    유복하구나 은총이여.

    한가한 시간도 천둥도
    비도 뻐꾸기 소리도 다 보물이지만
    그 合奏에는 고만 多幸症을 앓으며
    한가함과 한몸
    천둥과 한몸
    비와 한몸
    뻐꾸기 소리와 한몸으로
    나도 우주에 넘치이느니.

    둥글고 둥근 소리들이여
    (자동차 소리나 무슨
    사이렌 소리는 비열하게도
    그 보석을 깨는구나)

온몸에 퍼지는 메아리

여름 한때의 은총이여.

—「여름날」

2)

나무들 앙상하고

몇 그루는 쓰러져 있는

삭막한 겨울 숲을 가는데

빨리 움직이는 바스락 소리 들린다.

들고양이 한 마리 재빨리 움직인다—순간

(나도 모르게 낮고 힘있게 야—야—야—야—야—)

온 숲에 일기 시작하는 파동!

앙상한 나무들도 쓰러진 나무들도

일렁이기 시작하고

그 일렁임 널리 퍼져 나간다.

천지에 활동하는 기운을 퍼뜨리고

천지의 근육을 만들고

12월이 꽃피는 듯하다.

—「동물의 움직임을 기리는 노래」

　시인 정현종에게는 특별한 시적 동료들이 있다. 시인이 "내 즐거운 자극원들"이라고 소개한 그들은, "천둥과 번개/세상의 새들/지상의 나무들/꽃과 풀잎/이쁜 여자/터질 거예요 보름달/어휴 곤충들/저 지독한 동물들/너희/아름다운 숨결들"(「내 즐거운 자극원들」)이다. 이들의 미적 형상, 상승의 이미지, 투명한 열정 그리고 가벼움의 탄력은 시인을 시의 세계로 이끈다. 짐작하였겠지만, 이 소중한 동료들은 시인에게만 특별히 주어져 있는 것이 아니다. 얼핏 보아도 우리의 삶 속에서 쉽게 만날 수 있는 이들, 다만 어느새 무뎌지고 경직된 우리의 감수성과 사유가 우리의 눈을 가리고 있기에 그들을 바라보지 못하는 것이다. 시를 통해 우리를 육체적, 정신적 장벽 밖으로 이끌어내는 사물들의 모습과 자극을 섬세하게 느끼는 법을 배우는 것도 정현종의 시를 읽는 즐거움 중 하나이다.[5]

인용한 두 편의 시는 그러한 자극원들에 의해 점화된 상상력의 즐거운 운동을 잘 표현하고 있다. 첫 번째 시에서 시인은 어느 여름날 한가한 시간에 천둥과 비와 뻐꾸기 소리와 더불어 우주적 놀이를 즐긴다. 한가함은 대상과 자극을 미적으로 관찰하기 위한 주된 요건이라고 할 수 있다. 한가한 시간의 여유는 외부에서 주어지는 것이기도 하지만 스스로 서두르지 않고 자신의 내면과 세계의 움직임을 찬찬히 들여다볼 줄 아는 삶의 태도로부터 나온다. 때문에 한가한 시간도 천둥과 비, 뻐꾸기 소리와 마찬가지로 소중한 "보물"이다. 1연에서 시인은 한가함을 즐기며 "구름 속에 굴러다니"는 천둥소리를 듣고 있다. 이에 여름의 묘미인 소낙비가 마음을 흔들고 사라졌다가는 되돌아온다. 이 리듬에 맞춰 노래하는 "뻐꾸기 소리" 또한 자연의 명창이다. 이 밖에 어떤 유복함이 따로 있을까. 시인의 정신은 그 자연의 "은총"에 흠뻑 취하며 그 미치는 곳을 가리지 않는 소리들과 함께 퍼

---

5) 한 산문에서 시인은 "시의 즐거움의 내용 중의 하나는 시 속에 들어 있는 고상한 감정, 아름다운 감정에 의해 이쪽의 둔화되고 마비된, 혹은 조악한 감정이 급격히 환기될 때 체험하는 신선한 즐거움일 것이다"라고 말한 바 있다. 그런데 최근에는 많은 사람들이 시는 "즐거운 물건"이 아니라 어려운 예술이라고 생각한다. 이러한 편견에는 난해한 시들이 많아진 탓도 있겠지만 한 편의 시를 감상할 시간적 여유, 시인과 함께 깊은 미적 체험 속으로 들어갈 심적 여유가 사람들에게 없기 때문이기도 할 것이다. 그런 점에서 볼 때, 한층 더 투명해지고 독자들에게 가까이 다가가고 있는 시인의 최근 시편들에서 끊임없는 그의 일탈이 시화(詩化)되는 이유를 짐작해 볼 수 있다. 정현종, 「方法的 사랑」, 『거지와 광인』(나남, 1985), 322쪽.

져 나간다.

2연에 이르면 어느새 시인은 그 자연의 "합주"에 녹아들어 있는데, "한 가함과 한몸/천둥과 한몸/비와 한몸/뻐꾸기 소리와 한몸"이 되어 우주적 운동에 참여한다. 이 시적 동화(同化) 속에서 누리는 풍요로움은 전우주적 인 것이다. 시인은 그 "소리들"의 모양을 둥글다고 표현하고 있는데, 생명 체가 태어나고 자라는 태(胎)의 모양을 따 시인과 소리들의 사랑의 행각을 자연스럽게 형상화하고 있다.

타자-사물들과의 동화에서 태어나는 새로운 시간들, 두 번째 시 역시 그 시간의 즐거움을 담고 있다. 이 시에서는 "들고양이 한 마리"의 재빠른 움직임이 즐거운 자극원이다. 이 시의 재미는 재빨리 움직이는 들고양이 를 본 순간 시인도 "모르게 낮고 힘있게" 터져 나온 감탄사, "야—야— 야—야—야—"일 것이다. "그 순간의 신선함을/말할 길이 없으므 로,/(말은 참 모자란 연장이므로)"(「날개 소리」) 그저 감탄만 할 뿐이지만 낮지만 힘있게 밀려오는 감탄의 물결은 읽는 이에게까지 전해져 온다. 화 통한 웃음소리보다도 더 흥겨운 이 감탄사로부터 "삭막한 겨울 숲"에 생 기가 감돌기 시작한다. "온 숲에 일기 시작하는 파동!"은 삶과 죽음의 경 계를 흔들고, 한겨울 봄을 준비하며 활발히 움직이고 있던 생명계의 기운 이 천지에 퍼져나간다.

일탈과 심미적 지평으로의 도약, 다른 시간의 열림 그리고 사랑과 탄생 에 이르기까지의 과정 속에서 싹트고 자라난 기쁨의 표정, 그것이 바로 정 현종의 웃음이다. 그리고 이처럼 깊고 지속적인 심미적 체험에서 비롯된 것이기에, 시인의 웃음은 세상을 포용하고 변화시키는 힘을 갖는다.

웃음시

　희극적인 것의 기본 형식은 대상을 과장하거나 왜곡하는 것이다. 이때 어떤 대상을 현실보다 격하하거나 조롱하기 위해서는 그 대상에 대한 앎이 선재(先在)해야 하는데, 실제로 희극적인 것의 범주는 그 지적 토대를 벗어나지 않는다. 베르그송은 희극의 즐거움, 그 "웃음에는, 우리 스스로가 갖고 있지 않을 때는 사회가 우리를 위해 가지고 있는 저의(底意)가 내포되어" 있다고 꼬집어 말한다. 물론 "웃음에는 그 대상에게 창피를 줌으로써 최소한 표면적으로나마 그를 교정해 보려는 은밀한 의도가 들어"[6] 있기는 하다. 하지만 희극적인 웃음은 상식과 교양이 감추고 있는 보편성의 강압을 환기하는 수준에 그친다. 때문에 그 웃음의 파급력은 그다지 깊지 못하다.

　시에서의 풍자나 해학, 패러디는 희극의 웃음보다는 좀 더 강한 충격을 가한다. 그것은 주로 정치적 현실의 부조리나 천박한 세태풍조에 대한 조소와 강한 비판의식을 담고 있기에 정치적, 사회적 혁명을 향한 밑거름을 마련한다. 하지만 풍자나 해학의 웃음 또한 독자의 감수성을 깊이 자극하고 정신적 고양을 통한 세계관의 변화를 이끌어내지는 못하는데, 이는 그러한 웃음도 기본적으로 특정한 지적 활동에 호소하기 때문이다. 아이러니나 그로테스크, 유머, 상반되는 이미지의 병치 등과 같이 웃음을 유발하는 시적 장치들도 이와 다르지 않다. 그리고 전체적으로 이러한 시적 표현들은 현실에 대한 부정에서 시작하고 끝난다. 현실의 부정이자 자아 자신의 부정인 아이러니, 자아를 부정의 대상 밖에 위치 지우며 그와의 단절을 초래하는 풍자,[7] 이 모두가 부정의 대상과 자신을 구별 짓고 난 후에도 자아 내면에서 긍정의 힘을 찾지 못한 채 행해지는 문학적 폭로이기에, 그것

---

6) 베르그송, 『웃음—희극성의 의미에 관한 시론』(세계사, 1998), 113쪽.

이 불러일으키는 웃음은 상처의 다른 이름이라고 할 수 있다.

정현종의 시를 풍자시나 패러디 시와 구분하여 '웃음시'라고 부르고자 하는 이유도 여기에 있다. 앞서 살펴보았듯이, 정현종의 웃음은 타자-사물과의 동화로부터 꽃피고 새로운 시작의 신선함으로부터 탄력을 얻는다. 시인은 그 웃음이 지니는 긍정적인 힘으로 부정의 대상이요, 결핍인 현실을 긍정과 충족의 기쁨으로 채워나가기 위해 시를 쓴다.

> 우리의 삶은 있는 것과 있어야 하는 것 사이의 긴장입니다. 그러나 아이로니컬하게도 있어야 하는 것은 있는 것으로부터 나옵니다. 있는 것을 있는 그대로 볼 때 그것은 있어야 하는 것을 낳기 시작합니다. …… 우리의 꿈이 정당성과 구체성을 획득하는 것은 그것이 구체적인 사물과 역사 속에서 뿌리박고 있기 때문입니다. 꿈은 그러니까 있는 것과 있어야 하는 것 사이에 있는 어떤 공간이며, 시가 꿈의 소산이라고 할 때 그것은 있는 것과 있어야 하는 것을 연결하는 운동이며 접합의 현장입니다. …… 현실과 역사는 끊임없이 우리의 꿈의 실현을 유예하면서 미래화하지만 지복(至福)의 순간을 허락하는 시는 우리의 현재를 탈환하고 회복합니다.[8]

지금까지 살펴본 정현종의 웃음은, 시인의 말을 빌자면, "있는 것을 있는 그대로 볼 때" 느끼는 기쁨의 산물이며 "있어야 하는 것"을 회복하는

---

7) 바흐친은 근대 이후의 풍자적 웃음은 '부정적인 웃음'이며 그러한 웃음만을 알고 있는 풍자 작가는 자기 자신을 조소당하는 현상 외부에 위치시킴으로써, 자신을 그 현상과 대비시킨다. 이 때문에 세계의 우스꽝스러운 형국이 지니고 있던 총체성은 파괴되며, 우스운 것(부정적인 것)은 현상의 일부분이 되고 만다. 미하일 바흐친, 「서론—문제 제기」, 『프랑수아 라블레의 작품과 중세 및 르네상스의 민중문화』(아카넷, 2004), 36쪽.
8) 정현종, 「詩의 자기동일성」, 『거지와 광인』, 14~15쪽.

즐거움에서 생겨나는 것이다. 정현종의 시에도 익살과 회화화가 없는 것은 아니지만, 그것은 희극적인 웃음을 자아내기 위한 의도적인 장치가 아니라 자신이 본 사물의 있는 모습 그대로를 표현한 데서 비롯된 것이다. 달리 말해서 현실의 눈으로 볼 때에 시인의 말은 익살이요 풍자이겠지만, 꿈의 공간에서는 당연한 이야기인 것이다. 마치 아이들에게는 "명백한 놀이"이기에 "전쟁"은 놀이라고 말해도, 어른들은 그것을 "인정"하지 않고 오히려 아이들의 말을 멋모르고 순진한 어린애의 투정쯤으로 웃어넘기는 것처럼 말이다(「명백한 놀이를」).

답답하고 경직된 현실이 이렇게 시인의 웃음을 익살과 재치로 받아들인다고 해도 시인에게는 "매인데 없이 살아 있는 마음"의 움직임을 시로 쓰는 일 외에 다른 길은 없다. 여기서는 웃음을 자아내는 마음의 힘이 현실을 어떻게 시적으로 변환시키고 있는가를 살펴보자.

다른 무기가 없습니다.
마음을 발사합니다.

토마호크 미사일은 떨어지면서 새가 되어 사뿐히 내려앉았습니다.
스커드 미사일은 날아가다가 크게 뉘우쳐 자폭했습니다.
재규어 미사일은 떨어지는 순간 꽃이 되었습니다.
패트리어트 미사일은 날아가다가 공중에서 비둘기가 되었습니다.
지이랄 미사일은 바다에 떨어져 물고기가 되었습니다.
도라이 미사일은 사막에 떨어지면서 선인장이 되었습니다.
자기악마 미사일은 어떤 집 창앞에 떨어지면서 나비가 되었습니다.
디스페어 미사일은 어떤 집 부엌으로 굴러들어가 숟가락이 되었습니다.
플레이보이 미사일은 어떤 아가씨 방으로 숨어들어가 에로스가 되었습니다.

머어니 미사일은 어느 가난한 집 안방에 들어가 금이 되었습니다.

우라누스 미사일은 땅에 꽂히는 순간 호미가 되었습니다.

제구덩이 미사일은 저를 만든 공장으로 날아가 그 공장을 날려버렸습니다.

머커리 미사일은 아주 작아져 어떤 아이 호주머니 속으로 들어가 속삭였습니다 : 이걸로 엿이나 바꿔 먹어.

……

우리는 저 시체들의 폐허 위에서 부르짖습니다

(UN의 힘을 훨씬 더 강화하면서)

UN은 무기 개발을 지금으로부터 영원히 중지하는 결의안을 채택하라!

—「요격시 2」

「요격시」는 두 편으로 이루어진 연작시이다. 두 편의 시는 모두 "다른 무기가 없습니다./마음을 발사합니다."로 시작하는데, 이 시편들에서 시인은 파괴를 목적으로 만들어진 각종 미사일들, 전쟁 무기, 어리석음, 이기심, 절망, 사랑 없는 성행위, 권위 등 생명을 파괴하고 인간의 가치[9]를 떨어뜨리는 모든 폭력에 대항하여 "마음"을 발사한다. 한 행 한 행 전개되는 재미나고 통쾌한 시적 전환에, 자유로운 상상력이 펼쳐놓는 꿈의 이미지들

---

9) 정현종이 생각하는 '인간'에 대한 이해를 돕기 위해 김현의 글을 인용한다. "그가 인간이라고 부르는 사람은 자아라는 좁은 한계를 벗어난 사람이다. 그가 사용하는 인간적이라는 관형사는 우리가 흔히 사용하는 감정적이라는 뜻이 아니라, 위대한이라는 뜻이다. 자신의 좁은 신분적 문화적 풍속적 한계를 벗어나 인간 전부를 위해 봉사할 수 있는 인간을 그는 인간이라고 부른다. …… 나는 그에게 그가 생각하고 있는 인간이라는 게 무엇인가고 물었다. 그는 예술가로서의 인간이란 상투적으로 사고하지 않고 사물의 핵심을 투철히 바라다보는 자, 다시 말해서 불가능을 꿈꾸는 자라고 대답했다". 김현, 「정현종을 찾아서」, 『시인을 찾아서』(민음사, 1975), 111쪽.

에 웃음이 절로 나지만 그 웃음 뒤에는 시 속의 말줄임표처럼 긴 정적이 남는다. 이는 정현종의 "시의 재미스러움에는 웃어버릴 수만 없는 분노와 절망을 넘어선 높은 차원의 비판적 역설이 담겨"[10] 있기 때문이다.

전쟁의 폭력성을 폭로하고 현대 문명의 자기 파괴적 속도를 비판하는 다른 시들에 비해 한결 부드러운 어조를 유지하면서도, 한 행 한 행 빠른 속도로 미사일들을 자연의 사물로 대체시키는 긴박한 진행 속에는 말로 표현되지 않은 비장함이 담겨 있다. 그리고 과거형 서술방식은 시인의 마음속에서 이루어지는 시적 전환들을 구체적으로 실감나게 전해 준다. 이 유쾌한 역전의 드라마를 보면서 독자들이 느끼는 해방감과 풍요로움은 이 시가 지니는 진정성 때문이라고 할 수 있다. 즉 미사일이 꽃으로 화하는 시적 전환은 도의적인 책임감이나 재치 있는 발상에서 나온 것이 아니라 진정 그러한 변화를 꿈꾸는 "마음"이라는 무기의 힘인 것이다. "마음"이 일으킨 웃음의 물결이 독자의 마음 깊이 파장을 일으켜 그의 살아가는 태도를 바꾸고자 하는 것, 그것이 바로 정현종의 웃음시들이 지니는 의미일 것이다.

마음을 무기로 세상을 "저절로 아끼고 싶은/아름다움으로 요새화" 할 수 있도록 "그렇게/마음과 몸을 드높이는"(「아름다움으로」) 일이 바로 시인의 몫이며, 시 「요격시 2」는 그러한 마음이 얼마나 강한 힘을 지니는가를 보여준다. 그리고 이 마음속에서 이루어지는 사물의 존재론적 가치의 고양에 동감하며 미소를 지었다면, 그 독자는 자기 안에서 그 역시 마음의 요격병이 될 수 있는 잠재성을 발견한 것이라고 할 수 있다.

혜게모니는 꽃이

---

10) 오생근, 앞의 글, 286쪽.

잡아야 하는 거 아니에요?

헤게모니는 저 바람과 햇빛이

흐르는 물이

잡아야 하는 거 아니에요?

(너무 속상해하지 말아요

내가 지금 말하고 있지 않아요?

우리가 저 초라한 헤게모니 病을 얘기할 때

당신이 헤제모니를 잡지, 그러지 않았어요?

순간 터진 폭소, 나의 폭소 기억하시죠?)

그런데 잡으면 잡히나요?

잡으면 무슨 먹을 알이 있나요?

헤게모니는 무엇보다도

우리들의 편한 숨결이 잡아야 하는 거 아니에요?

무엇보다도 숨을 좀 편히 쉬어야 하는 거 아니에요?

—「헤게모니」 중에서

실상 현실에서 일어나는 일들, 사람들의 행태는 과장하거나 희화화하지 않아도 그 자체로 과장되고 우스꽝스러운 것이다. 그런데도 사람들은 자기가 무슨 "굉장한 일"(「굉장한 일」)을 한다고 생각하고 도통 마음을 바꾸려 하지 않는다. 인간사에서 진정 권력이 필요하고 그 권력으로 이루어야 하는 일이 있다면, 그것은 사람들이 "숨을 좀 편히" 쉴 수 있도록 하는 일일 것이다. (누가 그걸 모르나!) "헤게모니는 꽃이/잡아야 하는 거 아니에요?" 아이처럼 반문하는 시인의 물음에 누가 솔직한 심정으로 아니라고 답할 수 있을까. "전쟁을 하는 나라"에서 "저보다 더 어린 동생을 안고" 서 있는 어린 소녀가 앞에 있다면 달리는 "탱크"는 당연히 서야 한다. 정말 이것은 "어려운 수수께끼"가 아니다(「움직이지 말아야지요」). 사람들을 헷갈리게 하기 위해 빙빙 돌려서 말하는 것도 아니고 당연한 일을 곧이곧대로 말했는데도, 사람들은 어려워하고 웃어버린다. 돌이켜 생각해보면, 위와 같은 시를 읽으면서 웃는 것은 거울에 비친 자기 얼굴을 보면서 웃는 것과 다르지 않다.

정현종의 시에는 이 시에서와 같이 괄호처리 되어 있는 부분이 많은데, 그의 시에서 괄호는 시의 어조를 자연스럽게 바꿀 수 있도록 하는 휴지(休止) 역할을 하기도 하고 특정 의미를 부각시키기 위해 사용되기도 한다. 때로는 미처 하지 못한 말의 여운을 괄호처리 하기도 하고, 그 자체가 색다른 효과를 내기 위한 시적 표현일 때도 있다. 전체적으로 보면, 시에서 괄호 안의 내용은 시 전체 흐름 속에 자연스럽게 녹아들어 있으면서 독자로 하여금 시를 읽는다는 긴장감을 늦추어 준다. 인용한 시에서는 시인은 "헤게모니는 꽃이/잡아야 하는 거 아니에요?/헤게모니는 저 바람과 햇빛이/흐르는 물이/잡아야 하는 거 아니에요?" 하며 상당히 묵중한 주제를 짧은 문장에 실어 빠르게 반문하다가 괄호 속에서 누군가와 이야기를 나눈다. 여기서 독자는 그 질문에 당황했다가도 잠시 마음을 놓고 다시금 시인의 말에 귀를 기울이게 된다. 그 이야기 상대가 누구인지 명확하지는 않지만, 대화체의 진술에 독자는 쉽게 "당신"에 자신을 대입해서 읽게 된다. 그러면 어느새 독자는 시인과 같은 주장을 하는 공모자로 변한다. "헤게모니는 무엇보다도/우리들의 편한 숨결이 잡아야 하는 거 아니에요?"에서는 서술 주체가 "우리"로 바뀌어 있다. 이러한 시적 전환 또한 정현종의 시를 읽는 묘미라고 할 수 있는데, 시인은 시를 읽는 동안 독자가 그와 함께 사유할 수 있도록 독자를 현실의 장벽 밖으로 이끌어내고 드높여진 마음으로 현실을 향한 눈을 뜰 수 있도록 시를 쓰고 있는 것이다.

자기 홀로 현실의 울타리 밖에 머물며 현실을 조롱하고 부정하는 것이 아니라 새가 자신의 알을 온몸으로 감싸며 새로운 생명을 키워내듯, 시인은 그 "매인데 없이 살아 있는 마음" 속에 현실을 품어 새로운 현실을 만들어가고자 한다. 현재에는 위와 같은 시적 전환들이 풍자나 조롱처럼 들릴 수도 있지만, 진정한 마음으로부터 창조된 시적 이미지들에 의해서 우리의 무뎌진 감수성이 그 섬세함을 되찾고 "있어야 하는 것"을 향한 생의 감각을 회복한다면 그 시적 전환들은 현실화하여야 할 인간적 사명이라는 것을 깨닫게 될 것이다.

감격하세요

거리는 자동차와 무표정한 인상의 사람들로 북적이고 타자-사물들의 가치가 그것이 지닌 상품성에 따라 평가되는 현대 도시생활에서 여유를 갖고 사물들의 소리에 귀 기울인다는 것은 쉽지 않은 일이다. 더욱이 자신의 의식이 타성에 젖어 있다는 것을 미처 자각하지 못하고 있다면 타성에 의해 단절된 타자-사물들과의 관계를 회복하는 것은 거의 불가능하다. 삶의 변화를 꿈꾸며 예술작품에 일말의 기대를 걸어보기도 하지만, 예술의 세계는 점점 현실과 멀어지는 듯하고 예술작품의 향유도 몇몇 계층에 국한되고 있다. 이러한 현실에서 정현종의 웃음이 갖는 미덕은 그 웃음이 우리 주변의 사물들로부터 피어난다는 데 있다. 다시 말해서 일탈의 즐거움, 시적 지평 위에서 실현되는 사물들의 존재론적 가치 전환의 가능성은 언제나 우리와 삶을 함께 공유하고 있는 타자-사물들 속에 살아 움직이고 있는 것이다.

주위의 자극원들이 주는 즐거운 자극을 온몸으로 받아들이며 탄력을 받아 심미적 지평으로 도약하는 시인의 즐거운 일탈을 보며, 우리는 우리의 삶 속에 풍부하게 잠재해 있는 도약의 가능성을 실감할 수 있다. 시인이

"나무 옆에" 심어 놓은 "느낌표 하나", "꽃 옆에다" 피워 놓은 "느낌표 하나", "새소리 갈피에" 구르게 한 "느낌표 하나"(「느낌표」) 하나를 따라가며 그의 감격에 동참하는 순간, 우리도 마음이 살아 움직이는 감격의 웃음을 지을 수 있을 것이다.

시의 모더니티와 역설의 존재론

정현종의 동인지 시대

최현식

'동인지'라는 제도, 그리고 4.19 세대와 정현종

문학에서 '동인(同人)'은 특정한 미학적 이념과 지향, 그리고 대 사회의
식의 의식적인 공유 속에서 작품을 창작하는 이들의 모임 또는 결사(結社)
를 일컫는 말이다. 에콜(école)로도 불리는 이것은, 좁게는 미학적 취향을
같이하는 이들의 느슨한 모임부터 넓게는 새로운 미학적 이념과 방법, 담
론을 매개로 기존의 문학 관습과 풍토를 혁신하고 재편하려는 이들의 급
진적 모임까지를 모두 포함한다. 하지만 우리가 문학사와 지금의 문학 현
실에서 '동인'을 문제 삼는다면, 아무래도 후자 쪽이 집중적인 관심과 논
의의 대상이 될 수밖에 없다.

그것은 다음과 같은 두 가지 이유에서 그러하다. 첫째, 한국 문학사에서
'동인' 그리고 그들의 표현 매체로서 '동인지'는 오롯한 근대의 현상이자
제도이다. 한국에서 본격적 의미의 근대 문학은 1920년대 초반의 일군의
동인지들, 이를테면 《창조》(1919), 《폐허》(1920), 《장미촌》(1921), 《백조》

(1922) 등의 '미(美)'를 향한 열정과 모험으로부터 출발했고, 또한 그들의 성취와 좌절로부터 그 육체와 영혼을 충실히 살찌워 나갔다. 이들 잡지에 참여한 작가들의 이합과 집산은 이른바 '문단'이란 제도의 형성 과정이었으며, 또한 서로 다른 문학적 이념과 방법이 갈라지고 생성되는 과정이기도 했다. 하지만 근대 계몽 담론의 경연장에서 크게 벗어나지 못했던 당대의 문학 장(場)이 이들 동인지를 통해 근대 문학 고유의 취미 판단의 장으로 정립되었다는 사실만큼 중요한 대목은 다시없다.

둘째, 만약 한국 근대 문학사를 약술한다면, '동인(지)'의 역사를 기술하는 일이 그 유력한 방법의 하나가 될 수 있다. 이는 동인지 목록의 연대기적 배열을 염두에 두고 하는 말이 아니다. 《창조》와 《폐허》가 그러했듯이, 이후 한국 근대 문학사의 유력한 '동인(지)'들은 기존 문학을 혁파하고 재구성함으로써 자신들의 미학적 이데올로기를 관철·확장하고자 했다. 이것은 앞선 문학적 전통이 강제하는 영향의 불안을 초극하는 미학적 실천이자 세대론에 입각한 인정받기 투쟁의 일종이기도 했다.

이런 특징은 시 장르에서 특히 현저하다. 다음은 우리가 어렵잖게 떠올릴 수 있는 1930~1980년대 초반의 시 동인 목록이다. 정지용과 김영랑 등의 '시문학', 서정주와 오장환 등의 '시인부락'(이상 1930년대), 김수영과 박인환 등의 '신시', 조향과 김규동 등의 '후반기'(이상 1950년대), 이승훈과 정진규 등의 '현대시', 정현종과 김화영 등의 '사계', 황동규와 마종기 등의 '평균율'(이상 1960년대), 김명인과 정호승 등의 '반시', 이하석과 이태수 등의 '자유시'(이상 1970년대), 황지우와 김정환 등의 '시와 경제', 곽재구와 윤재철 등의 '오월시'(이상 1980년대). 한국 근대 시는 이들의 본격적인 문제 제기와 실천 속에서 시의 모더니티나 시와 사회의 관계에 대한 본질적인 질문과 해답을 구해 왔다 해도 과언은 아니다. 물론 그 공과는 엄중히 짚어야겠지만, 몇몇을 제외한다면 '동인'의 명칭 자체가 그런 미학적 성찰과 실천에의 의지를 이미 내포하고 있다.

한편 한국 근대 문학의 형성기인 1920년대를 제외한다면, 가장 첨예하고도 열정적으로 기존의 한국 문학을 새롭게 이해하고 재구성함으로써 보편적이면서도 한국적인 '미적 모더니티'의 추구와 확립에 나섰던 연대로는 1960년대를 들어야 할 것이다. 한국 전쟁의 참혹한 경험에 대한 거리 두기가 얼마간 가능해진 1960년대는 '완미한 근대'의 추구, 다시 말해 '미달된 근대'의 극복과 관련하여 두고두고 논의될 두 가지의 원초적 체험을 제공한 시대이다. 하나가 4.19 혁명의 경험과 좌절이라면, 다른 하나는 군사 정권에 의한 경제적·사회적 근대화에의 본격적인 착수이다. 두 사건을 통한 근대성에의 자각과 성찰, 기대와 좌절은, 일반 민주주의의 핵심적 원리이자 보다 나은 삶의 전제 조건으로서 자유와 평등, 그것을 지탱할 기반으로서의 건전한 시민 사회와 자율적 개인의 확충을 최우선의 과제로 밀어올리게 된다.

문학에서 이를 지성사적 과제로 설정함과 동시에 미학적 이념의 주요한 내용으로 삼았던 이들은 이른바 '4.19 세대'였다. 이들은 '4.19 혁명'의 경험을 통한 정치적 각성과 한국 최초의 '한글 세대'란 언어적 각성을 공통분모로 역사적으로나 미학적으로나 여전히 '뒤처진 근대'의 현실을 벗어나지 못하고 있던 당대의 사회 현실과 문학 현실을 강력하게 비판했다. 이들은 문학에서 '미달된 근대'의 혐의를 특히 다음 두 가지에서 찾았다. 첫째는 1930년대 후반 이래 한국적 전통의 한 핵심으로 자리 잡은 샤머니즘의 정서와 상상력, 다시 말해 토속적이며 비합리적인 세계 인식과 표현이다. 둘째는 한국 전쟁의 끔찍함과 추악함을 정면으로 통과하지 못하고, 김병익의 표현을 빌면, 현실에 대한 저주와 비탄의 신음을 내며 패배주의와 운명의 굴욕감에 젖어 관념으로 피신하거나 안이한 허무주의로 발산하던 당대의 유약한 문학이다.

이들이 비판과 극복의 대상으로 삼고 있는 대상이 누구인지는 비교적
명확하다. 하나는 1930년대 후반에 등장하여 위대한 전통들이 완벽히 거
세된 한국 전쟁 이후 남한 문단을 쥐락펴락하던 김동리와 서정주로 대표
되는 '문협 정통파' 이다. 다른 하나는 자신들의 허무주의를 서구의 그것
과 동일시하면서 현실과 전통을 도외시한 관념의 유희에 빠져 있던 1950
년대 작가들이다. 이들은 비록 세계와 문학을 향한 태도가 서로 다르지만,
현실을 향한 리얼리즘 충동을 결여하고 있고 더 나은 삶을 향한 미래 의식
을 갖고 있지 못했다는 점, 그리고 사회와 시대의 기초 단위가 되는 인간,
다시 말해 개아(個我)를 탐구하고자 하는 열정이 미약했다는 점에서는 공
통적이라는 게 4.19 세대의 생각이었다.

이런 4.19 세대의 영리함과 위대함을 드러내는 표지가 있다면, 자신들
의 미학적 이념과 지향, 그리고 작품 자체의 새로움을 드러내고 주장하기
위해 창작과 비평을 일체화하였다는 점이다. 이를 향한 욕망과 역할은 비
평가들에게서 좀 더 두드러진다. 이들은 자신들의 미학적 이념과 방법을
지탱할 수 있는 이론 자체의 정립과 방법론의 탐색, 그리고 실제 작가론에
의 적용에 매우 열정적이었다. 그럼으로써 그들 앞에 놓인 초라한 전통을
초극함과 동시에 자신들을 최고의 문학적 지성으로 자리 매김 하고자 하
였다.

이를테면 김현은 거의 1960년대 내내 《산문시대》(1962)—《사계》(1966))
—《68문학》(1969)으로 이어지는 동인지들의 핵심으로 활약하며, 자율적
개성과 정신의 리버럴리즘에 기초한 문학을 구축하기 위한 이론적 탐색에
주력하는 한편, 그것을 체현하는 작가를 발굴하고 후원하는 데 정성을 쏟
았다. 1970년 9월에 창간된 《문학과지성》은 이런 노력의 결정체이다. 비록
'동인(지)' 의 형식은 아니었으나 백낙청 주도로 창간된 《창작과비평》
(1966) 역시 크게 다르지 않다. 《창작과비평》 창간호에서 백낙청(「새로운 창

작과 비평의 자세」)은 새로운 문학의 제일 조건으로 바람직한 시민 의식과 시민 사회의 성립을 들었다. 얼마 후 그가 제출한 '시민 문학론'은 그것의 문학적 이념화와 표현이었다. 창간호에 당시의 한국 소설에 '감성의 혁명'을 가져왔다고 평가되던 김승옥의 「다산성」이 실린 것도 저간의 사정을 압축해 보여주기에 모자람이 없다. 이런 《창작과비평》의 시민과 민족 중심의 집단적 정체성과 이념 추구에 자극받아 자율적 개성과 언어를 옹호하기 위해 창간된 것이 《문학과지성》임은 주지의 사실이다.

이제 관심을 돌려 이 글의 궁극적 대상인 4.19 세대의 일원으로서 정현종에 잠시 초점을 맞춰본다. 그는 1964년 5월 박두진의 추천으로 《현대문학》에 「화음」과 「주검에게」를 발표하며 문단에 등장한다. 그의 시를 두고 박두진은 "정 군(君)의 시는 느닷없이 대상의 본질에 육박하는 그 내적인 존재의 질서와 의미를 새로이 발견, 해석해 내는 특이한 지적 예리성을 가지고 있다."라고 평했다. 이후 자세히 논하겠지만, 이런 개성적 언어에 기반한 '지적 예리성'이야말로 어쩌면 당시의 한국 시가 결여하고 있던 어떤 새로움이었는지도 모른다. 바로 이 점을 근거로, 샤머니즘적 정서와 허무적 패배주의를 대체할 시의 모더니티 추구에 열심이던 김현과 김주연은 정현종을 그들의 새로운 문학 이념과 방법을 웅변하는 존재로 받아들였다. 과연 이들은 특히 시 전문 동인지 《사계》에서, 시와 시인을, 비평과 비평가를 동시에 읽는 창작과 비평의 행복한 밀월 시대를 구가한다.

이 글은 이런 일반론적 배경을 전제로, 먼저 1960년대 중반 정현종이 동인으로 몸담았던 《사계》와 《68문학》의 미학적 특질과 성격, 그들이 추구한 시적 모더니티의 본질을 중심으로 그 문학사적 역할과 가치를 따져 묻는다.[1] 다음으로 이들 잡지에 발표된 정현종의 시를 분석, 비평함으로써

____

1) 정현종은 《사계》와 《68문학》 외에 1965년에 창간된 《60년대 사화집》이란 동인지에도 참여

고은이 '1960년대 시의 전형'이라고까지 했던 그 새로움의 정체를 구체화
하고자 한다.

《사계》와 《68문학》의 연혁, 그리고 미학적 이념과 지향

《사계》는 정현종, 황동규, 박이도, 김화영, 김현, 김주연을 동인으로
1966년 6월에 창간된 시 전문 동인지이다. 앞의 넷이 시를, 뒤의 둘이 비평
을 담당했으며, 1968년까지 매해 한 차례씩 해서 전부 3회 발행되었다.[2] 출
판은 《산문시대》를 발행했던 전주 소재의 가림출판사에서 맡았으며, 첫
호는 500부, 나머지 두 호는 각 350부를 찍었다. 첫 호는 1965년에 이미 발
표된 작품과 새로 쓰인 작품을 혼합한 형태로 꾸몄으나, 2호부터는 신작들
로만 채웠다. 시는 개인별로 6~8편, 비평(산문)은 개인별로 1편을 실었다.

정현종의 회고나 그 밖의 자료를 참조하면, 동인 결성과 동인지 발간에
주도적 역할을 한 이는 역시 김현이었다. 그런 점에서 《사계》는 《산문시
대》의 후신이라 해도 큰 무리는 없다. 물론 《사계》는 시 중심이란 점에서
소설 중심의 《산문시대》와는 다르다. 그러나 《산문시대》의 종간(1962년 6월

───────────

했다. 시기적으로는 가장 빠른 동인 활동이었지만, 이 동인지는 이제하와 강위석을 제외한
다면, 박성룡, 성찬경, 박희진 등 1950년대 세대가 주류를 이루고 있었다. 그리고 앞의 두 동
인지에 비해 그 목적의식도 약했다. 실제로 정현종은 연세대학교 철학과 2년 선배인 강위석
의 권유로 여기에 참여했다고 한다. 그는 한 차례 발간된 이 동인지에 시 「사물의 정다움」과
「무지개 나라의 물방울」 두 편을 실었다. 이경호는 《60년대 사화집》이 두 차례 발간되었다고
했지만(「'죽음의 고통'으로부터 '생명의 황홀'로 나아가는 길」, 『정현종 깊이 읽기』(문학과
지성사, 1999), 이광호 엮음, 74), 필자가 정현종 시인에게 직접 확인한 바로는 한 차례 발간으
로 그쳤다고 한다.(정현종 시인과의 대화는 2004년 12월 10일 오후 3시경 연세대 외솔관 소
재의 그의 연구실에서 이루어졌다.) 이런 이유들로 이 글에서는 《60년대 사화집》을 따로 다
루지 않는다.
2) 이경호는 《사계》가 5호까지 발간됐다고 적고 있으나 이는 3호의 착오이다.(이경호, 같은 글)

창간호 발행, 1964년 통권 5호로 종간) 후 발행되었다는 점, 그리고 한국 문학의 '미완된 근대'를 향한 4.19 세대의 집단적 목소리를 담고 있기는 마찬가지라는 점에서 두 동인지는 연속성을 부여받을 수 있다.

> 1) 이제 우리는 청소부이다. 유리아의 얼굴을 닦아내는 싼타 마리아의 人夫들이다. 우리는 이 투박한 大地에 새로운 거름을 주는 농부이며 탕자이다. 비록 이 투박한 大地를 가는 일이 우리를 완전히 죽이는 절망적인 作業이라 할지라도 우리는 우리 손에 든 횃불을 던져버릴 수 없음을 안다.
>
> ——《산문시대》 창간호(1962. 6. 15) 「서문」 중에서

> 2) 좋은 땅을 마련하기 위해서는 썩는 일이 필요하다. 이 책에 실린 作品들에게서 그 썩는 作業을 찾아볼 수 있기를 바랄 뿐이다.
>
> ——《사계》 창간호(1966. 6. 20) 「서문」 중에서

아마도 이들 서문은 김현이 썼을 가능성이 높다. 자신들이 새로운 한국 문학을 위한 선구자이자 희생자라는 소명 의식과 그것을 '대지'에 대한 비유를 통해 드러내는 방식이 고스란히 겹쳐 보이기 때문이다. 이것은 저 1920년대 초반 뚜렷한 근거도 없는 허무와 퇴폐, 죽음 의식에 감염되어 있던 당대 문단을 향해 민족과 특히 계급적 각성을 위한 '씨 뿌리는 사람들'로서의 작가의 책무를 강조했던 팔봉 김기진의 목소리를 자연스럽게 상기시킨다. 이처럼 새로움을 향한 모든 선언은 실은 재연극(再演劇)에 지나지 않는 것인지도 모른다. 그러나 그 선언들이 무미건조한 클리셰로 떨어지지 않는 것은 그것들이 여전히 성취되어야 할 당위와 미래로 버티어 서 있기 때문이다. 더군다나 1960년대는 '한국적 근대'란 무엇인가라는 질문이 본격적으로 제출된 시대였다는 점에서 그들의 '새로움'을 향한 열망은 이

전 시대와 결정적으로 구분된다.

다음으로 《68문학》을 보자. 제호가 시사하듯이 '68문학' 이란 동인이 결성된 때는 1968년이다. 그들의 표현 매체로서 《68문학》은 1969년 1월 15일 한명문화사에서 발행되었다. 하지만 창간호가 종간호가 되었다. 편집인으로는 서울대 문리대 동기생들인 김승옥, 김주연, 김치수, 김현, 박태순, 염무웅, 이청준이 올라 있다.[3] 여기에 작품을 실은 인물들의 면면을 본다면, 《68문학》은 《산문시대》와 《사계》를 발전적으로 통합한 동인지임을 알 수 있다. 처음 참가한 이들은 소설의 박상륭, 시의 이성부와 이승훈, 평론의 김병익이다. 그러나 이들 역시 다른 동인들과 어떤 식으로든 이미 교유 관계를 맺고 있었다. 시를 예로 든다면, 이성부와 이승훈의 경우 김현의 「상상력의 두 경향」(《사계》 2호)에서 정현종, 김화영, 최하림과 함께 주요한 검토 대상이 되고 있다. 이런 인적 구성은 《68문학》이 4.19 세대의 뚜렷한 실체와 존재감을 부각시키는 계기가 되었음은 물론, 《문학과지성》의 실질적인 모태가 되었다는 세간의 평가를 다시금 확인하게 한다.

《68문학》의 서문 격인 「편집자의 말」은 그들의 문학적 소명 의식과 새로운 문학에의 의지를 여전히 밝히는 한편, 특히 그들이 넘어서고자 했던 한국 문학의 대상들을 명확하게 적시하고 있다는 점에서 인상적이다. 그 대상들은 앞서 말한 대로 '문협 정통파' 와 1950년대 작가군이었다. 편집자는 "우리는 우리 시대의 위기를 샤머니즘적인 것과 관념적인 유희와 비슷한 것이 되는대로 결합하여 빚어내는 정신의 혼란 상태라고 생각한다." 라고 함으로써, 선배 세대들을 근대적 지성이 결여된, 그래서 한국 문학의 위기를 결정적으로 초래한 내부 원인자들로 못박고 있다.[4]

---

3) 그 외에 박상륭, 홍성원, 김화영, 박이도, 이성부, 이승훈, 정현종, 최하림, 황동규, 김병익이
   동인으로 참여했다.

　단순히 문학적 새로움에의 선언이 아닌 이런 세대론적 욕망, 다시 말해 선배 세대에 대한 부정을 통한 인정받기 투쟁은 그들이 당대의 문단에서 어느 정도 확고한 위치를 차지했기 때문에 가능했을 것이다. 실제로 1930년대 후반 신진 김동리가 중견 유진오 등에 맞서 문학의 순수 문제를 두고 세대론 논쟁을 벌였던 것처럼, 김현과 김주연은 1968~1969년에 거쳐 당시의 핵심 논쟁이던 순수·참여 논쟁과 세대론 논쟁을 1950년대 작가와 비평가들은 물론, 같은 4.19 세대인 백낙청, 염무웅과도 벌인다. 특히 백낙청 등과의 논쟁은 이미 홍정선 등이 지적했듯이 이른바 '창비'와 '문지'가 이후 걷게 될 노선의 단초가 된다는 점에서 흥미롭고도 중요한 문학사의 한 장면에 해당한다.

　그렇다면 한국 근대 문학사에서 유례가 없는 선배 세대에 대한 강한 비판과 자기 세대의 집요한 옹호를 통해 한국 문학의 갱신과 전환을 요구했던 《사계》와 《68문학》의 미학적 이념과 좌표, 지향은 무엇이었을까. 여기서는 시의 모더니티에 대한 요구를 중심으로 이 문제를 살펴보기로 한다.

　그런데 이런 방향 설정은 《사계》를 중심으로 한 논의 구조를 산출할 수밖에 없다. 《68문학》에는 시론으로서는 김주연의 이상(李箱) 시에 대한 소고인 「깨어진 거울의 혼란」이 유일하게 실리기 때문이다. 물론 이 글을 통해서도 이들이 지향했던 시의 모더니티의 일단을 얼마간 읽을 수 있다. 이

---

4) 이런 위기의 담론을 통한 전통의 혁파 및 극복 욕망은 '68문학'이란 동인의 명칭을 곰곰이 재구하게 하는 바가 있다. 그것은 당시의 국내외적 환경을 고려한다면, 단지 1968년에 결성되었다고 해서 명명된 이름이 아닐 가능성이 크다. 이즈음은 급속한 산업화가 진행되던 국내에서와 마찬가지로 세계사적으로도 자본주의의 체제 모순이 날로 심화되어 가던 때였다. 자본주의 근대에 대한 위기의식과 저항에서 비롯된 것이 서구의 '68혁명'임은 잘 아는 대로이다. 외국 문학 전공자가 다수를 점하는 '68문학' 동인들이 이런 세계사적 사정을 몰랐다고 생각하기는 어렵다. 직접적인 영향은 아니더라도 동시대 서구의 경험에 상당히 고무되었을 가능성은 매우 크다.

들 세대의 위대한 모더니스트로서 이상에 대한 존숭의 념과 계승 의지는 《산문시대》 창간호의 첫 장에 실린 "슬프게 살다간 이상에게 이 책을 드림"이란 헌사에 벌써 울연(蔚然)하다. 19세기의 낡은 전통의 압박 아래 21세기를 넘보는 위반과 파괴의 상상력으로 20세기 현실을 살다가 식민지 모더니티의 본거지 도쿄에서 후테이센진(不逞鮮人)으로 지목받은 뒤 병상에서 쓸쓸히 숨진 이상이야말로, 4.19 세대에게는 새로운 문학의 창조자이자 희생자로서의 역할 모델에 썩 어울리는 위대한 전통이었을 것이다.

아니나 다를까 김주연 역시 《68문학》에서 '한국 시인 연구'란 야심 찬 기획의 첫 장을 이상으로부터 열었던 것이다. 김주연은 이상 시의 진정성은 무엇보다 "개인이 소유할 수 있는 아무런 정신의 땅이 없었던 당시의 현실"을 각성된 자기의식의 열렬한 개진을 통해 성찰하고 표현했다는 데서 찾는다. 특히 "기독과 어머니의 시간에 대한 부정의 노력"은 각성된 자기의식을 대표하는데, 이상 시의 탁월성은 그 의식 자체가 이미 훌륭한 시의 대상을 형성하고 있기 때문이다. 그러나 그것은 자기 내면의 분출구 이상의 의미가 되어 시인 자신의 시적 효과로까지는 연결되지 못한 것으로 평가된다. 왜냐하면 그런 종류의 관념을 필요선(必要善)으로만 받아들여야 했던 의식의 몰인식 때문이다. 김주연의 이런 평가, 특히 "의식의 몰인식 운운"은 이상 시에서 지성의 개입과 통제—시와 삶, 언어와 진실의 일치라는 관점에서—가 불완전함에 대한 불만에서 나온 것으로 생각된다.

그에 비한다면, 역시 시 전문지답게 《사계》에는 그들이 생각하는 시의 모더니티의 본질과 방향이 시에서의 언어와 진실, 인식의 관계, 동시대 시의 지형과 반성, 선배 세대에 대한 비판과 자기 세대의 옹호, 당대의 첨예한 논쟁에의 참여 등을 통해 개진되고 있다. 따라서 당시의 '지금 여기'에 대한 천착을 통해 그들의 미학적 사유와 상상력에 다가서기를 원하는 우리의 입장에서는 《사계》에 실린 시론들에 방향타를 맞추는 편이 보다 적절할 듯하다.

《사계》의 시론은 이미 밝힌 대로 김현과 김주연의 몫이었다. 이들은 《사계》 2호(1967. 6)의 「서문」에서 "한국의 현대 시는 그 기초를 확정할 만한 영토를 지금쯤은 갖추어야 되지 않을까 생각한다. 시와 시인을 동시에 읽을 수 있는 때가 오기를 기대한다."고 쓰고 있다. 그들이 요구하는 시의 모더니티에 대한 언급치고는 매우 포괄적이며 불투명하게 느껴진다. 그러나 이 말이 '현대 시', 다시 말해 시의 모더니티의 기본 요건으로 그것의 '기초를 확정할 만한 영토', 곧 언어와 인식의 문제와 '시와 시인의 일치', 곧 개성과 진실의 문제를 건드리고 있음을 알기란 어렵지 않다. 이런 문제를 시적 지성의 핵심으로 보면서 시의 원론에 대한 폭넓은 검토와 당시 시단의 현실에 대한 비판적 점검을 통해 한국 시의 바람직한 미래상을 조감해 보인 이는 단연 김주연이다. 이에 비한다면 김현은 자신의 말처럼 주로 "시인의 삶에 대한 태도와 그것을 표현한 언어를 약간은 형식주의적인 관점(특히 프로이트의 심리학과 바슐라르의 이미지의 현상학—인용자)에서 관찰"하는 편이었다. 그러나 이들의 비평적 개성은 지성에 의해 통제되고 표현되는 내면(정서)과 감각(언어)을 시의 모더니티의 제일의 기율로 삼고 있다는 점에서 아주 공통적이다. 또한 그것을 자기 세대의 시에 대한 지극한 관심과 열정적 후원을 통해 주장하는 발화 양식 역시 닮아 있다.

김주연은 《사계》 1호에서 3호까지 「시와 진실」, 「시와 인식」, 「시에서의 '참여' 문제—신동엽의 「금강」을 읽고」를 차례로 발표한다. 제목만으로도 벌써 언어와 세계 인식, 사실과 문학적 진실의 차이점, 시와 사회와의 연관 등 시의 본질적인 범주와 역할에 관한 질문들이 검토되고 있음을 알 수 있다. 필자가 보기에 세 글 가운데 기둥이 되는 글은 단연 「시와 진실」인 듯싶다. 나머지 두 글은 그 나름의 중요성에도 불구하고 이 글의 주장을 보족하고 지원하는 보조 담론으로 이해해도 크게 틀리지 않는다.

이 글의 핵심적 주장은, "진실의 원점으로 가려는 피나는 고통 앞에서 언어는 부활하는 것이며 언어와 시와 진실은 모두 하나의 디맨션에 늘어서 있다."에서 보듯이, 언어와 시와 진실의 삼위일체설이다. 이런 명제의 출발점은 '시는 근본적으로 언어 예술이며, 예술은 삶이다.' 라는 예술과 삶의 등가적 연관에 대한 승인과 신뢰이다. 예술과 삶의 일치가 모든 예술을 관통하는 기저라고 한다면, 김주연의 미학적 이념과 지향은 '언어'에 대한 인식에 의해서 드러날 수밖에 없다. 그에 따르면 시에서 언어는 주체의 감각이나 인식을 실어 나르는 매재나 매체, 즉 하나의 프리즘이 아니라 스스로가 자연이며 또한 시와 삶의 내용으로 절대화되고자 하는 무엇이다. 이런 점에서 볼 때, 한국 현대 시는 그것의 유력한 기원이자 참조 대상인 서구 시에 비해 "심화된 의미로서의 언어의 부재"란 결정적 결여에 노출되어 있다.

이와 같은 절대 언어와 그에 대한 열정의 부재는 또한 시에서의 진실 문제에 대한 안이한 사유와 판단을 초래한다는 점에서 문제적이다. 그에게 시적 '진실'이란 '거짓을 배격하는 지고의 개념'이자 '사물의 근원을 향한 고통스런 몸짓'이다. 하지만 그것은 명징하기보다는 불명료한 무엇인데, 왜냐하면 진실을 찾아가는 발화 양식으로서 시는 "다색의 혼융으로서의 발언이므로 백색이"기 때문이다. 이런 주장은 물론 의미의 복합성과 다층성을 특징으로 하는 시적 언어의 내포적 성격에 크게 의존하고 있다. 요컨대 그는 시적 진실의 본질을 당위와 현실 논리에 의해 파악되는 '사실'이 아니라, 스스로가 자율적 세계인 언어의 심연을 통과함으로써 얻어지는 미학적 '진실'에서 구하고 있는 것이다. 그런 만큼 그에게 문제되는 시적 개성은 자아나 주어진 세계의 고유함과 독특함이 아니다. 그보다는 그것들의 복합적인 얼크러짐과 그 속에 담긴 본원적 진실에 육박하는 상상력과 표현의 독창성과 예리함이다.

김주연의 이런 언어 충동은 진술보다는 묘사를 중시하는 태도를 낳는다. 《사계》 2호에 실린 「시와 인식」은 시에서 묘사의 중요성을 세계 인식과 관련하여 설명한 글이다. 그에 따르면 묘사는 대상을 현존재로 정립함과 동시에 시가 구현하는 세계에 일반성을 부여하는 방법이다. 그럼으로써 대상을 우리의 경험과 밀착한 존재로 대상화하는 것이다. 그러나 대상의 궁극적 인식은 묘사 일반의 방법만으로 얻어지지 않는다. 존재의 끝 혹은 존재의 보편성에 가 닿을 수 있는 구체성의 효과를 동반할 때에야 그 묘사는 대상에 대한 올바른 인식으로 간주된다. 이와 같은 시와 묘사, 그리고 인식의 관계를 그는 "보편적인 존재의 문제를 제기하는 효과 있는 묘사가 시의 인식이 될 것"이란 말로 명쾌하게 정리한다.

이상에서 알 수 있듯이, 김주연이 한국 현대 시의 기초(모더니티)를 확정 짓는 영토의 요체로 상정한 것은 언어의 자율성과 절대성, 그리고 그에 기초한 세계와 존재 일반의 보편적 진리에의 열정과 그리움이었다. 이를 기준으로 그는 세 글에서 한편으로는 선배 세대들에 대한 비판과 부정을 다른 한편으로는 4.19 세대에 대한 옹호를 수행한다.

가령 서정주와 김춘수는 언어에 대한 자각적인 눈이 누구보다 철저하지만 세계의 본원적 진실과 존재론적 미학의 문제를 감동 있는 언어로 전달하고 있지는 못하다. 또한 신동엽의 「금강」에 대해서는 "얼핏 보아 매우 아름다운 우리 말씨로 오랫동안 감추어진 울분의 역사를 아름답게 재생시켜 주는 듯하"지만, "역사적 개성이 확산되어 퍼진 현실 참여의 서사시는 결코 아니"라고 비판한다. 왜냐하면 주인공 신하늬가 시인의 격한 감정에 지배되는 대리물 이상의 존재가 되지 못함으로써, 올바른 역사의식을 가진 개성적 인물이 되기는커녕 시인 의식의 단순성과 편협한 현실 파악을 보여주는 인물로 주저앉고 있기 때문이다. 이런 단점은 오히려 「금강」에서보다 생경한 직유와 상징을 남발하며 권력에 대한 불평과 야유를 던지기에 바쁜 여타의 '참여시'에 더 크게 보인다는 지적 역시 빼놓지 않는다.

선배 세대에 대한 이런 냉혹한 비판과는 달리, 그는 「시와 인식」에서 정현종을 자아 내부의 감정이란 추상적 세계를 존재에 대한 구체적 본질로 묘사하는 데 성공하고 있다는 점에서 적극 옹호한다. 정현종이 1960년대 새로운 시의 전형으로, 그리고 1950년대 시인으로 분류되는 김종삼이 긍정적 평가를 얻는 이유도 이 때문이다. 이런 진술은 정현종 시가 대상의 독자성을 지켜주면서 외부의 대상에 대한 자아의 관련성을 유기적으로 보여준다는 이후의 평가의 근간이 된다. 이와는 달리 김현은 「상상력의 두 경향」에서 정현종 시를 상상력의 차원에서 높이 평가한다.[5] 그의 상상력은 사물을 형태화된 순간에 파악하는 것이 아니라 질감으로 파악하는데 이런 질감은 높은 정신의 수련을 통해서만 가능하다는 것이다. 김현이 파악한 정현종의 상상력은 바슐라르의 상상력 이론에 따르면 '역동적 상상력'에 속한다. 역동적 상상력은 자아를 사물의 본질로 도약하고 참여케 하는 가장 고도의 상상력인데, 이때 그것은 어떤 정신의 상태가 아니라 인간 존재 자체의 한 변형으로 파악된다.

지금까지의 논의를 종합한다면, 김주연과 김현의 궁극적인 지향은 '순수시'에의 충동에 있는 것으로 보인다. 특히 김주연이 그러한데, 이는 그가 역할 모델로 끌어들이고 있는 서구의 시인들, 이를테면 말라르메나 고트프리트 벤 등의 이름만을 보아도 알 수 있다. 김종삼에 대한 옹호도 흔히

---

5) 김현은 《사계》 창간호에 산문 「노숙」을, 3호에는 「고은(高銀)의 상상적 세계」를 발표한다. 이처럼 상상력이나 이미지에 대한 섬세한 분석을 통해 4.19 세대 작가군을 옹호하던 그는 1968년경에 이르러 그 방향을 일대 전환한다. 사회와의 관계에 대한 고민과 삶에 대한 태도가 주요한 문학적 탐구 대상이 되는데, 《68문학》에 실린 「한국 비평의 가능성」은 그 탐구의 주요한 결실이자 당시 유행하던 순수·참여 논쟁에 대한 그 나름의 개입이다. 이 글에서 그는 '문협 정통파'와 1950년대 작가군을 시대에 저항하는 지성의 결여라는 관점에서 싸잡아 비판하는 한편, 4.19 세대를 '역사상 가장 진보적 세대'로 자리 매김 한다.

'내용 없는 아름다움'의 추구로 지칭되는 그 특유의 순수시 지향 때문일 것이다. 물론 이런 순수시 충동은 단지 언어의 자율화와 절대화만을 목적으로 하는 것은 아니었다. 오히려 그것을 바탕으로 세계와 삶의 본원적 진실에 육박하려는 미학적 삶에의 의지가 최종의 목표였을 것이다.

이런 요구들을 근간으로 한 이들의 시의 모더니티에 대한 요구와 열정은 그러나 다음과 같은 약점 또한 노정한다. 첫째, 한국 근대문학의 영원한 아포리아라고 할 수 있는 기원과 참조의 문제이다. 한국적 근대를 본격적으로 고민하기 시작한 이들도 '뒤처진 근대'를 초극할 이상적 기원과 참조를 서구의 미적 경험에서 찾기는 마찬가지였다. 이들이 선배 세대들을 향해 샤머니즘과 허무주의의 혐의를 일말의 주저함도 없이 걸 수 있었던 이유는, 이들의 현실적·미학적 감각과 경험의 새로움 자체의 힘에 더해, 그것을 보편으로 사유하고 상정할 수 있게 하는 지식과 참조 대상으로서의 서구가 있었기 때문일 것이다. 이들에게 순수시에의 열정과 달리 한국적 시 형식에 대한 고민과 탐구가 거의 보이지 않는 것도 이와 무관치 않을 것이다.

둘째, 이것 역시 지나친 보편 지향의 결과물이랄 수 있겠는데, 순수 언어에의 조급한 충동이 현실 모순의 밑바닥까지 꿰뚫어 보려는 리얼리즘 충동을 억압하고 배제하는 또 다른 편향을 불러왔다는 것이다. 물론 본원적 진리에의 충동이 없는, 지금 당장 유효한 비판과 저항만을 의도하는 이른바 참여시에 대한 이들의 비판은 경청할 만한 것이다. 그러나 그런 순수 언어를 불가능하게 하는 타락한 현실에 대한 구조적 분석과 비판 역시 시의 중요한 임무 가운데 하나이다. 이런 이유로 그들이 참여시 일반에 대한 포괄적 비판을 넘어, 그들이 상정한 순수시에 근접한 참여시의 발굴과 독려에도 관심을 기울였다면 하는 아쉬움이 남는다.

역설의 존재론과 순간의 시학

　정현종은《사계》와《68문학》에 25편의 시를 싣고 있다.[6] 1970년 이전까지 총 33편의 시를 발표한 사실을 감안하면, 1960년대 정현종의 시작(詩作)은 이들 동인지를 중심으로 이루어졌다 해도 과언은 아니다. 이 가운데《사계》2호에 실렸던 「질주」외 3편[7]을 제외한 21편이 첫 시집 『사물의 꿈』(1972)에 수록된다. 따라서 이 시들은 40여 년을 헤아리는 정현종의 시력의 원형질을 형성하며 일종의 성장판으로 기능했다고 볼 수 있다. 이런 개인사적 중요성 이외에, 김주연이나 김현 등이 적극 강조한 바 1960년대 한국시에 시의 모더니티와 관련한 새로운 문법의 창출 역시 이 시들에서 이루어졌다는 점 역시 간과될 수 없다.

　이들이 공통적으로 지적하는 정현종 시의 새로움은 자기 시대 고유의 근대적 내면을 이전에 볼 수 없던 독창적 어법으로 형상화했다는 점[8]과, 시적 동일성을 자아와 사물 서로 간의 타자성의 교환과 수용을 통해 성취했다는 점에 집중되어 있다. 달리 말해 언어와 인식, 표현의 측면 모두에서 다른 세대와는 구별되는 모더니즘의 토착화에 성공하고 있다는 평가인 것이다. 어쩌면 이런 성취는 김주연이 말했던 '시는 다색의 혼융으로서의 발언이므로 백색이다.' 란 명제를 본능적으로 육화한 가운데 자아와 시대의

---

6)《사계》1호에 '기억제' 란 타이틀 아래 7편(이 가운데 「독무」와 「화음」은《현대문학》, 「사물의 정다움」과 「무지개 나라의 물방울」은《60년대 사화집》에 실렸던 것을 재수록한 것이다.), 2호에 '교감' 이란 타이틀 아래 7편, 3호에 '불의 춤' 이란 타이틀 아래 8편,《68문학》에 3편을 실었다.

7) 「질주」, 「꽃피는 십자가」, 「한없이 열려 있는 귀」, 「시간들이 모여서」가 그것이다.

8) 그가 채용한 독특한 어법으로는 이미지 전개의 중첩성, 동사의 명사화, 한자어의 빈번한 사용과 노출, 역설 등이 흔히 지적된다. 이런 장치들은 추상적 관념의 물질적 구체화와 산문성에 반하는 음악성, 즉 리듬의 획득에 큰 역할을 한 것으로 평가된다. 정현종 자신은 이런 어법의 채용이 무엇보다 '상투성에 대한 본능적 거부' 에서 비롯했다고 말한다.

고민을 관통해 갔기 때문에 가능했는지도 모른다. 물론 그것은 철저히 언어를 통한 언어 내부에서의 방법적 실천을 통해 이루어졌다.

지금부터 우리는 그런 새로움의 실상을 순간의 시학과 역설의 존재론이란 테마 아래 살펴볼 것이다. 시간과 존재의 역설이란 테마는 정현종의 동인지 시대는 물론 그의 시 전체에 걸친 관심사이며, 또한 텅 빈 백색이 아니라 모든 것이 뒤섞이는 혼성과 공존 지대로서의 백색을 실현하는 시의 자기 표현물로 더할 나위 없이 적합하기 때문이다. 이것은 또한 우리가 등단 추천작 가운데 무용, 다시 말해 '몸-예술'이자 '예술-몸'을 다룬 「독무」와 「화음」을 먼저 주목하는 이유이기도 하다.

> 지금은 律動의 方法만을 생각하는 때,
> 생각은 없고 움직임이 온통
> 춤의 風味에 沒入하는
> 靈魂은 밝은 한 色彩이며 大空일 때!
> 넘쳐오는 웃음은
> ……나그네인가
> 웃음은 나그네인가, 왜냐하면
> 孤島 세인트·헬레나 等地로 흘러가는 英雄의
> 榮光을 나는 허리에 띠고
> 王國도 情熱도 빌고 있으니. 아니 왜냐하면
> 비틀거림도 나그네도 향그러이 드는
> 故鄕하늘 큰 入城의 때인
> 저 낱낱 刹那의 딴딴한 發情!
> 靈魂의 집일 뿐만 아니라 香油에
> 젖은 살은 半身임을 벗으며 鴛鴦衾을 덮느니.

　낳아, 그래, 낳아라 거듭
　自由를 지키는 天使들의 오직 生動인 불칼을 쥐고
　바람의 核心에서 놀고 있거라
　별 하나 나 하나의 点術을 따라
　먼지도 七寶도 손 사이에 끼이고.

—「독무」 중에서(《사계》 1호, 1966. 6)

이 시는 '독무' 란 제목이 아니라면 시적 대상이 무용이란 것을 알기가 쉽지 않다. 그런 까닭은 무엇보다 무용을 연상할 수 있는 구체적인 이미지가 존재하지 않기 때문이다. 아니 없다기보다는 무용의 여러 동작과 무용수의 법열(epiphany)은 그것을 자기의 것으로 경험하는 자아의 내면과 겹쳐져 있다. 그에 비한다면, 「화음—발레리나」는 시인 자신이 '육체의 공기화' 라 명명한 무용의 동작들이 여러 비유들을 통해 구체화되고 있다. 그러나 거기서도 무용은 이를테면 "물소리처럼 시원한 내 뼈들의 풍산(風散)을 보는" 자아의 내면으로 전이되어 있다. 그러나 이런 묘사는 대상이 자아의 의식 속에서 내포의 확실성을 얻는 과정이다. 말하자면 대상들은 오히려 추상적인 내면을 통과함으로써 그것의 생생한 질감을 확보하는 것이다. 이를 통해 그의 시는 김주연의 표현을 빌린다면 "사물의 독자성을 지켜주면서 이른바 밖의 사물에 대한 시인의 자기 관련성을 보여주" 는 것이다.

「독무」와 「화음」은 이런 방법의 측면에서뿐만 아니라 예술과 삶, 순간의 시간 의식, 그리고 그것과 관련된 아이러니 또는 역설의 존재론을 이미 포괄하고 있다는 점에서 정현종 시의 원형을 이룬다. 무용은 몸의 한계와 제약을 돌파함으로써 영혼의 자유로 도약하려는 추상 예술이다. 그런 점에서 그것은 언어를 통해 언어의 한계를 돌파함으로써 사물의 본질에 가 닿으려는 시와 닮아 있다. 이런 '영원' 에의 도약은 주체와 타자, 이질적인 시공간이 혼융되는 '순간' 의 구현 속에서 가능하다.[9] 그런데 '순간' 은 실제 현실이 아니라 주체의 내면과 언어(몸) 속에서 일어나는 영혼의 융기라는 점에서 일종의 가상(Schein)이다. 다시 말해 '순간' 은 물리적 시간 질서로부터의 해방이 아니라 의식상의 찰나적인 무시간의 경험이다.

그러나 이런 미학적 사건들은 언어나 현실의 제약에 의해 부분적으로 실현되거나 아니면 좌절될 수밖에 없다. 여기서 존재의 아이러니가 발생하며, 그에 대한 대응으로 정현종 특유의 역설의 존재론이 탄생한다. 이른바 '방법적 사랑' 이 그것인데, 이는 존재의 아이러니가 강제하는 허무주의를 초극하는 방편이자, 현실의 제약과 한계를 오히려 생의 활력과 창조의 국면으로 전이시키는 방법이다. 가령 그는 전설적 무용가 니진스키를 기리는 「한 고통의 꽃의 초상(肖像)」(『나는 별아저씨』, 1978)에서 예술적 희열에 사로잡혀 있는 그를 "피어난 고통의 꽃" 으로 묘사한다. 이는 니진스키를 빌린 시인 자신의 초상이기도 할 것이다. 이 명료한 복합성의 묘사에 비한다면 「독무」나 「화음」의 그것들은 꽤나 불분명하고 추상적이란 느낌조차 준다. 그런 점에서 「한 고통의 꽃의 초상」은 「독무」 이후 정현종이 걸어간 방법론의 진화를 총괄하여 보여주는 살아 있는 물증이라 할 만하다.

정현종의 동일성의 시학은 자아의 세계에 대한 일방적 전유보다는 주체와 타자, 인간과 사물, 사물과 사물 등이 서로의 타자성, 다시 말해 자아 안에 존재하는 본원적 이질성을 수렴하고 동화함으로써 성취되는 경우가 많다. 이 때문에 그의 시의 보편적 문법이자 특장으로 어떤 모순적인 것 또는 대립적인 것들의 순간적 통일과 혼융이 지목되곤 한다. '순간' 의 시학은 시간 의식의 차원에서 이런 미학적 특질을 대변한다. 물론 우리가 주목

---

9) 이런 '순간' 의 대표적 예로, 「독무」에서는 "自由를 지키는 天使들의 오직 生動인 불칼을 쥐고/바람의 核心에서 놀고 있거라"를, 「화음」에서는 "時間은 문득 곤두서 斷面을 보이며/물소리처럼 시원한 내 뼈들의 風散을 보았다" 를 들 수 있다.

하는 ‘순간’ 은 실제 시간이 아니라 의식상에서 경험되는 일종의 ‘무시간성’ 이다. 다시 말해 과거와 현재, 미래의 모든 시간을 향해 열려 있는, 그래서 존재의 연속성과 훼손 이전의 본질을 회복시켜 줄 수 있는 조화롭고 충만한 시간, 곧 원형적 시간을 이른다. 이런 연유로 ‘순간’ 은 흔히 ‘순간적 영원성’ 으로 불리기도 한다. 다음 시에는 그런 시적 순간을 구현하는 정현종의 방법이 잘 드러나 있다.

> 悲哀 때문에 흩어지는 사람
> 悲哀 때문에 모이는 사람
> 벌거벗고 입으며
> 아 재빠르고 반짝이는 時間의 銀鱗을
> 보기 위해 벌거벗고 입으며……
>
> 그리고
> 별들은 아이들처럼 푸르게
> 달님은 自己의 빛 꼭대기서
> 黃昏의 끝자락을 놓으며
> 새벽의 푸른 빛을 잡으며
> 놀고 있구나
> 참 엄청나게 놀고 있구나.
>
> ──「空中놀이」 중에서(《사계》 1호)

정현종의 ‘순간’ 으로의 몰입은 대체로 ‘도취’ 를 통해 이루어진다. 『계몽의 변증법』의 저자들은 ‘도취’ 의 본질을 자기 유지(창조)와 자기 절멸(파괴)을 매개시키는 가장 오래된 사회적 장치 가운데 하나로서 매 순간 자신의 한계를 넘어서 살아남으려는 자아의 시도로 규정한다. 말하자면 존재의 한계와 부정적 현실에 맞선 생의 자발적 의지인 것이다. 2연에 보이는 유희적 상상력, 그러니까 흔히 그의 시에서 '놀다'로 표상되는 동사는 '도취'의 방법을 대표한다. 그는 놂으로써 한밤중과 황혼과 새벽을 한꺼번에 사는 '순간'의 체험, 즉 "재빠르고 반짝이는 시간의 은린(銀鱗)"을 거머쥔다.[10] '시간의 은린'를 보려는 그의 의지는 곧잘 바람이나 달과 별 등의 천체를 끌어들이곤 한다. 그것은 이들이 단속(斷續)적인 흐름, 어둠 속의 반짝임 등 그 자체로 '순간적 영원'을 지시하는 원형 상징인 까닭이다. 그러나 무엇보다 이들은 시인의 '가벼움'의 지향(공기적 상상력과 연동된)과 자유 의지에 적합한 사물이기 때문이다.

이 점, 정현종의 시적 사유 및 상상력과 관련하여 매우 주요한 대목이다. 그의 '가벼움'은 그것 자체를 목적하는 무구한 감각은 아니다. 그보다는 존재의 한계와 주어진 현실을 돌파하고 극복하기 위해 모색되는 방법적 가벼움이라 할 만한 것이다. 그것은 많은 경우 슬픔과 비애의 감정을 동반하거나 아니면 그런 감정들과 함께 놀고 그 내부를 통과함으로써 얻어지는 뼈아픈 감정의 응축물이다.

1)
밤은
時間의 고요함을

---

10) 정현종은 시적 '순간'의 계시나 원초적 시간을 거의 예외 없이 '반짝이다'와 같은 빛의 상상력으로 표상한다. "살이 입고 있는 빛의 갑옷"(「화음」), "時間의 每마디들은 번쩍이며"(「사물의 정다움」), "空中에서 가장 좋은 色彩를/빛나게 입고 있는가"(「무지개 나라의 물방울」), "金인 時間의 秘密"(「기억제 1」), "흘러간 時間의/記憶의 빛 속에 사랑받으며"(「기억제 2」), "찬란해라 살이 보이는 時間의 옷은"(「상처」).

고요함의 풍부함을, 그리고
멀리 있음의
苦痛을 듣고 있다

—「時間들이 모여서」 중에서(《사계》 2호, 1967. 6)

2)
한없이 기다리고
만나지 못한다
기다림조차 남의 것이 되고
비로소 그대의 것이 된다

시간도 잠도 그대까지도
오직 뜨거운 病으로 흔들린 뒤
지나간 傷處의 밝은 눈을 뜨고
다시 길을 떠난다

—「傷處」 중에서(《사계》 3호, 1968. 6)

3)
죽음이 性이 되어 리듬을 회복하고
불탄 리듬의 재로서 거듭
머리를 씻는 그대
오오 愉快한 時間의 病.

—「한밤의 랍소디」 중에서(《사계》 3호)

시간은 살아지는 것, 다시 말해 잡을 수도 없고, 되돌릴 길 없이 사라지는 것이란 점에서 존재의 영원한 한계이다. 또한 '흘러감' 이란 그것 최후/최고의 폭력에 의해 모든 존재가 영속성을 박탈당하며 그 본질을 훼손당하는 것이다. '순간' 은 이런 근원적이며 본질적인 고통과 좌절을 유예하거나 초극하기 위한 존재를 건 모험이자 도약의 양식이다.(그래서 결과적으로 그것은 '고요함' 이자 '풍부함' 이다.) 그러나 '순간' 과 이를 가능케 하는 '도취' 는 그야말로 찰나적인 영혼의 사건이며, 항상적으로 현실화될 수 없는 어떤 "멀리 있는" 것이다. 그런 연유로 일상의 시간과 그것의 극복태로서 '순간' 을 막론하고 '시간' 이란 우리에게 '한없는 기다림' 이자 고통이며 상처인 것이다. 그러나 시간의 허무를 초극하기 위한 '생의 자발적 의지' 는 시간의 고통과 상처를 적극적으로 통과할 때만이, 아니 자기의 삶으로 일체화할 때만이 생성될 수 있다. 에로스와 타나토스의 변증법 속에서 존재와 시가 동시에 경험하는 생의 절정의 '순간' 을 묘사하고 있는 「한밤의 랩소디」는 그에 대한 훌륭한 예증이다.

정현종의 유희적 상상력은 따라서 이런 적극적 동화의 의식적인 전략이자 방편으로 이해되어야 한다. 그리고 그 지나친 구사 때문에 시적 의미와 효과를 감소시키는 요소로 종종 지적되기도 하는 기지와 유머에 기반한 그 특유의 역설은 유희적 상상력을 구체화하는 수사학적 감각이랄 수 있다. 가령 우리는 나중에 '고통의 축제' 로 정식화되는 정현종 표 역설을 "유쾌한 시간의 병"이란 표현에서 벌써 목도한다. 그러나 그의 역설은 어떤 존재의 모순성과 복합성을 동시에 드러내는 수사학적 방편으로 축소되어 이해되어서는 곤란하다. 그보다는 존재와 언어의 한계에 대한 솔직한 인정과 치열한 극복을 목적하는 전 존재의 투기(投企), 다시 말해 '생의 자발적 의지' 를 위한 방법론으로서 이해되는 편이 보다 온당할 듯싶다.

이런 역설의 존재론은 한편으로는 사물로 대표되는 타자와의 교감 욕망으로, 다른 한편으로는 그것을 제한하는 주체와 시대 현실에 대한 성찰 의지 속에서 그 내용을 확보해 간다. 이즈음 그의 '교감'의 시학은 인간 주체가 아닌 사물 주체를 주인공 삼은 경우가 많다. 이를테면 「교감」(《사계》 2호)에서의 주체는 '가등(街燈)'과 '안개'이며, 이들의 에로스는 "서로의 가장 작은 소리까지도/빨아들이고 있는/눈물겨운 욕정의 친화(親和)"로 의미화된다. 이와 같은 사물의 주체화 혹은 의인화는 '나'를 중심으로 세계를 전유하려는 이성 중심의 사유와는 비교적 무연하다. 오히려 김우창의 말을 빌린다면, "사물로 하여금 사물이게 하고 또 동시에 인간의 의지와 감정으로 하여금 그것 스스로이게" 하기 위한 것이다.

첫 시집의 제목이기도 한 '사물의 꿈'이란 말은 이런 '교감'에의 의지를 대변한다. '사물의 꿈'은 말 그대로 사물 자체의 꿈(언어)인 동시에 '나'의 사물을 향한 꿈(언어)이기도 하다. 각자의 고유성을 잃지 않으면서 서로가 서로의 실현 조건이 되는 동일성의 시학, 이것은 주체 내부에 존재하는 타자성, 즉 어떤 이질적인 것을 오히려 자기 동일성의 핵심 요소로 적극 수렴하고 포용한다는 점에서 타자성의 시학의 다른 이름이다. 어쩌면 현재까지의 정현종의 모든 작업은 이런 타자성의 시학을 확장하고 심화해 오는 과정이었는지도 모른다.

그러나 정현종은 '교감'의 즐거움 한편에 도사리고 있는 어떤 장애들, 이를테면 자아와 언어의 한계, 개성과 자유의 실현을 억압하고 방해하는 역사 현실 역시 예민하게 인식한다. 시와 현실, 개인과 집단, 시의 윤리성과 사회적 책무 등에 관한 신중한 사색과 성찰은 자아를 존재의 아이러니의 미궁 속에 몰아넣기도 하지만, 궁극적으로는 그 특유의 '방법적 사랑'을 심화시키는 자기 계발의 원동력이 된다.

1)

어디에 가서 닿을 수 있을까. 저 어여쁜 잠을 지나 다채로운 約束을 지나 불타는 神經처럼 가느다란 冒險의 通路를 지나, 때로는 푸념하고 때로는 그것도 못하는 苦痛을 지나 모래를 빚어서 삶을 만들고……

우리의 유머러스한 平和.

밤새 흔들리는 波濤.

갈 데가 없는 기쁨, 갈 데가 없는 슬픔이

저의 방에 와서 놀고 있다.

자기의 방은 무덤처럼 불편하고 길처럼 편안하다.

—「自己의 房」 중에서(《사계》 3호)

2)

어디서나 아이처럼 깊이

잠들 수 있는 나그네

그러나 아무 데서도 잠들지 못하는

걷잡을 수 없는 꿈

거듭 놀라며 일어나는 길을.

—「家族」 중에서(《68문학》, 1969. 1)

존재의 아이러니는 자아의 안온한 휴식처이자 보호소가 되어야 할 '방'이 오히려 '길' 그러니까 바람 찬 노숙의 공간에 지나지 않는다는 데서 발생한다. 하지만 더 큰 문제는 자아가 '방'처럼 편한 길의 끝도 방향도 모른다는 점이다. 다시 말해 자아는 '어디〔定處〕'에 가 닿을지도 모르고 '갈 데〔定住〕'도 없는 '나그네'이다. 자아의 소외는 유목민의 적극적인 정처 없음, 곧 삶의 의지와는 무관한, 가장 편안해야 할 '자기 방'의 추방에 의한 것이란 점에서 불행하고도 비극적이다. 이런 사태는 무엇보다 "모든 즐거움을 완성하려 하고/모든 슬픔을 완성하려 하"(「시인」, 《사계》 3호)지만, 그것을 "한없이 기다리고/만나지 못"(「상처」)함으로써 빚어지는 것이다.

자아와 세계의 시적 완성이란 최후의 목적과 사명을 자꾸 방해하고 지연시키는 것은 "우리의 유머러스한 평화"이다. 이 말은 그것이 놓인 문맥, 특히 "모래를 빚어서 삶을 만들고"를 볼 때, 어떤 본원적 세계를 향한 그리움, 곧 '꿈'을 좌절시키고 유예하는 모든 종류의 불가능성과 허위성 및 허구성을 의미하는 것으로 보인다. 말하자면 오히려 진정한 삶과 시를 위해서는 반드시 타개해야만 하는 가짜 평화인 셈이다. 이에 맞서 진정한 평화와 그것의 전제를 이루는 "완전한 말"(「處女의 房」, 《사계》 2호)을 구하는 일은 그래서 시인의 당연한 책무가 된다.

여기서 시적 실천을 완성 없는 개방의 형식으로 구조화하는 다음과 같은 정현종 시의 윤리학이 탄생한다. 하나는 "시대의 소리에 자갈을 물리는 강도를 쫓아 밤새도록 달리고 있다"(「詩人」)는 외부 현실에의 개입과 개선 의지이다. 다른 하나는 "그대 별의 반짝이는 살 속으로 걸어들어가/ '나는 반짝인다'고 노래할 수 있을 때까지/기다려야지"(「그대는 별인가」, 《68문학》)에 보이는 타자성과 내면성에의 욕망이다. 사실 '쫓음'과 '기다림'은 다른 행위 같지만 결국은 동일한 행위이다. 왜냐하면 '쫓음'은 "'나는 반짝인다'고 노래할 수 있"는 내부 조건을 마련하는 행위로, '기다림'은 자아 내부에서 "시대의 소리", 곧 '노래'에 "자갈을 물리는 강도"를 쫓아내는 행위로 이해되기 때문이다. 이 둘의 동일성이 전제되지 않고서는 정현종 시의 윤리학의 최종 심급인 "자기의 거짓을 사랑하는 법을 연습해야지/자기의 거짓이 안 보일 때까지"(「그대는 별인가」)란 말은 성립될 수 없다.

정현종의 '사물의 꿈'은 어쩌면 이런 '방법적 사랑'에 근거한 정직성의 윤리가 동반되지 않았다면 쉽사리 좌절되었을지도 모른다. 정직성의 윤리는 한편으로는 언어의 심연을 통과하여 사물의 본질과 손잡게 하는 사랑의 원리이자 다른 한편으로는 진실을 왜곡하고 호도하는 모든 거짓 존재와 싸우도록 하는 투쟁의 원리이기 때문이다. 정직성의 윤리 속에서 시와 언어, 존재는 '진실'이란 이름으로 한데 묶이며, 이는 곧 시의 지복을 현실화하는 과정이기도 하다. 이미 말한 대로 4. 19 세대는 본원적 진실에 대한 앎의 의지의 결여와 회피를 선배 세대에 대한 비판과 부정의 핵으로 삼았다. 그런 점에서 1960년대 정현종의 한국 시의 모더니티에 대한 기여는 어쩌면 그 진실을 보려는 정직성의 윤리에서 우선 찾아야 될지도 모른다.

시의 모더니티, 현재 진행형의 과제

정현종을 비롯한 4.19 세대가 1960년대 문단에서 후생가외의 존재로 자기를 알리기 시작한 지 벌써 40여 년이 흘렀다. 이제 그들은 생물학적 연령으로든 문학적 업적으로든 존경할 만한 원로의 위치에 올라 있다. 이 말은 이들이 비록 아직도 왕성한 활동을 펼치고 있다 해도 이제는 본격적인 역사화의 대상으로 편입되기 시작했음을 의미한다. 이들의 공과는 결국은 그들 자신이 제기한 한국의 역사 현실에 기반한 시적 모더니티의 완성 정도와 함께 그것의 창조적 극복 여부에 의해 가려질 것이다. 오히려 1990년대 이후 본격화되기 시작한 한국적 근대, 다시 말해 식민지 모더니티에 대한 성찰과 극복의 담론들은 4.19세대가 제기한 문제가 여전히 현재 진행형임을 의미한다. 물론 현재의 모더니티 담론이 청년기의 4.19 세대까지도 성찰의 대상으로 삼는다는 점에서 그들의 문제의식은 제한적으로 공유되고 있다고 보아야 한다.

그러나 과연 그들이 요구한 미적 모더니티는 지금·여기에서 충분히 성취되었는가. 많은 진화는 있었겠지만, 그래도 흔쾌히 동의할 만한 수준은 아니지 않을까. 내가 보기에 문제는 여전히 본원적 진리를 보려는 언어 충동의 불충분함에 있는 듯하다. 1990년대 이후 거대 서사의 종말은 한국 근대 시가 그토록 열망하던 개아(個我)의 자유로운 발현에 긍정적 기여를 하였다. 그러나 한편으로는 시와 사회의 건전한 긴장 관계가 현저히 약화됨으로써, 시에 내재한 개성과 진실은 지극히 사적인 영역으로 후퇴하면서 왜소화되었다. 그 결과 오늘의 한국 시는 지금·여기를 거머쥐는 담론 생산의 주체가 되지 못하고, 왕왕 이미 정해진 결론을 반복 소비하는 유행성 담론의 후원자로 내몰리는 불상사를 겪고 있다. 이런 퇴행적 자기 복제 속에서 현재의 한계를 뛰어넘어 세계의 본질에 육박하는 창조적 개성과 언어의 생산은 요원할 수밖에 없다.

4.19 세대를 뛰어넘는 일은, 그리고 그들의 모더니티의 요구를 완성하는 일은 그 누구도 동의하지 않을 수 없는 지금·여기에 걸맞은 현대성의 언어를 획득할 때 가능하다. 이것은 스스로를 영향의 불안의 대상으로, 다시 말해 모방 욕구를 자극하고 궁극에는 극복되어야 할 대상으로 세우는 일이기도 하다. 어쩌면 이런 창조적 극복을 누구보다 소망하는 이들은 4.19 세대들인지도 모른다. 그들은 자신들이 극복되었을 때야 비로소 스스로 걸머졌던 개척자요 희생자라는 오랜 고통스러운 지위를 내려놓을 수 있겠기 때문이다.

튀는 공과 우주의 에로스적 교감
정현종 시와 시론

김응교

정현종의 시 속에는 '튀는 공'이 많다. 그의 시는 탄력의 역동성을 갖고 있다. 그의 시를 읽으면 도처에서 튀는 공과 만나곤 한다. "쓰러지는 법이 없는 둥근/공처럼"(「떨어져도 튀는 공처럼」, 1978) 그의 시는 거의 모두 튀는 공이다. 그는 "탄력의 나라/왕자"였다. 튀는 공은 읽는 이의 마음속까지 슬그머니 들어가 연방 튄다.

정현종의 "튀는 공" 혹은 역동적 상상력의 원천을 어떤 이는 바슐라르에서, 어떤 이는 크리슈나무르티, 어떤 이는 생명과의 일체감 등으로 논하고 있다. 모든 것이 정현종이라는 박물관을 관람하는 안내서 역할을 할 수 있다.

그런데 나는 튀는 공을 튀게 하는 힘 속에 자리 잡고 있는 에로스라는 힘에 주목하게 되었다. 그의 에로티시즘은 육체적 혹은 상업적 에로티시즘이 아니었다. 기법으로서의 에로티시즘이며, 이 기법은 자연을 공생의 존재가 아니라 정복의 대상으로 보는 근대적 계몽 의식에 대항하는 데에

복무하고 있었다. 웃음을 참으며 읽곤 했던 정현종의 시에서 나는 치열한 투쟁을 주목하게 된 것이다. 이 글은 어떤 원리로 그의 시가 우주와 교감을 이루고, 어떻게 근대적 병리 현상과 충돌하는가, 그 원리 중의 하나인 그의 에로스적 상상력을 초기 시부터 추적해 보는 한 시도이다.[1]

몸의 기체화—벗음과 비움

정현종의 에로스적 상상력을 논하기 전에 그의 시가 갖고 있는 몸의 기체화, 벗기, 비우기라는 몇 가지 속성에 대하여 살펴보려 한다. 이 과정을 거치지 않고서는 정현종 시의 연속성과 에로스적 상상력의 의미를 짚어낼 수 없기 때문이다.

첫 시집 『사물의 꿈』(1972)에서 '사물'은 그야말로 모든 것을 말한다. 여기서 사물이란 흔히 생각하는 딱딱한 물건(object)이 아니다. 우리가 느낄 수 있는 우주적 차원의 모든 것을 말한다. 이때 '꿈'이란 단순히 몽상이 아니라, 사물 곧 온 누리〔宇宙〕에 대한 이해와 소통을 말한다. '사물'이라는 단어는 초기 시를 지나면 '우주'라는 단어로 슬그머니 바뀌는데, 이때

---

1) 인용 시나 산문의 출처는 괄호 안에 작품집의 출간 연도로 표기하려 한다. 연도를 표기하는 것은 그의 시가 변화되는 양상을 쉽게 볼 수 있어 좋다. 다행히 그는 한 해에 여러 권의 책을 내지 않았다. 발표순에 따른 작품 목록은 다음과 같다. 제1시집 『사물의 꿈』(민음사, 1972), 시선집 『고통의 축제』(민음사, 1974), 산문집 『날자 우울한 영혼이여』(민음사, 1975), 제2시집 『나는 별아저씨』(문학과지성사, 1978), 시론집 『숨과 꿈』(문학과지성사, 1982), 제3시집 『떨어져도 튀는 공처럼』(문학과지성사, 1984), 문학선집 『거지와 광인』(나남, 1985), 제4시집 『사랑할 시간이 많지 않다』(세계사, 1989), 산문집 『생명의 황홀』(세계사, 1989), 시선집 『사람들 사이에 섬이 있다』(미래사, 1991), 제5시집 『한 꽃송이』(문학과지성사, 1992), 제6시집 『세상의 나무들』(문학과지성사, 1995), 제7시집 『갈증이며 샘물인』(문학과지성사, 1999), 시전집 『정현종 시 전집 1·2』(문학과지성사, 1999), 제8시집 『견딜 수 없네』(시와시학사, 2003).

'사물' 과 '우주' 라는 단어 사이에는 거의 아무런 차이가 없다. 첫 시집의
실린 등단작을 보자.

> 지금은 율동의 방법만을 생각하는 때,
>
> 생각은 없고 움직임이 온통
>
> 춤의 풍미에 몰입하는
>
> 영혼은 밝은 한 색채이며 大空일 때
>
> (……)
>
> 저 낱낱 찰나의 딴딴한 발정!
>
> 영혼의 집일 뿐만 아니라 향유에
>
> 젖은 살은 半身임을 벗으며 원앙금을 덮느니(강조는 인용자)
>
> ——「독무」(1972) 중에서

동사의 명사화, 절제된 한자어로 그는 무위적 춤의 엑스터시를 응축하
고 있다. 열락의 몰입 혹은 역동적 고요가 팽팽한 긴장감과 함께 관능적으
로 터질 듯 가득 차 있다. 독무를 보면서, 그는 "저 낱낱 찰나의 딴딴한 발
정!"으로 반응한다. 시인이 대공(大空)으로 향할 때, 독자는 "젖은 살은 반
신(半身)임을 벗으며"라는 관능적 표현을 만나게 된다. 결국 튀는 공을 대
공에 이르게 하는 시인의 상상력에 에로스적인 표현이 개입되고 있다. 이
어서 시인은 "낳아, 그래, 낳아라"라고 외친다. 이러한 이미지들이 우리가
정현종의 시에서 만나는 최초의 관능적 표현이다. 그는 가장 날렵하고 가
벼운 기교 끝에 에로스적인 상상력을 살짝 이용하곤 했다.

시인은 발레리나를 보면서 "그대가 끊임없이 마룻장에서 새들을 꺼내
듯이/살이 뿜고 있는 빛의 갑옷의/그대의 서늘한 승전 속으로/망명하고 싶
은"(「화음」, 1972) 마음을 표출시키고 있다. 발레는 그의 종교적 억압 관념

을 해체시킨 예술이었다. 성적인 충동을 금기시하는 가톨릭 교리에 오래 갇혀 있던 그가 발레를 통해 육체에 대한 부정적 사고에서 벗어났다는 것은 이미 널리 알려져 있는 이력(김현, 「정현종을 찾아서」, 1975)이다. 그래서 그의 초기 시에는 "젖은 살", "반신" 처럼 몸과 춤에 대한 이미지가 강하게 나타난다. 그리고 그 몸은 춤을 통해 기체화(氣體化) 되어가는 사물이다. 바슐라르의 역동적 이미지를 예로 들지 않더라도, 그의 시와 시론에서 튀는 공 이미지는 몸의 기체화를 통해 나타나고 있다. 그래서 그는 "시를 읽는다기보다는 시를 숨 쉽니다."(산문 「시의 자기 동일성」, 1982)라고 했다. 좋은 시를 읽을 때 신명이 나는 것은 바로 이렇게 시로써 숨을 쉬고, 시로써 몸의 기체화를 체감하는 지복의 순간을 누리기 때문이다. "시는 우리의 마음에 숨을 불어넣어 정신으로 하여금 용약(踊躍)하게 함으로써 우리를 무거움에서 해방"(「가이아 명상」, 1990)시키는 것이다.

가벼운 몸으로 세상의 모든 사물과 한 몸을 이루려는 시인의 욕망은 초기 시에서부터 보인다. "젖은 안개의 혀와/가등의 하염없는 혀가/서로의 가장 작은 소리까지도/빨아들이고 있는/눈물겨운 욕정의 친화"(「교감」, 1972)라는 표현은 초기 시에서 에로스적 상상력이 극명하게 나타난 대표적인 예이다. 유기물이든 무기물이든 그의 촉수에 닿는 모든 사물은 생명감을 얻어 활발히 교감한다. 1960년대 말 도시의 밤에 어둠(안개)과 박명(가로등)이 남몰래 욕정을 나누는 친화의 장면을 포착한 이 시는 단지 관능적 아름다움만을 보여주는 시는 아니다. 이 시는 사물과 사물이 교감하고 있다는 것을 보여주고 있다. 그는 "부서진 내 살결과 바람결이 같아지고/살결과 물결이 화답하"(「죽음과 살의 和姦」, 1972)기를 간절히 바란다. 말 그대로 그의 시는 사물과 '화간(和姦)' 함으로써 사물의 속살 속에서 시적 상상력을 출발시키고 있다. 이때부터 우리는 모든 사물과 벗은 몸으로 화간하는 정현종 특유의 사랑법을 만나게 된다. 그것은 삶의 무거움을 털어버리고 자유롭게 대상 속으로 스며들어 사물과 짜릿한 합일을 이루는 사랑법이다.

이 사랑법을 위해 모든 존재는 벗고 비워야 한다. 제2시집 『나는 별아저 씨』(1978)를 계기로 그의 시는 자연스럽게 단순해지고 천진해지고, 한자어 가 줄어들기 시작한다. 제3시집 『떨어져도 튀는 공처럼』(1984)은 그가 겨 냥했던 몸의 기체화가 체현된 시집이다. 사실 몸을 기체화시키는 것, "공 기의 모습으로 걸어가는 건/쉽지 않은 일"(「정들면 지옥이지 2」, 1984)이다. 무엇보다도 모든 존재가 벗어야 한다. 가볍게 튀는 공이 되기 위해서는 벗 고, 비워야 한다.

> 겨울나무에 보인다 말도 없이/불꽃 모양의 뿌리/헐벗은 가지의/에로티시즘
>
> ——「헐벗은 가지의 에로티시즘」(1984) 중에서

> 노래는/마음을 발가벗는 것//노래는/나체의 꽃/나체의 풀잎/나체의 숨결/나 체의 공간
>
> ——「노래에게」(1984) 중에서

> 이 열쇠로/우리의 本然 헐벗음/시간의 나체를 열고
>
> ——「이 열쇠로」(1989) 중에서

이처럼 인용자의 강조 부분과 같이 적극적으로 벗기 시작한다. 벗어서 가벼워져야만 위로 팅길 탄력성을 창출할 수 있기 때문이다. 온 누리 각자 가 벗어야 살갗 대 살갗으로 어울릴 수 있기 때문이다. 벗기만 하면 안 되 고, 동시에 비워야 한다는 것도 그는 깨닫는다. 벗고 비웠기에 그는 거지가 되기도 한다. "내 속의 저 밑빠진 거지/시간도 비빔밥도 없는 저 거지"(「시 간도 비빔밥도 없는 거지」, 1984)가 된다. 그리고 시인은 벗음과 비움을 진짜

실천한 두 명의 거지, "구걸이든 미친 짓이든/한산이나 프란체스꼬"(「거지와 狂人」, 1984)의 예를 든다. 중국의 미친 중 한산(寒山)이나 맨발의 성자 프란체스코 같은 이가 "필경 우주의 숨통"을 뚫어놓은 이들이었듯이, 시인은 마땅히 이 세상의 숨통을 터주는 숨구멍이 되어야 한다는 것이다. 이 시기의 시편들은 스스로를 비워 비로소 온전한 존재로 거듭 태어남을 체험하는 시인의 자기 고백서이다. 제4시집 『사랑할 시간이 많지 않다』(1989)에 이르면 벗는 행위가 깨달음의 행위로 이어진다. 마침내 벗음으로 진리를 찾은 예를 인도에서 만난다.

석가모니는 저 가난을 구할 길 없어
스스로 헐벗었다
(……)
그리하여 한 사람의 알몸이 빛났다(강조는 인용자)
　　　　　　　　　　—「가난이여—인도시편 1」(1989) 중에서

나도 인제 감히 진리 하나 말하노니 무릇
잃지 않으면 얻지 못한다(강조는 인용자)
　　　　　　　　　　—「잃어야 얻는다—인도시편 3」(1989) 중에서

이 지점에서 '튀는 공'의 이미지는 분명 의식적인 면에서 변화를 보인다. 예전에는 터질 듯한 문제를 끌어안고, 욕망을 최대한 부풀려, 팽팽한 공 하나를 만들었다. 하지만 이제는 욕망 자체를 끊임없이 비우고, 비워진 대공에 세상의 사물들을 '있는 그대로' 받아내는 우주적 사랑을 깨달은 것이다. 그래서 "빈 건 무릇 胎이니/책과 종교와 性을 섞어서/폭발시킨다 해도 미치지 못할 우주적인 숨"(「빈방」, 1989)이라고 찬탄까지 한다. 이 시기의 시집을 신호탄으로 그의 시는 짧고 담백해져 가기 시작했다. 자연과 한 몸이 되고자, 그는 가벼워지고, 벗어서, 빈 마음이 되어갔다. 그리고 자연스럽게 우주와 한 몸이 되는 에로스적 상상력에 이르게 된다. 바로 이 순간 우리는 정현종 시사(詩史)의 한 페이지가 넘어가는 소리를 듣게 된다.

우주와의 에로스적 교감

시인이, 생물권(生物圈) 안에서의 인간의 인간 중심주의나 인간 우월주의와 결별하는 첫 번째 사람이어야 한다는 것이다. 아니 결별이 아니라, 참된 시인이라면, 타고나기를 다른 생물들과 인간 사이에 유무 차이를 느끼지 못하는 그런 사람이라고 말해도 좋으리라

—산문 「가이아 명상」(1990) 중에서

이제 그의 시에서 사물과 사물은 서로 화간하기 시작한다. 시인의 살[肉]이 나무와 한 몸이 되는 에로스적 내통을 첫 시선집 『고통의 축제』(1972)에서 만나보자.

그 잎 위에 흘러내리는 햇빛과 입맞추며
나무는 그의 힘을 꿈꾸고
그 위에 내리는 비와 뺨 비비며 나무는
소리 내어 그의 피를 꿈꾸고
가지에 부는 바람의 푸른 힘으로 나무는
자기의 생이 흔들리는 소리를 듣는다.(강조는 인용자)

—「사물의 꿈 1—나무의 꿈」(1972) 중에서

나무는 햇빛과 '입맞춤' 하고, 비와 "뺨 비비며", 소리 내어 "그의 피"를 꿈꾼다. 이렇게 이 시에는 입맞춤, 뺨 비비기라는 언어의 스킨십이 넘치고 있다. 이미 시인은 스스로 나무가 되어 나무의 '살됨(incarnation)'을 체험하고 있다. 여기서 나무는 시인의 욕망을 투사하는 대상물이 아니라, 나무이기도 하며 시인 자신이기도 하다. 그래서 "의식의 맨 끝은 항상/죽음"(「사물의 정다움」, 1972)이라는 실존적 명제 앞에서 "자기의 생이 흔들리는 소리"를 듣기도 하는 것이다.

정현종에게 "인간은 만물과 더불어 인간이며, 더구나 시인은 만물과 더불어 시인이다"(「가이아 명상」, 1990). 바로 이러한 초기 시의 법열감이 이후의 시집 『한 꽃송이』, 『갈증이며 샘물인』 등에서 나오는 에로스적 상상력의 원형이다.

이때부터 시인의 의식에는 사물들이 자유롭게 드나드는 환하고 투명한 공간이 자리 잡게 된다. 워낙 투명해져서 그의 시 속에서 사물은 "환하게 환하게 보인다"(「신바람」, 1989). 비워져 환한 공간에 자연의 숨결 그대로를 자신의 숨결로 받아들이는 것이 바로 후기 시의 두드러진 특징이다. 그것은 "환합니다"(「환합니다」, 1992)라고 탄성을 일으킬 만치 기쁜 변화였다. 이때 환하고 투명한 시인의 몽상 속에서, 생명과 사람이 한 몸이 되는 방법으로 시인이 택한 기법은 에로스적인 상상력이다.

세상의 나무들은
무슨 일을 하지?
그걸 바라보기 좋아하는 사람,
허구한 날 봐도 나날이 좋아
가슴이 고만 푸르게 푸르게 두근거리는

> 그런 사람 땅에 뿌리내려 마지않게 하고
> 몸에 온몸에 수액 오르게 하고
> 하늘로 높은 데로 오르게 하고
> 둥글고 둥글어 탄력의 샘!

— 「세상의 나무들」(1995) 중에서

시인은 바로 "그걸 바라보기 좋아하는 사람, 허구한 날" 보기만 하는 사람이다. 세상의 나무들이 자신의 "온몸에 수액 오르게 하고/하늘로 높은 데로 오르게 하고/둥글고 둥글어 탄력의 샘!"이라며 그의 육체 안에 숫음치는, 살아 있는 것들과 힘차게 조응하는 그의 삶으로 느낀다. 그에게 "생명의 기쁨은 무슨 추상적인 이념이나 거창한 철학 속에 있는 것이 아니라 이렇게 작은 것들 속에 있"(「가이아 명상」, 1989)다. 자연스럽게 그는 최고의 상징으로 '나무'를 삼는다. "둥글고 둥글어 탄력의 샘"인 나무는 바로 튀는 공과 다를 바 없다. 이때부터 생명 우주와의 합일에 대한 박람(博覽)은 왕성하게 표현된다. 마침내 그는 "강물을 보세요 우리들의 피를/바람을 보세요 우리의 숨결을/흙을 보세요 우리들의 살을"(「이슬」, 1995)이라며 세상의 모든 '사물'을 '우리'로 표현하고 있다. "보세요"와 "우리"라는 단어 사이에는 쉼표도 없다. 그것이 그것이기 때문이다. 강물은 우리 피, 바람은 우리 숨결, 흙은 우리 살, 구름은 우리 철학, 나무는 우리 시, 새는 우리 꿈, 곤충은 우리 외로움, 지평선은 우리 그리움으로 이어진다. 그리고 마지막 연에서 이 세계의 신비스러운 윤회의 창조력을 노래하고 있다. 그 스스로 자연과 어떤 문턱도 두지 않고 있는 것이다. "안팎이 같이 움직이며/넓어지고 깊어"(「몸이 움직인다」, 1999)지는 교감은 자연과 자연, 인간을 포함한 사물과 사물 사이에서 수직적 체계를 거부한다.

그래서 그는 "내 필생의 꿈은/저 새들 중 암놈과 잠을 자/위는 새요 아래는 사람인/반인반조(半人半鳥) 하나 낳는 일!"(「숲에서」, 1989)이라고 선언한다. "천둥과 한몸/비와 한몸/뻐꾸기 소리와 한몸으로/나도 우주에 넘치이느니"(「여름날」, 1995)라고 고백하며 그는 충만한 기쁨을 만끽한다. 자아와 사물과의 에로스적 합주가 정현종 시의 주조음이다. 그가 좋아하는 멕시코의 시인 옥타비오 파스가 "시는 언어의 에로티시즘이고, 에로티시즘은 육체의 시다."라고 한 말은 정현종의 시에 그대로 적용된다. 일찍이 김현이 '바람의 현상학'(「바람의 현상학」, 1979)이라 했듯이, 정현종의 에로스적 교감은 바람처럼 "퍼지고 퍼져/무한 허공과 솔기 없이 이어진다"(「달맞이꽃」, 1992).

그의 시에서 에로티시즘이 궁극적으로 추구하는 세계는 조화와 질서와 생명으로 충일한 우주 합일의 세계이며, 원초적 질서를 상징하는 고향이다. 따라서 그의 에로티시즘은 후기 자본주의 사회에서 상실된 자아와 상실된 육체성과 상실된 생명을 모두 회복하는 원초적 질서를 표상한다. 이러한 원초적 질서를 꿈꾸는 에로티시즘은 모든 인간이 공유하는 가장 보편적이고, 가장 근원적인 상상력이다. 정현종은 가장 예민하고 가장 보편적인 상상력을 시의 기법으로 택한 것이다.

극적 전환의 에로티시즘

제5시집『한 꽃송이』(1992)에 이르면 그의 에로티시즘은 안정된 모습으로 정착한다. 그런데 앞서 인용한 시들이 '튀는 공'과 우주와의 에로스적 교감을 평면적으로 담아내고 있다면, 조금 다른 계열의 시들이 있다. 그것은 극적 전환을 이용하여 읽는 이의 고정관념을 깨뜨리는 시들이다.

극적 전환이 처음 이용된 시는 "한참 꿈을 꾼다/포르노를 보고 있다/별게 아니라 삶처럼/여러 포즈로 꿈틀거린다"로 시작되는 시 「외설」

(1989)이다: 꿈이라고는 하지만 "포르노를 보고 있다"(2행)라는 명확한 언설 때문에 독자는 천박 혹은 야릇한 고정관념을 떠올리게 된다. 성(性)이란 말은 한동안 금기되어 왔다. 더욱이 포르노라는 단어는 금기된 영상을 떠오르게 한다. "~보고 있다"는 시인의 명징한 동사형 때문에 독자의 주관적 정서가 틈입할 여지가 없다. 독자는 시인이 만든 포르노 감옥에 갇히게 된다. 그런데 그 후에 이어지는 "별게 아니라 삶처럼"(3행)이라는 말에 멈칫하게 된다. 단 한 줄로 시인은 극적 전환을 시도하고 있는 것이다. 이어서 정작 외설스러운 포르노는 무엇인지, "삶처럼" 구체적으로 지시하기 시작한다.

제도의 외설
합법의 외설
타성의 외설
졸작 안정
걸작 연애
오호라 외설스럽구나 출근
더더욱 외설스럽구나 교육

—「외설」(1989) 중에서

제도, 합법, 교육 따위에 달라붙은 허세의 더께는 정현종의 발랄한 상상력 때문에 우스꽝스럽게 떨어지고 만다. 아니 우스꽝을 넘어 신랄하게 조롱받는다. 시인은 빈정거림을 넘어 제도, 합법, 타성, 교육 따위의 엄숙한 것들이야말로 "더더욱 외설스럽"다고 강력히 질타하고 있다. 성적 억압이 제도적 억압과 함수 관계에 있다는 것은 미셸 푸코 등에 의해 널리 지적되어 온 바이다. 곧 이 시는 단지 포르노를 소재로 한 에로티시즘의 시가 아나라, 성적 억압을 포함한 사회의 억압 구조에 대항하는 시다.

이 한 편에서 보인 극적 전환의 수법은 이후 정현종의 단골 기법이 된다. 즉 하나의 사물을 택해, 독자를 에로틱한 상상력으로 안내 혹은 감금한 뒤, 갑자기 혹은 슬그머니 한 줄이나 한 단어로 시의 의미를 전복시키는 것이다. 그리고 앎의 방식을 전혀 다른 차원으로 존재시키는 것이다. 명명한다면 시의 극적 전환이라고나 할까. 보다 직설적으로 이용된 경우를 보자.

늦겨울 눈 오는 날
날은 포근하고 눈은 부드러워
새살인 듯 덮인 숲 속으로
남녀 발자국 한 쌍이 올라가더니
골짜기에 온통 입김을 풀어놓으며
밤나무에 기대어 그짓을 하는 바람에
예년보다 빨리 온 올봄 그 밤나무는
여러 날 피울 꽃을 얼떨결에
한나절에 다 피워놓고 서 있었습니다. (강조는 인용자)

—「좋은 풍경」(1992)

겨울 눈 덮인 숲 속에서 남녀 한 쌍이 "그짓"을 하는 장면은 시의 소재로는 유별나다. "새살"(3행)이라는 단어는 시를 더욱 관능적으로 색칠한다. 그런데 시인은 "그짓을 하는 바람에"라는 가장 긴장된 장면에서 시의 의미를 극적 전환시킨다. '그짓' 때문에 봄이 빨리 와서, 얼결에 밤나무가 꽃을 피워놓았다는 것이다. 이 극적 전환 때문에 남녀 한 쌍의 '그짓'은 생명을 탄생시키는 풍요제가 된다. 이렇게 시인은 성이 삶의 여러 면을 성찰할 수 있게 하는 창문이 될 수 있다는 것을 보여준다.

비슷한 시가 같은 시집에 실려 있다. 시인은 복도에서 "기막히게 이쁜 여자의 다리를 보고/비탈길을 내려가면서 골똘히/그 다리 생각"(「한 꽃송이」, 1992)을 한다. 여기까지는 육체적인 성적 공상 그 자체이다. 보통 사람이라면 "그 다리 생각"으로 성적 공상을 시작할 것이다. 게다가 마주 오던 동료의 "근육질" 목소리라는 표현이 그런 공상을 더욱 부추긴다. 여기까지는 단지 육체적 에로티시즘에 불과하다. 그런데 여기서 시인은 "시상(詩想)에 잠기셔서……."(7행)란 동료 교수의 의례적인 인사말을 받아 상황을 전환시킨다. 의례적인 인사말을 "하, 족집게로구나"로 받아내면서 "한 기운의/소용돌이가 결국 피워내는 생살/한 꽃송이(시)를" 피워내고 마는 것이다. 곧 생살(다리)이 꽃(시)을 만들어내는 것이다. 이렇게 성적 욕망을 직설적으로 드러낸 도입부가 극적 전환을 이루고 시는 완전히 다른 의미로 비약하게 된다. 부도덕하다고 비난받을 거리가 온데간데없어져 버린다. 오히려 남녀의 '그것'은 산에 꽃을 피우는 생명력의 씨앗이며, 기막히게 이쁜 다리는 시를 쓰게 만드는 원시의 힘이 되는 것이다.

자칫 상투적이랄 수 있는 그의 에로스적 상상력과 극적 전환 기법은 끊임없는 내용 변화로 새로움을 찾는다. 시인은 인간의 성애 장면만을 대상으로 삼지 않는다. 모든 사물이 갖고 있는 풍성한 관능적 이미지는 부지런한 시인에게 포착된다.

페루 리마의 파라엘 라르코 에레라 박물관에서 잉카 시대 성애 도자기를 보고 나와서 우리 소형 버스를 탔다

나는 냉방을 별로 좋아하지 않는 바이지만 이번에는 달라서 기사한테 소리쳤다

"에어컨 좀 틉시다!"

달은 잘 익어서 떠오르고

옥수수도 잘 익어가고 있었다(강조는 인용자)

—「性愛 도자기」(1995)

시를 창작하게 되는 동기는 성애 도자기를 보고 나서이다. 스쳐 지나가기 쉬운 그 사물을 보는 순간 시인은 황홀감에 달아오른다. "에어컨 좀 틉시다"라는 말에서 이 시는 극적 전환을 이룬다. 이미 상상력 속에서 성적 교감의 순간을 누리고 감각이 최고로 예민해져 있는 시인의 눈에는 계절과 상관없이 달도 옥수수도 잘 익어가고 있는 중이다. 이렇게 자주 등장하는 시의 극적 전환은 정현종 시에 보이는 하나의 상투성으로 지적될 만하지만, 그는 이 방식을 끈기 있게 밀고 나간다. 밀고 나가면서 에로티시즘의 이야기를 뜬금없는 내용으로 채워 독자로 하여금 놀라게 한다. 가장 최근의 시를 보자.

나폴레옹과 조세핀의 전시회에 가서

조세핀이 신었던 스타킹을 보았지.

뱀이 허물 벗어놓은 것 같더군.

섹시했겠네.

스타킹이 그런 게 아니라

시간이 섹시하게 느껴지더군.

시간이 그렇게 에로틱한 건지는 처음 알았어.

(모든 무상(無常)한 게 그러하거니와!)(강조는 인용자)

—「시간에 대하여」(2003)

4행까지를 보면 단순히 육체적인 에로티시즘을 말하는 것 같다. 세계를 제패한 나폴레옹을 정복한 왕비 조세핀, 그리고 그녀의 스타킹이라는 세 가지 이미지만으로도 독자는 뻔한 상상력을 떠올리게 된다. 여기에 시인은 "뱀이 허물 벗어놓은 것"(3행) 같다는 말로 독자의 관능성을 더욱 자극한다. 이어서 "섹시했겠네"라는 한 행으로 독자를 관능적 상상력 안에 가두어버린다. 여기서 끝난다면 호색 문학에 불과할 것이다. 그런데 그는 "스타킹이 그런 게 아니라"라는 한 행으로 극적 반란을 시도한다. 섹시한 것은 스타킹이 아니라 "시간"이라는 것이다. 인간에게 시간이란 심연을 알 수 없고, "견딜 수 없네"(「견딜 수 없네」, 2003)라고 부르짖을 수밖에 없는 것이다. 그런데 시인은 무상한 시간을 "에로틱"하다며 새로운 이미지의 활력을 씌워버린다. 이렇게 그의 시는 에로티시즘을 통해 온갖 우주적 사물은 물론 시간과도 내통한다.

교감의 숲과 주체의 해탈

그의 에로스적 상상력이 갖는 의미는 무엇일까. 첫째, 우리는 시인이 무거운 일상에서 떠오르기 위하여 억압된 관념을 벗고 자신을 비우는 과정을 보았다. 가벼운 에테르처럼 바람처럼 솟으면서 그의 시는 춤추듯 하나씩 일상의 옷을 벗는다. 이렇게 "튀는 공"이 "대공(大空)"에 이르도록, "튀는 공"이 우주와 교감할 수 있도록, 에로스적 상상력이 극적으로 쓰이고 있다.

둘째, 성적 교감을 하고 있는 사물들은 이미 서로 서슴없는 탐닉으로 '한 몸'이 되어 있는 상태이다. 서로를 허용한 성적 교감에는 서로 밀어내는 적대적인 경계가 존재하지 않는다. 그가 네루다에게 "그의 시 속에서는 사물의 경계가 지워지고, 안팎의 구별은 없어진다."(「인공자연으로서의 시」, 1989)고 했던 말은 실상 정현종 자신에게도 적용된다.

셋째, 사물과 교감하려는 그의 에로스적 상상력은 시의 '극적 전환' 이라는 기교를 통해 극대화되고 있다. 그는 에로스적인 상상력으로 일상적 세계에 길들어 있는 독자의 의식을 긴장시키고 뒤집어 일깨운다. 이때 극적 전환이란 일종의 "세상을 바꾸는 꽃 한 송이, 짐짓 혁명"(「또 하루가 가네」, 1995)인 것이다.

그의 관능적 표현은 말초적이거나 퇴폐적이거나 음란하지도 않다. 그가 말하는 에로스적 교감은 "튀는 공"과 우주, 죽음과 삶의 순환 고리 속에 존재하는 우주론적 통찰이다. 온 누리가 작은 누리와 함께 교감하는 "생명의 황금고리"(「들판이 적막하다」, 1992)이다. 나아가 그의 시는 생명의 유기체적 본성을 무시하고 있는 근대적 인간 중심주의를 통렬하게 질타하고 있다. 후기 산업 사회에서 인간마저 객체화시키는 근대적 이성에 대하여 보다 근원적인 삶의 진실을 속삭이고 있는 것이다. 그것은 곧 주체의 죽음이 아니라, 인간의 원초적인 질서를 구도(求道)하는 주체의 해탈이다.

결국 우주와의 에로스적 상상력은 초기 시부터 정현종의 고유한 음역이랄 수 있겠다. 정현종은 우주와 교감하는 용광로의 비등점을 에로스적 상상력으로 극대화시키고 있다. 그의 에로티시즘은 불쾌하지 않다. 그것은 삶을 탄력 있게 하는 하나의 여유일 뿐이다. 그에게 에로티시즘이란 우주적 관능과 생명적 관능을 노래하기 위해 이용될 뿐이다. 이러한 그의 에로티시즘 미학 하나만으로도 그의 예외적인 상상력은 문학사적으로 독특하다.

그는 에로티시즘을 이용하여 시를 웅숭깊은 교감의 숲으로 만들고 있다. 그의 시를 읽는 자는 그와 함께 우주적 교감의 숲을 함께 산보하는 도반(道件)이 된다. 그런데 에로스적 극전 전환이라는 최상의 기교는 낡아가고 있다. 이제 그 상투성을 뛰어넘을 자는 오직 그 자신뿐이다. 그가 처음과 같이 "곧 움직일 준비되어 있는 꼴/둥근 공"(「떨어져도 튀는 공처럼」,

1978)으로 다시 튀어 오르며 새로운 교감을 보여줄 것인지, 그것은 정현종
만의 숙제이다.

덧말

어느 날 내가 "교수님"이라고 불렀을 때, 시인은 "자네가 어떻게 나에게 교수님
이라고 부를 수 있는가."라며 섭섭함을 표했다. 그 말이 그렇게 감사했다. 나에게
정현종이란 분은 "선생님"이시다. 이 글은 내가 선생님을 뵙고 20년 만에 처음 쓰
는 정현종론이다. 그만치 "선생님"에 대해 쓰기 어려웠다. 이 글 또한 비평할 만한
거리감을 두지 못하는 어정쩡한 한계를 보이고 있다. 아쉬운 마음에 필자가 일본
에서 논문을 준비하고 있을 때 받은 편지의 한 구절을 남긴다.

"……문학 연구란 좋은 작품, 자기가 좋아하는 작품을 대상으로 해야 해. 그래
야 그 연구가 가치 있는 것임은 물론 스스로도 신나는 일이 될 테니까. 지나친 비
분강개란 흔히 좀 모자라는 태도이기가 쉽지들. 어떤 문학을 비교, 연구하는 것이
든 좋은 작품을 가지고 하도록……1997년 1월 23일 정현종"

정지용, 김수영, 파블로 네루다, 로르카, 옥타비오 파스, 휘트먼, 바예호…… 정
현종 선생이 연구했던 시인들, 가장 좋아하는 시인들이다. 다음에 이어질 정현종
의 시와 시론 연구는 그가 연구했던 작가론, 작품론의 검토와 함께 이루어져야 할
것이다. 아, 그러고 보니 저들 모두 '튀는 공' 아닌가.

III 교감

병허 선생과 빈병당 주유기(酒遊記)[1]

정현종 선생님과의 만남

참석자: 정현종,

스티븐 캐프너(연세대 대학원 국문과 박사 과정, 이하 동),

전영준, 조강석, 장철환, 이승은, 김창환, 강계숙,

정하나(정2), 이윤빈(석사 과정, 이하 동), 김지윤(김2)

정현종 선생님과 우리 제자들은 2004년의 어느 초겨울에 북한산을 올랐다. 맑은 날씨는 아니었지만 가끔씩 이마를 스치는 선선한 바람이 산에 오르는 사람들의 원기를 돋우어주는 그런 날씨였다. 산신령처럼 나무 사이를 오르시는 뒷모습과 젊은 사람 못지않은 걸음걸이에서 선생님의 건재하심을 느꼈다. 산을 내려와 북한산 자락의 한 두붓집에서 빈 술병들을 늘어놓는 기쁨을 함께 한 후 우리는 신촌의 한 카페로 자리를 옮겼다. 여기서도 선생님과 우리들은 술잔이나 찻잔을 앞에 놓고 형식에 구애받지 않고

---

1) 이런 제목이 붙은 데는 재미있는 사연이 있다. 선생님과 우리 제자들은 몇 번인가 산에 오르며 자연스레 '당'을 하나 결성한 바가 있었다. 이름하여 '빈병당'. '빈병당'은 쌓여가는 빈 술병들을 바라보며 흐뭇해하는 사람들의 당이다. 술을 좋아하는 사람이면 누구든 잠재적으로 당원으로 간주하는——물론 우리 마음대로지만——그런 당이다. 선생님께서는 이 당의 총재로서 그 자리에서 직접 지으신 '병허(甁虛)'라는 호를 쓰고 계시며 각자는 자기 마음대로 당직을 하나씩 맡고 있다. 순전히 술자리의 농담이 만들어낸 가상의 당이지만 이 상상 속의 당은 선생님과 우리의 상상 속에서 그 당세를 꾸준히 넓혀가고 있는 중이다.

화기애애한 대화를 나누었다. 우리들의 끊이지 않는 질문 공세와 선생님 특유의 호탕한 웃음소리 속에 취흥이 도도했던 밤은 그렇게 깊어갔다. 아래의 내용들은 말 그대로 글로 찍은 그 밤의 스냅 사진과도 같은 것이다. 스냅 사진이 특별한 시간 속의 세세한 결들을 다 잡아낼 수는 없겠지만 나중에 사진을 감상하는 이들에게 '기억을 간직한 거울'로서의 역할 정도는 하지 않겠는가.

살아 있는 것들과의 접촉, 그리고 문명의 냄새

강: 선생님께서 회고하신 어린 시절에 관한 에피소드 중 강가에서 춤을 추셨던 이야기 있지요? 한국 전쟁 무렵 냇가에서 군인들과 함께 뼈를 하나씩 주워 들고 달밤에 춤을 추셨다는 얘기. 전 그 얘기가 참 인상적이었어요.

정: 그건 다른 자리에서도 여러 번 한 얘기지만, 나에게도 인상적인 경험이었어. 이른바 꿈을 가져야 할 나이에, 장난감을 가지고 놀아야 할 나이에, 뼈를 가지고 놀았으니까. 어떻게 보면 상당히 비극적인 것이지. 그런데 문학을 위해선 특별한 경험이었던 것 같아. 좋게든 나쁘게든 이후의 삶에 어떤 영향을 미치긴 했겠지. 그런데 그게 좀 괴이한 것이긴 해도—어린 시절에 죽음을 생각이나 했겠어?—어린아이에겐 재미있는 놀이였지 않았을까? 그 달밤의 무엇인가가 내 의식 속에 들어갔겠지. 바슐라르의 말로는 어린 시절이 영감의 원천이라는데, 영감이란 말도 그렇고, 어린 시절이란 말도 그렇고, 그런 말들에서는 단어 자체에서 나오는 빛 같은 게 있거든.

그때는 경제적으로 가난했던 시절이었어. 그 시절은 나라 전체가 다 그랬지. 그러나 가난한 가운데서도 자연이 있었고, 그곳이 곧 놀이터였지.

어떻게 보면 플라스틱 완구를 가지고 노는 것보다 자연 속에서의 놀이가 상상력을 훨씬 활동적으로 만들지 않았을까? 그땐 살아 있는 것들하고 놀았으니까. 산과 들, 개울과 웅덩이에서 모든 것이 한꺼번에 어우러져 놀았어. 우리가 전쟁 보도 사진을 볼 때 가끔 놀라는 게 있잖아? 폭탄이 터지는 옆에서도 웃고 놀잖아, 아이들은. 그런 거거든 아이들이란 게. 참, 반딧불이 잡아봤는가? 우린 어린 시절에 그런 걸 잘 잡았지. 그런데 그게 이루 말할 수 없이 환상적이야. 밤에 수많은 반딧불이들이 허공에 떠 있는 그 광경. 반딧불이를 잡아 꼬리 끝에 있는 발광체를 떼어서 놀았지. 여기다 붙이고, 저기다 붙이고. 그러면 사방이 빛으로 반짝였어. 밤은 곤충들 때문에 환상적이었고, 낮에는 낮대로 살아 있는 수많은 것들하고 접촉하면서 지냈지. 그것이 화전에서 자라던 시절의 기억들이야. 그때의 경험들이 그 뒤 글을 쓰게 되었을 때도 끊임없는 생명력과 상상력의 원천으로 작용했던 게 아닐까 싶어.

장: 선생님께선 그 당시에도 호기심이 많으셨겠지만 지금도 그러신 것 같아요. 왜 전에 북한산에 가셨을 때 초입에 '그린' 뭐라고 하는 이상한 녹색 간판이 붙어 있는 이층집을 보시더니 그리로 뚜벅뚜벅 걸어가서서 초인종을 바로 누르셨잖아요. 선생님의 뒤를 따르던 저희들이 깜짝 놀랐던 거 모르시죠? 그리곤 대뜸 주인에게 이 집이 뭐 하는 집인지 물어보셨잖아요. 결국 저희들 모두 그 집이 자연 치료 요법을 하는 집이라는 걸 알게 되었지요. 선생님께서는 지칠 줄 모르는 호기심을 가지신 것 같아요. (모두 웃음)

강: 어린 시절을 그런 시골에서 자라다가 도시로 이주하셨을 때 어떤 이질감 같은 걸 느끼진 않으셨어요?

정: 그것은 그것대로 또 좋았어. 전차 타는 것도 재미있었고. 그때 미군 트럭 중 GMC라는 게 있었는데, 우린 그걸 제무시라고 불렀지. 그게 달릴 때 나는 휘발유 냄새가 왜 그렇게 좋았던지⋯⋯. 내 생각엔 그게 처음 맡아본 냄새라서 그랬던 것 같아. 시골 살던 아이가 처음 맡아본, 그야말로 문명의 냄새였지. 전차는 그 생긴 형태며 운행하는 꼴이 뭐랄까, 거의 로맨틱할 정도로 느껴졌던 듯해. 전선에 도르래를 굴리며 가는 모양이며 땡땡땡 하는 소리도 그렇고. 문명이란 건 현혹적인 데가 있는 게 아닐까?

조: 시를 공부하다 보면 어릴 때의 자연 체험이 시인들에게 중요하다는 생각을 할 때가 많습니다. 그런데 저희 세대만 해도 대부분 도시에서 자랐기 때문에, 자연을 직접 체험하는 경우가 매우 드뭅니다. 그렇다면 앞으로의 시인들은 무엇을 시적 영감의 원천으로 삼아야 할 것인가 고민될 때가 있어요.

정: 다른 자리에서도 그런 질문을 많이 받고는 해. 자기들은 도시에서 태어나고 자랐는데 어찌해야겠느냐. 글쎄, 시가 달라지겠지. 그런데 도시에서 산다고는 해도 가까이 있는 야외에서 자연을 경험할 기회는 있겠지. 아예 자연 체험이 없다고 할 수는 없어요. 하지만 도시에서의 삶은 자연 속에서 사는 건 아니기 때문에 아무래도 많이 다를 수밖에 없겠지. 그렇다면 시가 달라질 수밖에 없을 텐데⋯⋯.

(이때 스티븐이 검은 코트를 입고 나타나서 대화가 끊겼다. 선생님은 그가 잉그마르 베르히만의 영화 「제7의 봉인」에서 주인공과 함께 바닷가에서 체스를 두는 사신처럼 나타났다고 농담을 하셨다.)

강: 중·고등학교 때 공부는 잘하셨어요? 무슨 과목을 잘하셨어요? (웃음)

정: 잘하는 편이었어. 국어와 역사를 잘했지. 물론 국어를 제일 잘했어. 언젠가 이야기했던 일화인데, 고등학교 2학년 때쯤이었던 것 같아. 국사 선생님이 좀 괴짜셨어. 그 양반은 나중에 얘길 들으니 정식 교사 자격증 없이 교단에 선 분이었대. 참 아는 것이 많았던 분이었지. 그 시절에 공자, 맹자 얘기해 주신 건 그분밖에 없었어. 성격도 굉장히 급해서 애들 때릴 때는 시계를 딱 풀어놓고…….

강: 선생님께서도 맞은 적이 있으셨어요?

정: 그때는 없었고, 국민학교 때는 맞은 적이 있었지. 조회 시간에 운동장에서 따귀를 많이 맞았는데, 왜 맞았는지 그 이유가 전혀 기억이 안 나. 이유도 기억나면 좋겠는데. 왜 어린애를 그렇게 때렸는지……. 그저 맞았다는 기억만 뿌옇게 남아 있어. 중·고등학교 때는 물론 맞은 적이 없어. (갸웃하시면서) 맞았나? (모두 웃음) 어쨌든 그 역사 선생님 얘기로 돌아가면, 그 양반은 어찌 보면 대학 교수를 하셨어야 할 분이었지. 하여간 시험을 치를 때였어. 열심히 시험을 보고 있는데 이분이 다가오시더니 내 귀에다 대고 "국어 선생님하고 같이 민족학교를 세우려고 하는데……." 그러시는 거야. 그때는 민족주의가 그야말로 대단했던 때였어. 그럴 수밖에 없었던 것이 민족의 현실이 너무 척박했었으니까. 하여간 이 양반이 "너 졸업하고 와서 우리랑 같이 일하지 않을래?" 그러시지 않겠어? 그래서 아, 이 양반이 날 굉장히 좋게 보고 계시는구나, 그때 알았지. 그런 거 보면 역사도 비교적 잘했던 것 아니겠어? 잘 못하는데 그런 말씀을 하셨겠어? (모두 웃음)

강: (장난스레) 수학은 어떠셨어요?

정: 에…… 수학에 대해 말씀을 하자면……. (모두 웃음) 우리가 대학 들어가던 시절에는 무시험 전형이란 게 있었어. 연세대학교도 그런 입학 전형이 있었지. 그런데 그게 우리 때로 마지막이었어. 고3 때 성적이 좋아야 무시험으로 입학할 수 있었기 때문에 공부를 열심히 했었지. 그런데 다른 거에 비하면 수학 성적이 별로 안 좋았기 때문에 다른 과목보다 더 열심히 했었어. 그래서 90점 이상은 안 돼도 80점 이상은 받았지. 그리고 화학, 물리 뭐 그런 것들을 싫어했지. 싫어했으니 성적도 안 좋았겠고.

전: 중학교 다니실 때 댁이 화전이셨는데, 학교가 있는 신설동까지 다니시려면 굉장히 멀었겠어요.

정: 응, 멀어서 기차 타고 다녔어. 신촌도 지나고 서울역에서 내려 전차 타고 신설동까지 간 거지. 그때 잘했던 짓이 달리는 기차에서 뛰어내리는 거였어. 내가 달리는 기차에서 잘 내려. (모두 웃음) 또 떠나는 기차 잘 잡아 타고. 기차가 역에 도착하기 전에 먼저 내리는 거지. 기차가 서기 전에 내리는 그 맛. 뭐랄까, 그걸 즐겼지. 그런 운동.

강: 그건 진짜 바람의 이미지인데요, 선생님?

정: 하하. 잘도 갖다 붙인다. (모두 웃음)

바다의 열병(熱病)——눈에 보이는 무한, 그리고 처음의 시들

김: 수업 시간에 바슐라르의『물과 꿈』을 선생님과 같이 읽었을 때 있었던 일로 기억하는데요, 오필리어가 머리카락이 풀어지면서 강물에 흘러가는 광경을 말씀하시면서 개인적으로 물을 안 좋아한다고 하셨어요. 그 이유가 몹시 궁금했습니다.

정: 아, 내가 어릴 때 헤엄치다가 물에 빠져 죽을 뻔한 적이 있었어. 화전에는 웅덩이가 많거든. 들에 놀러 나가면 근처에 제법 큰 웅덩이들이 있었어. 몇십 미터는 되지 않았나 싶은데. 한번은 아이들하고 그 웅덩이를 건너가자는 내기를 했지. 그땐 다 개구리헤엄을 치던 때였어. 그래서 개구리헤엄으로 웅덩이를 건너가는데 갑자기 중간에 힘이 빠지면서 죽을 지경이 된 거야. 그때 자칫했으면 빠져 죽었겠지. 어떻게 뭍에 올라와서 물을 토하던 기억이 나. 아주 힘들었었지. 그래서 물을 싫어하게 된 게 아닌가 싶어. 그런데 바다는 싫지가 않아. 호수나 고인 물 같은 게 싫은 거지. '내 마음은 호수요' 라는 시구도 있듯이 남들은 낭만적으로 얘기하는 것들인데 말이야. 일종의 물 공포증이겠지. 정신적 외상이기도 하고. 그래서 배도 잘 안 타. 뭐라고 할까, 불안정한 것이 싫다고나 할까. 그래서 땅이 좋은 거야. 하지만 바다는 달라. 「바다의 열병(熱病)」이란 작품도 있지만……. (잠시 바다를 떠올리는 듯 침묵하신 뒤) 하여간 감당할 길이 없습니다, 바다는! 「바다의 열병」이란 작품을 쓰게 된 사정은 이래. 문학과지성사에서 간담회를 열어서 홍도로 간 적이 있어. 그날 거기 음식점 2층 턱에서 바다가 보이는데, 마악 어스름 무렵이었지. (사이) 어스름이고 어둑어둑한데, 해변으로 젊은 남자 둘이 지나는 거야. 그 순간 그 두 남자의 모습이 사람이라기보다 불꽃 두 개가 지나가는 것처럼 보였어. 그래서 그렇게 쓴 거야.[2] 바다가 배경이 아니었다면 과연 그게 그렇게 보였겠어? 바다라는 것은 또 용

광로이기도 한데—물은 물론 찬 것이지만—그건 수평선의 무한 때문에 그럴 거야. 그것은 눈에 보이는 무한이거든. 무한이란 건 안 보여야 하는 건데, 보이니 그걸 어떻게 견디겠어? 그날 밤 목포에서 이인성이랑 몇 명이 같이 신안호텔 옆에 있는 언덕 위 카페로 들어갔지. 그곳에 들어가니 창가에다 촛불을 켜놓았더라구. 햐, 그러니 감회가 없을 수 있겠어? 그래서 그렇게 쓴 거야.[3] 촛불 하나가 바다를, 용광로인 바다의 무한을 감당하고 있다고. 실제로 그랬어. 만약 바닷가에 살았더라면 또 다른 시적 원천을 가졌겠지. 바다에서 사는 건 아무래도 또 다르겠지.

(이때 이윤빈이 뒤늦게 와서 자리에 합류하느라 잠시 대화가 끊겼다. 선생님은 '우리 대변인'이 왔다고 반가워하셨는데 뒤늦게 온 그녀는 자칭 타칭 '빈병당'의 대변인이다.)

강: 대학 입학하실 때 왜 철학과를 선택하셨어요? 국문학이나 역사학을 하실 수도 있으셨을 텐데요.

정: 인생이 좀 괴로웠었나 보지.(웃음) 뭐 특별한 이유가 있다기보다 이를테면 바탕이 생겨먹기를 그렇게 생겨먹어서 아니겠어? 다른 자리에서도 얘기한 적이 있지만, 우리 고등학교 때는 실존주의가 유행했었어. 1950년

---

2) 여기서 언급되고 있는 시의 부분은 다음과 같다. 해 저문 바닷가를/젊은이 서넛이 걸어간다./그런데 이상하다, 틀림없는 불꽃이다./성냥을 그어댄 가스와도 같이/불꽃 서넛이 걸어서 간다/천지를 광기의 비린내로 가득 채우며.—「바다의 熱病」중에서.

3) 여기서 언급되고 있는 시의 부분은 다음과 같다. 바닷가 술집 창가에/촛불을 켜놓고 있었다./촛불의 불꽃 하나에서/온 바다가 타고 있었다./촛불의 불꽃 하나가/(열병과 광기의 도가니)/무한을 감당하고 있었다.—「바다의 熱病」중에서.

대 후반쯤이었는데, 그때는 참 살기 어려운 시절이었지. 어릴 때라 잘 이해하지는 못했겠지만, 그 시절에 느낀 것들이 당시에 유행하던 실존주의하고 어딘지 통하는 데가 있었어. 당시에 서울대학교 교수이셨던 김준섭 선생이 쓴 『실존 철학』이란 책이 있었어. 이분은 실존 철학을 이해하기 위해서 프랑스에 가서 실존주의자들이 다녔다는 카페나 거리를 발로 답사한 사람이야. 이 책은 직접 답사한 것들과 자신의 지식을 섞어서 쓴 책인데 재미있었지. 그동안 서양 철학에서 별로 중요시하지 않던 개념들, 그 개념들이 지시하는 상태들, 예컨대 불안이라든가 고독, 기분 등처럼 철학적으로는 다루지 않았던 것들을 진지한 주제로 다루었던 것은 실존 철학이 처음이 아닌가 싶어. 그때 다들 불안하고 초조하고 그러지 않았겠어? 모르긴 해도 실존 철학에 관심을 가졌던 것은 그런 영향도 있었을 거야. 그리고 어려서 읽은 책들의 영향도 있었지. 예를 들면 헤세의 책들 중에서도 『싯다르타』 같은 것은 신성한 책 같아서 명동성당에 가서 읽었었지.

전: 그럼 혹시 중·고등학교 때 이미 시를 쓰셨나요?

정: 그때도 썼지. 중학교 때 「형님 생각」이란 제목으로 쓴 작품이 있어.

전: 그것이 선생님의 비공식적인 처녀작인가요?

정: (웃음) 아마 그럴는지도 몰라.

(다들 우리가 그 시를 발굴해 내자는 농담을 하면서 폭소를 터뜨렸다.)

정: 형님이 군인이었어. 그 형을 생각하면서 쓴 게 「형님 생각」인데, 중

학교 때 처음 쓴 시가 아닌가 싶어. 지금은 그 내용이 전혀 기억이 안 나. 중학교 3학년 때 내가 학교 신문을 편집했었는데, 학교 신문을 만들면서 내가 쓴 시를 내가 직접 싣고는 했었어. (모두 웃음)

강: 마종기 선생님께서 쓰신 글을 보면 《연세춘추》에 실린 선생님의 작품이 매우 인상적이었다는 이야기가 나오더라고요. 그런데 그 작품들이 시집에는 없는 것 같던데요. 《춘추》를 찾아보면 있겠지요?

정: 시집에는 없어. 그건 내가 버린 거야. 그런데 나는 창피해서 찾지 말라고 해.

전: (장난스레) 「형님 생각」은 어디를 찾으면……. (모두 웃음)

정: 모르겠어. (웃음) 마종기 씨는 웬일인지 《연세춘추》에 쓴 그걸 그렇게 좋다고 말했어. 자기가 읽었노라고 만나자고 그래서 교보문고 바로 뒤에 청일집이라고 있는데—지금도 있을걸.—거기 가서 둘이 많이 마셨지.

4.19, 그리고 첫사랑과 우정에 대한 기억
강: 선생님께서 쓰신 다른 글들을 보면 4.19와 관련된 체험이나 기억은 별로 없는 듯해요. 그때 대학교 1, 2학년쯤 되셨지요?

정: 음, 그랬지. 아마 2학년 때쯤이었을 거야. 물론 나도 데모에 나갔어. 나갔는데 (웃음) 겁나니까 앞장은 못 서고 중간쯤 섰지. 그래도 그때 광화문 네거리는 지나서 더 나아갔었어. 더 앞선 친구들은 청와대까지 갔었고.

강: 그때 그 상황이 혁명이라는 생각은 하셨어요? 어느 좌담에서 김병익 선생님께서 회상하신 걸 보니, 웬 사람들이 몰려가는 걸 바라보다가 학교에 갔고, 수업은 이미 휴강된 뒤여서 걸어서 집으로 돌아갔노라고 말씀하셨더라고요.

정: 그것이 혁명이라는 생각은 못했지. 데모를 하니까 나도 따라나섰는데, 일종의 부화뇌동이었을는지도 몰라. 그러니 특별한 기억이랄 것도 별로 없고. 압사당할 정도로 수없이 밀려드는 사람들, 광화문 광장에서 실탄을 쏴서 납작하게 엎드렸던 기억. 옆에서 피 흘리며 실려 가던 친구도 있었고. 실제로 쐈으니까, 뭐. (잠시 침묵)

장: (조심스레) 선생님 첫사랑은 언제…….

정: 참 은근하게 묻네. (모두 웃음) 첫사랑 얘기하라고 하면 국민학교 때 얘기한다구. 한 3학년쯤 되었을 거야. 그때 처음 느꼈다니까, 이성을.(웃음)

강: (조금 놀란 목소리로) 초등학교 3학년 때요?

정: 못된 망아지 엉덩이에 뿔 난 거지 뭐. 그런데 사팔뜨길 그렇게 좋아했어. 이름이 상순이었는데, 우리 집에도 오고 그랬지. 그 애만 오면 혼자서 얼굴이 빨개졌었어. 진짜 첫사랑은 대학 때일 거야. 참, 중간에 또 하나가 있는데 그건 5학년 때야. 봉순이. 걔는 내가 넓적다리도 꼬집어보고 그랬지. (모두 웃음) 연애라고 할 만한 건 대학 때 했는데, 그때 네 개 대학이 한데 모여서 시화전을 했었어. 연대, 고대, 이대, 숙대, 그렇게. 그때 화신화랑에서 으리으리하게 했었어. 아마 한 일주일쯤 했지? 그때 만났는데,

참 열정적인 여학생이었어. 그 집에 놀러가면 내가 도착할 시간에 맞추어서 미리 피아노를 치고 있곤 했었어. (모두 웃음) 그 집에 가까이 가면 피아노 소리가 들리고 했는데. 지금은 거기가 어디였는지 기억이 안 나. 피아노 소리는 분명히 기억이 나는데, 찾아갔던 집은 기억이 잘 안 나. 그런데 말야, 나는 이런 이야기를 하다 보면 상대방에게 미안한 마음이 생겨서 얘기를 더 못 하겠어. 상대방에게 누를 끼치는 건 아닌가 싶어서. 하여튼 소설도 잘 쓰고, 재능도 있고, 날카로운 데도 있는 그런 여학생이었어. 그게 첫 번째 연애였다고 할 수 있지.

장: (웃으며) 선생님, 진전은 어디까지…….

정: 키스 정도는 했지. 등산 가서. (웃음)

김2: 혹시 학창 시절 절친했던 친구들을 지금도 만나시나요?

정: 국민학교 동창들은 거의 모르고, 중·고등학교 동창회는 번거로워서 잘 안 나가고…….

강: 좀 남달랐던 친구들은 없으셨어요?

정: 아! 중·고등학교 때 친구들이 있지. 삼총사였던. 하나는 서울대학교에서 정년 퇴임했어. 지난번 메달 수여식에도 왔었지.

모두: 아, 네루다 메달 수여식에 오셨던 그분이요?

정: 나보다 두 살 위야. 한국 고문서 연구의 권위자이지. 고등학교 때 공부를 잘했어. 타고난 학자지. 정년 퇴임하고 나서 책을 더 많이 내고 있어. 그동안 모아놓은 것 안 내고 있다가 슬슬 하나씩……. 업적에 연연하지 않은 거지. 또 다른 이는 성경만 열심히 읽었던 친구였는데, 나중에 성공회 신부가 됐어. 정동에서 본당 신부를 하다가 시카고로 이민 갔지. 가서 교회를 조그맣게 열었다고 들었는데 신자가 없어서 문을 닫은 모양이야. 그러다 세탁소를 열었다고 그래. 그 얘기를 전해 듣고 내가 농담을 했었지. 영혼이 깨끗해진 건 잘 알 수가 없지만, 옷을 깨끗하게 빨아주는 일이라면 성직자보다 더 나을 수도 있겠다고. (모두 웃음)

기억 속의 제자들
조: 예전에 제 친구 중의 하나가 선생님께 시를 써가지고 찾아갔던 적이 있었어요. 요새도 그런 학생들이 많이 있죠? 그럴 때 어떻게 하세요?

정: 어떨 때는 구체적인 지적을 할 때도 있지만 그냥 인상을 얘기할 때도 있어. 여러 가지 경우가 있지.

강: 그런 학생 중에 유독 인상에 남는 학생은 없으세요?

김2: 실제로 시인이 돼서 찾아오는 학생들도 있겠어요?

정: 물론 있지. 이미 시인이 돼서 한몫을 하고 있는 경우도 있고. 나희덕이 그렇고, 하버드에 가 있는 이영준도 있고. 그 친구는 시가 뛰어나서 칭찬을 했었는데 시를 쓰지 않고 이론을 하더라고. 아마 그쪽에 더 재능이 있

는 거겠지. 기형도는 말할 것도 없고, 성석제도 지금은 대단한 소설가가 돼
있지만 원래 시를 썼고 시로 등단했지. 원재길도 시로 출발해서 소설가가
돼 있고. 나중에 이 친구들끼리 하는 얘기가 내가 시창작론 수업에서 기형
도의 시를 제일 먼저 읽었다고 그래. 선생은 잘 모르지만 학생들은 자기들
끼리 경쟁하는 면이 있고 하니까 기억을 하는 모양이야. 성석제가 소설가
가 되고 난 다음에 그 얘기를 하더라고. 첫 시간에 기형도 시를 제일 처음
읽었다고. 그래서 속으로 아주 서운했다고. (웃음) 그런데 선생은 학생들의
그런 일을 잘 기억하지 못해. 나희덕은 첫 시집의 발문을 내가 썼는데, 시
가 그렇게 흡족하진 않았었지. 그런데 시가 점점 좋아져. 본인한테도 얘기
했어. 첫 시집 이후 시가 자꾸 좋아진다고. 산문도 좋고. 김영하란 친구는
상대 다닐 때 내 시간에 들어왔었나 봐. 나는 몰랐는데. 첫 소설집에 '못난
제자'라고 써서 보낸 적이 있어. 그래서 얼마나 못났나 싶어 읽어보았는
데, 상당히 잘났더군.

전: 얼마 전 국문과 전공 설명회가 있어서 우상호 선배가 왔었는데, 선
생님께서 처음 오셨을 때 유명한 시인이 선생님으로 오셨다고, 이제 시를
제대로 배울 수 있겠다고, 가슴이 설레였었노라는 얘기를 하더라고요.

정: 우상호가 국회의원 자격으로 왔었나 보군. 그 친구가 윤동주 문학상
가작인가 받았었지. 학생회장도 하고. 그 밖에도 여러 명이 있었지.

책의 미래와 헌책방에 대한 추억
장: 얼마 전에 친구랑 농담으로 이제는 글을 '쓴다'고 할 게 아니라 '친
다'고 해야 하는 게 아닐까라는 말을 나눈 적이 있어요.

정: 앞으로는 종이니 만년필이니 하는 것들이 박물관으로 가야 할지도 모르지.

캐: 책의 시대는 지났다는 얘기들이 나오고 있지요.

정: 그런 얘기가 나오고 있지? 그렇지 않다고 주장하는 사람들도 많이 있고. 난 그렇지 않다고 보는 쪽인데. 매년 책 출판이 더 늘어나는 추세고. 요새 학부 학생들은 e-북들 많이 보나?

김: 그런 편은 아니죠.

정: 그렇지? 아직은 책들을 더 많이 보지 않나?

강: e-북으로 읽는 것하고 책으로 읽는 것하고는 느낌이 많이 다른 듯해요. 지각 방식이 다르다고 하니까요. 책은 책대로 계속 나오지 않을까요?

정: e-북이라는 건 화면에 활자가 뜨는 것 아니야? 나는 컴퓨터를 쓰지 않아 구체적으로는 잘 모르지만 화면이라는 건 대단히 얕다고 생각해. 책이 입체적이라면 화면은 평면적이잖아. 책은 부피가 있고 만지고 책장을 넘기고 그러지 않아. 그런데 e-북은 그런 게 없잖아. 깊이가 없는 매체지. 그리고 기계니까 관성적으로 빨리 넘기게 될 것 같아. 물론 정보만 얻으려고 한다면 그게 더 좋을 수 있겠지만 문학이나 철학 같은 것은 역시 책을 봐야 하는 게 아닌가 싶어.

장: 책에는 무언가를 남겨야 맛인데…….

강: 하긴 줄을 칠 수도, 메모도 할 수 없겠네요, e-북은.

정: 그렇지? 뭔가 살아 있는 게 아닌 것 같고 자기의 흔적을 남길 수도 없고.

전: 비육체적인 것 같아요.

정: 그래, 비육체적인 거야. e-북엔 흔적이나 생명감 같은 게 없잖아?

강: 책 얘기가 나온 김에 여쭙는 건데요, 선생님께서도 헌책방 많이 다니셨지요?

정: 책을 읽는 시간보다 헌책방 돌아다닌 시간이 더 많았다고 할 수 있지. 예전엔 사방에 헌책방이 있었어. 새로 나오는 책이 별로 없었으니까. 아현동이나 청계천에 있는 헌책방을 많이 돌아다녔지. 가만있어 보자, 몇 년도인지 기억이 정확지 않은데, 1970년대 초였던가, 지금 광화문에 있는 동아일보사 근처가 지금은 상전벽해가 됐지만, 골목들 군데군데에 헌책방들이 있었어. 거기서 로르카 영역 시집을 처음 발견했었지. 그건 지금도 가지고 있어.

강: 헌책방에서 책을 사면 그 책을 읽었던 사람이 누구였을까 궁금해지잖아요. 군데군데 쓰여 있는 낙서나 서명이 여러 사람의 손을 거친 책의 운명이나 일생을 말해 주는 듯해서 헌책을 읽는 건 시간 여행을 하는 듯한 기분을 갖게 해요. 그런 게 헌책을 읽는 묘미가 아닐까 싶은데, e-북은 아마도 그런 맛을 느낄 수 없을 것 같아요.

학교에 주는 고언 — 소리와 소음 사이의 간극

전: 선생님의 산문 중 「대학시절을 향하여」를 보면 학교 뒷산에서 던진 돌 소리 때문에 지구가 돌 떨어진 쪽으로 기우뚱한 느낌을 받았다고 하셨는데요, 그것은 정말 실제적인 느낌이셨나요?

정: 그야말로 물질적인 느낌이었지. 돌 하나가 지구의 균형을 바꾼다…….

전: 그런 종류의 느낌이 그 후에도 있으셨나요?

정: 그때가 처음이자 마지막이었지. 아주 특별한 경험이었어.

강: 그때랑 지금이랑 학교가 너무 많이 달라졌죠?

정: 많이 변했지. 학교라는 데가 좀 조용해야 하는데…… 생각하는 분위기 말이야. 불만스러우니 별로 얘기하고 싶지 않은데.

캐: 그래도 듣고 싶은데요.

정: 우선 캠퍼스 안의 오토바이와 자동차 문제만이라도 빨리 해결이 되어야 해. 오토바이만 해도 그래. 매연의 독성이 자동차 매연의 이백 몇십 배라고 해. 그 소음은 또 어떻고? 그 소리를 견딜 수가 없어. 남한테 피해를 준다는 생각을 조금이라도 하고 여기가 캠퍼스라는 걸 조금이라도 의식하면 타고 다닐 수 없을 텐데…… 교실에서도 늘 말하지. 이 안에도 오토바이 타고 다니는 학생이 있겠지만, 오토바이 안 타기 운동이라도 하자고. 남

한테 피해를 주는 걸 생각하면 어떻게 그걸 탈 수가 있느냐고.

캐: 저부터 반성하겠습니다. (모두 웃음)

정: 오토바이 타세요? (웃음) 어디에서요?

캐: 근처에서요. 바깥에서…….

정: (웃음) 캠퍼스 안에서 타고 다니는 게 문제라는 거예요. 학생들 타고 다니는 것만 문제가 아니에요. 식당에서 배달 오는 오토바이들도 깃발을 날리며 캠퍼스 안을 무시무시하게 질주해요. 직원들도 타고 다니고. 나날이 오토바이들이 늘어나고 있어요. 이건 캠퍼스라고 할 수 없어요. 정 뭘 타고 다녀야 한다면 자전거로 바꿔야지. 학교도 학생들도 쉬운 일 하나를 못 하고 있어요. 그리고 왜 못 걸어다닙니까. 걸어서 10분이나 15분이면 어디든지 갈 수 있어요. (한숨)

자유로운 대학, 살아 있는 글쓰기
김2: 어떤 작가들은 생각을 놓치지 않기 위해서 녹음을 하기도 하고 메모를 하기도 하고 그러는데 선생님은 어떤 편이세요?

정: 메모도 하고 그러지.

강: 메모해 둔 건 잘 정리하는 편이세요?

정: 그러고 보면 게으른 편이야, 나는. 좋은 게 떠올랐는데 '아 이건 안 잊어버릴 것 같다.' 싶어서 안 적어두면 나중엔 잊어버려. 그땐 기억할 것 같았는데.

강: 그래서 놓쳐버린 작품도 많이 있으시겠어요.

정: 아마 그 순간의 현장에 충실하려는 편이어서 그런 듯해. 그곳에 있는 사람들이랑 즐겁게 이야기하고, 그때를 즐기는 게 중요한 것 아닌가? 그야말로 앉은자리가 꽃자리인 것이지. 그러나 필요할 때는 메모도 하고 그래야겠지. 흘려버리는 생각들이 많이 있을 테니까.

이: 보통 시를 쓰거나 소설을 쓰면서 비평을 하시는 분들도 있잖아요. 선생님께서도 몇 편의 비평문을 쓰셨던 것으로 알고 있는데, 왜 계속 안 하셨어요?

정: 산문을 쓴 적이 더러 있긴 했지. 자기 생긴 대로 간 거겠지, 뭐. 김수영론 같은 게 있긴 하지만, 거의 일부러 비평은 안 썼어. 신문에 월평을 쓴 적도 몇 번 있었지만, 안 쓰는 게 좋겠다고 생각했지. 별로 재미를 못 느껴서. 언제부턴가 그런 비평적인 건 안 쓰게 됐어. 예전엔 입바른 소리도 잘했는데, 지금은 많이 둥글어진 거야.

강: 그동안 선생님의 수업 시간에 바슐라르나 파스, 니체 등을 읽을 수 있어서 참 좋았었는데요, 이번 학기로 강의를 마치게 되셔서 저희로서는 아쉬움이 너무 많아요. 혹시 수업에서 하고 싶었으나 미처 다루지 못해서 아쉬운 텍스트는 없으세요?

정: 바슐라르와 파스를 같이 읽은 것만으로 충분한 것 같아.(웃음) 니체는 모험이었지. 같이 읽고 싶어서 읽었던 거야. 나는 전공자도 아니고. 하지만 좋아하니까. 그리고 『차라투스트라는 이렇게 말했다』나 『비극의 탄생』 같은 것은 문학을 전공하려면 당연히 읽어야 할 작품들이 아닌가 생각했지. 바슐라르와 파스는 시를 전공하려면 꼭 읽어야 할 사람들이 아닌가 싶고. 어떻게 보면 파스는 연대 국문과에서 본격적으로 알려 나간 게 아닌가 싶어.

강: 선생님께서 강의를 하시면서 그렇게 된 게 아닌가 싶어요.

정: 글쎄, 그렇게 된 셈이 아닌가 싶기도 해. 네루다나 로르카도 그렇지만, 이런 것들은 꼭 좀 읽었으면 해서 수업에서 다룬 거지. 나는 시를 공부하는 사람들이 그런 작품들을 읽었다는 것만으로도 만족스러워.

장: 처음 대학원 들어와서 선생님께 바슐라르의 『공기와 꿈』을 배웠던 기억이 납니다. 그때 저는 꿈을 반복적으로 꾸었었는데, 막 도약을 해서 자유롭게 날다가 점점 추락하면서 깨곤 했어요. 그러고 나면 그렇게 허망하고, 이 추락에 무언가 숨겨진 의미가 있는 것 같아서 참 고민스러웠습니다. 그래서 선생님께 질문을 드렸어요. 그랬더니 선생님이 그 얘기를 들으시고 웃으시면서 '그거야 당연하지. 깰 때가 되니까 땅으로 내려와야지.' 하셔서 그 순간 고민이 사라졌어요. (모두 웃음)

정: (웃음) 그랬었나?

강: 학교에 오래 계시면서 국문학 연구의 방식이나 동향에 대해 이런저

런 생각도 많으셨을 듯한데, 혹시 당부하고 싶은 말씀 같은 건 없으세요?

정: 뭐, 연구들 지금 잘하고 있잖아? (모두 웃음) 그동안 여러 번 말했지만 살아 있는 글들을 쓰라고 얘기하고 싶어. 논문의 틀도 깼으면 싶고. 이런 전통이 언제부터 시작되었는지 모르겠지만, 석사 논문도 그렇고 박사 논문도 그렇고 지나치게 천편일률적이지. 이제는 이런 틀을 깨는 사람이 나와야 하지 않겠는지……. 그리고 기왕의 형식을 깨는 경우가 나오면 높이 평가해 주어야 하는 게 아닐까……. 연대 처음 와서 교육대학원 강의를 한 적이 있었는데, 어떤 남자 교사가 김수영론을 쓴 적이 있었어. 기존의 틀을 깬 경우였지. 별로 길지도 않은 논문이었는데 참 잘 썼어. 내가 제멋대로 생각하는 것인지는 모르겠으나 살려야 할 관습을 살리면서 자유롭게 쓸 수 있어야 하는 게 아닌가? 자기가 좋아서 할 수 있도록 하는 게 가장 좋지 않을까 싶은데, 모르겠어. 대학 사회의 지적인 분위기나 풍토라는 게 최대한 자유로워야 하는 것인데……. 좀 유연하게 흘러가는 게 아무래도 좋지.

나곡, 그리고 거룩한 상승 의지

정2: 언젠가 수업 시간에 날씨가 좋은 초가을에 숲에서 옷을 다 벗고 햇볕을 쬐면 기분이 좋다고 말씀하신 적이 있으세요.

정: 하, 내가 그런 적이 있었나? 옛날에 한 번, 아주 옛날인데, 다 벗은 것은 아니고, 팬티만 입고. (웃음) 아까 산 내려오는데 철조망 막아놓은 곳 있었지? 여름이었는데, 문과대 선생들이 거기를 올라가다가 계곡물이 좋으니까 발을 담그고 있었지. 그러다가 내가 벗으니까(웃음), 다들 따라 벗었

지. 거기를 그래서 나곡(裸谷)이라고 불렀어. 그때 내가 제일 과감했던 것은 사실이야. (모두 웃음) 그때가 아마 1980년대 후반쯤 아니었을까 싶은데, 어딘가 그때 사진도 있을 거야. 그 얘기 때문에 생각난 건데, 영국《가디언》지에 나왔던 블레이크의 전기에 대한 서평을 본 적이 있어. 누군가가 약속을 하고 블레이크를 만나러 갔는데, 블레이크가 발가벗고 있었대. 그래서 방문한 사람이 움찔하니까 블레이크가 태연하게 아, 괜찮다고 들어오라고 했더라는 얘기였어. 그야말로 블레이크다운 모습이었지. 하지만 우린 그런 배짱은 없는 것 같고, 계곡에나 가서야……. (모두 웃음)

전: 벗는 얘기가 나와서 하는 말입니다만, 생명력이라든가 성적 욕망 같은 건 어딘지 무겁게 느껴지는 말이지만 벗는다는 건 오히려 가벼워지는 게 아닐까요?

정: 실은 아직 발표하지 못하고 책상 서랍에 넣어둔 시 가운데 그런 얘기를 쓴 시가 있어. 바슐라르의 『촛불의 불꽃』 읽으면서도 얘기한 적이 있지만 상승 의지라는 것은 곧 생명 의지라고 할 수 있지. 불교 초기 경전인 『상유타 니카야』가 번역되어 세 권으로 나온 적이 있는데, 이 경전은 부처 당대에 부처님이 하신 말씀에 가장 가깝다는 평을 듣기도 해. 이 경전에 있는 얘긴데 이 세상에서의 최상의 일은 씨앗이 움트는 것, 바로 그것이라는 거야. 그러니 이것과 이렉션(erection)은 아주 거룩한 거야. 왜냐하면 안 그랬으면 '내'가 어떻게 있나? (모두 웃음) 그래서 그걸 기리는 노래를 하나 썼는데…….

모두: (웃으며) 정말 그걸 주제로 쓰신 거예요?

정: (손으로 입을 가리고 웃으시면서) 그렇다니까. 그런데 아무래도 이걸 발표하려니 좀 민망하기도 하고, 그래도 될까 싶어서 망설이고 망설이다가 책상 속에 넣어두고만 있지.

선생님의 이 말씀에 한바탕 모두 와자하게 떠들어댔다. 그러고 보니 그런 송가(頌歌)는 본 적이 없다, 저희들에게 먼저 보여주시면 안되겠느냐, 이참에 한번 발표해 보시면 어떻겠느냐, 혹시 간행물 윤리법 같은 데 걸리는 것은 아닌가라며 다들 큰 소리로 웃었다. 이후로도 술자리는 계속 되었다. 선생님을 직접 뵌 사람들은 알겠지만 정년 퇴임을 앞두신 선생님은 아직도 그 형안의 빛이 젊고 깊다. 젊고 깊음이라는 어딘지 형용 모순처럼 들리는 이 말이 선생님께는 딱 들어맞는 말처럼 느껴진다. 그래서일까? 외람되지만 스승과 제자들 사이의 사랑이 존경과 자애만이 아니라 우정의 빛마저 띠고 있는 듯하다. 그날 병허 선생님과 우리 빈병당 도당들은 추운 겨울밤 빈 술병들을 세가며 조금씩 가벼워지면서 조금씩 위로 올라간 듯하다. 그 밤에 우리는 선생님의 시구처럼 '바람 불듯 취' 해 갔다. 선생님께서 내내 안녕히 취하시기를.

(정리: 전영준)

시·세계·마음

외솔관에서의 향연

날짜 : 2004년 12월 16일

장소 : 연세대학교 외솔관 정현종 선생님 연구실

참석자 : 정현종, 조강석, 장철환, 강계숙

동장군이 기승을 떨치기 시작한 겨울의 초입이었지만 창가의 볕은 따스하게 느껴지던 날, 몇몇 제자들이 퇴임을 앞두고 계신 정현종 선생님을 찾아뵈었다. 그날의 정담은 오랫동안 재직하셨던 학교를 떠나시는 선생님의 감회도 여쭙고, 학생들과 함께하셨던 수업을 돌아보며 강의를 통해 공유하고 싶었던 시에 대한 선생님의 이런저런 생각들을 들어보기 위해 마련된 자리였다. 여느 때처럼 "아이구, 어서들 들어와."라며 선생님께서는 문을 활짝 열고 반갑게 맞아주셨다.

조: 선생님, 저희가 며칠 있으면 선생님 생신이신 걸 알고 선물로 와인을 준비했습니다. 맛이 어떨지 모르겠는데 나중에 한번 드셔보세요.

정: 나중에 먹긴……. 이야기를 흥겹게 하기 위해서는 술 힘에 기대는 것도 나쁘지 않지. 그냥 여기서 다들 한잔씩 하자고. 어때, 괜찮겠지?

모두: 그럼요, 선생님.(웃음) 저희 자리에서 술이 빠진 적은 별로 없었지요, 아마.

정: 역시 술은 이런 맛에 먹지. 예전에 김현 추모 특집을 《문학과사회》에서 했었는데, 그때 추모시를 써달라고 청탁이 와서 무려 다섯 편을 한꺼번에 쓴 적이 있지. 김현과 어울린 술자리에 대해 쓰면서 『루바이야트』의 구절을 인용했었어. 『루바이야트』에는 술 예찬이 많이 나오거든. 그 구절이 뭐냐 하면, "술은 최고의 연금술사! 납덩이 인생을 황금으로 만드누나!"였지.(웃음) 그 책에는 참 재미있는 내용이 많아. 사람이 죽으면 다들 흙으로 돌아가잖아? 죽을 때 누가 그런 유언을 했대. 자신이 죽으면, 자기 시체가 썩은 흙으로 술잔을 만들어달라고. 거기다 술을 부으면 자기가 되살아나는 게 아니겠느냐고. 참 재미있는 발상 아냐.

조: 저희도 학교 다닐 때 친구들과의 술자리에서 이백의 술에 대한 예찬을 인용하곤 했었습니다.

정: 그게 즐거우니까.

강: 요즘 연말연시라 술자리가 많으시죠?

정: 그저께 문과 대학에서 환송회를 해준다고 해서 몇몇 선생님들하고 함께 저녁을 먹었지. 김사인 씨가 현대문학상을 받았는데, 김종길 선생하고 유종호 선생하고 화가 안규철하고, 《현대문학》 양숙진 사장이 내서 저녁을 먹었어. 삼청동에 현대화랑 주인이 식당을 차렸다고 해서 거기 가서 먹었지. 음식이 아주 좋더군. 그런데 어디 밥만 먹고 헤어지게 되나. 김사

인이 한잔 하자고 해서 두 분 선생님은 먼저 가시고, 화가도 함께 술을 했지. 그 화가가 자신을 두고 개념 미술가라고 소개를 하던데, 요즘 개념 미술이라는 게 있나 보지? 예술은 개념이 아닌데⋯⋯.(웃음)

조: 얼마 전에 일산 근처로 그림을 보러 갔었는데, 어느 그림에 「우주적 생명의 탄생」이라는 제목이 붙어 있더군요. 그걸 보면서 속으로 '그림에다 이런 제목을 붙이면 어떻게 하나, 그림은 그냥 보여주면 되는 거 아닌가.' 라는 생각을 했었는데, 역시 그림은⋯⋯.

정: 작품을 만든 사람이 스스로 자기 작품에 대해 설명하는 건 참 시원치 않은 짓이야. 음악도 그렇고, 미술도 그렇고. 아방가르드들이 대체로 설명을 하려 들지. 존 케이지나 마르셀 뒤샹, 라우센버그 같은 사람들이 유명하지? 내가 아이오와에 있을 때, 아방가르드 예술에 관해 쓴 책을 사서 읽어본 적이 있는데, 이 사람들은 예술론을 더 잘하는 것 같아. 그런데 그 사람들의 작품을 보면 충격적인 데가 있어. 변기에다 자기 이름을 쓴다든지, 「침대」라는 작품에서 침대에 박제 염소를 눕혀놓고 자동차 타이어를 놓고 베개에 유화 물감을 칠해 놓고⋯⋯. 그런 것들이 통념을 깬다는 미덕은 있는데⋯⋯.

조: 얼마 전 어느 신문에서 20세기 최고 예술품으로 뒤샹의 변기를 뽑았다고 하던데요.

정: 그건 좀 말이 안 된다. 선정한 주체가 누구인가에 따라 여러 가지로 다를 수밖에 없을 테지만⋯⋯. 그래도 세상에 어마어마한 화가들이 얼마나 많이 있는데, 피카소도 있고 미로도 있고 또⋯⋯. 어떻든 예술 작품에

순위를 매기는 건 정말 난센스야! 매체들이, 선정주의로 해야 팔리니까 그런 짓을 해. 그나저나 이야기를 본격적으로 시작해 볼까? 앞에 있는 와인 들 비었으면 더 먹어.(웃음)

장: 최근 칠레 정부에서 수여하는 네루다 메달[1]을 받으셨는데, 선생님께서 특별히 좋아하시는 시인이라 감회가 더욱 남다르실 것이라 생각됩니다. 그동안 네루다를 이 땅에 소개하고 알리시는 데 선구적인 공헌을 하신 셈인데, 받으신 소감과 함께 네루다의 시와 그의 삶에 대한 선생님의 견해를 듣고 싶습니다.

정: 아마 20세기의 제일 위대한 시인이고 내가 좋아하는 시인이니까 굉장히 기뻤어. 민음사에서 네루다 시집이 나온 게 1989년이었지? 다른 데서도 얘기한 적이 있는데, 사실 내가 네루다 영역 시집을 이전부터 갖고 있었지만 보지를 않고 있었어. 그랬다가 최익환 선생이라고 나보다 5~6년 위인 영문과 선배가 있었는데, 이 양반이 여기 영문과 교수로 계시다가 미국으로 이민을 갔지. 그때 내가 시집을 한 권 보냈는데, 인편에 로버트 블라이가 번역한 네루다 시집을 보내주셨어. 그래서 그걸 읽기 시작한 거야. 그런데 그야말로 네루다의 발견이었어! 옛날에 안 읽었던 걸 후회하면서……. (잠시 그때의 감흥을 회상하시듯 먼 곳을 응시하셨다.) 그때부터 네루다를 좋아하게 됐어. 책 내기 전에 한두 편씩 혼자 번역을 하고 있었는데, 어느 날 《세계의문학》 편집위원을 하고 계시던 김우창 선생이 내 방에 들르셔서는, 요새 뭘 읽느냐고 묻기에 그때 네루다 얘기를 했지. 그랬더니,

---

1) 2004년 7월 칠레 정부는 네루다 탄생 100주년을 기념해 전 세계 문학인을 대상으로 100명을 선정해 네루다 메달을 수여했다. 한국에서는 정현종 선생님께서 받으셨는데 7월 12일 칠레 대사관에서 메달 수여식이 있었다.

아, 그럼 번역을 해서 《세계의문학》에 싣자고 그러시더라고. 그때는 내가 사양을 했었어. 스페인 문학 하는 사람들이 하는 게 좋지 않겠느냐고……. 그랬더니 김우창 선생이, "그런 건 상관없다. 뭐 어떠냐. 좋아하는 사람이 번역해서 내면 되는 거지."라고 하시더군. 그래서 용기를 내서 네루다 시 다섯 편을 실었지. 그리고 그 다음 해에 로르카 시를 번역했고. 그렇게 해서 번역을 하게 된 셈이야. 그랬더니 민음사에서 아예 책을 내자고 해서 네루다 번역 시집이 나오게 된 거지.

장: 네루다 시를 처음 접하게 된 계기를 말씀해 주셨는데요. 네루다 시의 어떤 점이 그렇게 마음에 드셨는지 궁금합니다.

정: 20세기 시인 중에 네루다만큼 자유분방한 사람은 없을 거야. 글에 쓴 거지만 네루다는 자기가 자기만이 아니고 만물인 시인이야. 그의 작품을 읽으면서 인상 깊었던 것은, 랭보도 비슷한 얘기를 했는데, 자기는 타자라는 태도였어. 네루다 같은 사람은 타고나기를 타자로, 만물로 태어난 사람이지. 또 그 상상력이라니! 엉뚱한 발상들, 놀라운 이미지들, 사물들의 새로운 접속으로 넘쳐나잖아. 물론 은유를 통해서지. 그런데 이미지라는 것은 억지로 꾸민다고 해서 생겨나는 게 아니거든. 큰 시인의 조건은 역시 자기를 얼마나 넓혔느냐, 자기 세계에 갇혀 있지 않고 다른 것들을 향해서 얼마나 열려 있느냐는 데 있거든. 깊이는 말할 것도 없고. 그런 점에서 네루다는 큰 시인이지. 네루다의 시를 처음 읽었을 때 그야말로 전인미답의 세계, 아무도 가보지 못한 정글을 가는 듯한 느낌을 받았어. 좋은 시란 대개 그런 면을 지니는 법이니까. 시에도 가계(家系)랄까 핏줄이랄까, 또는 전통이나 선생이랄까, 뭐 그런 게 있다면 네루다는 자신에겐 월트 휘트먼이 그런 존재라고 말했지. 둘은 많이 흡사해. 「나 자신의 노래(Song of myself)」 같은 작품에서 보듯이. 그 작품에서의 '나'는 그 모든 '나'들의 집합이야. 그런 점에서는 네루다도 같거든. 네루다의 경우는 후기에 오면서 단순한 것들을 기리는 노래가 많이 나와. 『단순한 것들을 기리는 노래(Odas elementales)』에 이르면 단어 하나가 한 행을 이룰 정도로 단순해지지.

조: 네루다의 후기 시가 단순해지는 경향이 있는 것은 사실인 것 같습니다. 네루다만큼 사물과 하나가 되는 모습을 이미지와 은유를 통해 자연스럽게 표현할 수 있는 시인도 드물다는 생각이 듭니다. 그처럼 생동하는 표현력을 유지할 수 있는 동력이 궁금해지는데, 그 점에 대해서는 어떻게 생각하시는지요?

정: 그야말로 활화산이니 분류(奔流)니 그런 말로 비유되는 역동적인 상상력과 타고난 성격인 진정성이겠지. 이미지도 육화된 것이냐 아니냐는 게 중요하고 은유도 그게 진정성에서 나온 게 있고 그렇지 않은 게 있어요. 머리 굴려서 짜낸 거……. 네루다의 몸이야말로 경험과 시간이 만든 지층이라고 할 수 있는데, 그의 은유들은 그 지층에서 나온 것들이야. 육화된 거……. 러시아의 시인인 츠베타예바가 릴케한테 보낸 편지에서 "당신이 곧 시입니다."라고 했는데, 네루다는 타고나기를 매인 데 없는 정신이고 시의 노다지라 온몸이 그냥 시인 그런 사람이지. 꽃이 피고 새가 울듯이 그렇게 노래한 시인…….

강: 네루다뿐만 아니라 시인들이 가지고 있는 진정성이 자신과 이 세계의 현실에 대한 것이라면, 그러한 진정성은 사물과 존재에 대한 사랑을 포함하는 것 아닐까요?

정: 네루다는 디오니소스적이라고 할 수 있지. 카니발리스트라고 명명한 사람도 있어. 기리는 노래가 거의 몇백 편이 될 텐데, 숟가락에서부터 양말, 접시까지 우리가 일상적으로 쓰는 것 중 기리지 않은 게 없을 정도지. 어떤 사람은 네루다의 공로가 시를 지상으로 끌어내린 것이라고 이야기하기도 해. 네루다는 지상적인 시인이겠는데, 릴케하고는 체질이 좀 달라요. 네루다가 릴케를 비아냥거린 적이 있는데, 그건 네루다의 입장에선 당연한 것이었는지 몰라. 남미의 정치 상황 때문에 힘들게 고생하고 있는데, 그런 상황에서 릴케가 읽히겠어? 그런데 블라이하고 대담할 때, 블라이가 그것에 대해 질문을 한 적이 있어. 그때 네루다가 "사람은 실수를 하는 법이다. 나도 잘못 볼 때가 있지 않느냐."라고 했어. 남미의 당시 현실하고 릴케는 좀 안 맞았던 거지. 하지만 릴케의 시가 천상적인 것만은 아니에요. 우리가 읽은 「두이노의 비가」도 천상의 이야기는 아니잖아. 릴케가 내면적이고 명상적인 시인인 것은 사실이야. 그러나 명상적인 것 또한 상상력의 고유한 움직임 중의 하나이지 않은가 말이지. 네루다는 스스로 정치 활동도 했고, 현실 속에서 깊이 발효된 시인이었지. 그래서 릴케도 네루다도 모두 큰 시인이지만, 릴케가 수직적이라면 네루다는 지구적·수평적이라고 할 수 있지 않을까? 릴케도 잘 기리는 영혼이지만 「숟가락을 기리는 노래」 같은 건 안 썼으니까. (웃음) 시인이 노래하기 전에는 가치를 부여받지 못했던 것들, 그런 사물들에 가치를 부여하는 것이 시의 고유한 역할이고, 예술이 하는 일이라고 할 수 있지. 「접시를 기리는 노래」만 보아도 네루다는 찬장 속의 접시를 천체에다 비유했단 말이야. '천상의 (planetarium)'라고 말이지. 풍부한 천체, 완전한 우묵함이라는 표현이 나온다고. 하, 이런 참! 접시를 보면서 완전한 우묵함이라니! 그거 어떻게 생각해? 어디 한번 물어보자. 그게 어떻게 느껴져?

강: (웃으면서) 여자를 염두에 두지 않고서는 불가능한…….

정: 전형적인 이미지인 여성성하고 관련이 있겠지, 무의식적으로…….
네루다라는 사람은 에로스지. 그래서 이런 시가 나온 것일 테고. 그건 릴
케도 마찬가지야. 프로이트는 에로스를 내가 남한테로 가 하나가 되는 것,
개인이 개인을 넘어서서 어떤 전체로 퍼져나가는 것으로 설명했어. 남녀
간의 사랑이든, 박애든, 사물에 대한 애정이든, 모두 에로스에서 출발할 거
예요. 그것은 예술의 바탕이기도 하고. 하여간 접시의 우묵함, 저 우묵함
은 그야말로 완전한 우묵함이라는 뜻일 거야.

강: 그런 우묵함은 완전하다는 말 외에 어떻게 설명할 수 있겠어요? 형
용 불가능하죠.(웃음)

정: 맞아. 설명이 필요 없지. 네루다는 모든 지상적인 것과 일상적인 것
에 왕관을 씌웠다고 할 수 있어요. 그러니 그의 시를 읽으면 즐거워지지 않
을 수가 없어. 예술은 우선 즐거움을 줘야 하니까. 『비극의 탄생』에서 니체
는 희랍의 정신을 가리켜 삶의 비극적 면을 성찰한 데서 나온 명랑성이라
고 설명했었지. 삶의 비극을 들여다보았기 때문에 그러한 낙천성이 나올
수 있었다는 건 상당히 아이러니컬한 말이야. "힘찬 페시미즘"이라는 말
도 있는 걸로 기억하는데…….

장: 『공기와 꿈』에서 바슐라르가 '수직적인 이중성'에 대해 얘기하는
부분이 있습니다. 진정한 상승은 하강을 전제로 한다는 것인데, 선생님 말
씀과도 관련이 있는 것 같습니다.

정: 그래, 바로 그거야. 상승하려면 바닥에 뭔가가 있어야 된다는 것. 용수철도 그렇고, 발효된다는 것도 그렇고, 가벼움이라는 것도 그렇고. 가벼움은 내 시론의 하나이기도 하고. 니체는 가벼움, 경묘(輕妙)함을 자기 미학의 제일 원리라고 했는데, 고통을 깊이 느낀 사람의 말이거든. 기쁨이 없는 삶은 삶이 아닌데, 우리가 정말 기뻐서 기뻐하는 것만은 아니잖아? 오래전 어느 산문에다 시를 쓴다는 것, 시인이라는 것에 대해 쓰면서 『금강경』 한 구절을 인용한 적이 있어요. "매인 데 없이 마음을 낸다." 참 근사한 말 같더라고. 그래서 그것을 화두로 삼았지. 그런데 그게 무슨 뜻이냐, 쉽게 말하면 자유로워야 된다는 것이겠지. 마음은 자유로울수록 좋으니까. 하지만 매인 데 없이 과연 마음이 나겠어? 어떻게 보면 그건 말이 안 되는 것이기도 해. 불교, 특히 선 쪽에는 엉뚱한 데가 많이 있잖아? 세속에서 살아가는 우리의 모습과는 상당히 거리가 멀기도 하고. 하지만 결국 좋은 말이라는 건 자유로운 데서 나오는 것일 거예요. 시도 마찬가지고 발상도 마찬가지고. 확실한 건 한껏 자유로운 마음의 상태에서 좋은 시가 나온다는 거예요. 언젠가 한번은 시는 시가 쓰이기 전에 결정된다는 말을 한 적이 있어. 내가 한 말이긴 한데, 지금 생각해 보면 분명치 않은 데가 있어. (웃음) 내가 봐도 상당히 모호해……. 하지만 이런 말이 아니었나 싶어. 모태 결정론이라는 말이 요새 많이 쓰이는가 보던데, 나는 시의 경우엔 모태 결정론이 상당히 맞는다고 생각해. 시의 배아라고 할지, 싹이라고 할지, 그런 것들이 나오려면, 모태나 땅 같은 것이 결정적이라고 생각하거든. 그렇다면 모태라는 것은 무엇인가, 그건 어떻게 만들어지는가? 이런 질문을 자꾸 하게 되고 그에 대해 추적하게 되는데, 결국엔 타고나는 게 가장 큰 것 같다는 생각에 이르게 돼요. 물론 후천적인 것, 예컨대 가정교육, 인간관계, 교육 과정, 환경 등도 중요하지. 또 자신의 개인적 체험도 중요하고. 하지만 체험도 그것을 녹여서 어떻게 창조적으로 변용을 하느냐에 따라 좌우

될 터인데, 그렇다면 그것도 타고난 그릇에 따라 결정되는 것 아닐까라는 생각을 하게 돼요.

강: 선생님께서는 학교에 재직하시면서 학생들에게 많은 시인과 이론 가를 소개하셨습니다. 옥타비오 파스의 경우 국내에 그의 시론을 본격적 으로 소개하고 관심을 불러일으키게 하신 분이 선생님이 아닌가 싶은데 요, 옥타비오 파스에 대해서는 언제부터 관심을 가지게 되셨나요?

정: 파스의 경우도 일종의 발견이었지. 시에 대한 에세이들을 읽어봤지 만, 마음에 쏙 드는 경우가 드물었어. 시를 쓰는 사람의 눈으로 볼 때, 영미 계통의 교과서적인 시론들은 너무 천편일률적인 것 같아요. 그런데 파스 의 경우는 달랐어. 내가 파스를 처음 본 건 펭귄에서 나온 파스 시의 영역 본을 통해서일 거야. 그걸 보고 좋아서 그의 시론을 번역했었지.

강: 선생님 말씀을 듣다가 생각난 건데요, 학부 때 시론 수업 시간에 민 음사에서 나온 『시의 이해』를 교재로 쓰셨지요? 그 책에 「시와 역사」라는 글을 선생님께서 직접 번역하셨기에 주의 깊게 읽었는데 그 글이 참 좋아 서 몇 번을 반복해서 봤어요. 저는 파스라는 이름을 그때 처음 알게 된 것 같아요.

정: 내 생각엔 파스라는 사람이 시인이기 때문에 그런 에세이를 쓸 수 있는 게 아닐까 싶어. 『활과 리라』만 봐도 거기에는 온갖 모순되는 단어들 이 짝을 이루면서 나열되는 대목이 있잖아. 지금까지 그렇게 시론을 쓴 사 람은 없었거든. 시에 대한 교과서적 정의하고는 많이 달랐지. 그래서 학생 들에게 소개해 줘야겠다, 시를 공부하려면 파스를 읽도록 해야겠다고 생

각했어요. 그래서 『활과 리라』와 『진흙의 아이들』을 읽었지. 아무튼 앞 책이 시성(詩性)의 핵심적인 것들에 대한 사유에 초점이 맞춰져 있다면, 뒤 책은 예술의 변화와 그에 대한 생각에 초점이 맞춰져 있지. 바슐라르는 말할 것도 없지만, 파스의 경우에도 이야기하는 방식이나 내용이 다른 시론서들과는 아주 달라요. 이건 시를 아는 사람이 쓴 것이라고 생각하게 했어. 여러분들도 앞으로 비평을 할 테지만, 시를 알고 하는 비평과 모르고 하는 비평이 있어요. 시를 안 쓰더라도, 시가 가지고 있는, 뭐라고 할까, 비밀이라고 할까—이건 어떤 개념을 가지고 설명되지 않는 것인데—본질이라고 할까, 그런 것들을 느끼고 직관하는 것, 그런 것이 상당히 필요하다고 생각해요. 아무튼 파스의 시론을 발견했던 즈음에 대학원 수업을 하게 되어서 리듬이라든지, 이미지라든지, 언어라든지, 시간에 대한 이야기를 파스를 통해서 읽어볼 기회를 갖게 된 거지. 확실히 이 사람은 시인이라기보다는 에세이스트야. 어떻게 그렇게 논리 정연하고 선명한 산문을 쓰는지……. 시를 봐도 대단히 논리적이야. 시가 아주 많은데, 몇 편 읽어본 것 가지고 얘기하기는 좀 미안하지만, 시가 아주 논리적이고 선명하지. 그런데 시가 논리적이면, 좀 그렇지 않나……. 그래서 '아, 이 사람은 역시 에세이스트구나.' 라고 생각했지.

조: 저희들이 '시란 무엇인가' 라는 내용을 공부할 때면, 으레 그에 대한 답으로 '시는 언어처럼 보편적이고……' 라는 식으로 배웠거든요. 그런데 지금 언뜻 떠오른 것인데, 파스는 "시는 현재의 고동이다."라고 말했던 게 기억납니다. 이런 말이 주는 감동을 통해서 배운 바가 훨씬 많은 것 같습니다.

강: 아까 선생님의 말씀을 듣다가 궁금해진 점이 있어서 여쭙는 것입니

다만, 네루다에 관해 이야기하시면서 가계(家系)나 핏줄이라는 표현을 쓰셨는데요, 선생님께서는 한국 시에서 자신의 가계나 핏줄이 누구라고 생각하세요?

정: 나? 나는 사생아야. 사생아인 거 같아. 하늘에서 떨어졌어…….(웃음)

강: 아이고, 선생님. (웃음) 사생아도 어머니는 있잖아요?

정: 글쎄, 우리 때의 사춘기나 대학 시절에는 읽는 게 뻔해서 윤동주 읽고, 유치환, 잡지에 발표되는 시들, 서정주 읽고 그랬지. 젊었을 때는 서정주가 별로였는데, 오히려 나이가 들면서 좋아지더라고. 청년 시절에 아주 허름한 번역판으로 보들레르의 『악의 꽃』을 읽었고 바이런이나 하이네의 연애시들을 읽었어. 1960년대에는 엘리엇이 유행했고, 릴케도 번역으로 읽었는데 몇 편 되지 않는 거였어. 40대 중반 이후로는 네루다와 로르카를 좋아했고…….

장: 시의 가계나 핏줄과는 상관없는 얘기인 것 같습니다만, 선생님께서는 「노시인들 그리고 어머니 뮤즈의 말씀」에서 "늙어서까지 시를 쓰다니"라며 노시인들을 찬양하셨습니다. 물론 선생님께서 나이가 드셨다는 말은 아니고요. (웃음) 그 당시 어떤 심정에서 그 시를 쓰셨는지 여쭤 봐도 될까요?

정: 아마 그때가 김광섭 선생 회갑 기념 출판회였던 것 같아. 1960년대 초가 아닌가 싶은데, 거길 가고 싶은 거야, 덮어놓고. 노시인들이 보고 싶은 거야. 그냥 늙은 시인들을 보고 싶었어.

강: 김현 선생님이 쓰신 「정현종을 찾아서」를 보면, 미술관에서 황순원 선생님 부부를 만나는 장면이 나오잖아요. 그때의 광경을 김현 선생님께서 "그는 특히 나이 많은 분들을 좋아하기 때문에 그들의 곁을 도무지 떨어지려 하지 않았다."라고 표현하셨는데, 저는 그 구절이 연상되는데요.

정: 김현이 그렇게 썼었나?

조: 일전에 공초문학상 시상식에서 오상순 시인을 직접 뵈러 명동에 가신 적이 있다고 말씀하셨지요?

정: 그래. 아마 중학교 때였을 거야. 그분 옆에 늘 여학생들이 앉아 있다는 소문을 들어서 갔는지……. (웃음) 같은 핏줄이라는 의식, 일종의 동류의식 같은 걸 느낀 것 같기도 하고. 정확하게 설명할 길이 없지.

강: 앞서 얘기를 마저 하고 싶은데요. 니체의 『비극의 탄생』과 『차라투스트라는 이렇게 말했다』를 선생님과 함께 영역본으로 직접 번역하면서 꼼꼼히 읽을 수 있었던 게 여러 수업 중 가장 기억에 남습니다. 니체의 경우엔 그의 작품들을 통해 받았던 감동을 여러 산문들에서 직접 언급하신 바도 있으신데, 혹 시를 직접 쓰거나 공부를 하는 데 니체의 철학이 기여하는 바가 있다면 어떤 점이라고 생각하시는지요? 선생님의 시세계와 니체의 지향점 사이에 어떤 영향 관계가 있다고 할 수 있을까요?

정: 니체가 좋았던 이유는 그의 자유로운 정신 때문이었을 거야. 기존의 가치나 진리들을 뒤집어엎는다든지. 관습적인 것들에 대한 저항. 그건 니체에 대해 우리가 이미 잘 아는 것들이기도 하고. 나이 들어서는 좀 덜하기

도 한데, 젊었을 때는 그런 가치 전복적인 면에 강한 매력을 느끼는 것 같
아. 요즘도 전복적 사고라는 말이 유행이잖아. 젊은 시절에는 그런 사고와
정신이 근사하게 느껴지지. 자기가 제일 잘났다고 여기고, 그래서 오기탱
천하고……. 젊은 정서와 잘 맞아떨어지는 부분이 있는 것 같아, 니체는.
그의 에피그램 중에서 하나 예를 들면 냉소주의에 대해 내린 정의인데, 냉
소주의는 천박한 영혼이 정직성에 이르는 유일한 길이래. 아, 이거 얼마나
근사해! 이 말 들으면 함부로 냉소도 못하겠어. 천박한 영혼이 정직성에 이
르는 유일한 길이라니……. 니체는 인간에게 나타나는 태도들, 마음의 상
태들, 모습들, 개념들, 혹은 여러 가지 설명과 합리화들을 의문에 부치는
질문을 하니까 좋을 수밖에 없었겠지. 그의 글의 의외성은 참 놀라워요.

장: 니체의 에피그램 중에 '모든 언어는 은유다.' 라고 한 말이 기억납니
다. 언어를 동전에 비유하면서, 개념이라는 것은 동전의 양면이 다 닳아빠
진 은유라고 했는데, 선생님께서 말씀하신 자유의 정신과도 관련이 있을
듯합니다.

정: 말이라는 게 오래 쓰고 빈번히 쓰면 그렇게 되는 건데, 문학이, 시가
그런 말들에 젊음을 되찾게 한다는 게 바슐라르의 생각 아니야? ……하여
간 니체는 새롭게 보려 했고, 그 속에 들어 있는 허위를 드러내려고 했지.
그게 좋았던 것 같아. 젊었을 때뿐만 아니라 나이가 들어서도 항상 새롭게
보려는 태도가 중요하지 않나 싶어. 그런 태도가 세계를 늘 새롭게 만드는
법이니까. 시는 말할 것도 없지. 사실은 그게 다 시의 정신이니까.

조: 시의 정신이라는 말이 나와서 질문을 드리지 않을 수 없는데요, 선
생님의 초기 시들을 보면 시간에 대한 표현이 많이 나옵니다. 잠시 인용을

해보면, "낱낱 찰나의 딴딴한 발정", "시간은 문득 곤두서", "시간의 매마디", "금인 시간", "모든 순간이 꽃봉오리인 것" 등등. 굳이 파스를 인용하지 않아도 시적 순간이란 일상적인 삶의 리듬이나 직선적 시간과는 대비되는 것이 아닐까 싶습니다. 시적 순간과 관련된 선생님의 체험과 생각을 듣고 싶습니다.

강: 이와 관련된 질문이 아닐까 싶은데요, 최근에 선생님께서 쓰신 시들을 보면 부쩍 시간에 대한 이야기가 많다는 생각이 듭니다. "시간은 슬픔이다."라고 표현하기도 하셨는데, 다시 시간에 대한 명상을 하고 계신 게 아닐까 싶었습니다.

정: 음, 그런 것 같아. 나이가 들면서 시간이라는 게 더 느껴지는 모양이야. 최근에 「꽃시간」이라는 작품을 《현대문학》에 발표했는데, 그 시도 시적 순간에 대해 말한 것이라고 할 수 있지. 시가 되기 전에 어떤 느낌이, 어떤 커다란 덩어리가 다가오는 때가 있어요. 「꽃시간」은 그런 순간을 표현한 시야. 개인적으로 보면 근래에 나는 꽤 힘들었는데, 그러나 지나치게 괴로워하고 슬퍼하면 도무지 살 수가 없는 법이에요. 그런데 이상한 건, 그럼에도 불구하고, 내게는 무엇인가가 저절로, 내 속에서 어떤 순간들이, 한 꽃이 피어나듯 대단히 환하게 어떤 이미지로 다가오는 순간들이 있어. 그래서 최근에 그러한 순간을 시로 쓴 경우가 서너 편 돼. 그중의 한 이미지는 세계는 알인데, 그 알이 부화를 기다리고 있는 거야. 그야말로 이미지지. 그런 것은 그냥 느껴지는 거야. 괴로운 인생인데도 그런 이미지가 저절로 떠오르고, 마치 내 속에 꽃피는 시간이라는 게 있는 것처럼 스스로 자연스럽게 피어나요. 아마도 그런 순간을 시적 순간이라 할 수 있겠지.[2]
가끔 얘기하지만, '시적 순간'이라는 것은 "앉은자리가 꽃자리"라는,

그런 상태가 되는 순간일 거야. 시라는 건, 그 이미지-싹이라는 역동적인 열림 속에서, 쓰는 사람이든 읽는 사람이든, 균열과 상처와 어둠과 허망함 같은 것들에서 회복되는 순간, 몸과 마음이 무한에 접속되는 시간, 내가 곧 모두이고 이것과 저것이 하나인 시간, 무슨 통일 속에 있는 시간…… 말하자면 둥근 시간이라고 할까, 아주 실감 나는 비유로 하자면, 싹트는 씨앗과 같은 시간……. 시간에 대한 얘기를 좀 더 덧붙이자면, 시간의 또 다른 면은 덧없다는 것 아닐까……. 다만 시와 종교가 다른 점은, 가령 불교에서 말하듯이 '영원한 건 없다, 다 덧없는 것이다, 그러니까……' 라고 말하고 마는 게 아니라, 시는 말하자면 그 덧없는 것의 아름다움을 노래하고, 그 덧없는 것들의 가치와 슬픔과 애잔함과…… 그런 것들을 노래하고 기리기도 하는 게 다르다고 할 수 있어요. 역설적이긴 하지만 덧없음 자체가 어떤 힘을 가지고 있는 게 아닐까……. 니체도 얘기했지만, 시간도, 예술도 모두 '베일' 일꺼야. 예술이라는 것은, 리얼리티에 베일을 씌우는 것이 아니겠나……. 그런데 베일은 대상을 매혹적으로 만들거든. 그래서 일루전(illusion)——환상이나 환영, '환(幻)' 자 하나만 써도 괜찮겠고——이 생기고, 힌두교 용어로 '마야(Maya)' 지. 마야는 간단치 않은 말인데……. 라다 크리슈난이라는 인도 철학자의 『주요 우파니샤드들』이라는 책을 보면 마야는 우선 창조하는 힘을 뜻해요. 사물을 빚어내고 숨을 불어넣는 힘, 그래서 그걸 비아(非我, non-self)니 비존재(non-being)니 그렇게 말해. 존재를 만드

---

2) 여기서 언급하신 내용과 관련된 작품으로 선생님께서는 다음의 시를 귀띔해 주셨다.
　잠결에/시가 막 밀려오는데요./세계가 오로지 창(窓)이거나/시간이 영원히 온통/푸르른 여명의 파동이거나/하여간 그런 시가 밀려오는데요/무슨 푸르른 공기의 우주/통과하지 못하는 물질이 없는 빛./그 빛이 만드는 웃고 있는 무한/아주 눈 속에 들어 있는 그 무한/온몸을 물들이는 그 무한./하여간 그런 시가 밀려오는데요/나는 일어나 쓰지 않고/잠을 청하였으니……/(쓰지 않으면 없다는 생각도/이제는 없는지/잠의 품속에서도/알은 부화한다는 것인지)——「시가 막 밀려오는데」 전문(《세계의 문학》, 2004년 봄호)

는 힘이니까. 마야는 세계의 존재에 관계되는 게 아니라 그 의미와 관련이 있고, 세계의 사실성에 관계되는 게 아니라 우리가 세계를 보는 방식에 관련되어 있대. 그게 일루전이라고 영역돼 있는 거지. 그게 또 가상(假象)을 뜻하는 것이니까.

또 요새는 무슨 생각이 드느냐 하면, 「꽃시간」이라는 작품에서도 한 이야기인데, 사람들이 너무 시간이 없어. 너무 바빠. 기계와 돈이 시간을 다 잡아먹으니 시간 자체에 대한 생각은 아무도 안 해. 문학하는 사람들이야 그런 생각을 많이 하겠지만, 열이면 아홉은 안 그렇잖아. 현대 세계가 안고 있는 문제 중에는 여러 가지가 있겠지만, 가령 문명이 병들었다거나 건강하지 않다고 느낄 때, 그 느낌을 구성하는 밑바탕에는 시간의 없음이 들어 있지 않을까…….

장: 문득 궁금해서 여쭈어봅니다만, 선생님께서는 어느 계절을 특별히 좋아하세요?

정: 계절은 다 좋아해.

장: (웃음) 그럼 하루 중에서는요?

정: 다 좋지 뭐. 하루 중에서는 아침도 좋고, 박명도 좋고, 다 좋지. 시간을 많이 누려야 되는데……. 나는 여건이 허락된다면 숲에 들어가서 살고 싶어. 새벽에 일어나 좀 돌아다녔으면 좋겠어. 소로 같은 이도 새벽 시간이 삶에 대해 가지는 미덕을 얘기했었지. 그런데 그게 도시에서는 잘 안돼. 아무래도 숲에서나 가능할 거야. 기상 조건을 따져봐도 아침 공기가 가장 좋지 않을까? 신선감에서 새벽이 제일이고, 풍요로움에서는 대낮이

제일일 것이며, 어떤 신비라든지, 사물의 배후라든지, 베일이라든지, 깊어
지는 시간은 밤의 몫이겠지. 박명처럼 깊은 시간도 없는데, 역시 베일 성질
때문일 거야. 예전에 박명 예찬을 썼는데, 누가 그러더라고. 위고가 벌써
소설에서 박명을 예찬했다고. 벌써 다들 해놨어! (웃음)

강: 「오후 네시 속으로」도 하루의 시간과 관련된 작품일 듯한데요. "오
후 네시는/터질 것 같다"고 표현하셨지요?

정: 그것도 시간에 관한 시라고 할 수 있겠네. 등산 갔다 내려와서 두붓
집 가서 소주 한잔 하면서 썼던 시야. 그런데 그런 순간은 뭐라 말로 설명
할 길이 없어. 그냥 하나의 작품으로 거기서 끝나는 거지. 그리고 점점 나
이가 드니까 시라는 형식으로 얘기를 하고 싶어져. 더 그렇게 되는 것 같
아. 그게 또 즐겁고.

강: 단순한 호기심에서 여쭙는 것인데요, 시 쓰기가 너무 괴로우셨다든
가 싫었던 때는 없으셨어요? 일종의 슬럼프 같은 것을 겪으신 적은 없으셨
는지 궁금해요. 그런 경우 어떤 시인들은 시마(詩魔)가 떠나갔다고 크게 좌
절을 하기도 한다는 이야기를 읽은 적 있습니다만, 선생님께서는 그런 경
험이 없으셨는지요?

정: 안 써지면 괴롭지. (웃음)

강: 혹시 시를 쓰는 일이 싫증날 때는 없으셨어요?

정: 시는 안 그래. 그래서 시를 쓰는 모양이야. 물론 안 써지면 괴롭지.

그럴 때는 그냥 게으르게 지내기도 하고, 놀기고 하고 그래. 그런데 시라는 건 좀 한가해야 되는 게 아닌가 싶어.

강: 아까 시적 순간에 대해 말씀하시다가, 개인적으로 너무 괴롭고 고통스러워서 어떻게 살았을까 싶다는 말씀을 하셨는데요, 대체로 한국 시인들은 그런 개인적 고통을 가족이나 친지와 관련시켜 시로 쓰는 경우가 많은 듯해요. 가족은 매우 사적인 관계여서 거리를 두는 일이 굉장히 어려운 일인데도 말이지요. 그런 점에서 보면 선생님의 시에는 가족을 모티프로 한 작품이 드물어요. 무슨 특별한 이유라도 있는 건 아니세요?

정: 가족이라…… 음, 잘 모르겠어. 비교적 내가 덜 가정적인 것 같아. 출가자(出家者)적인 면이 있는 게 아닐까……. 시라는 것, 예술이라는 것이 어쩌면 그렇게 출가적인 것은 아닐까……. 예전에 농담으로 그런 말 했잖아, 중들이 출가도 하지만 실은 가출도 한다고. 실제로 출가를 한 적은 없지만, 사회생활이나 관습적인 것들에 대해 잘 적응을 못하는 면이 있지. 국외자적인 면, 관습이나 정해진 틀에 거북해하는 면이 있는 것 같아. 가족이 등장하는 작품들이 사적인 데 머무르면 별 가치가 없고 그걸 통해서 인간에 대한 무슨 통찰을 보여줘야 해요. 일상생활에서 가족은 그냥 본능적인 차원에서 진행되는 것이니까……. 그래서 가족을 위해 돈벌이를 하고, 월급도 타다 주고 하지만, 시 쓴다고 그런 게 희생되는 면이 있어. 데면데면하다고 할까. 인간을 비롯해서 동물이라는 게 본능적으로 이기적인 것이겠고, 나도 물론 이기적인 동물이겠지만 또 그렇지 않은 과정에도 모르는 사이에 얽혀 있는 것도 사실일 거야. 하여간 살아온 걸로 본다면 대부분의 사람들이 저만 안다든지, 가족만 안다든지 하는 경향이 많은데, 나는 그런 걸 보면 납득이 잘 안 가.

장: 방금 말씀하신 성향이 시의 경우에도 간접적으로 드러나지 않나 싶은데요. 다시 말씀드리면, 선생님의 시를 보면 개인적으로 아파하고 고민하신 부분들을 잘 드러내지 않으시는 듯해요. 좋은 것, 남과 소통할 수 있는 것, 그걸 통해서 더 넓게 확장될 수 있는 것들을 주로 쓰시는 것 같습니다.

강: '더 큰 우리'에 관심이 있다고 말씀드릴 수 있을 것 같아요.

정: 본능적인 결속이야 저절로 그렇게 되는 것이고, 그러나 그보다 더 큰 것에 더 관심이 있다고 할 수도 있겠지.

조: 얼마 전에 저희가 「명동백작」이라는 프로그램에 대해서 말씀드렸었지요?

정: 아, 안 그래도 얘기 듣고 나서 한두 번 봤었어. 재미있더군. 그런데 김수영 역이 별로 어울리지 않던데.

조: 「명동백작」이 1960~1970년대를 이어서 계속 방영한다고 해요. 그래서 그 얘기 듣고 저희가 선생님 역을 과연 누가 할까 궁금해했어요. 학교 다니실 때, 명동만큼은 아니었겠지만 신촌의 명소는 어디였나요?

정: 뭐 명소라고 할 것까지는 없었지. 학생 때는 지금 백화점 자리에 신촌시장이라는 재래시장이 있었지. 지금은 완전히 달라졌지만 그 당시는 전부 선술집이었으니까. 졸업하고 등단한 후에는 로터리에서 이대 쪽으로 난 골목에 술집이 많아서 거기서 많이 마셨지. 거기가 온통 나나노 집이었

어. 그 당시에는 술 먹으면서 노래들을 많이 했거든. 김현을 추모하며 쓴 「황금 취기」에도 그때 니나노 집에서 술 먹은 이야기가 나와. "지는 것이 이기는 거라/술이 우리를 이기고/작부가 우리를 이기며/시간이 우리를 이기는 동안/우리는 실로 내장을 다해 웃었느니"라고 썼지.

장: 술을 많이 드실 때는 어느 정도까지 드셨어요?

정: 거의 자살 수준이었지. 그런데 니체가 생각하기엔 취하는 거랑 상관 없이 정신 말짱한 사람이 소크라테스였어요. 소크라테스란 인간은 취하는 거하곤 아무 상관이 없잖아. 플라톤 대화편 중 사랑론을 보면 등장인물들이 나와서 사랑에 대해서 한마디씩 하잖아. 소크라테스가 이야기를 듣고 나서 자기 얘기를 하지. 그렇게 돌아가면서 이야기하고 밤새도록 술을 마시는데, 거기 보면 소크라테스는 대주가야. 그런데 까딱 안 해! 다 자는데 혼자서 새벽까지 깨어 있다가 새벽에 어디론가 사라진다고. 그러니까 이 인간은 니체가 보기엔 디오니소스적인 것하고는 상관없는 인간이었던 걸 거야. 이른바 이성적 인간이지. 그런데 니체는 자기 자신을 소크라테스적 디오니소스라고, 둘 다 갖춘 사람이라고 자처했잖아? 하여간 개별성을 넘어서 전체에로 나아가는 것, 음악과 춤에서 보듯이 그런 게 디오니소스적인 도취라고 할까 에너지라는 얘기지.

조: 저희 학교 다닐 때 이백 시 인용하면서 "청주는 성인이고, 탁주는 현인이다. 오늘은 현인 뵈러 가자."라고 농담하면서 술 마시러 가곤 했었습니다.

정: 그럼 오늘은 우리가 현인이 된 거구나. (웃음)

장: 개인적으로 궁금해서 여쭈어봅니다. 선생님께서는 「불쌍하도다」에서 "시를 썼으면/그걸 그냥 땅에 묻어두거나/하늘에 묻어둘 일이거늘"이라고 말씀하셨습니다. 시를 쓰는 것과 현실의 삶 사이에서 고민하는 많은 후학들에게 한 말씀 해주신다면, 좋은 지침이 될 듯합니다.

정: 그런 질문을 받으면 늘 하는 말이 있지. 이 세상이 내 앞에 처음 있는 것처럼 그렇게 느끼라고, 그렇게 살라고. 그걸로 충분하지 않을까 싶어.

장시간의 정담을 끝내면서 퇴임을 앞둔 선생님께 감회와 함께 학생들에게 당부하고 싶은 말씀이 없으신지 여쭈었다. 선생님께서는 "내가 당부라는 걸 잘 못해. 잘 안 하기도 하고. 다들 나름대로 잘하고 있으니 당부할 것이 뭐가 있겠어"라고 말씀하시면서 웃으셨다. 일을 마쳤으니 지금부터 진짜 '현인'을 만나러 가야 할 텐데, 문학상 시상식에 가야 하기 때문에 그 일은 다음으로 미루자며 아쉬워하셨다. 해가 가기 전에 되도록 빨리 '현인'과 벗삼게 되기를 바란다는 말씀을 드리며 우리는 선생님의 연구실을 나왔다. 다음에 뵙게 될 '현인' 모습이 기대된다.

(정리: 장철환)

필자 소개(가나다 순)

강계숙(姜桂淑)

1973년 서울 출생. 연세대학교 국어국문학과를 졸업하고, 같은 학교 대학원에서 박사 과정을 수료했다. 2002년 「환(幻)의 순간, 초월의 문턱——최정례론」으로 제9회 창비 신인평론상을 수상하며 등단했다. 주요 논문으로 「신동엽 시에 나타난 전통과 혁명의 의미」, 「파이척결의 시 정신」 등이 있으며, 「기억의 힘」, 「파열의 꿈」 등의 평론을 발표했다.

김응교(金應敎)

1962년 서울 출생. 연세대학교 신학과를 졸업하고, 같은 학교 대학원 국어국문학과에서 박사 학위를 받았다. 1987년 《분단시대》에 시를 발표하고, 1990년 《한길문학》 신인상을 받고 등단했다. 도쿄 외국어대학교를 거쳐, 도쿄 대학에서 비교문학·비교 문화를 연구했다. 현재 와세다 대학 객원 교수로 있다. 지은 책으로 『한국시와 사회적 상상력』, 『박두진의 상상력 연구』, 시집 『씨앗. 통조림』, 문예기행론 『천년 동안만』, 인물전 『시인 신동엽』, 장편실명소설 『조국』 등이 있다.

김창환(金昌煥)

1972년 강릉 출생. 인하대학교 국어국문학과를 졸업하고, 연세대학교 대학원 국어국문학과에서 「윤동주 연구——윤리적 주체의 형성 과정과 타자 현상을 중심으로」로 석사 학위를 받았다. 현재 박사 과정에 재학 중이다.

스티븐 캐프너(Steven D. Capener)

1959년 미국 몬타나 주 출생. 몬타나 주립대학교 체육교육학과를 졸업하고 서울에 있는 세계태권도연맹에서 2년 동안 근무했다. 서울대학교 대학원 체육교육학과에서 체육 철학 전공으로 석·박사 학위를 취득했으며, 1996년~2003년 이화여자대학교 통역번역대학원 번역학과에서 전임강사를 지냈다. 연세대학교 대학원 국어국문학과에서 박사 과정을 수료했고, 현재 서울여자대학교 대학원 영어영문학 번역학과에 출강하고 있다.

이승은(李承恩)

1971년 서울 출생. 서울여자대학교 교육심리학과를 졸업하고, 연세대학교 대학원 국어국문학과에서 「마종기 시의 어조 연구」로 석사 학위를 받았다. 현재 박사 과정에 재학 중이다.

이윤진(李侖珍)

1974년 서울 출생. 연세대학교 영어영문학과를 졸업하고, 같은 학교 대학원 국어국문학과에서 「신동엽의 '금강' 구조 연구」로 석사 학위를 받았다. 현재 박사 과정에 재학 중이다.

이재원(李才媛)

1974년 서울 출생. 한국외국어대학교 이탈리아어과를 졸업하고, 같은 학교 대학원 이탈리아어과에서 잠시 이탈리아 문학을 연구했다. 연세대학교 대학원 국어국문학과에서 한용운의 『님의 침묵』에 관해 연구한 「이별과 재회의 이중 긍정 미학」으로 석사 학위를 받았고, 현재 박사 과정에 재학 중이다.

장철환(張哲煥)

1971년 서울 출생. 연세대학교 철학과를 졸업하고, 같은 학교 대학원 국어국문학과에서 「시적 이미지의 역동성」으로 석사 학위를 받았다. 현재 박사 과정에 재학 중이다.

전영준(全泳俊)

1970년 서울 출생. 명지대학교 국어국문학과를 졸업하고, 연세대학교 대학원 국어국문학과에서 「백석 시 연구— '옛말의 미학' 과 내면 의식」으로 석사 학위를 받았으며, 현재 같은 학교 대학원 박사 과정에 재학 중이다.

정과리(鄭明敎)

1958년 대전 출생. 서울대학교 불어불문학과를 졸업하고, 같은 학교 대학원에서 박사 학위를 받았다. 1979년 《동아일보》 신춘문예에 「조세희론」이 입선돼 평론 활동을 시작했으며, 1988년~2004년 계간 《문학과사회》 편집동인으로 활동했다. 지은 책으로 『문학, 존재의 변증법』, 『존재의 변증법 2』, 『스밈과 짜임』, 『문명의 배꼽』, 『무덤 속의 마젤란』 등이 있다. 현재 연세대학교 국어국문학과 교수로 재직 중이다.

정한아(鄭漢娥)

1975년 경남 울산 출생. 성균관대학교 철학과를 졸업하고, 연세대학교 대학원 국어국문학과에서 「온몸, 김수영 시의 현대성—죽음과 자유를 중심으로」로 석사 학위를 받았다. 현재 박사 과정에 재학 중이다

조강석(趙强石)

1969년 전북 전주 출생. 연세대학교 영어영문학과를 졸업하고, 같은 학교 대학

원 국어국문학과에서 박사 과정을 수료했다. 2005년《동아일보》신춘문예에 「생의 저인망식 구인—이성복의 『아, 입이 없는 것들』이 당선되어 등단했다. 주요 논문으로 「관계론적 사유의 문학적 전개」, 「김수영과 시각의 문제」, 「1980년대와 시적 윤리」 등이 있다. 현재 연세대학교에 출강하고 있다.

최현식(崔賢植)

1967년 충남 당진 출생. 연세대학교 국어국문학과 및 같은 학교 대학원에서 박사 학위를 받았으며, 일본 도쿄 외국어대학교 대학원 연구 과정을 수료했다. 1997년《조선일보》신춘문예에 「'사실성'의 투시와 견인—오규원론」이 당선돼 등단했다. 현재 연세대학교에 출강하면서 같은 학교 근대한국학연구소 전임연구원으로 일하고 있다. 계간《포에지》의 편집위원을 거쳐 계간《열린시학》의 편집위원을 맡고 있다. 지은 책으로 『말 속의 침묵』, 『서정주 시의 근대와 반근대』, 『한국 근대시의 풍경과 내면』이 있다.

영원한 시작

정현종과 상상의 힘

1판 1쇄 찍음 2005년 2월 20일
1판 1쇄 펴냄 2005년 2월 25일

지은이 정과리 외
펴낸이 박맹호 · 박근섭
펴낸곳 (주) 민음사

출판등록 1966. 5. 19. 제16-490호
(우)135-887 서울 강남구 신사동 506번지 강남출판문화센터 5층
대표전화 515-2000 / 팩시밀리 515-2007

www.minumsa.com

값 16,000원

ISBN 89-374-2539-4 93810